Wilma Müller

Quallenkuss

AF288161

Wilma Müller, geboren 2003, hat gerade ihr duales Studium im Bereich Physiotherapie begonnen. Mit 13 Jahren fing sie an ihre Ideen zu Papier zu bringen und das Schreiben ist aus ihrem Leben nicht mehr wegzudenken. 2019 wurde ihr erster Fantasy-Roman „Aufgelöst – Hinterm Nebel liegt die Wahrheit" veröffentlicht. „Quallenkuss" ist nach „Anatopia – Im Kreuzfeuer der Synapsen" ihr zweiter Roman mit Science-Fiction-Elementen.

Quallenkuss

WILMA MÜLLER

Bibliografische Information der Deutschen Nationalbibliothek:

Die Deutsche Nationalbibliothek verzeichnet diese Publikation in der Deutschen Nationalbibliografie; detaillierte bibliografische Daten sind im Internet über http://dnb.dnb.de abrufbar.

Verlag: BoD • Books on Demand GmbH, In de Tarpen 42, 22848 Norderstedt
Druck: Libri Plureos GmbH, Friedensallee 273, 22763 Hamburg

ISBN: 978-3-7597-7963-2

Für all die Dinge im Leben,
die mich immer wieder
inspirieren.

P.S. Ich weiß, dass Dinge sich dadurch nicht geehrt fühlen,
aber sie brauchen einfach auch mal Anerkennung.

Prolog

„Bli Bla Blubberdiblub Blub Blub Blub Blub!", sang ich ausgelassen und rollte durch den Aquarium-Tunnel.

Diese Erinnerung war schon alt, keine Ahnung wie alt genau.

Damals hatte ich meine Haare immer gerne in diesen seitlichen Pippi-Langstrumpf-Zöpfen getragen und auf meinen Rollstuhl hatte ich lauter Sterne geklebt.

Ein verträumter, hellblauer Schein lag über diesem glücklichen Augenblick und die Welt wirkte hier so zauberhaft schwerelos.

„Guck mal Mama! Die brauchen keine Beine und sind trotzdem so flink!", begeistert deutete ich auf einen kleinen Schwarm gelber Fische, der nur so durchs Wasser schoss.

Weiter hinten konnte ich einen großen Hai bedächtig gleiten sehen und einige blasse Quallen trieben weltvergessen in diesem sanft blauen Paradies.

Wie schön musste diese Freiheit sein…

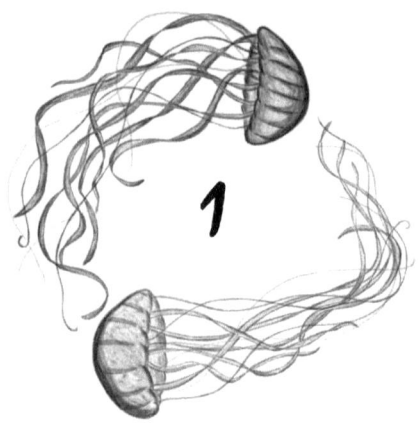

1

Unglaublich laut dröhnte mir mein eigener Atem in den Ohren. Mein Kopf schien zu explodieren! Dieses Atmen! Warum musste es so laut sein?! Es klang so falsch! Und es tat weh! Alles brannte und war gleichzeitig schrecklich kalt.

Vor meinen Augen war alles total verschwommen und selbst das dämmrige Licht bohrte sich wie Speere in meinen Kopf! Undeutlich mischten sich noch andere Geräusche zu diesem unwirklich lauten Atem, das alles zu zerreißen schien.

Verzweifelt scharrte ich mit meinen Beinen über den Boden. Ich musste mich einfach bewegen, ich musste einfach spüren, dass dieser Körper noch mir gehörte. Warte! Was?! Aber ich war doch seitdem ich denken konnte gelähmt! Das konnte nicht sein!

Zittrig zuckte ich mit meinem Fuß und ich konnte spüren, wie die kleinen Steinchen bei jeder Bewegung über den rauen Untergrund kratzten. Es fühlte sich viel zu echt an. Nie und nimmer war das nur Einbildung!

Warum lag ich überhaupt hier?! Wo war ich?! Was war mit mir passiert?!

Heiße Tränen liefen über mein Gesicht und ich wollte meine Hände heben, um sie an meinen bestialisch rumorenden Schädel zu drücken. Es war als würden Wellen von Innen gegen meinen Kopf branden, um den viel zu kleinen Raum zu sprengen. Vor Schmerz stockte meine Atmung für einen schwindeligen Herzschlag. Meine rechte Schulter!

Schwach berührte ich mit meiner linken Hand diese brutale Stelle und mir blieb wieder kurz die Luft weg. Obwohl sich meine Fingerspitzen ganz taub und steif anfühlten, spürte ich die Feuchtigkeit. Wie gelähmt hielt ich meine Hand direkt vors Gesicht. Ich konnte nichts Besonderes sehen. Es schien kein Blut zu sein. Oder? Bildete ich es mir nur ein? Wieso war meine Haut so dunkel? Lag das am Licht? Sie wirkte auch irgendwie größer…

Die Angst erreichte mich kaum, als ich meine Hand trance-ähnlich drehte. Auf meinem Handrücken waren dunkle Muster, Tätowierungen scheinbar. Das war nicht meine Hand! Sie gehörte nicht zu mir! Sie konnte nicht zu mir gehören!

„Diego!", bildeten sich die schwammigen Geräusche zu einem verzerrten Wort. Etwas Helles, Rundliches schob sich in mein Blickfeld. Irgendwie kamen die Bewegungen abgetrennt bei mir an und sie überlagerten sich merkwürdig, doch ich konnte trotzdem erkennen, dass es ein Gesicht war.

„Halt durch! Bitte! Diego!", wie ein Schwarm aufgescheuchter Fische schossen die Worte durch meinen Kopf und es pochte dumpf. Fest spürte ich wie jemand sich an meine andere Schulter klammerte, als wäre ich ein Floß auf einem tosenden Ozean.

Unverständlich redete die Person neben mir weiter. Sie wirkte verzweifelt und sehr hektisch, ich hingegen wurde immer langsamer. Meine Gedanken steckten fest, hingen ziellos in der Leere. Da war nur noch dieses Atmen, mein Atmen.

Mir fiel es unendlich schwer konzentriert zu bleiben, da zu bleiben. Erschöpft blinzelte ich in dieses matte Licht, das immer noch zu hell war. Ich war verwirrt und voller Angst, doch vor allen Dingen war ich müde, so müde… Langsam, ganz langsam ging ich in diesem gedankenverlorenen Meer unter und nichts konnte mich mehr erreichen…

Sanft dämmerte ich wieder aus der schwarzen Welt des Schlafes. Was ich geträumt hatte, wusste ich nicht mehr, aber das war auch nicht ungewöhnlich. Da war nur noch dieses Gefühl... Es war hektisch, regelrecht fieberhaft und panisch.

Die Erinnerungen an diesen schrecklichen Moment im Nirgendwo stiegen aus den Untiefen meines Bewusstseins auf, wie Blasen aus einem Unterwasservulkan. Schlagartig verspannte ich mich. War ich immer noch dort?! Was würde mit mir passieren?! Würde ich vielleicht sogar sterben?!

Aber schon im nächsten Moment fühlte ich die warme Decke über mir und die weiche Matratze in meinem Rücken. Ich war in meinem Bett, zu Hause, hier konnte mir nichts passieren.

Gedankenverloren starrte ich in die Dunkelheit. Dieser Traum hatte mich seltsam gefangen genommen. Es hatte sich gleichzeitig so falsch und doch so real angefühlt und die wenigen Sekunden hatten sich wie eine Ewigkeit in die Länge gezogen. Fast schon konnte ich immer noch die schrecklichen Schmerzen in meiner Schulter fühlen und meine Beine... Völlig selbstverständlich hatte ich sie bewegt.

Das war doch schon der ultimative Beweis dafür, dass das alles nur ein sehr lebhaftes Hirngespinst war. 16 Jahre Forschung, Tests und Experimente ohne Erfolg und dann die Wunderheilung. Aber sicher doch.

Es wurde Zeit, dass ich diesen Schwachsinn losließ. Nach der Gewohnheit griff ich nach links, wo meine Nachttischlampe war oder wo sie sein sollte. Meine Finger berührten nichts als Luft. Was? Verwirrt tastete ich weiter. Da war kein Nachttisch und das Bettgestell war aus kaltem Metall!

In der Luft hing dieser undefinierbare Geruch nach Metall und Krankheit. Wie hatte ich das nicht bemerken können?! Das war nicht mein Zimmer! Panisch wollte ich mich aufrichten, doch ein tauber Stich in meiner rechten Schulter ließ mich dieses Vorhaben augenblicklich vergessen. Außerdem hatte ich dort an meinem Unterarm so ein unangenehmes Zupfen gefühlt...

Voller Angst was ich vorfinden könnte, tastete ich meinen Arm ab. Da! Ein dünner Schlauch! War das etwa... Mit einer ganz üblen Ahnung fuhr ich daran entlang und er endete... in mir. Ich hatte in meinem Leben schon an genug Infusionsbeuteln gehangen, um eine solche Braunüle zu erkennen. Setzte man mich hier etwa unter Drogen?! Was war hier los?!

Mein Atem zitterte. Bedrohlich wurde die Dunkelheit um mich herum immer größer und ich konnte mich dagegen nicht wehren. Ich war völlig hilflos.

„Diego?", fragte eine Stimme aus der lauernden Schwärze. Vor Schreck kam ein erstickter Laut aus meiner Kehle, der überhaupt nicht nach mir klang. Alles hier war so falsch! Das war ein einziger Alptraum!

Verzweifelt fuhr ich mir mit der linken Hand durchs Gesicht. Kalt spürte ich meine Finger auf meiner Haut. Und dann berührte ich meine Haare. Sie waren kurz geschnitten! Die Entführer hatten meine Haare abgeschnitten! Was hatten sie sonst noch mit mir gemacht?! Was würden sie noch tun?!

„Nein", wimmerte ich völlig am Ende. Egal was hier auch lief, es sollte einfach nur aufhören! Wieso klang meine Stimme so fremd?! Warum war ich hier?! Ich war doch nichts Besonderes!

„Hey, Diego, alles in Ordnung?", erkundigte sich die gleiche Stimme wie eben und an dem besorgten Unterton war klar, dass er schon wusste, dass die Antwort „Nein" lauten würde. „Ich bin nicht Diego", brachte ich irgendwie hervor, doch das war nicht meine Stimme, sie war viel tiefer und... männlicher. Das konnte nicht allein an meiner zugeschnürten Kehle liegen. Etwas war hier grundlegend falsch!

„Ja klar. Was soll das Spielchen? Bist du doch heftiger auf den Kopf gefallen, als gedacht?", erwiderte der andere jetzt schon deutlich entspannter. „Klinge ich so, als würde ich

Scherze machen?!", entgegnete ich aufgebracht und die falsche Stimme klang vor Panik ganz schrill. Es war meine Panik, es waren meine Worte, aber es hörte sich nicht so an...

„Beruhig dich", eine gewisse Unsicherheit hatte sich wieder in seine Stimme geschlichen, nur wusste ich nicht, ob das daran lag, dass er tatsächlich in Erwägung zog mir zu glauben oder einfach nur befürchtete ich könnte ausrasten.

„Warum ist es hier so dunkel?", wollte ich verloren wissen.

„Es ist Nacht. Da gibt es keine Beleuchtung", gab er mir ruhig Auskunft. Ich kannte diesen Ton! So hatten die Ärzte immer mit den Psycho-Patienten geredet! Er hielt mich für verrückt! Aber ich war nicht verrückt! Diese Situation war verrückt! Nicht ich!

Doch wenn ich es bestritt, würde das nur seinen Irrglauben bestätigen, nein, ich musste jetzt klug vorgehen. Vielleicht würde er mir noch mehr hilfreiche Informationen geben, um mich zu beruhigen. Vielleicht waren alles aber auch nur Lügen. Egal, ich musste es wenigstens versuchen!

„Wer bist du?", seine Identität zu klären war doch ein logischer erster Schritt, nur diese Stimme, die aus meinem Mund kam, war immer noch so schrecklich verkehrt. „Ich bin's, Tad", stellte er sich locker vor und ich hatte fast schon das Gefühl, dass er auf etwas warten würde... „Was? Kein flotter Spruch?", er klang stichelnd, beinahe sogar verächtlich.

Womöglich hätte ich doch zuerst weiter nach den äußeren Umständen fragen sollen. „Sind wir hier alleine?", versuchte ich meinen Fehler im Nachhinein zu ändern. „Warum? Willst du mir etwa eine Liebeserklärung machen?", seine Stimme triefte vor Sarkasmus. Dabei hatte ich ihm doch überhaupt nichts getan! Ich wusste ja nicht einmal wirklich, wer er war! Meine verzweifelte Wut zeigte sich auch in dieser Stimme: „Nein! Ich will wissen, was ihr mit mir gemacht habt! Wo bin ich hier?! Was habt ihr mit mir vor?!" „Das ist selbst für dich eine neue Stufe der Dummheit!", kam von dem anderen keine Spur Verständnis mehr.

Mir reichte es! Entschieden setzte ich mich auf, wobei ich mich natürlich nur auf den linken Arm stützte und schlug die Decke zurück. Mit einer Verletzung und ohne Rollstuhl hier wegzukommen, wäre nicht leicht. Niemand würde einen Fluchtversuch von einem Mädchen, das nicht gehen konnte, erwarten. Aber ich würde dieses kranke Spiel nicht länger mitmachen!

Kämpferisch wollte ich mein rechtes Bein über die Bettkante ziehen, doch mein Oberschenkel war viel dicker... das waren Muskeln! Wieso verpassten mir diese irren Entführer eine Kurzhaarfrisur und Beinmuskeln?! Ich konnte sie doch sowieso nicht ansteuern! Oder... Was, wenn doch?

Mein Verstand sagte mir, dass das völlig unmöglich war, aber ich musste es einfach versuchen. Mit wild schlagendem Herzen konzentrierte ich mich auf meinen rechten Fuß und versuchte mit den Zehen zu wackeln. Nichts passierte. War doch klar gewesen. Kein Grund enttäuscht zu sein. Trotzdem versetzte es mir einen fiesen Stich, als meine kleine, verrückte Hoffnung erstickt wurde.

Voller bitterer Entschlossenheit drehte ich mich zur Seite und blickte in die undurchdringliche Dunkelheit. Und dabei neigten sich meine Knie wie von selbst mit! Sie hatten sich bewegt! Einfach so! War das Einbildung gewesen?

Vor Aufregung beschleunigte sich mein Atem. Was hatte ich dieses Mal anders gemacht als eben? Ich hatte nicht nachgedacht, sondern es einfach getan! Genau! Also wenn ich...

Stützend stemmte ich meinen linken Arm aufs Bett und wollte ganz natürlich meine Beine rausschwingen, eins nach dem anderen, die gleiche Bewegung wie sonst auch, nur dieses Mal ohne Hilfe. Es klappte tatsächlich!

Überwältigt saß ich an der Bettkante und ballte meine Zehen zusammen. Sie gehorchten mir als wäre es das Selbstverständlichste der Welt! Ich spürte den kalten, rauen Boden unter meinen Fußsohlen, ich spürte wie sich die Sehnen in meinem Bein bewegten, wie sie reagierten, auf mich! Unglaublich!

„Ihr habt mich geheilt!", hauchte ich vollkommen fassungslos. „Was ist denn jetzt mit dir los?! Was machst du da?!", fragte mich der Fremde halb angespannt, halb genervt, doch gerade war er mir so egal. Gerade war mir sogar egal, dass ich entführt worden war und in einem trübseligen dunklen Raum mit einer bedenklichen Infusion am Arm festgehalten wurde.

Nach all den Jahren konnte ich meine Beine bewegen, einfach so. Ein absolutes Wunder! Nie hätte ich geglaubt, einmal richtig laufen zu können. Jetzt konnte ich es! Mir fehlten die Worte!

Unendlich glücklich drückte ich mich vom Bett ab und stand auf meinen kräftigen Beinen, als hätte ich nie etwas anderes getan. Freudentränen traten mir in die Augen. Das war so unbeschreiblich! Eine völlig andere Welt! Irgendwie schwamm alles in meinem Kopf, aber das hier war so schön!

Begeistert hob ich mein Bein an und machte einen Schritt nach vorne. Na ja, so hatte ich es zumindest vorgehabt. Plötzlich verstärkte sich der Schwindel und es war schlagartig gar nicht mehr schön. Wie ein gefällter Baum kippte ich zur Seite und riss den Infusionsständer klirrend mit mir.

Vor Schmerz schrie ich auf. Meine Schulter! Das Pochen war schrecklich! Es raubte mir den Atem!

„Diego!", rief Tad geschockt und durch diesen seltsamen Strudel, der in meinem Kopf alle Eindrücke verzerrte, flammte ein kleines Licht auf. Es war hinter mir, ich nahm nur den schwachen Schein wahr und in den Tränen in meinen Augen brach er sich auf faszinierende Art und Weise.

„Diego!", wiederholte der Typ aufgewühlt diesen Namen und ich hörte wie seine nackten Füße auf den Boden platschten. Das Licht kam näher, es wurde heller. Dann kniete er sich vor mich hin.

Zum ersten Mal konnte ich ihn sehen, streng genommen konnte ich zum ersten Mal überhaupt irgendetwas richtig sehen. Er trug eine schlichte Brille und durch das Licht in seinen Händen warf das Gestell dunkle Schatten über seine Augenbrauen, sodass er ziemlich grummelig aussah. Doch in Wahrheit war sein Gesicht eher besorgt und das obwohl er mich offensichtlich nicht leiden konnte.

Seine dunklen Haare hingen formlos auf seinem Kopf und ließen ihn irgendwie verloren wirken. Oder lag dieser Eindruck an seinen Augen? Durch das bläuliche Licht konnte ich nicht einmal ihre Farbe erkennen, aber etwas lag in ihnen, etwas Vertrautes. Was war es?

„Diego?", sagte er diesen verfluchten Namen noch einmal, als hätte er einen Sprung in der Platte. Umständlich richtete ich mich auf, damit ich nicht mehr so seltsam vom Boden zu ihm aufsah.

„Was ist das da für ein Licht?", ignorierte ich einfach seinen Namenshänger und richtete den Blick auf die kugelige Lichtquelle. Sie direkt anzusehen, stach in den Augen und bei jedem Blinzeln sah ich ein flimmerndes, orangenes Abbild in der Dunkelheit.

Dazu hatten wir mal etwas in Bio, von wegen Fotorezeptoren, die zu stark erregt wurden und dann zerfiel da alles und musste sich regenerieren und in der Zeit hatte sich das Bild quasi in seinen Komplementärfarben eingebrannt. Keine Ahnung warum ich da jetzt dran denken musste, Bio war eigentlich nicht mein Fach.

Tja, wen wundert es, wenn man sich das meiste Zeug quasi selbst beibringen muss, während man wie eine Laborratte in irgendeinem Krankenhaus sitzt und von einem Test zum nächsten gekarrt wird. Und dann war ich auch noch ziemlich oft krank. Die Schule sah ich da nicht oft von innen und einen Anschluss zu finden, war so gut wie unmöglich. Sowohl beim Unterrichtsstoff, als auch bei meinen Klassenkameraden.

Plötzlich fiel es mir wie Schuppen von den Augen, woher ich diesen Ausdruck in seinem Gesicht kannte: Ich selbst hatte ihn schon tausend Male im Spiegel gesehen. Dieses Gefühl von Einsamkeit, von niemandem wirklich verstanden zu werden und doch irgendwie zu versuchen, den Kopf nicht hängen zu lassen.

„Diese Kapsel basiert auf einer fotochemischen Reaktion, die ich von bestimmten Algenarten abgeleitet habe, aber das verstehst du ja sicher nicht, oder?", und da war wieder diese Verachtung, als wäre ich ihm gegenüber das größte Arschloch überhaupt gewesen. Wie unfair! Ich gab mir Mühe nett zu sein und dann sowas!

„Was hab ich dir denn getan?!", fragte ich ihn gereizt. „Meinst du das ernst?", sein bitterer Gesichtsausdruck vertiefte sich noch. Nein, das brachte nichts. So würde ich nicht weiterkommen.

Tief atmete ich durch und schluckte meine Wut runter: „Darf ich es mal halten? Bitte?" Vielleicht konnte ich damit ja ein wenig Licht ins Dunkel bringen. Tad zögerte misstrauisch. „Komm schon. Ich will das Ding nur halten", ich musste mir Mühe geben, den genervten Unterton aus meiner Stimme zu halten.

„Dich hat es doch sonst nie interessiert. Was hast du vor?", hinterfragte er meine Bitte weiter und tat dabei immer noch so, als würden wir uns kennen. „Ich wollte nur nett sein, aber wenn du nicht willst. Vergiss es einfach", gab ich es doch auf.

Die Situation war schon mies genug, auch ohne sein verrücktes Schauspiel.

Nachdenklich musterte er mich, fast schon als würde er gleich eine Falle erwarten. Ich stellte ja so eine große Gefahr dar. „Schon krass, dass du dieses Ding gemacht hast, auch wenn ich nichts von fototechnischen Reaktionen verstehe", kommentierte ich irgendetwas zwischen ehrlich bewundernd und einfach nur angepisst.

Ein glühender Algenball war schon etwas Besonderes. Und auf die Idee zu kommen, so etwas zu erschaffen, war noch viel besonderer. Er war etwas Besonderes. Irgendwie hatte ich so das Gefühl, dass ihm das noch niemand gesagt hatte.

Trotzdem war das kein Grund sich so blöd zu verhalten!

„Aber sei vorsichtig", erlaubte er mir plötzlich doch, seinen Leuchtball zu nehmen. Zögerlich streckte er ihn mir entgegen und als ich danach griff, streiften sich unsere Finger. Ich spürte die flüchtige Berührung warm und kribbelnd, doch das war nicht, was ich sah. Die Größe, die dunklen Tätowierungen, das war nicht meine Hand! Diese Hand fing an zu zittern. Aber sie war kein Teil von mir! Meine Brust fühlte sich eng an. Mein ganzer Körper zog sich zusammen. Und dann sah ich es.

Vor Schock fiel mir die Leuchtkugel aus der Hand. Das war nicht mein Oberkörper! Fassungslos fuhr ich mit meiner Hand über die flache Brust und ich spürte die ganzen Muskeln, die sich unter meiner viel zu schnellen Atmung hoben und senkten. Wie war das möglich?!

„Was ist denn jetzt schon wieder los? Weißt du wie lange ich dafür gebraucht habe?!", sauer hob Tad sein Algenlicht wieder auf. Bei dem Aufprall war ein wenig von der glühenden Flüssigkeit ausgelaufen und bildete jetzt eine surreal strahlende blaue Pfütze auf dem Boden.

„Ist hier ein Spiegel?", die Stimme gehorchte mir kaum noch, sie klang so heiser und zerbrechlich. „Was?", verständnislos starrte er mich an. „Ich brauche einen Spiegel!", schrie ich und die Verzweiflung ließ die Worte ganz schrill klingen. „In Ordnung", überfordert von meinem plötzlichen Anfall stand er auf und hielt mir sogar eine helfende Hand hin.

Zittrig griff ich sie und ließ mich von ihm stützen. Zu gehen war immer noch ein seltsames Gefühl, irgendwie fremd und… nicht für mich bestimmt.

Zielsicher führte mich Tad durch den Raum bis zu einer Wand, an der ein Waschbecken hing und darüber ein Spiegel. Zuerst hatte es mir eine Gänsehaut verpasst, in der Dunkelheit die schemenhaft gespiegelten Bewegungen von uns zu sehen. Obwohl ich es besser wusste, hatte es etwas Geisterhaftes an sich. Doch dann kamen wir näher und das Bild wurde klarer.

Entsetzt schlug ich die Hände vor den Mund und die ruckartige Bewegung sorgte für einen miesen Schmerz in meiner Schulter. Der Spiegel zeigte mir genau das, was ich insgeheim schon befürchtet hatte, aber es traf mich trotzdem völlig unvorbereitet.

Von mir war nichts mehr übrig. Ich starrte in das Gesicht eines Latinos, groß, durchtrainiert, wenn man sich meinen entgeisterten Gesichtsausdruck wegdachte, hatte er durchaus einen gewissen, rauen Charme. Aber er war nicht ich. Das sollte nicht so ein! Das durfte nicht so sein!

Zitternd hob ich meine Hand und winkte. Natürlich tat es mir der Fremde im Spiegel gleich. Wieso? Mein Kopf kam nicht über diese Frage hinaus. Völlig gelähmt stand ich einfach nur da und ich fühlte mich so unerreichbar, als wäre ich meilenweit weg, in einem anderen Leben... in meinem Leben.

Bitter traten mir Tränen in die Augen und verschleierten meine Sicht, doch das änderte nichts. Dieses grauenvolle Bild hatte sich längst in mein Gedächtnis gebrannt. Eine einsame Träne verfing sich in meinen Wimpern und tropfte auf meine Wange. Nur dass es weder meine Wimpern, noch meine Wange war. Jeder Atemzug fühlte sich unrechtmäßig an.

Und auf einmal glühte ein weiterer giftiger Gedanke in der Dunkelheit meines Verstandes auf: Wessen Leben hatte ich genommen?

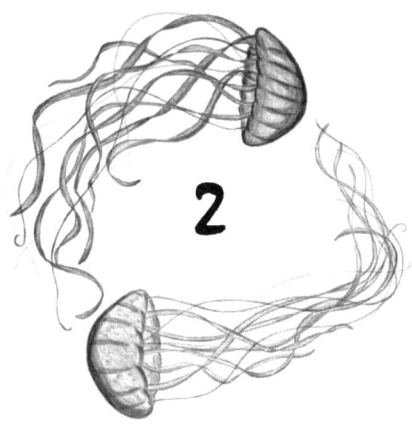

2

„Diego?", Tads sanfte, beunruhigte Stimme riss mich aus diesem überwältigenden Meer der Verzweiflung und Hilflosigkeit. Warm hatte er seine Hand von meinem Rücken auf meine Schulter gelegt.

Mit einem Schluchzen drehte ich mich zu ihm um und schlang meine Arme ganz fest um ihn, was meine Schulter wieder so fies pulsieren ließ. Für diesen Moment war es unwichtig, dass ich ihn nicht kannte oder dass er dachte, ich wäre dieser Körper, ich brauchte einfach eine Umarmung und hätte wahrscheinlich jeden gedrückt.

Hemmungslos liefen meine Tränen über das Gesicht und tropften auf Tads graues T-Shirt. Mir war das alles zuviel! Ich wollte meinen Körper zurückhaben! Ich wollte wieder langweilig und unauffällig und alleine sein! Ich wollte nach Hause!

„Ist ja gut", unbeholfen tätschelte mir Tad den Rücken.

„Nein, nichts ist gut", schniefte ich und mein Körper zitterte weiter unter der nicht enden wollenden Flut aus salzigen Tränen. Dieser Fremde in dessen Körper ich war... schon allein daran zu denken, war so unendlich falsch! Alles hier war falsch!

„Was ist denn?", fragte er einfühlsam und strich mir weiter mit der Hand über den Rücken. Sein Körper war nicht so kräftig und muskulös wie dieser, aber warm und seine Umarmung hatte etwas Tröstliches, auch wenn Trost nichts an diesem Wahnsinn ändern konnte.

Lange Zeit sagte ich nichts und ließ mich einfach nur von ihm halten. Verloren schloss ich meine Augen und atmete abgehackt ein. Er roch schwach nach Fisch und Pfefferminz, keine umwerfende Geruchsmischung, aber besser als diese drückende Luft hier, die nach nichts wirklich roch und nur dieses vage, schwere Gefühl von Metall und Krankheit hinterließ.

Beständig spürte ich seine Atmung an meiner Brust und langsam beruhigte ich mich tatsächlich wieder. Schließlich öffnete ich meinen bebenden Mund und krächzte mit heiserer Stimme: „Ich bin nicht Diego."

„Das sind nur die Schmerzmittel. Und vielleicht noch ein bisschen was von deiner Gehirnerschütterung. Du wirst sehen, morgen ist alles wieder klarer und dann…", redete er gut auf mich ein und dass er mir nicht glaubte, löste eine unerwartete Wut in mir aus. Ruckartig machte ich einen Schritt von ihm weg und wiederholte mit einem Gesichtsausdruck, der entschlossen aussehen sollte, aber wahrscheinlich eher verheult war: „Ich bin nicht Diego!"

Natürlich überzeugte ihn das immer noch nicht und bevor er wieder versuchen konnte mich zu besänftigen, redete ich aufgebracht weiter: „Du musst mir glauben! Ich bin Elvira! Aber ich mag den Spitznamen Elli mehr, weil der nicht ganz so altbacken klingt. Ich habe braune Haare, die sich einfach nicht entscheiden können, ob sie gelockt sind oder glatt! Meine Augen sind grün-braun und mir hat im Kindergarten mal einer gesagt, meine Augen würden aussehen wie sein Aquarium, wenn es einen Monat lang nicht sauber gemacht wurde! Ich habe Pickel statt Sommersprossen! Mein Lieblingsessen ist Kartoffelgratin, weil mein Vater das immer kocht, wenn ich aus dem Krankenhaus zurückkomme! Ich habe eine Katze, sie heißt Grimm und wegen einem Herzfehler sind ihre Pfoten und ihre Nase immer kalt! Sie legt sich oft auf meinen Schoß und ihr Fell ist ganz flauschig und wenn sie mich ansieht, weiß ich, sie versteht mich!"

Am Ende konnte ich kaum noch sprechen, weil die Tränen mit aller Gewalt zurückkamen und meine Kehle zuschnürten. All diese albernen, alltäglichen Erinnerungen taten so weh, weil ich nicht wusste, wie ich dorthin zurückkommen konnte, ob ich überhaupt zurückkommen konnte...

„Wenn du wirklich nicht Diego bist, beweis es", verlangte Tad und ich konnte den Unterton in seiner Stimme nicht einordnen. Dachte er, das alles wäre nur Show und er wollte sich nur nicht blamieren oder zweifelte er, ob ich nicht doch die Wahrheit sagte?

„Wie?", wollte ich von ihm wissen, fest entschlossen, ihn zu überzeugen. Grob wischte ich mir die Tränen aus dem Gesicht, doch es war immer noch alles feucht und meine Augen waren sicher aufgequollen. Wer würde sich selbst so demütigen, nur um jemand anderen reinzulegen? Allein wenn man logisch dachte, konnte das doch schon kein Scherz sein!

Kurz überlegte Tad und schlug dann etwas ratlos vor: „Hast du irgendwelche Talente, die du zeigen könntest? Sachen die Diego nicht kann?" Der war gut! Woher sollte ich denn wissen, was Diego konnte und was nicht?! Und was hatte ich überhaupt wirklich für Talente?

Eine Weile standen wir uns nur gegenüber und ich war mir bewusst, dass jede Sekunde, die ich zögerte, Tad darin bestärkte, dass Diegos Humor einfach nur hinüber war.

„Kann Diego zeichnen?", wollte ich schließlich vorsichtig wissen. Das war das einzige, wirkliche Talent, das ich hatte, wenn dieser Diego eine Art Picasso war, hatte ich keine Chance Tad zu beweisen, dass ich nicht er war, abgesehen davon, dass sich meine Bilder natürlich nicht mit einem Picasso vergleichen ließen.

„Nein, er war eher der Sportliche", man konnte es Tad ansehen, wie merkwürdig er es fand, über jemanden in der dritten Person zu sprechen, der direkt vor ihm stand, zumindest auf den ersten Blick.

„Hast du einen Stift und Papier?", fragte ich mit neuer Hoffnung. „Ja, ja", bestätigte er mit einem leicht nachdenklichen Nicken: „Aber geht das mit deiner Schulter?" „Ich bin Linkshändlerin", klärte ich ihn auf und winkte wie zum Beweis mit meiner Hand, was bestimmt total affig aussah. „Ach so...", meinte er nur und es war klar, dass ihm gar nichts klar war. Da wären wir schon zu zweit.

Gemeinsam gingen wir wieder zurück und setzten uns auf ein trostloses Bett mit grauer Bettwäsche und Metallgestänge. Hier war ziemlich viel grau oder lag das nur an dem blauen Licht? Schweigend reichte mir Tad einen karierten Block und einen angekauten Bleistift. Ich knabberte auch oft an meinen Stiften.

„Danke", sagte ich und auf meinen Lippen lag sogar ein kleines, ehrliches Lächeln. Voll in meinem Element schlug ich die Seite, die mit komplizierten chemischen Formeln und verwirrenden mathematischen Gleichungen vollgekrakelt war, um und setzte mich gleich ans Werk. Ich rief mir jedes Detail meines Gesichts vor Auge, dachte an all die Fotos auf meinem Handy und die skeptischen Blicke in den Spiegel.

Was würde ich jetzt dafür geben, um in den Spiegel zu sehen und mich selbst zu erblicken!

Strich um Strich entstand mein Gesicht und damit es nicht so leblos aussah, gab ich mir ein kleines Lächeln, das irgendwie traurig wirkte. Während ich malte, versank ich vollkommen in meiner Welt und ich vergaß fast, dass die Hand, die den Stift führte, nicht wirklich mir gehörte. Zu zeichnen war einfach so natürlich und absolut selbstverständlich für mich. Die Kunst war ein Teil von mir und scheinbar konnte nicht einmal ein Körpertausch mir das wegnehmen.

Zufrieden legte ich den Stift weg und betrachtete mein Selbstporträt. Nicht gerade das Beste, das ich zustande gebracht hatte, aber dafür, dass es so schnell und spontan gewesen war, allemal eine Leistung. Außerdem war es eine schöne Erinnerung. Mehr war mir ja auch nicht geblieben...

„Glaubst du mir jetzt?", wandte ich mich mit fordernd hochgezogenen Augenbrauen an Tad. Völlig baff starrte er immer noch meine Zeichnung an. Ob er wohl die ganze Zeit so auf mein Werk geglotzt hatte? So großes Interesse hatte noch niemand an meiner Kunst gezeigt... Allerdings hatte es auch noch nie davon abgehangen, ob die Grenzen der Logik überschritten wurden, denn diese Situation war vieles, aber logisch auf keinen Fall.

„Denkst du Diego ist jetzt in meinem Körper? Ist das vielleicht so ein verdrehter Tausch, bei dem man irgend so eine Lektion lernen muss? Oder hat das womöglich etwas mit Seelenverwandtschaft zu tun? Oder Wiedergeburt? Ähnlich wie bei einer Katze, die haben ja auch sieben Leben!", sprudelten die Theorien nur so aus mir raus.

„Seelenverwandtschaft und Wiedergeburten gibt es nicht, das ist schon allein logisch unmöglich. Außerdem ist eine ausgerenkte Schulter nicht tödlich", nachdenklich schüttelte er den Kopf: „Der Tausch von zwei Körpern ist auch nicht möglich. Außer..." Auf einmal hellte sich sein Gesicht auf und man konnte ihm geradezu ansehen, wie sich in seinem Kopf alle Puzzleteile zusammensetzten.

„Außer was?", drängte ich ihn dazu, seinen Geistesblitz mit mir zu teilen.

„Die anderen haben nicht genau erzählt, was draußen passiert ist. Ich dachte du... er... na du weißt schon, wäre einfach nur bei irgendeiner albernen Mutprobe oder so gestürzt. Aber vielleicht waren auch Quallen da! Ein Quallenkuss! Aber umgekehrt! Von sowas habe ich noch nie gehört! Diese Reaktion ist einmalig! Vielleicht eine Wechselwirkung mit dem Fluoreszenz-Gen! Wir müssen das untersuchen! Das könnte der Durchbruch sein!", Tad war total überwältigt und voll in seinem Gebiet, nur war ich leider meilenweit davon entfernt, etwas davon zu verstehen.

Quallen? Küsse? Flur-Essenz-Gen? Häh?!

Ernst legte ich ihm die Hand auf den Arm und holte ihn aus seinem Erkenntnis-Gedankenstrudel zurück: „Tad, wovon redest du?" „Ich glaube du hattest einen Quallenkuss, also du als du. Und dann hatte Diego jetzt auch einen, aber dabei wurdest du zufällig auf ihn übertragen. Und weil das menschliche Gehirn nicht genug Kapazitäten hat, hast du ihn quasi überspeichert", versuchte er es mir immer noch so aufgedreht zu erklären, aber das machte es nicht besser.

Was er da laberte, ergab überhaupt keinen Sinn! Mehr noch, es klang wie das Geschwafel eines Verrückten! Oh mein Gott!

„Tad? Die Infusion, dieser Raum... Sind wir in einem Krankenhaus? Kann es sein... dass sie sich hier um... unseren geistigen Zustand kümmern?", erkundigte ich mich so einfühlsam wie möglich, ob wir in der Klapse waren. Die Frage war nur, ob ich von ihm wirklich eine verlässliche Antwort erwarten konnte.

Welcher Verrückte gestand sich seinen Wahnsinn schon ein? Hatte ich damit nicht sogar schon das Kriterium erfüllt, um nicht verrückt zu sein, indem ich eben das in Erwägung zog? Ich fühlte mich gar nicht verrückt! Meine Gedanken waren ganz klar! Allerdings dachte ich, ich wäre ein behindertes Mädchen und dieser Körper zeichnete eindeutig eine andere Realität.

Vielleicht war mein bisheriges Leben ja ein Trugbild gewesen, in das ich mich geflüchtet hatte! Nur warum hatte ich mir dann nicht ein paar Freunde ausgedacht oder wenigstens funktionierende Beine?

Bevor ich meinen eigenen potenziellen Wahnsinn weiter analysieren konnte, ergriff mein Mitstreiter wieder das Wort und zwar ziemlich baff: „Du denkst ich bin verrückt?!" „So hätte ich das jetzt nicht ausgedrückt. Und es ist ja auch nicht so schlimm. Ich finde dich trotzdem sehr nett und sich sowas auszudenken, ist echt intelligent. Ich wäre nie auf sowas gekommen. Aber Erkenntnis ist der erste Schritt zur

Besserung!", versuchte ich es positiv zu sehen, nicht nur für Tad, auch für mich. So eine Erkenntnis war schon hart.

„Elvira - Elli. Ich bin nicht verrückt", bestritt er sanft aber echt überzeugt: „Und ich glaube, du bist es auch nicht. Du bist ein Wunder. Aber ich kann verstehen, dass dich das alles verwirrt." Ich sollte ein Wunder sein? In meinem ganzen Leben war ich nichts anderes gewesen als verkorkst, im besten Fall noch wunderlich.

Vollkommen ernsthaft schaute er mich an und seine Wimpern waren wirklich perfekt. Warum hatten Typen eigentlich immer so hübsche Wimpern, ohne sich irgendwie darum zu kümmern und bei Mädchen, die sich so viel Mühe gaben, standen sie ab wie Kraut und Rüben? Unfair!

„Was weißt du über Quallen?", fragte mich Tad immer noch mit diesem verständnisvollen aber sachlichen Blick. Wollte er jetzt mein Allgemeinwissen testen? Wir waren doch nicht in der Schule!

Doch obwohl ich beim besten Willen nicht verstand, worauf er hinaus wollte, konnte ich sehen, dass es ihm wichtig war und ich nahm mir ein Herz: „Quallen haben Tentakel, die können auch giftig sein. Sie leben im Meer und können sich selbst bewegen, aber ich glaube, sie benutzen auch viel so Meeresströmungen. Und…" „Nein", unterbrach er mich ruhig: „Ich meine Geisterquallen."

„Geisterquallen?", wiederholte ich skeptisch: „Noch nie davon gehört." Und da wären wir wieder beim Thema Wahnsinn.

Tief holte Tad Luft und fing an, mir seine Welt zu schildern: „Die Geisterquallen wurden noch vor dem großen Krieg erfunden. Wie genau das möglich war, kann niemand mehr sagen, die Aufzeichnungen wurden vernichtet. Aber es ist klar, wofür sie entwickelt wurden: Unsterblichkeit. Forscher haben lange versucht den menschlichen Körper zu verbessern und ein höheres Alter zu ermöglichen, doch es gibt Grenzen. Jedoch nicht für unseren Verstand. Die Geisterquallen sollten als Speicher dienen. In ihnen sollten die

Gehirnfunktionen und damit quasi das gesamte Wesen eines Menschen so lange erhalten bleiben, bis es der Forschung irgendwann auch möglich war, die menschlichen Körper unbeschränkt haltbar zu machen. Sie wurden als die Erfindung des Jahrtausends gefeiert, das Tor zur Ewigkeit. Doch sie gerieten außer Kontrolle und fingen an, wahllos Menschen den Gehirnspeicher zu entziehen. Wir nennen so etwas einen Quallenkuss. Danach bleiben nur sehr wenige Gehirnfunktionen erhalten. Mit Hilfe können solche Menschen zwar überleben, aber… sie sind nicht mehr wirklich da. An den Quallen konnten bisher keine Forschungen durchgeführt werden, aber wir gehen davon aus, dass die entzogenen Gehirnfunktionen immer noch in den Quallen gespeichert sind. Genau das könnte bei dir passiert sein. Du könntest noch vor dem großen Krieg in einer Qualle gespeichert und jetzt auf Diego übertragen worden sein."

Einen Moment dachte ich einfach nur darüber nach. Erfindung, die nach hinten losging. Krieg… So unwahrscheinlich war das gar nicht, die Geschichte hatte da ja einige Beispiele zu bieten.

Aber wenn das alles wirklich stimmte… Der Gedanke trieb mir wieder Tränen in die Augen. Warum musste ich so eine verdammte Heulsuse sein?! „Was ist los?", fürsorglich legte mir Tad die Hand auf den Arm. Von der Euphorie meines Wunder-Quallenkusses war nichts mehr zu sehen. Er schien sich wirklich Sorgen um mich zu machen, nicht als Problem, das man lösen musste, wie es die Forscher und Ärzte so oft taten, sondern als Mensch.

Krampfhaft schluckte ich, doch meine Stimme zitterte trotzdem: „Wenn ich wirklich so lange eine Qualle war… Heißt das… Heißt das… ich bin… tot?" Es laut auszusprechen war wie eine grauenvolle Bestätigung. Dadurch wurde es so schrecklich real und ich konnte die Tränen nicht länger zurückhalten.

„Schhh. Es ist alles in Ordnung", tröstend legte Tad seinen Arm um mich und zog mich sanft zu sich. Schluchzend vergrub ich mein Gesicht an seiner etwas knochigen Schulter. Wenn es noch eine leise Hoffnung gäbe, hätte er es gesagt, diese Umarmung war mein bitteres Todesurteil.

Na ja, streng genommen war ich ja schon längst gestorben und ich hatte es nicht einmal gemerkt! Und jetzt lebte ich als Parasit im Körper eines anderen!

„Elli", sagte Tad ganz sanft: „Du bist mehr als nur dein Körper. Du bist nicht tot. Das hier ist deine zweite Chance."

„Aber meine Familie", krächzte ich und mein Körper verkrampfte sich bei all den erstickenden Tränen.

Ich würde sie nie wieder sehen! Ich konnte mich von ihnen ja nicht einmal verabschieden! Mein Zuhause! Grimm! Alles war weg! Jeder und alles was ich gekannt hatte, einfach weg... Und ich war hier...

„Ich sollte nicht hier sein", brachte ich irgendwie hervor.

„Nein! Elli! Hör mir zu", erwiderte Tad entschlossen und hielt mich dabei immer noch so tröstend in den Armen: „Du bist eine neue Hoffnung. Noch nie haben die Quallen jemanden freigegeben. Aber wenn es bei dir ging, geht es auch bei anderen! Das ist ein gewaltiger Durchbruch! Wir müssen Tests machen und alles ge..." „Nein", unterbrach ich ihn rau mitten im Satz und rückte ein Stück von ihm ab.

Überrumpelt sah er mich an. Schniefend zog ich die Nase hoch und hefteten den Blick in die Dunkelheit. Diegos Stimme klang immer noch ziemlich kläglich, als ich sie für eine Erklärung gebrauchte: „Weißt du, ich konnte nicht gehen, ich war gelähmt und keiner wusste genau warum. Also haben sie Test gemacht, immer und immer wieder. Ich weiß, dass meine Eltern nur das Beste für mich wollten, aber das war es nicht. Ständig hatte ich Untersuchungen und Therapien und... ich hab mich kaputt gefühlt, wie etwas, das in Ordnung gebracht werden muss... Das kann ich nicht noch einmal durchmachen! Sinnlose Forschung für nichts und wieder nichts! Wie eine Ratte im Hamsterrad! Du hast gesagt, das hier wäre meine zweite Chance... Ich will kein Wissenschaftsprojekt sein. Ich will leben."

Auch wenn ich Angst davor hatte, was ich sehen könnte, zwang ich meinen Blick zurück und schaute ihm ganz tief in die Augen. So offen hatte ich noch nie mit jemandem geredet...

Nachdenklich schwieg er. Dabei wirkte er kein bisschen wütend oder verurteilend oder mitleidig, einfach nur nachdenklich. Was ging gerade in seinem Kopf vor?

Unruhig griff ich nach meinen Haaren, um eine Strähne nervös um meine Finger zu zwirbeln, wie ich es so oft tat, doch da war nichts. In seinem Körper zu sein, fühlte sich immer noch so falsch und fremd an, auch wenn er so natürlich meine Bewegungen umsetzte.

„Du willst dich also als Diego ausgeben", fasste Tad schließlich zusammen. Langsam nickte ich. Das klang irgendwie verboten und feige. Schuldbewusst senkte ich meinen Blick auf diese Hände, die nicht wirklich mir waren.

Ich hätte damals zu all den Forschungen nein sagen sollen, ich hätte mein Leben leben sollen. Doch jetzt war diese Entscheidung egoistisch und kalt. Wenn ich wirklich dafür sorgen konnte, dass auch andere Menschen zurückkamen und nicht länger in diesen dubiosen Quallen gefangen waren, war es dann nicht meine Pflicht es zu tun? Mein Leben und meine Wünsche waren so klein und unwichtig im Vergleich dazu.

Aber wenn ich nur daran dachte, wieder all das durchzumachen... Alles in mir wehrte sich dagegen. Jahrelang hatte ich mich da durchgekämpft, doch irgendwann ging es einfach nicht mehr. Und gerade... Eben hatte ich erfahren, dass mein Körper tot war, genau wie alle die ich liebte, dass ich in irgendeiner verrückten Zukunft mit blutrünstigen Gedankenquallen lebte und dass ich im Körper eines Jungen steckte. Und dann sollte ich auch noch das bisschen, was von meinem Leben übrig geblieben war, quasi aufgeben.

In meinem Inneren brodelte eine toxische Mischung an Gefühlen, die mich regelrecht zerfraß und ich wusste einfach nicht, was ich tun sollte! Mein Verstand war beim ersten Punkt noch nicht einmal richtig mitgekommen und hatte viel zu viel zu verarbeiten und wenn ich auf mein Herz hörte, fühlte sich jede Entscheidung gleich falsch an! Selbst zu atmen fühlte sich irgendwie falsch an!

Bei meinem kochenden Gefühlscocktail trat eindeutig wieder Verzweiflung in den Vordergrund. Ich konnte mich nicht erinnern, mich jemals so abgrundtief schlecht gefühlt zu haben.

Gefasst fing Tad wieder an zu sprechen und die überlegte Ruhe in seiner Stimme ließ auch das Chaos in meinem Inneren wenigstens ein kleines bisschen abflauen: „Du hast viel durchgemacht und ich will dich zu nichts drängen, aber was hältst du davon, wenn ich die Tests mache? Diego ist sowieso wegen seiner speziellen Genmutation hier und ständig wird irgendwas getestet. Ein paar Untersuchungen würden nicht auffallen. Aber du würdest nicht rund um die Uhr unter Beobachtung stehen. Du könntest immer noch leben, auch wenn diese Anlage vielleicht nicht der schönste Ort dafür ist. Ich würde dir auch helfen, mehr wie Diego zu wirken. Das könnte unser kleines Geheimnis sein."

Überrascht schaute ich ihn an. Er kannte mich erst ein paar Minuten und war schon bereit für mich alle hier anzulügen. Mir fehlten die Worte!

„Ich weiß, ich bin nicht gerade ein Spitzenforscher, dem man sich gerne anvertraut, aber…", deutete er mein Schweigen völlig falsch. Dieser minderwertige Ausdruck in seinen Augen…

Entscheiden fiel ich ihm ins Wort: „Nein! Nein! Nein! Daran liegt es nicht! Ich hab nur gezögert, weil ich von deinem Vorschlag so überwältigt war! Das ist der Hammer!"

Unsicher blinzelte er, als wäre er sich nicht sicher, ob das wirklich mein Ernst war. Kurz drückte ich ihn fest an mich, mal wieder unter stechendem Protest meiner Schulter und als ich ihn danach direkt ansah, fügte ich immer noch total dankbar hinzu: „Ich bin so unglaublich froh, dass du mir hilfst. Alleine könnte ich das nie schaffen!"

„Meinst du das echt so?", ein Hauch Verletzlichkeit lag in seinem Blick. Wer hatte ihm nur den Glauben genommen, etwas richtig machen zu können? Dem würde ich gerne mit meinem neuen muskelbepackten Körper ordentlich die Fresse polieren!

„Tad. Wenn ich schon ein Junge in einer Science-Fiction-Welt sein muss, dann will ich dich an meiner Seite haben. Glaub mir, ich hatte schon mit sehr vielen Ärzten und Wissenschaftlern und so Heinis zu tun und du bist eine echte Verbesserung. Wenn ich durch diesen Wahnsinn muss, dann mit dir", stellte ich voller Überzeugung klar und in mein Gesicht hatte sich wie von selbst ein warmes Lächeln geschlichen.

Ich konnte sehen, dass ihn meine Worte wirklich berührt hatten und das war ein schönes Gefühl.

„Also haben wir einen Deal? Du hilfst mir bei der Quallenforschung, ich helfe dir beim Leben", ganz offiziell hielt er mir seine Hand hin. „Hast du mir nicht zugehört? Natürlich haben wir diesen Deal!", und mit diesen Worten schlug ich ein.

3

„Als erstes will ich mehr über diesen Ort erfahren. Und über die Zeit. Wie ist es so? Gibt es Raumschiffe und Teleportation und Kolonien auf dem Mars? Sind wir vielleicht sogar auf einem anderen Planeten?", so ein bisschen aufregend war das ja schon und wenn ich mein Gehirn mit genug Information vollstopfte, dachte ich vielleicht nicht so viel an die ziemlich gravierende Schattenseite, die das alles hier hatte.

Ein kleines, liebes Lächeln lag auf seinem Gesicht und ich würde fast sagen, er war amüsiert. Mit seiner ruhigen Stimme fing er an zu erzählen: „Erst einmal muss ich dich enttäuschen. Es gibt keine Raumschiffe, keine Teleportation und nicht einmal eine Landung auf dem Mars. Das hier ist immer noch ganz normal die Erde. Allerdings hat der große Krieg viel verändert. Viel wurde unwiderruflich zerstört und der Wiederaufbau dauerte sehr lange. Über diese Zeit gibt es bei heute keine verlässlichen Quellen. Zumindest wissen wir, dass die geopolitischen Konflikte wegen der Verdunstung der Meere dafür…"

„Die Meere sind verdunstet?!", unterbrach ich ihn ungläubig. Die Erde war doch immer der blaue Planet gewesen mit mehr Wasser als Landmasse! Wie konnte das verdunsten?!

„Ja, aber das Wasser ist nicht wirklich weg. Es hat quasi eine neue Schicht in unserer Atmosphäre gebildet. Eine Zeitlang gab es eine üble Wasserknappheit, doch mittlerweile haben wir Apparate zur Kondensation und es ist kein Problem mehr an das Wasser ranzukommen. Dafür gibt es hier unten allerdings keine wirkliche Sonne mehr. Ihre Strahlen dringen kaum durch die gewaltige Masse Wasserdampf. Am Himmel gibt es verschiedene chemische Reaktionen, die zu einem Leuchten führen, lange nicht so hell wie die Sonne. Ansonsten wird das meiste Licht künstlich von uns erzeugt. Wir imitieren damit den Tagesrhythmus von hell-dunkel, für die biologische Uhr und natürlich die Landwirtschaft", klärte Tad mich locker auf.

Eine Welt ohne Sonne, dieses Leben wurde ja immer reizvoller.

„Und dieser Ort? Du hast gesagt hier wäre ein Labor. Was genau forscht ihr hier? Genmutationen?", versuchte ich so viel wie möglich in Erfahrung zu bringen. Von Genmutationen hatte er doch etwas erwähnt, oder?

„Nicht direkt. Wir sind Teil der EQTF", fing er begeistert an und ich verstand nur Bahnhof. Écouter? War das nicht französisch für zuhören? Und was hatte dieses F verloren? Das ergab doch keinen Sinn!

„Das ist die Abkürzung für Einrichtungen für quallentechnische Forschung. Weil die Meere verdunstet sind, ist auch ein großer Lebensraum nicht mehr existent, der natürliche Lebensraum der Quallen. Hier haben wir einige Exemplare. Wir hoffen dadurch vielleicht Rückschlüsse auf ihre gefährlichen Verwandte ziehen zu können. Meine Eltern sind hier als Forscher", bei dem letzten Satz trübte sich der Glanz in seinen Augen.

Seine Eltern waren wohl ein heikles Thema für ihn. Lieber schnell das Gespräch in eine andere Richtung lenken: „Sind hier nur Forscher? Oder gibt es vielleicht noch mehr in unserem Alter?"

„Die meisten sind schon Forscher. Aber wir haben noch Haushälter, die hier quasi alles am Laufen halten und ein kleines Ärzteteam, das allerdings auch viel in der Forschung mit involviert ist. Alles in allem sind wir nicht besonders viele. Und etwa in unserem Alter sind wir zu sechst: Da gibt es Nola und ihren kleinen Bruder Ric, ihre Mutter ist Handwerkerin und kümmert sich um die Anlagen und ihr Vater Koch. Nola kann auch gut kochen, Ric ist eher zurückgezogen und nutzt jede Gelegenheit um Videospiele zu spielen. Dich lädt er dabei auch manchmal ein. Nur als Vorwarnung. Oh! Und vor Merle sollte ich dich wahrscheinlich auch warnen. Sie ist deine Freundin, also Diegos Freundin, zumindest meistens und ihre Eltern sind beide Ärzte. Außerdem gibt es noch Tim. Sein Vater ist auch Forscher. Seine Mutter ist tot. Allerdings gibt es Gerüchte, dass sie nur einen Quallenkuss hatte und somit rein faktisch noch am Leben ist, aber für seinen Vater ist das wie tot. Sprich ihn besser nicht darauf an. Er ist meistens sehr reizbar", lieferte Tad mir eine ziemlich detaillierte Zusammenfassung der Leute, mit denen ich es hier zu tun bekommen würde, nur sah er dabei immer noch ziemlich gezwungen aus und das tat mir leid.

Eigentlich musste ich ja immer noch mehr über diese Personen erfahren, wenn sie nicht sofort Verdacht schöpfen sollten, aber das konnte noch ein bisschen warten. „Zwei wichtige Fragen: Was ist außerhalb des Labors? Und was esst ihr hier so?", führte ich mein Verhör langsam richtig wissbegierig fort.

Besonders meine zweite Frage hatte gesessen. Schon lockerte sich sein Gesichtsausdruck wieder auf.

Bereitwillig antwortete er mir: „Zuerst das wichtigere: Unser Essensplan ist eigentlich noch echt gut, wenn man ihn mit dem in den Städten vergleicht. Alle 30 Tage bekommen wir eine Lieferung mit Lebensmitteln. Mehl, Öl, Fleisch, Käse, alles was irgendwie aufwändiger in der Herstellung ist. Allerdings bauen wir hier unser eigenes Obst und Gemüse an. Wenn sich der Erntezeitplan unerwartet verschiebt, kann es auch mal Algen und Ergänzungsprodukte geben. Das sind dann Vitamine, Mineral-Verbindungen und solche Sachen. Doch das kommt nur sehr selten vor. Meistens haben wir schon frisches Essen, nur halt saisonweise immer recht eintönig. Aber ich kann mich eigentlich nicht beschweren. Wie gesagt, in den Städten sieht es viel schlimmer aus. Und damit wären wir bei deiner zweiten Frage: Unser Labor liegt etwas abseits. Unsere Forschung ist sehr wichtig und viele Städte haben mit einer hohen Kriminalität zu kämpfen. So ist es sicherer. Außerdem hat sich das Leben größtenteils unter die Erde verlagert, wo man vor den Quallen sicher ist. Überirdisch sieht man die alten Gebäude zerfallen. Da haben wir es hier deutlich schöner. Wenn wir entlassen werden, zeige ich es dir mal: Weit und breit Felsen, Berge und Sand. Mit ein bisschen Glück kann man sogar Fossilien finden. Genau hier war mal ein Ozean."

Das war sehr viel auf einmal. Zerfallene Städte, Menschen, die wie Maulwürfe in der Erde lebten, ein Labor im ausgetrockneten Meer... Diese Welt wurde nur immer verrückter. Und ich musste mehr wissen!

„Das ist die Krankenstation, oder?", machte ich an einer ganz anderen Stelle weiter. „Ja. Hier ist meistens nicht viel los", mit diesen Worten ließ er seinen Blick durch das unheimliche Halbdunkel schweifen. „Ich bin hier wegen der Schulter", kombinierte ich ja mal wahnsinnig intelligent: „Aber warum bist du hier?"

Demonstrativ hob er seine linke Hand hoch, die in einen Verband eingewickelt war: „Ich hab mich bei einem Versuch ein bisschen verätzt. Damit hätte ich natürlich auch normal in meinem Zimmer schlafen können, aber ich mag die Ruhe hier."

„Ich bin wirklich froh, dass du dich verätzt hast", drückte ich mich einfach fabelhaft aus. Verwirrt sah er mich an. „Ansonsten wäre ich hier ganz alleine gewesen, hätte einen Nervenzusammenbruch gehabt und wäre entweder das nächste medizinische Wunder geworden oder in die nächste Irrenanstalt gekommen. So oder so kein echtes Leben. Also hast du quasi mein Leben gerettet", erklärte ich schnell meinen blöden Kommentar und lächelte dabei irgendwie überdreht.

Heute testete ich mich echt eine Runde querbeet durch das Spektrum menschlicher Gefühle. Anstrengend. Und Tad spielte weiter so geduldig meinen Seelenklempner.

Unnachgiebig füllte eine Frage meinen Kopf aus, die zwar nichts mit dieser neuen Welt zu tun hatte, über die ich noch so viel lernen musste, jedoch so dominant war, dass ich sie einfach stellen musste: „Warum hilfst du mir eigentlich?"

Tad hatte nichts davon. Er könnte meinen Zustand auch mit den anderen teilen und dann gemeinsam mit ihnen mich und mein Leben auseinander nehmen. Der einzige logische Grund auf eigene Faust zu forschen wäre der, den Erfolg für sich alleine beanspruchen zu können, doch irgendwie passte das nicht zu ihm.

„Ich weiß, dass die Forschung schnell den Menschen vergisst", starr richtete er seinen Blick ins Nirgendwo: „Du sollst nicht für potenzielles Wissen vergessen werden." Und obwohl er es nicht direkt sagte, war eins bei seinen Worten absolut klar: Er war für die Forschung vergessen worden.

Waren es seine Eltern gewesen? Vor meinen inneren Augen sah ich den kleinen Tad, wie er um die Aufmerksamkeit seiner Eltern kämpfte, doch für Studien und Versuchsreihen stehen gelassen wurde. Seine Gefühle waren wahrscheinlich egal gewesen. Das würde auch erklären, warum er nicht gerne von den Leuten hier redete. Aber ich würde nicht fragen, ob meine Vermutung stimmte, ich wollte ihn mit dieser Nachbohrerei nicht verletzen, denn er war schon oft genug verletzt worden, das stand ihm bitter ins Gesicht geschrieben.

„Danke", sagte ich ehrlich und drückte ihn an mich, als wäre es das Selbstverständlichste der Welt. Dabei war es eigentlich komisch, so vertraut mit ihm umzugehen. Wir kannten uns kaum. Aber obwohl ich jetzt wusste, dass eine völlig durchgedrehte Welt außerhalb dieses bedrückenden Raumes lag, fühlte es sich so an, als wären wir die einzigen

Menschen und er würde ja auch der einzige Mensch sein, der wirklich wusste, wer ich war.

Nachdenklich lehnte ich mich an ihn und atmete tief seinen Geruch ein. Fisch und Pfefferminz. Ich hätte echt nicht gedacht, dass ich diese schreckliche Kombi einmal so schön finden würde...

„Du riechst gut", sprach ich diesen nicht ganz zurechnungsfähigen Gedanken aus Versehen laut aus. Na ja, es war eher ein Murmeln gewesen, jedoch leider immer noch deutlich genug, dass er es verstanden hatte. „Was?", man hörte das Stirnrunzeln förmlich in seiner Stimme.

„Ähm. Also hier ist alles leer und abweisend. Und du riechst nach etwas. Und ähm das macht es irgendwie lebendiger und öh ich bin froh nicht allein zu sein", versuchte ich noch irgendetwas zu retten und rückte peinlich berührt von ihm weg.

Ich wusste gar nicht so recht, wo ich hinsehen sollte und meine Wangen röteten sich beschämt. Nein, das war eine ziemliche Untertreibung, ich lief roter an als ein Stoppschild, aber vielleicht sah man das bei den speziellen Lichtverhältnissen und meiner neuen, braunen Haut nicht so krass.

Für einen Moment schwieg er und ich hatte das Gefühl sämtliches Blut meines Körpers würde sich in meinem Kopf sammeln. Diesen Augenblick der Stille hielt ich einfach nicht aus. Irgendetwas musste ich sagen, doch mir wollte zum Verrecken nichts Intelligentes einfallen, also wurde es: „Ich finde, jemand sollte jetzt echt etwas sagen, aber mir fällt nichts ein, und dir?"

Mit dieser Frage hatte er wohl nicht gerechnet. Überrumpelt wanderten seine Augenbrauen nach oben, aber sowas einfach so in die Stille zu plappern, war ja auch etwas seltsam.

Kurz räusperte Tad sich und schnitt dann von sich aus ein Thema an, das er offensichtlich lieber ignoriert hätte: „Ich sollte dir wohl ein bisschen was von Diego erzählen."

Stumm nickte ich nur. „Er ist jetzt etwa zwei Jahre lang bei uns. Er kam allein, ohne Familie. Er... Eigentlich weiß ich nicht so viel über ihn", brach Tad mittendrin ab. Das würde ja lustig werden, sich mit so wenigen Informationen für Diego auszugeben. Echt spitze.

„Ich lehne mich mal ganz weit auf dem Fenster und vermute, dass er viel Sport treibt, sehr selbstüberzeugt ist und gerne ein bisschen Show macht", schloss ich aus den paar Wissensbrocken, die ich hatte. „Genau", bestätigte Tad nickend: „Woher weißt du das?"

„Große Fluktuation bei meinen Zimmergenossen und behandelndem Personal, da lernt man irgendwann Menschen einzuschätzen", meinte ich mit einem lockeren Schulterzucken. War ja jetzt nichts Besonderes. Und meine Feststellung war definitiv nicht Sherlock Holmes reif. Das war alles ja sehr offensichtlich.

Eigentlich voll fies, wenn ich mir überlegte, dass ich wegen seiner Waghalsigkeit und wahrscheinlich auch Angeberei jetzt die Schmerzen seiner ausgerenkten Schulter hatte! Na ja, um fair zu sein, hatte ich ja auch seine Muskeln bekommen, für die er sicher lange hart trainiert hatte... Und ohne seine dumme Aktion wäre ich jetzt gar nicht erst hier.

Diese Situation war so schräg, das konnte man alles nicht gegeneinander aufwiegen.

„Kannst du dich noch an deinen Quallenkuss erinnern?", wollte er vorsichtig und ziemlich aus dem nichts von mir wissen. „Quallenkuss klingt voll wie der Kuss der Dementoren. Danach ist man auch hinüber", warf ich nicht ganz angebracht ein. Verwirrt blickte mich Tad an.

„Natürlich. Ultimative Forschung für die Rettung der Menschheit, klar habt ihr da keine Zeit für Harry Potter", brabbelte ich irgendwie nervös vor mich hin. Dabei wusste ich nicht einmal wirklich warum! Wenn ich so weiter machte, konnte ich bald eine Doktorarbeit über die Stadien der Peinlichkeit schreiben! Oh man!

Einfühlsam legte Tad mir die Hand auf die Schulter (selbstverständlich die linke, die rechte wäre ja auch eher sadistisch als einfühlsam gewesen) und redete mit ganz weicher

Stimme: „Wenn du noch nicht darüber reden willst, ist das vollkommen in Ordnung. Wir haben Zeit, wir können das ganz in Ruhe angehen."

„Nein, ich…", setzte ich an, doch ich wusste gar nicht, was ich sagen könnte. Zum ersten Mal dachte ich gezielt an das, was unmittelbar vor meinem Aufwachen passiert war, doch während meine anderen Erinnerungen noch so klar waren, als hätte ich sie gestern erst erlebt, war es hier so, als lägen sie eine Ewigkeit zurück.

Ich konnte spüren, dass da tief unten etwas war oder lag das nur an meiner Überzeugung, dass da etwas sein muss-te? Was war da gewesen?

Konzentriert tauchte ich in das Meer meiner Erinnerungen und umso weiter ich kam, desto dunkler und ungreifbarer wurde es. Vage konnte ich mich daran erinnern, dass ich krank wurde. Husten, Schweratmigkeit. Meine Kehle schnürte sich zusammen, als wollte sie diese Erinnerung nachspielen. Aber danach verschwamm alles.

Wie hatte mein Gehirn in dieser Qualle landen können? Und wie hatte ich nichts von ihrer Existenz wissen können? Ich hätte es doch mitbekommen, wenn die Erfindung des Jahrtausends gefeiert worden wäre!

Ein schrecklicher Gedanke nahm inmitten dieser trüben Fragen Gestalt an: Was, wenn ich ganze Jahre meines Lebens vergessen hatte und es so grauenerregend gewesen war, dass mein Verstand versuchte mich durch Amnesie selbst zu schützen?

„Ich weiß nicht genau, was passiert ist", gestand ich mit tonloser Stimme. „Das ist nicht schlimm", versicherte er mir sofort und rieb tröstend meine Schulter: „Dein Verstand war gerade über Jahrzehnte in einer Qualle und jetzt in einem fremden Körper. Da ist es doch nur logisch, dass du dich erst einmal an alles gewöhnen musst. Das kommt sicher mit der Zeit. Das war jetzt viel auf einmal. Es ist alles in Ord-nung und du musst dir keine Sorgen machen. Es muss sich nicht alles sofort klären. Wir machen das schön Schritt für

Schritt, einer nach dem anderen. Dafür, dass du noch nicht mal einen Tag hier bist, schlägst du dich schon wirklich gut." Tad redete mit solcher Selbstverständlichkeit, als hätte er endlos Erfahrung mit Fällen wie mir, nur dass ich genau wusste, dass es keine Fälle wie mich gab und alle seine lieben Worte im Grunde nur bloße Spekulation waren. Er wusste nicht mehr als ich und so wie ich das sah, sollte ich mir schon Sorgen machen als Teenagerin mit Gedächtnislücken im Körper eines machomäßigen Typen. Nicht zu vergessen die beachtliche Zeitspanne, die ich einfach übersprungen hatte.

Immer wenn ich über diese irre Konstellation nachdachte, war ich mir nicht sicher, ob ich lachen oder weinen sollte. Es wirkte halt wie ein richtig fieser Scherz auf meine Kosten. Aber Tads Gegenwart half mir die Nerven zu behalten. Trotz all dem, was ja auch für ihn eine echte Nummer war, war er so wunderbar gefasst und an seiner unerschütterlichen Ruhe konnte ich mich festhalten.

Seufzend atmete ich aus. „Du hast recht, das war viel auf einmal. Ich glaube, ich will mich eine Weile einfach hinlegen und... einfach hinlegen", meinte ich ziemlich fertig. Meine Strategie mich mit Wissen abzulenken hatte meinen Kopf ordentlich zum Rumoren gebracht und ich wusste immer noch nicht so recht, wo ich da anfangen sollte.

„Natürlich", verständnisvoll stand er auf und bot mir seine Hand an: „Ich kann dich gerne wieder stützen. Das erste Mal zu gehen und dann gleich mit Schmerzmitteln intus ist schon eine Herausforderung."

„Ähm...", unsicher sah ich zu meinem Bett rüber, nicht weil ich Angst vor der Gehstrecke hatte, na ja, das auch ein bisschen, aber der Hauptgrund war, dass ich da alleine sein würde, zwar nicht viel alleine, aber ein wenig und ein wenig war immer noch zu viel.

„Du musst...", setzte Tad beruhigend an, doch ich unterbrach ihn mit einem Lächeln, bei dem ich mich ziemlich dumm fühlte: „Können wir die Betten zusammenschieben?"

„Ähm, natürlich", willigte er mal wieder von meinen seltsamen Stimmungsschwankungen überrumpelt ein.

Immerhin war diese Idee besser als mein erster dummer Gedanke mit ihm in einem Bett schlafen zu wollen. Das wäre wirklich zu weit gegangen.

Etwas schwerfällig standen wir auf und rückten sein Bett an meins. Dabei gab es wirklich schrecklich kreischende Geräusche von sich. Haarsträubend.

Am Ende hatten wir quasi ein Doppelbett. Immer noch komisch, aber irgendwie brauchte ich das gerade. Verlegen und doch seltsam wohlig kuschelte ich mich in meine Decke ein. Nicht so gut wie zu Hause, trotzdem... ganz in Ordnung.

„Also. Gute Nacht", meinte Tad und es war nicht schwer zu erkennen, dass er sich nicht sicher war, was er von dieser Sache halten sollte. Er griff nach der Leuchtkugel auf dem Nachttisch, wahrscheinlich, um sie irgendwie zu löschen.

„Kannst du das Licht bitte anlassen?", bat ich ihn und klang dabei ganz schön kläglich. „Natürlich", beugte er sich wieder so unglaublich rücksichtsvoll meinen Wünschen und lehnte sich zurück.

„Gute Nacht", wünschte ich ihm noch und schloss erschöpft die Augen.

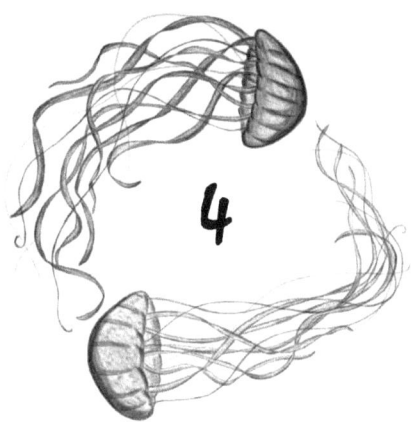

4

Lange lag ich einfach nur da und ließ mir alles durch den Kopf gehen. Neben mir wurde Tads Atmung ganz gleichmäßig und einmal grummelte er etwas Unverständliches vor sich hin.

Ich beneidete ihn dafür, dass er so schnell einschlafen konnte. Schon früher, als ich noch ich gewesen war, hatte es immer eine Weile gedauert, bis der Schlaf endlich gekommen war und jetzt war mein Inneres so aufgewühlt, dass ich wahrscheinlich gar nicht einschlafen würde.

Mit einem kleinen Seufzen öffnete ich meine Augen wieder und starrte an die Decke, die von Tads blauem Algenlicht nur schemenhaft angeleuchtet wurde. Es fühlte sich seltsam an hier zu sein, gerade kam es mir vor wie ein Traum und es war eine schöne Vorstellung einfach wieder aufwachen zu können, auch wenn ich ganz genau wusste, dass das nicht ging.

Die Panik und die Aufregung und all diese verwirrenden Gefühle waren weg, einfach verblasst. Jetzt war da nur noch so eine Leere, eine ruhige, betäubte Leere. Eigentlich ganz angenehm nach diesem anstrengenden Durcheinander.

Trotzdem war immer noch nicht an Schlaf zu denken. Aber ich konnte hier auch nicht die ganze Zeit nur rumliegen und auf den erlösenden Tagesanbruch warten, dann würde ich ganz sicher noch wahnsinnig werden.

Vorsichtig stützte ich mich auf meinen gesunden Arm auf. Keine Ahnung wonach ich eigentlich Ausschau hielt. Doch als ich es dann sah, wusste ich es: Der Notizblock lag auf Tads Nachttisch und rief förmlich nach mir. Malen hatte mich schon immer entspannt und nach allem was heute Nacht los gewesen war, hatte ich Entspannung wirklich dringend nötig.

Nur wie sollte ich an meine Beruhigungstherapie kommen ohne Tad zu wecken?

Vielleicht kam ich dran, wenn ich mich über ihn lehnte... Aber mit meiner empfindlichen Schulter würde das echt schwer werden und irgendwie wäre es auch verdammt schräg, wenn ich ihm so nahe kam, während er schlief. Das fühlte sich an, als würde ich seine Privatsphäre verletzen.

Nein, dann würde ich lieber aufstehen. Auch wenn der Infusionsständer sicher nicht besonders rücksichtsvoll klappern würde und ich immer noch etwas unsicher auf den Beinen war. Einen Versuch war es trotzdem wert. Ich wollte diesen Block!

Wie ein Spion, der einen Einbruch in eine Hochsicherheitszone vornahm, ging ich mit größter Sorgfalt vor. In Zeitlupe schob ich die Decke zur Seite und versuchte dabei völlig lautlos vorzugehen. Ganz leise raschelte der Stoff ein wenig, doch dieses winzige Geräusch war immer noch ninjamäßig leise.

Jetzt kam der schwierige Teil. Langsam drehte ich mich und schwang die Beine aus dem Bett. Es war immer noch ungewohnt, dass sie das von alleine konnten. Einen kleinen Moment verharrte ich an der Bettkante. Mit einer Hand griff ich zur Sicherheit nach dem Infusionsständer.

Ich konnte gehen. Ich würde das schaffen. Keine große Sache.

Ruckartig stand ich auf. Der Infusionsständer gab ein leises Klappern von sich, aber ansonsten funktionierte alles gut. Ich stand. Auf meinem Gesicht breitete sich ein triumphierendes Grinsen aus. Weiter geht's.

Schrittchen für Schrittchen arbeitete ich mich um unser improvisiertes Doppelbett herum. Gerne wäre ich wie ein Geheimagent geschlichen, aber das überstieg dann doch ein wenig meine Möglichkeiten. Ich konnte froh sein, dass ich es überhaupt vernünftig schaffte, einen Fuß vor den anderen zu setzen.

Leise ratterten die Räder des Infusionsständers neben mir. In der Stille klang dieses Geräusch schon echt laut, genau wie das Platschen meiner Füße. Doch Tad schlief immer noch tief und fest. Alles lief nach Plan.

Schließlich hatte ich seinen Nachttisch erreicht. Das helle Licht seiner Algenleuchte stach ein wenig in den Augen und ließ mein Ziel noch viel strahlender erscheinen.

Siegreich griff ich nach dem Block. Meine Mission war erfolgreich. Tad schlief noch und ich würde gleich so viel malen können, wie ich wollte. Jackpot!

Grinsend drehte ich mich wieder um oder zumindest hatte ich das vorgehabt. Mit einem Fuß stieß ich irgendwie gegen den Infusionsständer, ich verlor das Gleichgewicht. Oh nein! Irgendwie schaffte ich es mich am Bett abzustützen, um nicht volle Kanne auf die Nase zu fliegen. Doch mein Manöver hatte einen entscheidenden Nachteil: Ich hing direkt über Tad.

Grummelnd bewegte er sich und verzog das Gesicht! Ertappt wagte ich es nicht mich zu rühren. Sogar meinen Atem hielt ich an. Hatten ich ihn aufgeweckt? Irgendwie fühlte ich mich gerade richtig egoistisch.

Mit einem kleinen Schnaufen atmete er aus und zwar voll in mein Gesicht. Abrupt richtete ich mich wieder auf. Er schlief noch. Schnell drehte ich mich richtig um und tapste zu meiner Seite zurück. Dieser Moment war echt schräg gewesen, peinlich.

Nicht mehr ganz so auf Lautlosigkeit bedacht, ließ ich mich aufs Bett plumpsen und deckte mich wieder zu. Nach einem kleinen Moment, den mein Kopf noch brauchte um diese komische Situation abzuschließen, wandte ich mich auch endlich meiner hart erkämpften Beute zu.

Der Block war immer noch auf der Seite mit meinem Selbstporträt aufgeschlagen. Eine ganze Weile starrte ich es an und fing wie von selbst an Tads Bleistift weiter zu zerkauen. Wenn ich mir darum Gedanken gemacht hätte, dass er da zuerst dran geknabbert hatte, hätte ich es wahrscheinlich eklig gefunden, doch ich dachte im Moment an gar nichts.

Es war als würde ich einen Geist sehen, meinen Geist. Dabei sollte es doch eigentlich so sein, als würde ich in einen Spiegel sehen. Es sollte die Gegenwart sein, nicht die Vergangenheit... Seltsame Gedanken.

Raschelnd drehte sich Tad um und lag jetzt mit dem Gesicht zu mir. Gedankenverloren schaute ich zu ihm rüber. Er sah so entspannt und ruhig aus. Allein seine Gegenwart half mir auch wieder ruhiger und klarer zu werden.

„Danke", flüsterte ich und wandte mich wieder meinem Projekt zu. Was sollte ich auf die Rückseite von meinem Selbstporträt malen? Vielleicht Diego? Das wäre ja sowas wie die zwei Seiten einer Medaille oder ein Vorher-Nachher Vergleich. Allerdings versetzte mir der Gedanke an dieses Gesicht, aus dessen Augen ich jetzt die Welt sah, immer noch einen tiefen Stich. Er tat zwar so als wäre er mein Körper, doch das war eigentlich nur eine dreiste Lüge.

Mit einem zufriedenen Seufzen atmete Tad aus und ich schaute doch nochmal zu ihm. Die Brille war ihm leicht verrutscht und wie er da so friedlich schlief, sah er echt knuffig aus.

Spontan entschied ich einfach ihn zu zeichnen, genau wie er da lag. Ich ließ mir deutlich mehr Zeit, als bei meinem kleinen Beweisstück von vorhin, dieses Mal versuchte ich jedes kleine Detail einzufangen, jeder kleine Schatten, jedes kleine Muttermal...

Seine Muttermale. Das fiel mir jetzt erst auf! Seine Wange zierten fünf ziemlich markante Muttermale und wenn man sie verband kam eine Zick-Zack-Linie heraus, die genau aussah wie das Sternzeichen Kassiopeia. Ein wunderschönes Detail. Regelrecht himmlisch. Bei dem Gedanken musste ich schmunzeln.

Befreit von all den drückenden, ungeklärten Fragen feilte ich immer weiter an meiner Zeichnung, bis ich diesen kleinen, verträumten Moment für immer auf Papier festgehalten hatte. Danach zeichnete ich die Sterne, ganze viele Sterne, mal geordnet in den paar Sternbildern, die ich kannte oder wild durcheinander. Und ich malte die Schildkröte aus Momo, immerhin hieß die auch Kassiopeia und als Kind hatte ich die uralte Zeichentrickserie wirklich geliebt, nur die grauen Männer hatte ich schrecklich gruselig gefunden.

Da ich ja jetzt schon bei Charakteren aus Serien, Filmen und Comics war, ergänzte ich noch ein paar. Eine wundervolle Seite voller chaotisch zusammengewürfelter Kindheitserinnerungen und weil es so schön war gleich noch ein Blatt. Dann musste ich irgendwie wieder daran denken, wie ich mit meinen Eltern einmal dieses Riesenaquarium besucht hatte. Auf der Hinfahrt hatte ich Lilo und Stitch geguckt und gerade hatte ich einen Stitch gemalt, vielleicht kam daher die Erinnerung, aber das war ja auch egal.

Weil es einfach so sein musste, füllte ich die nächste Seite mit lauter Meerestieren, in ganz verschiedenen Zeichenstilen, was sich gerade eben richtig anfühlte. Alles was mir in den Sinn kam, floss völlig natürlich aufs Papier. Besonders um die Quallen drehten sich meine Gedanken wie ein Wasserstrudel. Quallen deren Tentakel mit anderen verflochten ein Herz bildeten, glubschäugige Quallen, elegante Quallen, große Quallen, kleine Quallen, Quallen, Quallen, Quallen.

Plötzlich sprang mit einem Surren das Licht an. Erschrocken zuckte ich zusammen und zog aus Versehen einen hässlichen, dunklen Strich durch meine neuste, halbfertige Quallen-Skizze. Geblendet kniff ich die Augen zusammen. Mit einem Schlag war es so schrecklich hell.

Neben mir regte sich auch Tad mit einem unwilligen Grummeln. Ich war so versunken gewesen, dass ich gar nicht mehr daran gedacht hatte, dass er auch da war. Na ja, ich hatte ja nicht gezielt ihn ausgeblendet, ich hatte einfach vergessen, dass der Rest der Welt noch da war und das schloss Tad nun mal mit ein. Genau.

Schläfrig fasste er sich ins Gesicht und tatschte dabei genau auf das Glas seiner Brille. Ich ging mal stark davon aus, dass er sie sonst zum Schlafen immer auszog.

„Guten Morgen!", trällerte ich viel zu energiegeladen dafür, dass ich gerade die ganze Nacht durchgemacht hatte. Erschrocken fuhr er total zusammen. Scheinbar hatte auch er ganz vergessen, dass ich auch noch da war oder er war einfach noch nicht ganz wach gewesen, so oder so nahm ich es ihm nicht übel.

„Guten Morgen", echote er und seine Worte waren durch ein herzhaftes Gähnen kaum verständlich. Rein theoretisch hätte er auch etwas wie „Guck Migräne!", sagen können, doch das hielt ich schon für sehr unwahrscheinlich.

Mit müde zusammengekniffenen Augen sah er mich an: „Hast du überhaupt geschlafen?" „Nein. Ich konnte nicht, ich hab gemalt", antworte ich ihm locker-ehrlich, warum sollte ich ihn auch anlügen? Neugierig griff er nach seinem Notizbuch und ich überließ es Tad leichtfertig.

Zu spät fiel mir ein, dass ich ja auch ein Bild von ihm gezeichnet hatte, wie er schlief! Er musste mich für eine verrückte Stalkerin halten! Oh man! Hätte ich doch lieber Diego gemalt!

Unruhig beobachtete ich sein Gesicht während er unaufhaltsam rückwärts blätterte. Durch meinen Kopf schossen tausend Erklärungen, die ich anbringen könnte, doch selbst in meinen Gedanken klangen sie gestottert, wie sollte das erst sein, wenn ich sie laut aussprach?! Ich hätte wirklich vorher nachdenken sollen!

Dass sein Gesicht beim Blick auf meine spontanen Kritzeleien (als Kunstwerk wollte ich sie nicht bezeichnen, auch wenn ich da schon mein Herzblut reingesteckt hatte) quasi eine nonverbale Lobeshymne war, machte diesen Moment auch nicht leichter. Tad wirkte so fasziniert und interessiert und wertschätzend und... es war so wunderschön, dass er meine Kunst so würdigte, doch was, wenn ich mir das nur einbildete und überinterpretierte?

Oder noch schlimmer: Was, wenn er diese verhängnisvolle Seite erreichte und sich all seine Achtung in Abneigung verwandelte? Würde er mir dann vielleicht sogar nicht mehr helfen wollen?

Nein, da steigerte ich mich zu sehr rein. Letzte Nacht war er so unterstützend und verständnisvoll gewesen, ich konnte mir nicht vorstellen, dass er wegen einem komischen Bild so grundlegend seine Meinung änderte. Er war ein guter Mensch. Meine Dummheit würde keine ernsten Folgen haben. Trotzdem wollte ich nicht, dass er schlecht von mir dachte...

Raschelnd schlug er die Seite auf. Angespannt und schuldbewusst hielt ich den Atem an. Wie würde er reagieren?

Seine Augen weiteten sich erstaunt, als er sich selbst erkannte. Nachvollziehbare erste Reaktion. Natürlich war er zuerst überrascht. Beschämt drückte ich mich so tief ins Bett wie es irgendwie ging, leider waren es nur ein paar Millimeter und das Bett machte keinerlei Anstalten mich zu verschlucken und mich damit vor diesem unangenehmen Moment zu bewahren. Ungläubig sah Tad von der Zeichnung auf und blickte mich direkt an.

„Es tut mir leid", murmelte ich nur und schaute ganz schnell woanders hin, doch ich konnte seinen Blick immer noch bohrend auf mir spüren. „Du hast mich gezeichnet", ja, das war wohl offensichtlich. Und nach dieser glorreichen Feststellung schob er noch die Frage hinterher: „Wie lange hast du dafür gebraucht?"

Ich konnte den Unterton in seiner Stimme nicht ganz einordnen, es könnte nur Neugierde sein oder er wollte nüchtern das Ausmaß meines peinlichen Anglotzens ermitteln.

So oder so konnte ich ihm keine genaue Antwort liefern: „Keine Ahnung. Eine Weile?"

Er schwieg, etwa fünf Sekunden, dann hielt ich es einfach nicht mehr aus, unaufhaltsam strömten die Worte aus meinem Mund, gleich einer Sturzflut: „Es tut mir wirklich leid! Ich hätte das nicht machen sollen! Nicht ohne dein Einverständnis! Nicht während du schläfst! Aber du hast da so schön gelegen und ich hab nicht nachgedacht. Natürlich ist das keine Entschuldigung. Ich verstehe, wenn du wütend bist. Du hast alles Recht wütend zu sein. Ich wollte dich nicht kränken oder bloßstellen oder so! Auf keinen Fall! Du warst die ganze Zeit so nett! Ich weiß auch nicht, was ich mir dabei gedacht hab! Nichts hab ich mir dabei gedacht! Und…"

„Elli!", schnitt er mir streng aber nicht besonders aufgebracht das Wort ab. Unsicher versuchte ich meinen Kopf einzuziehen wie eine Schildkröte. Leider war ich keine Schildkröte, ich war ja nicht einmal eine echte Qualle gewesen!

Sanft legte er mir die Hand auf den Arm: „Wie kommst du überhaupt auf die Idee, ich könnte sauer sein? Das ist eine der schönsten Sachen, die je jemand für mich gemacht hat!" Überrascht schaute ich auf. Was? Da war dieses Leuchten in seinem Gesicht und glitzerten da etwa sogar Tränen der Rührung in seinen Augen?

Ich konnte es kaum fassen! Nie hätte ich gedacht, dass er so reagieren würde… dass jemals irgendwer bei meiner Kunst so reagieren würde…

„Äh… Wirklich?", brachte ich nur unsicher hervor, obwohl der Ausdruck in seinem Gesicht eigentlich schon Bestätigung genug war. „Natürlich! Diese Zeichnung ist genial! Die ganzen Details und alles! Du hast wirklich Talent! Das ist unglaublich!", seine ehrliche Begeisterung ließ mich förmlich glühen. So ein aufrichtiges Lob zu hören, war einfach das Schönste überhaupt. Echte Wertschätzung.

„Deine Muttermale sind übrigens genau wie das Sternbild Kassiopeia", sagte ich ihm strahlend und deutete das Zick-Zack-Muster auf meiner Wange an. Natürlich hätte ich es auch in seinem Gesicht nachfahren können, aber… lieber nicht.

„Tatsächlich?", fasziniert legte er die Finger auf seine Wange: „Das ist mir noch nie aufgefallen."

Gerade als ich den Mund aufmachte, um irgendetwas Liebes zu erwidern, hörte ich plötzlich Schritte, verdammt nahe und entschiedene Schritte. Alarmiert tauschten Tad und ich einen Blick. Die Betten! Diego würde nie neben Tad schlafen wollen! Das könnten wir nicht erklären! Wir mussten das ganz schnell ändern! Aber wir hatten keine Zeit mehr sie zu verschieben. Da waren noch andere Betten! Ich musste da rüber! Sofort!

Zum Glück war Diegos Körper wie gemacht für Blitzstarts. Schon hatte ich die Decke zur Seite gerissen und war aus dem Bett gesprungen. Von diesen ruckartigen Bewegungen bekam ich einen kleinen Schwindelanfall, doch den ignorierte ich verbissen. In einem Sekundenbruchteil hatte ich den Abstand zwischen den Betten überwunden.

Dieser Körper war unglaublich schnell! Nur hing ja immer noch dieser blöde Infusionsständer an mir! Um ihn an die richtige Stelle zu bringen, müsste ich einmal rund ums Bett laufen. Oder…

Mir blieb keine Zeit! Ohne groß nachzudenken riss ich den klapprigen Ständer hoch und wollte ihn flink übers Bett heben, doch eben dieses machte mir einen Strich durch die Rechnung, als der Ständer einfach am Bettgestell hängen blieb! Und dann auch noch mit einem lauten Knall! Scheiße! Verzweifelt zerrte ich fester daran und nach einem kurzen und doch viel zu langen Moment des Widerstands kam er wieder frei.

Hektisch donnerte ich das Ding auf der anderen Seite zu Boden und schmiss mich selbst in das Bett. Grob zog ich die Decke noch über mich und legte mich dann stocksteif hin mit geschlossenen Augen.

Wenn ich so tat als würde ich schlafen, konnte mir wer auch immer da kam keine Fragen stellen auf die ich die Antworten nicht kannte. Das schien mir der einzige Weg zu sein, wie ich den Schein wahren konnte, zumindest vorübergehend. Früher oder später musste ich unweigerlich aufhören Dornröschen zu spielen und mich dieser Welt stellen, aber wenigstens nicht jetzt. Zumindest hoffte ich das...

Mit einem Klacken öffnete sich die Tür und die Schritte kamen herein. Angespannt zwang ich mich ruhig und gleichmäßig zu atmen, sonst würde mir doch niemand den Schlafenden abkaufen!

„Was war das eben für ein Krach?", fragte eine misstrauische, eindeutig weibliche Stimme. „Mir ist nur mein Tisch umgefallen", hatte sich Tad schon eine Lösung einfallen gelassen und ich hörte ein leises Scharren, als er alibimäßig an seinem Tisch rumrückte. Doch dieses Geräusch konnte nicht das ziemlich verächtliche Schnauben überdecken, das von unserer ungebetenen Besucherin kam. Sie war mir jetzt schon unsympathisch.

„Und dein Bett? Hattest du etwa nicht genug Platz Prinzessin?", machte sie sich mit einem bissigen Kommentar gleich nochmal unbeliebter bei mir. Darauf sagte Tad nichts. Vielleicht zuckte er ja wenigstens desinteressiert mit den Schultern, aber ich glaube, er ließ sie eher einfach so auf sich rumhacken.

Ihre Schritte kamen immer näher und blieben schließlich genau neben meinem Bett stehen. Nur nicht bewegen! Einfach ganz entspannt liegen bleiben und immer schön tief ein- und ausatmen! Vor Unruhe hatten meine Finger das ungeheuer starke Bedürfnis aufs Bett zu trommeln, doch ich behielt die Kontrolle und verharrte ganz still.

„Schläft Diego immer noch?", erkundigte sie sich nach wie vor skeptisch, aber sie schien mir meine Rolle abzukaufen.

Fast hätte ich laut aufgejubelt oder zumindest erleichtert geseufzt, aber ein bisschen musste ich noch durchhalten.

„Zwischendurch war er kurz wach, hat ein wenig geflucht und ist dann ziemlich schnell wieder eingeschlafen. War wohl echt fertig von eurem tollen Trip", Tad klang total überzeugend. Ich hätte nie gedacht, dass er so ein guter Lügner war!

„Halt doch die Klappe Thaddäus!", fauchte sie ihn übertrieben an. Tad hatte in seinen letzten Satz nur eine Spur Ironie gepackt, das war kein Grund ihn gleich so anzufahren! Besonders nach ihrem dummen Spruch eben!

Die Versuchung war groß, jetzt schon aufzuwachen und ihr so richtig eins auszuwischen, aber bevor ich diese Dummheit begehen konnte, verteidigte Tad sich bereits selbst: „Du hast mich gefragt." Eine nüchterne, trockene Tatsache, perfekt um ihr sofort den Wind aus den Segeln zu nehmen. Zwei Punkte für Tad!

Von dieser Zicke kam nur ein abwertendes Schnalzen ansonsten ignorierte sie Tad einfach. Und dann nahm sie plötzlich meine Hand! Vor Schreck wäre ich fast zusammengezuckt! Außerdem war es eine extreme Herausforderung gegen das Bedürfnis anzukämpfen, meine Hand so schnell wie möglich wegzuziehen.

Ihre Hände waren warm und trocken, aber auch ein wenig rau. Vielleicht machte sie ja viel Sport mit Hanteln und Klimmzügen und so. Oder sie arbeitete viel mit den Händen. Das erste würde irgendwie besser zu ihrem giftigen Charakter passen. So eine richtig fiese Sportlerin.

Allerdings konnte ich mir diese ganze Spekulation eigentlich sparen, weil ich Tad später einfach danach fragen konnte. Nur mussten sich meine Gedanken gerade echt mit irgendetwas beschäftigen, ansonsten würde ich sofort aufspringen und weglaufen.

„Hey, Diego, hörst du mich?", sprach sie mich erstaunlich sanft an und streichelte mit ihrem Daumen meinen Handrücken: „Alles wird wieder gut. Bald kannst du wieder in dein Zimmer und bist diesen Spinner los."

Auf einmal machte es Klick. Als ich das erste Mal in Diegos Körper aufgewacht war und alles so weh getan hatte, war da diese verzerrte Stimme gewesen! Ihre Stimme! Sie war bei mir gewesen! Sie wusste, was genau passiert war!

Doch das hieß auch, dass wir bei ihr besonders vorsichtig sein mussten. Wenn sie gesehen hatte, wie Diego mit einer Qualle in Kontakt gekommen war und ich mich jetzt ganz klar nicht wie Diego benahm, würde sie sicher irgendwann auch eins und eins zusammenzählen. Womöglich hatte sie mit der kleinen Frage eben an Tad sogar schon checken wollen, ob Diego so einen normalen Quallenkuss abbekommen hatte...

Bevor ich weiter ihr Vorgehen ergründen konnte, redete sie weiter: „Könntest du nicht kurz die Augen aufmachen? Komm schon. Für mich." Wenn sie so dringend ein Zeichen wollte, wäre ein saftiger Pups jetzt genau das Richtige, doch leider konnte ich das nicht auf Kommando und so entschied ich mich dazu, weiter still liegen zu bleiben.

„Diego", ließ sie einfach nicht locker. „Das sind die Schmerzmittel und die Nebenwirkungen seiner Gehirnerschütterung", gab Tad ihr nüchtern eine Erklärung für meinen Zustand. „Misch dich da nicht ein! Das weiß ich auch alles! Ich bin nicht dumm!", giftete sie ihn prompt an.

„Ihr wart doch trotz Quallenwarnung draußen. Haben deine Eltern dir nicht so etwas wie Arrest oder so verpasst? Darfst du Diego einfach so besuchen? Vielleicht sollte ich mal nach ihnen rufen, damit sie meinen Verband wechseln, es juckt so", ging mein herzensguter Verbündeter überraschend in die Offensive.

„Das wagst du nicht!", in ihren Worten schwang eine unausgesprochene Drohung mit. Für einen Moment herrschte angespannte Stille und ich konnte mir ihr Blickduell nur vorstellen. Und dann...

„Du bist so ein Loser!", beschimpfte sie ihn wütend und ließ meine Hand endlich los: „Das wirst du noch bereuen!"

Selbst ihre Schritte klangen irgendwie arrogant, als sie aus der Krankenstation stolzierte. Ich konnte mir bildlich vorstellen, wie sie die Tür laut zuknallen wollte, doch das hätte ihre Eltern auf den Plan gerufen und sie musste sich stattdessen wutschäumend beherrschen, während die Tür mit einem triumphierenden Klicken ins Schloss fiel.

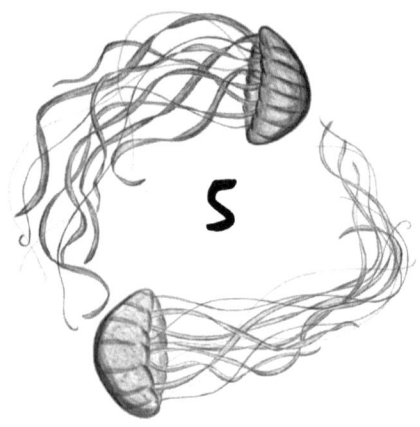

5

Erleichtert schlug ich die Augen auf und schaute zu Tad rüber. Breit grinste er mich an. Wir hatten es geschafft! Ausgelassen stand ich auf und ließ mich nach ein paar flinken, siegreichen Schritten auf mein Bett fallen. Das war der Hammer!

„Schlag ein!", forderte ich ihn ausgelassen auf und streckte meinen linken Arm aus. Schallend trafen unsere Handflächen aufeinander. Es war kein Schlag von solcher Härte, dass die Hände danach rot wurden und prickelten, aber immer noch kräftig und siegreich-stolz.

„War das Merle? So hieß doch Diegos Freundin, oder?", erkundigte ich mich und wackelte ein bisschen mit meinen Beinen. Diese kurze Zeit, in der ich mich nicht gerührt hatte, kam mir vor wie eine Ewigkeit! Sich wieder bewegen zu können, tat so gut!

„Genau", bestätigte er schlicht. „Sie war bei mir, als ich das erste Mal aufgewacht bin, kurz nach meinem Sturz. Ich glaube, sie könnte etwas wissen", teilte ich auch meine neuen Informationen mit ihm: „Denkst du, ich sollte versuchen sie unauffällig zu fragen, was kurz davor passiert ist?"

„Nein, das ist, glaube ich, keine so gute Idee. Merle kann echt verbissen sein und wenn sie dahinter kommt, was wirklich los ist, hast du keine Chance mehr", mit einem Mal war Tad ganz ernst und fast schon sorgenvoll: „Wir müssen sie unbedingt davon überzeugen, dass du noch Diego bist."

„Aber wie? Ich weiß nicht einmal, wie sie aussieht! Ich kann ihr keine Geheimnisse sagen, die nur sie und Diego kennen! Ich kann auch nicht mit typischen Diego-Gesten oder Bewegungen überzeugen! Ich bin einfach nicht er!", pflaumte ich ihn wütend an. Nein, eigentlich war ich gar nicht wütend, ich hatte Angst. Und ich ließ alles an Tad aus, obwohl er es von allen am wenigsten verdient hatte.

„Es tut mir leid", entschuldigte ich mich und fuhr mir niedergeschlagen durchs Gesicht. „Ist schon gut. Du hast ja recht, es wird nicht einfach. Aber wir schaffen das", entschlossen blickte er mir direkt in die Augen.

Langsam nickte ich. Mir war durchaus aufgefallen, dass er keinen Piep darüber von sich gegeben hatte, wie genau wir das schaffen sollten. Mit diesen Worten wollte er mir nur Mut machen.

„Sie hat dich Thaddäus genannt", fiel mir wieder ein. Ich brauchte gerade einfach einen Themenwechsel. Natürlich konnte ich dadurch nicht der Aufgabe entgehen, die vor uns lag, aber wenigstens hatte ich noch einen kleinen Moment länger die Illusion von Frieden.

„Ja, mein voller Name ist Thaddäus. Na ja, kein besonders toller Name. Ich hab den anderen gesagt, sie können mich gerne Tad nennen, aber sie bleiben bei Thaddäus, um mich zu ärgern", gestand er mir alles andere als glücklich.

„In Spongebob heißt jemand Thaddäus!", platzte es aus mir heraus, auch wenn das darauf jetzt nicht gerade eine einfühlsame Erwiderung war. „Spongebob?", wiederholte er mit gerunzelter Stirn. „Das ist so eine Kinderserie, eigentlich ziemlich albern und dämlich, aber jeder hat davon zumindest mal gehört... also in meiner Zeit", erklärte ich befreit. Über etwas so Triviales sprechen zu können, war zur Abwechslung echt entspannend.

„Worum geht es da?", fragte Tad weiter nach. „Ich hab davon auch nur ein paar Folgen gesehen, aber es spielt unter Wasser und die Hauptperson Spongebob ist wie der Name schon sagt ein Schwamm. Auch wenn es mir schon immer schleierhaft war, was ein lebender, gelber Schwamm auf dem Meeresboden verloren hat. Dann gibt es noch seinen besten Freund Patrick, so ein dicker Seestern und Thaddäus ist...", kurz zögerte ich.

Die ehrliche Antwort wäre: Ein griesgrämiger, verbitterter Krake. Aber das konnte ich ihm doch nicht sagen! Er verdiente einen guten Namens-Zwilling!

Spontan dachte ich mir etwas aus: „...eine Qualle, eine stumme Qualle. Und mit seinen Tentakeln formt er immer Bilder, um zu zeigen, was er sagen will. Er ist nämlich das Gehirn in der Serie, der mit dem Plan. Spongebob und Patrick sind strohdumm und sie verstehen ihn ständig falsch und es gibt ein Riesenchaos!" Das könnte sogar wirklich die Handlung einer Spongebob-Folge sein.

„Lustig", in seinen Augen lag dieses warme Funkeln und dann erzählte er mir offen: „Meistens wird mein Name eher mit Judas Thaddäus in Verbindung gebracht. Du weißt schon, der Jünger, der Jesus mit einem Kuss verraten hat."

Richtig frech-romantisch wäre jetzt der Spruch gewesen: „Du kannst mich gerne mit einem Kuss verraten", und dann noch so ein Zwinkern. Aber ich war nicht romantisch, nur manchmal frech und in diesem Moment nicht einmal das.

Überrascht kam aus meinem Mund: „Judas hieß mit zweitem Namen Thaddäus?"

„Ich weiß es auch nur wegen meinem Namen. Ich bin nicht so gläubig", meinte er mit einem desinteressierten Schulterzucken. „Hätte ich bei einem Wissenschafts-Begeisterten auch nicht erwartet", sagte ich mit einem kleinen Lächeln und wollte wieder so gedankenverloren mit meinen Haaren spielen, die nicht mehr da waren. Manche Gesten merkte man erst wirklich, wenn man sie nicht mehr richtig machen konnte.

Tad war meine kleine Bewegung aufgefallen und plötzlich schien er einen Geistesblitz zu haben: „Diego hat sich oft durch die Haare gefahren!"

„Echt?", angewidert rümpfte ich die Nase. Bei den meisten Jungs war diese Bewegung so albern und schmierig und selbstverliebt. Dieses „oh meine Haare!" Man sagte ja Mädchen wären schlimm, was ihre Haare anging, aber das war kein Vergleich zu den Jungs, die einen auf Macho machten! Absolut nervig! Dieser Körper und ich waren definitiv keine Freunde!

„Etwa so", demonstrativ fuhr sich Tad durch die dunklen, flachen Haare, die dadurch richtig verstrubbelt wurden. Ein kleines Kichern konnte ich mir nicht verkneifen. Er sah dabei einfach so lustig aus und null ernsthaft.

„Versuch es mal", forderte er mich mit einem unterstützenden Lächeln auf. Auch wenn ich mir dabei reichlich affig vorkam, spreizte ich meine Finger und fuhr einmal quer durch meine Haare. Immer noch ein seltsames Gefühl. Noch nie hatte ich eine Kurzhaarfrisur gehabt, außer natürlich als Baby, als mir die ersten zarten Härchen gewachsen waren. Allerdings hätte ich da nie daran gedacht, sie irgendwie zu frisieren.

„Vielleicht keine ganz so abrupte Bewegung und Diego ist Rechtshändler, er macht sowas mit rechts", verbesserte Tad mich ruhig. „Scheiße! Dann muss ich ja auch lernen mit rechts zu essen und zu schreiben!", ging mir die ganze Tragweite dieser Tatsache auf.

„Mach dir da nicht so große Sorgen. Vielleicht sind noch Teile von Diegos motorischem Gedächtnis erhalten und selbst wenn nicht, kannst du viel auf deine ausgekugelte Schulter schieben", hatte er sofort einen Lichtblick parat, mies war es trotzdem.

Dieses ganze Rollenspiel war richtig blöd, aber streng genommen war es meine Idee gewesen und obendrein war es mein einziger Weg in dieser Welt eine Chance zu haben. Also würde ich das auch durchziehen.

Halb entschlossen, halb mürrisch wiederholte ich die dämliche Geste, dieses Mal mit rechts. Meine Schulter ziepte dabei und fühlte sich steif an, doch es ging noch.

„Gut! Nur spreiz deine Finger nicht ganz so ab, sondern winkele sie ein bisschen an. Und dein Blick ist noch zu sehr Elli, Diego guckt eher... mit dieser selbstüberzeugten Einstellung, seine Augen sind da etwas mehr zu", gab er mir weitere Tipps und ich versuchte sie umzusetzen.

Offensichtlich war ich dabei nicht sehr erfolgreich. Prustend lachte Tad los. Na, prima! Meiner Karriere als Versuchskaninchen stand nichts mehr im Weg.

„Tut mir leid!", keuchte er immer noch lachend: „Dieser Blick! Auf Diegos Gesicht!" Mehr brachte er nicht heraus, aber ich verstand schon. Statt weiter meinem finsteren Schicksal ins Auge zu blicken, entschied ich mich noch ein wenig herumzualbern.

„So besser?", mit extrem weit aufgerissenen Augen machte ich nochmal den Haare-Move und Tad schmiss sich weg vor Lachen. „Oder so?", schielend biss ich mir auf die Oberlippe und noch bevor meine Finger überhaupt meine Haare berührt hatten, schüttelte er sich wild und total atemlos. Ich schnitt noch ein paar fiese Fratzen mit diesem Gesicht, das nicht wirklich mir gehörte und Tad traten sogar Tränen in die Augen.

Doch irgendwann war der Spaß vorbei und während er nach Atem rang und sich die Tränen wegwischte, meinte ich ganz melancholisch: „Es muss seltsam sein, Diego als ganz andere Person zu sehen... Mich als er zu sehen." „Es ist sicher seltsamer, tatsächlich in seinem Körper zu sein", entgegnete er keuchend und trotzdem sehr einfühlsam. „Ja vielleicht", gedankenverloren schaute ich an die Wand.

Sie war grau, kahl und leer, völlig unpersönlich. Ich wollte dort ein Bild malen, ganz bunt und frei. Ich wollte ich sein.

„Weißt du, was ironisch ist? Als ich ständig im Krankenhaus und in Kliniken lag, weil ich krank war, wollte ich immer jemand anderes sein. Jemand der nicht an ein Bett gebunden ist, der gehen kann, wohin er will und statt Mitleid Bewunderung bekommt. Jetzt bin ich so jemand und ich finde es schrecklich", die altbekannte Verzweiflung stieg in mir hoch, gemischt mit Selbstmitleid.

Heute Morgen hatte es sich besser angefühlt, als Tad so von meinen Zeichnungen fasziniert gewesen war und wir Merle ausgetrickst hatten, doch jetzt...

„Elli... Dein Name klingt fast wie Elfe", mit diesem Satz hatte ich jetzt nicht gerechnet. Überrascht schaute ich zu ihm. Benutzte er jetzt etwa die gleiche Strategie wie ich und verwendete meinen Namen für einen Themenwechsel?

„Ich sehe ganz sicher nicht aus wie eine Elfe", entgegnete ich etwas grummelig. Mein Körper war echt nicht anmutig oder wirklich reizvoll und irgendwie war ich da ein bisschen empfindlich. Aber ich wollte ihn trotzdem wiederhaben! Er gehörte mir!

„Du malst wie eine Elfe", konterte er überzeugt. „Woher willst du wissen, dass Elfen malen?", erwiderte ich mit zusammengekniffenen Augen. „Woher willst du wissen, dass sie es nicht tun?", brachte er dieses absolut nervige Gegenargument, das man aber auch einfach nicht widerlegen konnte!

Wütend starrte ich ihn an, na ja, vielleicht eher schmollend als wütend. Tad war ja schon lieb, aber es wurmte mich trotzdem, dass er diese alberne Diskussion gewonnen hatte.

Oder vielleicht projizierte ich auch nur meine Hilflosigkeit in dieser ganzen Situation auf diese unbedeutende Niederlage. Keine Ahnung! Ich war kein Psychologe! Und wenn ich so darüber nachdachte, war das so ziemlich der einzige medizinische Zweig, bei dem mich meine Eltern nicht untersuchen gelassen hatten. Alles andere an mir war vielleicht fehlerhaft, aber wenigstens geistig war ich eigentlich immer gesund gewesen. Und jetzt dieser Wahnsinn...

„Lass dich davon nicht runterziehen. Du bist stark und einzigartig", schwang Tad mal wieder eine seiner kleinen Motivationsreden und obwohl ich wusste, dass es im Kern nur leere Worte waren, war es genau das, was ich gerade hören musste.

„Tad?", meine Stimme klang wieder so klein und verloren. So viel dazu, dass ich stark war. „Ja?", sein Blick war voller Verständnis und Fürsorge. Aber was wollte ich ihn überhaupt fragen? Ich wusste es nicht.

„Kennst du irgendein Geheimnis von Diego? Oder hast du mal etwas zufällig gesehen? Irgendwas, das ich Merle als Beweis liefern könnte?", entschied ich mich, das ganze Drama zur Seite zu schieben und stattdessen praktisch zu denken.

Angestrengt überlegte mein Verbündeter. „Diego hat mir einmal einen toten Fisch ins Kopfkissen gesteckt, könnte sein, dass sie dabei gewesen war, auf jeden Fall haben sie gemeinsam darüber gelacht. Und Merle hat bei einem meiner Versuche eine Kochsalzlösung durch Zuckerwasser ersetzt, fanden sie auch sehr lustig. Bei den Algen in meinen Schuhen habe ich sie auch kichern gehört", zählte Tad sachlich auf und ergänzte dann noch: „Und einmal bin ich nachts aufgewacht und hab sie im Flur knutschen gesehen. Allerdings ist das kein großes Geheimnis."

Für einen Moment wusste ich nicht, wen ich mehr bemitleiden sollte, ihn, weil er mit so einem Arschloch hatte leben müssen oder mich, weil ich jetzt in so einem Arschloch leben musste und ergo auch ein Arschloch sein musste. Am Ende siegte trotzdem eindeutig er.

„Es tut mir wirklich leid, was die beiden alles gemacht haben", sagte ich ehrlich betroffen. „Das muss es nicht, du kannst ja nichts dafür", meinte er so verdammt gutherzig.

„Denkst du, ich werde Merle küssen müssen, um sie zu überzeugen?", kam ich wieder zu unserem Problem Nummer 1 zurück und schon allein bei der Vorstellung bekam ich einen Brechreiz.

„Wahrscheinlich nicht, aber ich kann dir nichts versprechen", jetzt war es an ihm mitfühlend zu sein. „Versuchen wir mein Auftreten einfach so überzeugend hinzubekommen, dass sie mir sofort glaubt!", legte ich entschlossen fest und übte die haarige Technik inklusive überheblich-flirtigem Blick bis zur Perfektion.

Danach nahmen wir meine Gangart in Angriff. Die wirkte zwar stellenweise noch etwas zögerlich und unsicher, aber alles in allem wohl sehr im Diego-Stil. Allerdings war das ja auch nicht so verwunderlich, immerhin hatte ich da in meinen Hirnfunktionen nichts, was seine hätte überspeichern können.

Weil das mit dem Gehen so gut klappte und die ganze Ernsthaftigkeit ernsthaft deprimierend war, erlaubte ich mir da ein kleines Späßchen und fing an zu tanzen. Den Infusionsständer nutzte ich dabei als eines dieser Stehmikrophone, die die Stars auf der Bühne immer hatten.

„Zehn kleine Fische, die schwimmen im Meer!", schmetterte ich mit voller Leidenschaft und wackelte viel wilder rum, als es zu diesem Kinderlied passte.

Keine Ahnung wie ich überhaupt ausgerechnet auf dieses Lied gekommen war, aber jetzt performte ich es mit meiner ganzen Seele. Tad rockte von seinem Bett aus mit ab, indem er seinen Kopf plus Oberkörper im Takt schüttelte oder zumindest mal das, was einem Takt am nächsten kam.

Ich gab mir nicht gerade Mühe schön zu singen und ich war mir auch nicht sicher, ob das bei Diegos Stimme wirklich möglich war. Bei ihm klang alles so anders als bei mir. Doch im Moment war das egal, es machte einfach nur Spaß und es tat verdammt gut so herumzualbern und alles rauszulassen.

Bis plötzlich die Tür geöffnet wurde und eine verwirrte Stimme fragte: „Was ist denn hier los?"

Wie versteinert stand ich da, den Infusionsständer immer noch in Mikro-Pose gekippt und rockermäßig in einer Hand.

Auffordernd wanderte der Blick des Mädchens im Türrahmen zwischen uns hin und her.

Ihre dunklen langen Haare waren zu einem dicken Zopf geflochten und ihr Gesicht war ziemlich rundlich mit kleinen

Pausbäckchen. Selbst jetzt mit diesem argwöhnischen Ausdruck wirkte sie eigentlich noch ganz freundlich.

„Diego hat eine Wette verloren. Du kennst ihn ja. Seine Ehre muss gewahrt bleiben", rettete mich Tad mal wieder mit einer schnellen Lüge. Allerdings musste ich jetzt auch schnell reagieren, damit die Lüge glaubhaft blieb. „Du bist ja so lustig, Thaddäus", grummelte ich sarkastisch und tappte zu meinem Bett zurück, wo ich mich geräuschvoll plumpsen ließ.

Der Mann mit dem geknickten Stolz, ich fand meine Darbietung gar nicht mal schlecht! Scheinbar sah das Mädchen es genauso, denn sie fragte nicht weiter nach, sondern kam einfach rein. Dabei musste sie die Tür mit dem Fuß schließen, in den Händen trug sie nämlich zwei Tabletts.

Was hatte mir Tad nochmal über die anderen Teenager hier erzählt? Ich wusste es nicht mehr genau. Irgendetwas mit einer Mutter, die einen Quallenkuss hatte…

„Du hast eine Gehirnerschütterung, du solltest noch nicht sowas machen", in ihrer Stimme lag ein leicht bemutternder Tadel. „Regeln konnten mich doch noch nie aufhalten", erwiderte ich draufgängermäßig. Daraufhin verdrehte sie nur die Augen.

„Ich hätte nicht gedacht, dass du unser Essen heute bringst", wechselte Tad das Thema. „Meine Eltern wissen nicht, dass Ric und ich auch dabei waren", gestand sie und schaute geknickt zu Boden. „Was wolltet ihr da überhaupt?", versuchte mein Verbündeter ganz klar Informationen aus ihr raus zu bekommen.

Unsicher schaute sie zu mir rüber. Genervt stöhnte ich auf und fuhr mir durch die Haare, allerdings gereizter als in den Übungen: „Sag's ihm! Sonst hört er nie auf zu fragen!" Hoffentlich hatte ich mir meine Anspannung nicht anmerken gelassen. Ich wollte so dringend erfahren, was genau passiert war!

„Na ja, Tim hat gemeint, er hätte mal ein altes Schiff gesehen, ganz in der Nähe. Und es waren wochenlang keine

Quallen in der Gegend und die Quallenwarnungen sind doch oft falsch oder ganz unpräzise… Wir dachten wir wären sicher…", verteidigte sie schuldbewusst ihre Entscheidung. Kurz zögerte sie und schaute wieder zu mir. Mit einem knappen Nicken signalisierte ich ihr fortzufahren.

Schwer schluckte sie: „Wir waren noch nicht weit, da ist Diego auf einen Felsen geklettert und hat laut gejubelt. Und dann waren da plötzlich die Quallen. Sie kamen einfach aus dem Nichts! Drei Stück auf einmal! Ich dachte schon das wäre unser Ende! Und ähm, Diego ist vom Felsen gefallen und dann sind sie auf einmal wieder abgezogen. Ich weiß nicht warum."

Sie war ganz blass geworden und man konnte ihr ansehen, wie sehr sie das alles mitgenommen hatte. Ein kleiner, abenteuerlicher, verbotener Ausflug, der so schrecklich schief ging? Natürlich war sie verstört.

„Mach dir keine Vorwürfe. Damit hätte niemand rechnen können", redete ich ihr gut zu und merkte erst zu spät, dass das meine Worte waren und nicht Diegos. Überrascht blickte sie auf und sagte mit einem wackligen Lächeln: „Danke."

Hatte sie etwas gemerkt? Würde sie sich im Nachhinein darüber wundern? Vielleicht konnte ich ja noch etwas retten! „Nah!", schnalzte ich und machte eine wegwerfende Handbewegung: „Die Schmerzmittel lassen meine Birne ganz weich werden!" Dieser blöde Spruch tat mir so leid.

„Dir geht es offensichtlich wieder gut", murmelte sie und überreichte beide Plastikbehälter Tad. Wahrscheinlich war da unser Essen drin.

„Ey! Schon klar, dass du dieses Skelett aufpäppeln willst mit deinem Mami-Komplex, aber ich will meine Portion haben! Na wird's bald?!", wurde ich noch mehr zum Ekelpaket und es tat mir in der Seele weh.

Mit zusammengepressten Lippen griff sie sich eins der Tabletts wieder und stellte es ziemlich ruppig neben mir auf dem Bett ab. Ich konnte sie so gut verstehen und trotzdem säuselte ich ein süffisantes: „Danke."

„Auf Wiedersehen", verabschiedete sie sich leicht gequält von uns und als sie die Tür schloss, fiel meine selbstgefällige Fassade augenblicklich in sich zusammen. „War ich zu gemein?", wollte ich voller Mitleid wissen und fast schon wünschte ich, Tad würde ja sagen. Dann hätte ich sie zwar unnötig verletzt, was auch schrecklich wäre, doch ich könnte in Zukunft netter sein.

Ich wusste nicht, ob ich es durchhalten würde, so ein schlechter Mensch zu sein. Schon diese paar Minuten waren unendlich grausam gewesen.

Tad schien genau zu wissen, was in mir vorging, denn sein Kopfschütteln war betrübt-mitfühlend. „Ich hätte nicht gedacht, dass es so schwer ist", verzweifelt schaute ich zu ihm.

„Du hast Diego perfekt getroffen. Nola zweifelt sicher nicht daran, dass alles beim Alten ist und wenn Merle sich bei ihr erkundigt, wird sie es ihr genauso sagen", versuchte er das Positive zu sehen. Im Grunde war das eben ein Erfolg gewesen. Nur fühlte es sich nicht so an.

„Das habe ich nicht gemeint", geschlagen ließ ich den Kopf hängen. „Ich weiß", sagte er schlicht und in der Stille, die folgte, hörte ich ständig meine eigenen Worte und sah wie sie Nola weh taten. Und dann diese beiden einfühlsamen Sätze am Anfang, die sie lächeln gelassen hatten…

Eins stand fest: Ich wollte dieses Leben nicht als Fiesling führen. Die Frage war nur, wie ich das ändern konnte…

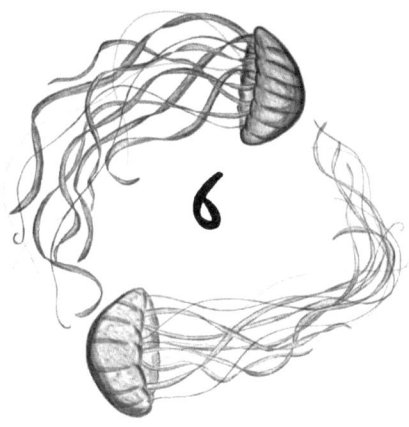

6

„Wir sollten essen bevor es kalt wird", riss mich Tad auf seine wunderschön ruhige Art aus meinen Gedanken. Stimmt ja. Deswegen war Nola überhaupt hier gewesen.

Neugierig nahm ich das unscheinbare Tablett zur Hand. Das Teil sah gar nicht mal so anders aus als die Kunststoff-Warmhaltebehälter zu meinen Zeiten. Na ja, insgesamt merkte man hier nicht so den Cyber-Fortschritt. Tad hatte ja schon gesagt, dass das wegen diesem ominösen großen Krieg war. Trotzdem wüsste ich gerne wie viele Jahre seit meinem früheren Leben vergangen waren 50? 100? 1000? 10000?

Irgendwie war es komisch, dass in der Geschichte so eine undefinierte, große Lücke war, wenn ich so an den Geschichtsunterricht mit all den Quellen und den penibel genauen Berichten dachte. Oder Archäologen! Würden die jetzt vielleicht nach Dingen aus meiner Zeit suchen? Diese Vorstellung!

Zwei Archäologen beim Wühlen im Dreck und dann der eine endlos fasziniert: „Oh! Schau mal! Diese antike Scheibe! Eine DVD! Unglaublich!"

Ein kleines Kichern rutschte mir raus. Es war doch schon lustig, dass so komplett alltägliche Sachen jetzt richtig krasse Fundstücke sein könnten. Aber irgendwie auch traurig, wie ich nun quasi auch zu diesen Fundstücken aus einer fremden Zeit gehörte…

„Elli?", Tad war sich offensichtlich nicht sicher, was er von meinem plötzlichen Wechselbad der Gefühle halten sollte. „Ich war nur in Gedanken", mit diesen Worten schüttelte ich meine unnützen Überlegungen ab und setzte ein Lächeln auf. „Dann gibt es jetzt dein erstes Essen!", feierlich hob er den Deckel von seiner Portion hoch: „Leider nur Sachen von hier, aber… es ist authentisch für diese Zeit. Neue Erfahrungen."

Öh… Das sollte das Essen sein?

Wenig euphorisch betrachtete ich auch den Inhalt von meiner Plastikbox. Es war keine besonders große Portion, aber es war ja auch nur Frühstück. Den Hauptanteil bildete ein undefinierbarer Schleim. Womöglich eine Hommage an Kartoffelpüree, nur ordentlich verkackt? Und es gab da diese Würfel, die aussahen wie grüner Wackelpudding. Allerdings traute ich ihnen nicht so recht. Abgerundet wurde diese interessante Mahlzeit noch von drei weißen Stangen, die mich an Kerzen oder perfekt gerade Knochen erinnerten. Lecker.

Meine Abneigung war wohl offensichtlich, denn Tad versicherte mir mit einem kleinen Lachen: „Es ist gar nicht so übel." Na ja. Misstrauisch nahm ich einen der Stäbe zur Hand und roch daran. Da war eine ganz schwache süßliche Note oder bildete ich mir das nur ein?

„Die sind ein bisschen wie Bonbons. Du kannst sie lutschen oder knuspern", informierte er mich und biss wie zum Beweis, dass die Dinger wirklich essbar waren, ein Stückchen ab.

„Ich weiß nicht. Ich hab auch nicht so Hunger", zierte ich mich ein wenig, ich war mir bei diesem Zeug nicht sicher. Und meine Ausflüchte waren sogar nicht einmal gelogen. In meinem Bauch war so eine komische Leere, fast wie ein Vakuum, aber Hunger fühlte sich normalerweise anders an.

„Die Stangen sind das Beste, wirklich, aber ich würde sie mir für den Schluss aufheben. Probier mal den… Brei, solange er noch warm ist. Ganz viele gute Sachen sind da drin, die ein großer, starker Junge wie du brauchst", das Grinsen in seinem Gesicht war eindeutig schelmisch.

Kurz warf ich ihm einen kleinen spaßhaft bösen Blick zu und tippte dann angewidert mit meinem Löffel gegen den hellen Schlamm.

Immer noch zum Spaßen aufgelegt schippte er auf seinen Löffel eine gute Ladung von diesem... Irgendwas und fuhr damit durch die Luft: „Mach brav den Mund auf Elli. Hier kommt der Flieger!" „Ich bin kein Kleinkind! Ich muss nicht gefüttert werden!", stellte ich ein wenig grummelig klar. Schlechtes Essen = Schlechte Laune. So einfach war das.

„Aber von alleine isst du nichts", verlockend wackelte er mit seinem Löffel, wobei ein kleines bisschen runterrutschte und mit einem kläglichen Klatschen auf dem Boden landete.

„Na gut! Aber nur dieses eine Mal!", gab ich mit einem genervten Schnauben nach und mit einem Haps erlöste ich die fragwürdige Substanz von Tads Löffel. Fast schon war ich überrascht, dass mir dieses flinke Manöver ohne Probleme gelungen war, sonst hätte ich mich bei meinem Glück peinlich vollgekleckert. Oder vielleicht hatte das auch nichts mit Glück zu tun, sondern einfach mit der besseren Motorik von Diego.

Zufrieden lächelte mich Tad an. Widerwillig kaute ich auf dem Matsch rum, obwohl es da eigentlich nichts zu Kauen gab. Und aus taktischer Sicht wäre es auch besser gewesen, es einfach schnell zu schlucken, denn dann wäre der Geschmack gar nicht richtig angekommen, aber so schlau war ich natürlich nicht gewesen.

Ich konnte gar nicht mal sagen, wonach genau es schmeckte. Irgendwie süßlich und ein bisschen... flockig, aber er hatte recht, eigentlich war es wirklich nicht so schlimm. Mein Leibgericht würde es ganz sicher nicht werden, doch ich konnte es noch ganz gut essen. Trotzdem wollte ich auch etwas richtig Gutes haben! Bei all dem Wahnsinn hatte ich etwas Leckeres verdient!

„Das hast du gut gemacht!", breit grinste Tad mich an und ich war mir nicht sicher, ob er es ernst meinte oder es nur lustig fand, wie ich mich so kindisch geziert hatte. Weil er bisher so lieb gewesen war, vertraute ich ihm und ging von Möglichkeit eins aus. Trotzdem nahm ich es ihm übel, dass er mich dazu gebracht hatte, das zu essen.

„Das ist nicht lecker!", meine Stimme klang vorwurfsvoll und genauso mitleidserregend, wie ich mich fühlte. „Das nächste Mal können wir es in der Küche ja nachwürzen", meinte er und jetzt war ich mir sicher, dass er sich doch über mich lustig machte! Wie er grinste! Er machte sich sowas von über mich lustig!

„Das ist nicht komisch!", rief ich und befürchtet, dass ich dabei ziemlich albern schmollend aussah. „Tut mir leid", sagte er, doch sein ernster Gesichtsausdruck wurde von einem Kichern zunichte gemacht: „Aber dein Gesicht!"

Ohne nachzudenken stach ich meinen Löffel in den Schleim des Grauens und katapultierte mindestens die gleiche Ladung, die er mir verpasst hatte, voll in sein Gesicht. Verdattert schnitt er eine ganz seltsame Grimasse und ich konnte mir ein kleines Lachen nicht verkneifen. Rache war wahrlich süß!

„Was sollte das?", anklagend fischte er sich die Brille von der Nase, die auch einige Sprenkel abbekommen hatte. „Wenn du jemanden behandelst wie ein Kleinkind, musst du dich nicht wundern, wenn er sich auch benimmt wie eins", fiel mir mal zur Abwechslung genau im richtigen Moment genau die richtige Weisheit ein.

Bedächtig nickte Tad und ich war mir nicht ganz sicher, was das zu bedeuten hatte. War ich mit diesem Scherz zu weit gegangen?

Plötzlich packte er mit seiner Hand schmatzend voll in diese Matschepampe und ich war so entsetzt darüber, dass er da freiwillig reingriff, dass ich zu spät auf seine nächste Bewegung reagierte und schon hatte ich das ganze Zeug in den Haaren hängen.

Mit einer Reaktionszeit, die jeden beim Test den Führerschein gekostet hätte, wich ich halb lachend, halb schreiend aufs Bett zurück. Schon ziemlich angeekelt griff ich mir in die Haare. Es fühlte sie so glitschig an... Uwääh!

„Steht dir gut!", man konnte sehen, wieviel Mühe es Tad kostete, mich nicht so richtig auszulachen. Aber ich hatte mit diesem Spaß angefangen und ich würde ihn auch gebührend zu Ende bringen.

„Eine neue Haarkur! Perfekt für den Mann in mir!", verkündete ich mit meiner besten Werbestimme und strich meine Haare nach hinten, sodass sie bestimmt streng gegelt aussahen. Laut brach das Lachen aus Tad heraus und ich konnte einfach nicht anders als mitzulachen. Ich musste so bescheuert aussehen!

„Super für jedes Styling!", machte ich schnaufend vor Lachen weiter und stellte meine Haare in der Mitte steil auf. Entweder imitierte ich damit einen Irokesenhaarschnitt oder einen Irren, der sich die Haare gerauft hatte. Auf jeden Fall bekam sich Tad gar nicht mehr ein und auch ich konnte nicht mehr. Wir mussten so heftig lachen, dass da gar kein echtes Geräusch mehr war, sondern nur dieses teekesselartige nach Luft schnappen.

Und das war leise genug, um die Schritte zu hören. Sofort erstarb mein Lachen und ich bekam Panik. Meine Haare waren voll mit Essen! (Wenn man das denn Essen nennen wollte.) So würde ich nie als Diego durchgehen!

Tad hatte scheinbar nichts gehört, er kringelte sich immer noch vor Lachen und ich hatte gerade sowieso nicht die Zeit, auf seinen Rat zu warten. Hinten an der Wand sah ich das Waschbecken, in dessen Spiegel Tad mir zum ersten Mal Diegos Gesicht gezeigt hatte.

Ohne groß nachzudenken, hastete ich dorthin. Wie von selbst sprinteten meine Beine los, nur den Infusionsständer hatte ich vergessen. Mitten im Fallen griff ich ihn mir, dank Diegos guten Reflexen und kam schlitternd vorm Waschbecken zum Stehen.

Hektisch stellte ich den Infusionsständer wieder irgendwie hin und riss den Wasserhahn auf. Ein flüchtiger Blick in den Spiegel verriet mir, dass meine Haare wirklich so übel aussahen, wie sie sich anfühlten. Schnell hielt ich meinen Kopf unter den Wasserstrahl, so schnell, dass ich dabei mit meiner Stirn gegen das kühle Metall des Beckens stieß. Hastig fuhr ich mir durch die Haare, um dieses Zeug wieder rauszubekommen. Eklig spürte ich, wie mir die Pampe am Gesicht entlang lief.

Dann hörte ich undeutlich die Tür aufgehen. Vielleicht war es ja nur Einbildung, doch ich befürchtete, dass ich nicht so viel Glück hatte. Kräftig rubbelte ich auf meinem Kopf rum. Sie durften keine Überreste von unserem Spaß sehen!

„Diego?", fragte eine fremde Stimme und obwohl ich eigentlich damit hätte rechnen müssen, zuckte ich zusammen und knallte mit dem Hinterkopf gegen den blöden Wasserhahn. Dadurch spritzte das Wasser auf und ich spürte ein paar dicke Tropfen auf meinem Rücken. Viel schlimmer fand ich jedoch diesen fiesen stechenden Schmerz, bestimmt würde das eine Beule werden!

Möglichst lässig hob ich meinen Kopf am Wasserhahn vorbei nach oben und stellte gelassen das Wasser ab. Alles war nass. Kurz wischte ich mir mit den Händen durchs Gesicht, was natürlich nicht viel brachte. Das Wasser tropfte von meinem Kinn und meinen Haarsträhnen, lief mir den Nacken runter und durchnässte auch vorne meinen Ausschnitt. Absolut unangenehm.

Noch viel unangenehmer war allerdings, dass vor mir eine Frau mit weißem Kittel stand und mich forschend musterte. Doch Diego würde sich davon nicht einschüchtern lassen.

„Was?", entgegnete ich desinteressiert, weil mir einfach keine vernünftige Erklärung einfiel und sich den Kopf zu waschen war ja jetzt auch nicht so suspekt wie mein Rocker-Auftritt, in den Nola geplatzt war.

„Du hattest Glück, dass deine Gehirnerschütterung nicht so gravierend war und du von dem Sturz nicht mehr als eine ausgerenkte Schulter davongetragen hast. Dennoch solltest du dich schonen", ernst schaute mich die Ärztin an und ihre Stimme klang sehr ähnlich wie die von Merle. War das vielleicht ihre Mutter?

Es würde wohl noch ein bisschen dauern, bis ich mit der Zuordnung der ganzen Leute hier zurechtkam.

„Und du solltest etwas essen", fügte sie mit einem vielsagenden Blick auf mein Bett mit dem fast vollen Tablett und dem angeschleimten Tad hinzu. „Ich wollte ja, aber mein Arm wollte nicht, dann ist es etwas... eskaliert", erfand ich schnell etwas und versuchte diese Lüge möglichst überzeugend rüberzubringen.

„Setz dich aufs Bett", ordnete die Frau distanziert an, in ihren blauen Augen lag kein Funke Mitgefühl. Sie gehörte ohne Zweifel zu den Ärzten, die Fälle behandelten und keine Patienten. Im Moment war ich für sie nur eine Gehirnerschütterung und eine leicht kaputte Schulter.

Betont genervt kam ich ihrer Aufforderung nach und ließ mich aufs Bett plumpsen. Danach folgte eine typische, ärztliche Kontrolle. Zuerst ein kleines Gespräch von oben herab, ob ich Schwindel, Übelkeit und sowas hatte, halt Standardfragen. Dann ein bisschen in die Augen leuchten und einmal kurz Blutdruck. Da wurden ganz viele tolle Erinnerungen an früher wach.

Nachdem mein Körper als unauffällig befunden wurde, sollte ich noch einmal versuchen meinen Arm bis zu einer bestimmten Gradzahl anzuheben, was auch ganz gut klappte, nur dass ein dumpfer Schmerz ein bisschen rumzickte.

Zum Abschluss bekam ich dann sogar die Infusion gezogen. Kein nerviger Infusionsständer mehr, der an mir dran hing! Yippie!

Nun machten sie Anstalten sich Tad und seiner Verätzung zuzuwenden, doch ich hatte noch eine Frage, die ich ihnen stellen musste: „Wann kann ich wieder in mein Zimmer?"

Ich musste einfach wissen, wieviel Zeit ich hier noch mit Tad alleine hatte, auch wenn alleine wohl relativ war, wenn ich daran dachte, wieviele Leute heute schon reingeplatzt waren.

„Es scheinen keine schwerwiegenden Schäden durch die Gehirnerschütterung entstanden zu sein. Du kannst wieder zurück. Trotzdem solltest du dich die nächsten Tage schonen. Dafür wird dir auch der Küchendienst für diese Woche erspart, aber deine Schulsachen musst du noch nachholen. Deine Noten sollten nicht noch weiter fallen, sonst werden Konsequenzen folgen", antwortete sie mir trocken ohne mich dabei auch nur anzusehen.

Entsetzt sah ich zu Tad. Ich sollte jetzt schon einfach entlassen werden?! Ich war noch nicht bereit dafür! Ich hatte doch keine Ahnung, wie ich mich verhalten sollte! Ich würde sofort auffliegen!

Mein Partner versuchte ein kleines, unterstützendes Lächeln, so gut wie es unter Beobachtung eben ging. Unterm Strich beruhigte es mich nicht wirklich. Aber ich schaffte es wenigstens mich zusammen zu reißen und nicht voll in Panik auszubrechen.

Distanziert beäugten diese Medizin-Maschine Tads Hand. Eine Spur besorgt sah ich dabei zu, wie sie seinen Verband abwickelten und seine verwundete Hand zum Vorschein kam. Hoffentlich waren seine Verätzungen nicht so schlimm…

Seine Haut war an einer etwa katzenpfotengroßen Stelle ganz dunkelrot und drum herum waren noch ein paar kleine Flecken. Gut sah es nicht aus, aber auch nicht allzu tragisch. Irgendwie beruhigte es mich, dass nicht seine ganze Hand betroffen war. Bestimmt konnte er sie bald wieder völlig normal bewegen. Ich wollte nicht, dass er ernsthaft verletzt war.

Nach ein paar fachlichen Bemerkungen über das Fortschreiten seiner Heilung, die ziemlich besserwisserisch klangen, bekam auch Tad einen neuen Verband und die kalte Ärztin verzog sich wieder.

Verzweifelt starrte ich auf die geschlossene Tür. Da würde ich auch raus müssen. Schwer schluckte ich. Tad würde dort nicht die ganze Zeit lang an meiner Seite sein können.

„Es hätte mir klar sein sollen, dass sie dich bald schon wieder entlassen", man hörte ihm an, dass ihm diese Entwicklung genauso wenig gefiel wie mir. Es bedeutete Zeitdruck.

„Ich könnte doch einfach länger hierbleiben, so wie du", schlug ich fast schon eine Spur verzweifelt vor. Ich hätte nie gedacht, dass ich das mal sagen würde, aber ich wollte nicht aus der Krankenstation!

„Nein, das geht nicht. Diego würde nie freiwillig hierbleiben. Alle würden misstrauisch werden", machte Tad meine kleine Hoffnung zunichte und dachte seinerseits fieberhaft nach. Doch ihm kam keine Idee und diese Stille war einfach nur schrecklich.

Hier fühlte ich mich sicher, zumindest ein wenig. Hier hatte ich Tad und ich musste mich nicht permanent verstellen. Raus zu müssen klang wie ein Todesurteil und in gewisser Weise war es das auch, Elli würde es nicht mehr geben, nur Diego. Eine grauenvolle Vorstellung.

Da war ich gerade erst wieder wirklich da und musste schon weg, eingesperrt in diesen falschen Körper! Gezwungen ein Mensch zu sein, der anderen weh tat!

Plötzlich hatte ich einen Geistesblitz, eine schreckliche Idee, aber es wäre eine Lösung. „Was wenn sich mein Zustand verschlechtern würde?", ich erkannte meine Stimme gar nicht mehr, es war nicht nur der Klang an sich, auch dieser dumpfe Ton…

„Was?", verwirrt schaute Tad mich an: „Wieso sollte er sich verschlechtern?" „Wir könnten dafür sorgen. Dann würden sie mich länger hierlassen", ich war eine seltsame Mischung aus euphorisch und komplett abwesend.

Geschockt starrte er mich an, als er verstand, was ich vorhatte und dieser Blick ließ mir voll bewusst werden, wie verrückt ich war. Kein schönes Gefühl.

73

„Elli! An so etwas darfst du gar nicht erst denken!", erwiderte er aufgebracht und ich wusste, dass die Schärfe in seiner Stimme nur Sorge war. Trotzdem fühlte ich mich so dumm.

„Aber ich schaff das nicht", murmelte ich den Blick auf den Boden gesenkt.

„Du hast bis jetzt jeden vollkommen überzeugt, dass du Diego bist. Und das hast du geschafft, weil du nicht er bist, sondern du. Und das darfst du nicht vergessen. Du hast schon so viel geschafft, das wirst du auch schaffen", schenkte er mir noch mehr seiner warmen, lieben Worte. Das machte er doch schon die ganze Zeit, immer war er mit Trost und Ermutigung zur Stelle und immer wurde ich wieder so dämlich deprimiert!

Ich fühlte mich gar nicht wie diese starke Person, von der er immer sprach. Wäre ich so, würde ich es doch schaffen, entschlossen voranzugehen und nicht andauernd den Trauerkloß spielen! Dieses Weinerliche und Ängstliche hasste ich so! So wollte ich nicht sein! Und doch konnte ich nichts anderes...

„Wirst du es nicht langsam leid, mich ständig aus einem Tief holen zu müssen?", sprach ich geradeheraus und blickte ihn bitter an. Wieso konnte ich mich nicht einfach ein bisschen zusammenreißen und stark sein?! Dieses eine Mal in meinem Leben musste ich etwas tun und nicht brav den Anweisungen von anderen folgen und ich versagte so grauenvoll!

„Sei nicht so streng zu dir selbst. Das ist eine riesige Veränderung für dich. Jeder bräuchte Zeit und dass du die nicht bekommst, macht dich nicht schwach oder sowas. Ich werde dir helfen so gut ich kann, ja? Und es ist in Ordnung manchmal Hilfe zu brauchen", sagte er so unglaublich verständnisvoll und tröstlich: „Und danke, dass du so ehrlich bist, das sind nicht viele Menschen. Eine bemerkenswerte Eigenschaft."

„Und diese Eigenschaft passt auch so gut zum Vortäuschen einer Rolle", entgegnete ich mit ein bisschen Ironie und weil mir die Unterhaltung mit einem Mal irgendwie ganz komisch unangenehm geworden war, nahm ich ohne groß zu überlegen eine der weißen Essensstangen vom Tablett und steckte sie in meinen Mund.

Wenn ich nicht so dringend einen Themenwechsel gebraucht hätte, hätte ich das sicher nicht getan, aber rückblickend war das gar nicht so schlimm. Die Teile schmeckten eigentlich wie Bonbons, wirklich sehr zuckrig-süß. Ein paar Süßigkeiten für ein Frustfressen war eigentlich genau das Richtige in dieser Situation.

„Die kann man essen", fällte ich mein Urteil ohne die Stange aus dem Mund zu nehmen, wodurch meine Worte ein bisschen undeutlich wurden. „Siehst du! Es ist nicht alles schlecht!", überzeugt grinste Tad mich an. „Vielleicht", meinte ich darauf nur und lutschte weiter dieses Süßigkeiten-Imitat.

„Für das Mittagsessen können wir noch ein bisschen hierbleiben. Wir sollten jetzt eine Weile Ruhe haben, außer du bekommst nochmal Besuch", beurteilte Tad nüchtern die Lage. „Auf noch mehr Menschen könnte ich echt gut verzichten!", kommentierte ich mit einem Stöhnen und fügte dann scherzhaft hinzu: „Wir könnten ja ein Bitte-nicht-stören-Schild an die Tür hängen."

Nachdenklich legte er den Kopf schief. „Kennst du das nicht? Das gibt es in Hotels und so immer... oder eher gab es das dort", in manchen Momenten vergaß ich glatt den Zeitunterschied. „Erzähl mir mehr von deiner Zeit", forderte mich der Wissenschaftler voller Interesse auf.

„Ähm... na ja... Es gab das Meer, mehrere Meere um genau zu sein und den Strand. Wir waren einmal in der Karibik in Urlaub, unser einziger Urlaub. Ich hab mit meinem Rollstuhl auf einem Steg weit oben gestanden und die Menschen am Strand beobachtet. Sie sind schwimmen gegangen, haben Ball gespielt, Sandburgen gebaut und sich gesonnt. Und das Meer ist in immer neuen Wellen angerauscht und hat sich sanftblau bis zum Horizont erstreckt.

Der Sand verträgt sich nicht so mit dem Rollstuhl, deswegen war ich eher der Beobachter, aber es war trotzdem wunderschön", fing ich verträumt an in Erinnerungen zu schwelgen.

„Wir sind hier im Atlantik, also wo er mal war", streute Tad locker dazwischen. „Echt?", die Vorstellung am Grund eines so riesigen Ozeans zu sein, war schon krass, selbst wenn es den Ozean gar nicht mehr gab.

„Kannst du mir auch etwas dazu erzählen?", bat er und schlug die Seite mit meiner Cartoon-Allerlei-Kritzelei auf. „Das sind nur Figuren aus Filmen und Serien. Im Krankenhaus und so hatte ich zwischen den Untersuchungen immer eine Menge Zeit die mir reinzuziehen", winkte ich lässig ab, war ja nichts Besonderes. Und ich steckte mir gleich das zweite lange Bonbon in den Mund. So langsam bekam ich doch Hunger oder zumindest Lust.

„Ich will trotzdem mehr über sie wissen. Letzte Nacht durftest du mich über das Leben hier fragen, jetzt bin ich dran", nett lächelte er mich an.

„Also gut. Rück mal zur Seite!", mit diesen Worten kam ich kurzerhand wieder zu ihm aufs Bett und ich fing an ihm all die albernen und abenteuerreichen Geschichten zu erzählen, während wir fröhlich unser Frühstück mampften, das eigentlich gar nicht so übel war.

Und für den Moment fühlte ich mich wieder ganz wie ich selbst…

7

Es machte tierisch Spaß mit Tad all den gemalten Charakteren Leben einzuhauchen. Ich gab die Geschichten zum Besten und gemeinsam machten wir uns darüber lustig und führten sogar manchmal voll die tiefgründigen Gespräche. So ausgiebig hatte ich mich, glaube ich, noch nie mit jemandem über Filme und Serien unterhalten, aber mit Tad passte es einfach, alles ging wie von selbst und ich fühlte mich so gelöst.

Gerade lebte ich voll und ganz in diesem Augenblick. Das tat so unbeschreiblich gut!

Aber leider konnten wir nicht ewig so weiterreden, auch wenn ich es mir noch so sehr wünschte. Und dieses Mal war die Unterbrechung sogar meine Schuld, zumindest im weitesten Sinne, hauptverantwortlich war die böse, böse Natur.

„Ich muss mal aufs Klo", hilfesuchend schaute ich zu Tad. Ich fühlte mich wie die ganzen kleinen Kinder, die nicht allein gehen konnten und dann immer ihre Eltern fragten, nur dass es hier so viel peinlicher war.

„Ähm... Du gehst rechts und dann zweimal links und dann die dritte Tür auf der rechten Seite", gab er mir als Auskunft und vermied dabei bewusst das Unangenehme, das dazu gehörte. „Aber ich habe noch nie... du weißt schon... als Mann...", eierte ich haareraufend ums Thema. „Ja, ja! Ich versteh schon!", unterbrach er mich und war dabei leicht rot angelaufen.

Als er jedoch keine Anstalten machte mir zu antworten, bohrte ich verzweifelt weiter nach: „Aber wie mache ich das jetzt?! Es ist Diegos... Penis. Ich will das nicht sehen!" „Du schaffst das schon", wich er beschämt aus.

Es war offensichtlich, dass er nicht darüber reden wollte, aber er hatte mir versprochen, mir beim Diego-Theater zu helfen und das gehörte auch dazu!

„Tad!", rief ich einfach nur anklagend. „Setzt dich einfach aufs Klo und... lass es laufen", rang er sich zu einer halbgaren Erklärung durch. Hierbei würde er mir wohl keine große Hilfe sein. Aber wenn ich mir es so überlegte, wollte ich ihn da auch nicht unbedingt dabeihaben.

Ich gehörte zu den Leuten, die es gar nicht abhaben konnten, wenn man auf einer Toilette gehört werden konnte. Das war immer so komisch! Zum Glück hatte ich dieses Problem meistens nicht, weil ich die Behindertentoilette in der Regel exklusiv für mich hatte.

Entschlossen straffte ich die Schultern und stand auf. „Ich werde gehen!", verkündete ich geradezu episch. Gleich würde eine Fanfare kommen und ich würde heldenhaft in den Kampf marschieren und mich dem Gegner heroisch stellen! Oh ja! Ganz krasser Moment!

„Viel... Glück", wünschte Tad mir nicht halb so wacker und kämpferisch, wie es sich für einen echten Waffenbruder gehörte. Aber in diese Schlacht musste ich alleine ziehen!

Dramatisch stand ich auf. Mit schweren Stiefeln hätten meine Schritte mächtiger gewirkt, doch die Kälte unter meinen Fußsohlen hatte so etwas Zenartiges, der Weg des Samurai... Ich öffnete die Tür...

Instinktiv hielt ich die Luft an. Allerdings war diese Reaktion ein wenig übertrieben für das, was mich erwartete.

Ich war in einem schlichten, weißen Flur. Er wirkte alles andere als einladend, sehr kahl und leer und unpersönlich, aber bei Weitem nichts Besonderes. Dieser Gang hätte genauso gut in einer der Kliniken sein können, in denen ich schon gewesen war. Es hatte fast schon etwas Vertrautes, jedoch nicht auf eine gute Art.

Und es gab ein winziges Problem...

„Wo muss ich nochmal lang?", fragte ich mit einem nervösen Grinsen über die Schulter. „Rechts. Zweimal links. Dritte Tür rechts", wiederholte er die Wegbeschreibung und schien sich dabei ernsthaft Sorgen zu machen, was das werden sollte. Auf jeden Fall verzog er sein Gesicht reichlich komisch.

„Bis dann, mein Gefährte!", verabschiedete ich mich wieder voll im Heldenmodus, doch Tad musste auch diesen Moment vergeigen. Mit sorgenvollem Blick fragte er: „Soll ich nicht vielleicht doch lieber mitkommen? Also für den Weg. Und wir können auch nicht die ganze Zeit hier in der Krankenstation bleiben. Du musst auf sein Zimmer, dein Zimmer. Du weißt schon. Ja. Genau."

„Vielleicht wäre es auch ganz gut, wenn ich davor, also vorm Zimmer, nicht vor dem Klo, einmal ein bisschen so rund gehe. Quasi eine Führung, was wo ist. Aber jetzt muss ich wirklich zuerst dringend pinkeln. Bis später", ohne mich länger aufhalten zu lassen, schritt ich in den kargen Flur und dann nach rechts.

„Das andere rechts", meldete sich eine leicht besorgte Stimme von hinten. Upsi. Schnell wechselte ich die Richtung. Zielstrebig folgte ich Tads Wegbeschreibung. Es war gar nicht leicht, sich nicht zu verirren. Hier sah alles absolut gleich aus und die Türen waren nicht einmal beschriftet.

Aber ich schaffte es. Kräftig riss ich die Tür auf und... Oh! Eimer, Besen, Lappen, Reinigungsmittel. Das konnte nicht die Toilette sein! Und echt tragisch, dass sich der Fortschritt nicht bei der Reinigung zeigte, da hatten wir ja sogar moderneres Zeug gehabt!

Misstrauisch trat ich einen Schritt zurück. Tad musste sich geirrt haben! Oder ich konnte nicht mal bis drei zählen. Jap. Das war die vierte Tür. Zu meiner Verteidigung: Tür Nummer eins hatte exakt die gleiche Farbe wie die Wand und war in diesem fiesen Tarnmodus extrem leicht zu übersehen.

Aber nun war der Moment der Wahrheit gekommen! Wieder stieß ich die Tür in einem epischen Auftritt auf und dieses Mal erwartet mich tatsächlich eine Toilette. Es gab ein Waschbecken, einen Spiegel und eine Kloschüssel, alles so nah beieinander, dass man sich fast die Hände waschen konnte, während man saß.

Behindertengerecht war das nicht! Noch nie hatte ich so eine kleine Toilette gesehen! Da war ja der Putzraum größer gewesen!

Skeptisch beäugte ich das Räumchen und suchte als allererstes nach dem Lichtschalter. Ich würde definitiv nicht die Tür auflassen, um genug Licht zu haben und im Dunkeln würde ich es genauso wenig machen! Obwohl es schon seine Vorteile hätte, nichts zu sehen. Aber da konnte ich auch einfach weggucken! Mich hier wie ein Blinder entlang zu tasten, kam nicht in die Tüte!

Doch ich konnte einfach nichts entdecken, was auch nur entfernteste Ähnlichkeit mit einem Schalter hatte! So eine Schnur wie früher gab es auch nicht. Hätte ja sein können, dass sie wie beim Saubermachen da Rückschritte in der Technik gemacht hatten. Aber nein. Gar nichts.

Und bei meiner Suche nach Erleuchtung fiel mir noch etwas auf: In der Kloschüssel war gar kein Wasser! Sollte das so sein oder war die defekt? Ganz seltsame Sache... Von Klopapier war auch keine Spur.

Vielleicht sollte ich Tad doch noch gründlich fragen. Was für eine Mogelpackung! Auf den ersten Blick alles normal, aber in Wahrheit etwas ganz Anderes! Oh! Da war ein Hebel! Neugierig drückte und ruckelte ich an ihm, bis er auf einmal mit angemessenem Grad an Gewalt nach oben ging.

Sofort spritzte ein Wasserstrahl aus der Toilette hoch und eine Art Scheibenwischer fuhr durch die Klobrille, dem dann noch ein wenig vertrauenserweckender Luftstrom folgte.

Erschrocken hatte ich einen kleinen Satz nach hinten gemacht, schmerzhaft gegen das Waschbecken.

Was hatten die in dieser Zeit aus Toiletten gemacht?! Als wäre meine Geschlechtsumwandlung nicht schon merkwürdig genug!

Unruhig griff ich wieder nach einer nicht mehr existenten Haarsträhne. Das war mir alles nicht geheuer! Ich würde Tad fragen! Warte! Waren das Schritte?! Oh nein! Bitte nicht! Heute waren schon zu viele Menschen da gewesen! Konnte ich nicht wenigstens einen Tag meine Ruhe haben?! Für diesen ganzen Quallenkuss-Körpertausch-Scheiß, der mir passiert war, wäre das doch echt keine krasse Schonzeit! Warum liefen die hier eigentlich ständig blöd in der Gegend rum?! Hatten die nichts Besseres zu tun?!

Auf jeden Fall wollte ich nicht erwischt werden, nicht ganz allein. Ohne nachzudenken schloss ich die Tür wieder und sperrte zu. Doch statt der erwarteten Dunkelheit herrschte hier ein sanftes Glühen. Es kam von den Wänden. Irgendwie beeindruckend und gleichzeitig schräg.

Unsicher schaute ich auf die Kloschüssel herab. Ich musste warten bis ich ganz sicher war, dass die Person weg war, bevor ich rausgehen konnte und dann noch Tad fragen und mir eine Einweisung geben lassen… Das würde eine ganze Weile dauern und ich war mir nicht sicher, ob ich so lange durchhalten würde… Und wie dämlich wäre es bitte schön pinkeln zu müssen und die ganze Zeit nur affig neben dem Klo zu stehen?!

Nein! Als selbstständige und unabhängige Frau… Mann… wirbelloses Meerestier würde ich das schaffen! Ohne lange zu fackeln, zog ich die Hose runter und setzte mich. Auf eine sehr komische Art war das schon ein verkehrtes Gefühl, auch wenn ich mit aller Macht versuchte es auszublenden. Noch seltsamer war jedoch das Abdrücken mit diesem Hebelteil. Ich will gar nicht daran denken!

Einzig und allein das Händewaschen danach war normal geblieben. Obwohl... eigentlich putzte man sich ja gar nicht mehr richtig ab und da konnte man sich das Waschen im Grunde auch sparen. Dennoch tat ich es, schon alleine weil es etwas Vertrautes war und ein bisschen Hygiene schadete ja nie.

Dabei schaute ich abwechselnd auf die fremden Finger unter dem Wasserstrahl und das fremde Gesicht im Spiegel. Von allem war das Gesicht mit Abstand am schlimmsten. Momentan hatte es einen sehr abwertenden Gesichtsausdruck und es war so falsch meine Gefühle dort zu sehen. Das Gesicht war eben doch etwas Persönliches, der Rest vom Körper natürlich auch, aber das Gesicht ganz besonders.

Langsam wurden meine Finger ein wenig schrumpelig. Es war Zeit zu gehen.

Widerwillig stellte ich den Wasserhahn ab und weil es in dieser bescheuerten Version einer Toilette auch keine Handtücher oder wenigstens Papiertücher gab, schüttelte ich meine Hände wild über dem Waschbecken aus, wobei ebenfalls der Spiegel leicht besprenkelt wurde und wischte sie dann an meiner Hose ab.

Einen Moment lauschte ich nach draußen auf den Flur, damit ich nicht noch mehr Leuten begegnete. Alles war still. Zur Abwechslung schien ich mal Glück zu haben. Froh, dass diese Peinlichkeit erledigt war, öffnete ich die Tür und trat völlig selbstverständlich auf den Flur. Na ja, das klang jetzt deutlich energiegeladener als es eigentlich war. Ich schleppte mich eher wie ein Krieger nach einem langen und anstrengenden Kampf nach draußen.

Und genau mit dieser Entschlossenheit schaffte ich mich auch zurück in die Krankenstation. Ein Wunder, dass ich gleich beim ersten Versuch dort landete und nicht in irgendein Labor platzte.

„Ich traue mich kaum zu fragen", meinte Tad mit einem Blick auf mein Gesicht. „Ihr habt Scheiß-Toiletten! Und es ist mir egal, dass ich theoretisch im Stehen pinkeln kann! Ich will wieder alles normal haben!", klagte ich ganz traumatisiert. „Du gewöhnst dich bestimmt dran", nahm Tad mal wieder seine aufmunternde Rolle ein und kassierte dafür von mir einen bösen Blick, während ich mich auf eins der Betten plumpsen ließ.

„Wenn du mal im völlig falschen Körper in einer anderen Zeit aufwachst, können wir darüber reden!", machte ich ihm klar, dass er keine Ahnung hatte und klang dabei wahrscheinlich nach einer astreinen Dramaqueen und Oberzicke.

„Dafür habe ich vielleicht eine Lösung, also keine große Lösung, aber...", statt den Satz zu beenden, ging er zum Waschbecken, wo er ganz unauffällig einen Rollstuhl abgestellt hatte: „Du hast doch gesagt, dass du früher im Rollstuhl gesessen hast und bald wird für dich alles noch viel... mehr... anders. Ich dachte du willst vielleicht noch ein letztes Mal Rollstuhl fahren und dich so irgendwie verabschieden. Quasi ein kleiner Moment ganz wie Elli." Einladend deutete er auf den Rollstuhl und Tränen der Rührung traten mir in die Augen.

Das war eine so unendlich liebe Geste! „Ich...", meinte Stimme brach weg: „Danke."

Lächelnd schob er den Rollstuhl bis ans Bett und ich wuchtete mich ganz ohne meine Beine zu benutzen auf das greifbarere Stück Vergangenheit. Normalerweise waren die Betten, aus denen ich so „aufgestanden" war etwas höher gewesen, sodass der Sitz auf einer Ebene war, aber mit Diegos zusätzlichen Muskeln war das kein Problem.

Verträumt ließ ich meine Arme herabhängen und strich über die Räder. Dieser Rollstuhl war anders als mein eigener, er war dafür gedacht Patienten zu fahren und das tat Tad auch. Behutsam fing er an, mich zu schieben.

Irgendwie hatte es etwas Beruhigendes, alles aus dieser Perspektive zu sehen, es wirkte gleich viel richtiger, auch wenn das eigentlich völliger Schwachsinn war. Genauso musste es sein, genauso war seit ich denken konnte mein Blick auf die Welt gewesen. Ich hatte gar nicht gemerkt wie wichtig die Perspektive war, wie viel es ausmachte.

Die Betten, der Raum, einfach alles kam mir auf einen Schlag ganz normal vor, schlicht wie die nächste Klinik, in der ich behandelt werden sollte. Alles Einschüchternde und Fremde war weg.

„Tad?", wisperte ich und schaute über die Schulter zu ihm hoch. Selbst dass er so hinter mir stand und mir half, wirkte völlig richtig. „Ja, Elli?", fragte er lächelnd und es war so wundervoll, dass er meinen Namen benutzte, dass er wirklich mich sah, ein Mädchen im Rollstuhl.

Überwältigt schweifte mein Blick wieder in den so vertrauten Raum: „Du hast mir meine Welt geschenkt."

„Und jetzt geht es weiter in meine Welt", mit diesen Worten steuerte er auf die Tür zu. „Werden die anderen das nicht komisch finden? Was, wenn sie Verdacht schöpfen?", war schlagartig die altvertraute Panik wieder da. „Du hast eine Gehirnerschütterung. Wir sagen einfach, dass dir schwindelig war und dann kannst du noch einen Scherz machen, dass ich dein Diener bin. Niemand wird etwas merken", meinte er überzeugt. Dennoch fühlte ich mich unruhig.

Ich war gerade zwar schon draußen gewesen, aber ich war niemandem begegnet. Jetzt war das Risiko viel größer. Und überhaupt... die ganze Größe von dieser Anlage! Keine Ahnung, was da genau auf mich wartete, aber die Ausmaße machten mir irgendwie Angst. Alles ging viel zu schnell. Es war viel zu viel auf einmal.

Völlig selbstverständlich schob Tad mich weiter, direkt durch die Tür, die er ziemlich umständlich öffnete. Wir kamen an ein paar nichtssagenden Türen vorbei. Von den anderen Bewohnern dieser Einrichtung war keine Spur, was mir nur recht war. So hatten Tad und ich diesen leicht beängstigenden Moment ganz für uns allein und er wurde nicht durch andere noch schlimmer gemacht.

Es war still. Der Rollstuhl gab leise ratternde und quietschende Geräusche von sich. In der Luft lag der Geruch von Sauberkeit, regelrecht eine sterile Leere, mit einem winzigen Hauch Beton. So ein eintöniger Ort. Echt deprimierend.

Doch nach zwei oder vielleicht auch drei Abbiegungen änderte es sich auf einmal. Unser langweiliger Flur endete in einer Sackgasse, beziehungsweise vor einer großen, nicht sehr einladenden Metalltür mit Codetafel daneben.

„Was ist hinter dieser Tür?", fragte ich unsicher und in meinem Kopf malte ich schon alle möglichen Schreckensszenarien durch. Von einem Labor mit Killerviren über ein Becken giftiger Quallen oder Leuten mit Quallenkuss, die wie irre Zombies gegen Scheiben hämmerten und … Nein! Ich sollte schnell damit aufhören! Einfach immer schön ruhig bleiben.

„Lass dich überraschen", meinte er nur geheimnisvoll und ging zu dieser bedrohlichen Sicherheitstür rüber. Wenn er so ruhig war, konnte es doch eigentlich gar nicht so schlimm sein. Außerdem war es Tad, er würde mich nicht an einen Horrorort bringen.

Flink gab er einen Code ein und die Tür entsperrte sich mit einem irgendwie endgültigen Klacken. Schwer schluckte ich. Mein Vorsatz ruhig zu bleiben, funktionierte nicht so richtig.

Über seine Schulter warf Tad einen lächelnden Blick zu mir, bevor er die schwere Tür angestrengt aufzog. Ängstlich klammerte ich mich wieder an die Armlehnen des Rollstuhls. Und dann …

Ungläubig wurden meine Augen ganz groß und mein Mund klappte auf. Damit hätte ich nie gerechnet!

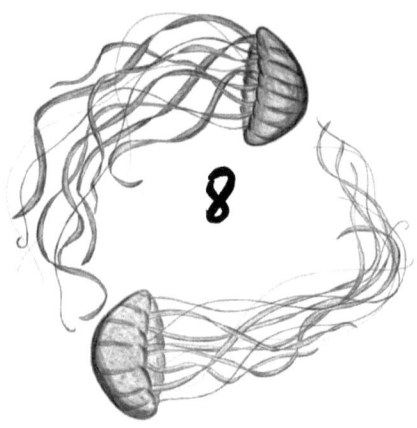

8

Vor uns erstreckte sich ein Garten! Ein echter Garten! Lebende Pflanzen! Jede Menge Grün! Oh! Da drüben waren auch jede Menge rote Punkte! Tomaten! Endlich wieder echte Farben! Und dieser Geruch nach nasser Erde! Ich hatte das Gefühl, noch nie etwas so Wunderschönes gesehen zu haben.

Lächelnd kam Tad zu mir zurück und schob den Rollstuhl weiter. „Hier ist unser großes Gewächshaus, in dem wir unser Gemüse anbauen. Auf der anderen Seite der Anlage hat Bernd noch ein kleineres Gewächshaus, wo er ein bisschen mit verschiedenen Züchtungen experimentiert", lieferte er mir nebenbei die Infos zu diesem wundervoll normalen Ort: „Die Glaskonstruktion besteht aus getönten Scheiben, damit die Quallen nicht vom Licht angelockt werden. Die Bewässerung findet effizient direkt im Boden statt und die Ventilatoren sorgen dafür, dass die Luft zirkuliert und ein ideales Klima vorherrscht."

Eine normale Sprinkleranlage wäre schon toll gewesen. Dann hätten wir im Regen tanzen können. Ich hatte noch nie im Regen getanzt, ich hatte generell noch nie getanzt, bis auf meine kleine Scherz-Rock-Einlage eben. Aber auch ohne Sprinkleranlage war dieses Gewächshaus der Wahnsinn!

Gedankenverloren streckte ich meine Hand aus und ließ sie im Vorbeifahren über die grünen Blätter streifen. Sie waren echt. Ich weiß, das war eigentlich keine mega krasse Erkenntnis, aber es fühlte sich so an.

Irgendwie war es ein Stück Normalität, ein Moment, in dem man durchatmen konnte, schöne Erinnerungen … So genau konnte ich gar nicht sagen, was dieser Garten für mich war, auf jeden Fall tat es verdammt gut hier zu sein.

Verträumt ließ ich den Blick über all das lebendige Grün schweifen.

„Manchmal haben mich die Pfleger nach einer anstrengenden Behandlung oder Operation so durch den Garten geschoben", Diegos Stimme war falsch, doch ich tat so als wäre er der Erzähler meiner Erinnerung und alles blieb normal: „Oft haben Vögel gesungen und die Sonne hat warm auf mich herab geschienen. Solche Momente habe ich immer geliebt."

Friedlich schloss ich die Augen und stellte mir vor, dass ich wieder wirklich ich war, an einem ganz normalen Tag, in meinem nicht ganz so normalen Leben, von dem ich gerade in einem freundlichen Garten eine Auszeit nahm.

Fast schon konnte ich die Sonne auf meinem Gesicht spüren und vielleicht noch das Brummen eines Autos im Hintergrund, keine medizinische Einrichtung lag so abgeschieden, dass es nicht auch ein wenig Verkehr gäbe.

Ganz normale Geräusche an einem ganz normalen Tag. Wunderschön.

Auf einmal blieb er stehen und ich öffnete irritiert meine Augen wieder. Wir hatten direkt neben den Tomaten gestoppt. „Magst du Tomaten?", fragte mich Tad, die Hand schon zum Pflücken ausgestreckt. „Unbedingt!", rief ich total aus dem Häuschen. Wir konnten frische Sachen essen! Echte Sachen! Keine Stangen und Brei und so ein Zeug! Das hier war das Paradies!

Fröhlich pflückte Tad eine Tomate und reichte sie mir. Begeistert nahm ich das runde Gemüse entgegen und biss rein. Es war so saftig! Ein Wunder, dass davon nichts auf diesen grauen… Jogginganzug spritzte.

Bis jetzt hatte ich mir noch gar keine Gedanken um die Klamotten hier gemacht. Ich hatte ja auch genug anderes zum Gedankenmachen gehabt. Aber wenn ich mich recht erinnerte, hatte Nola auch so ein schlichtes Ding getragen. Schien hier normal zu sein. Und mehr wollte ich darüber jetzt auch nicht nachgrübeln. Dieser Moment war dafür einfach viel zu schön.

„Warum kriegen wir so eine Matschepampe zum Frühstück, wenn ihr auch so was Gutes machen könnt?", fragte ich verständnislos und vertilgte die Tomate mit einem zweiten großen Bissen. „Nährstoffgehalt", antwortet mir Tad kurz und knackig und steckte sich ebenfalls einen ordentlichen Happs in den Mund.

Eine Weile aßen wir einfach nur in zufriedenem Schweigen. Wir beide umgeben von Grün und dabei frische Tomaten. Es war ein Traum.

Doch so lecker das rote Gemüse auch war, irgendwann und zwar ein sehr frühes irgendwann, mussten wir mit dem Naschen aufhören. Essen war hier ja eher Mangelware und es würde sicher nicht so gut kommen, wenn wir alles in uns reinstopften.

„Tomaten sind eindeutig mein neues Lieblingsessen", verkündete ich mit einem kleinen, sehnsüchtigen Blick auf diese wunderschönen, verlockend roten Kugeln. Ich hatte Gemüse noch nie so deutlich wahrgenommen wie jetzt. Irgendwie war das alles hier intensiver und auch kostbarer...

„Bereit für den nächsten Teil unserer Führung?", fragte er und stellte sich wieder hinter mich. Als Antwort grinste ich ihn nur extrabreit an.

Das klang so aufregend! Was würde jetzt kommen? Die Labore voller Aquarien, sodass sie wie ein bunter, vielseitiger Zoo aussahen? Oder vielleicht zeigte er mir ja auch unsere Zimmer! Wie es bei ihm wohl aussah?

Bestimmt hatte er viele Bücher! Und ich konnte mir kaum vorstellen, dass er auf Deko und so viel Wert legte.

Mitten in meiner gedanklichen Gestaltung von Tads Zimmer, bemerkte ich, dass wir gar nicht zurück fuhren, sondern weiter durchs Gewächshaus. Oder hatte ich nur voll die Orientierung verloren?

Schließlich hielt er wieder an, um einen Code bei einer schweren Metalltür einzugeben, aber ich war mir ziemlich sicher, dass es nicht die gleiche Tür wie eben war. Hieß das, wir gingen nach draußen? Oder gab es einfach nur einen anderen Weg zurück und Tad wollte mir das Ganze als Rundgang zeigen? Hoffentlich war es das erste!

Ich wollte unbedingt wissen, wie es hier aussah! Immerhin gab es keine Meere mehr und keine Sonne und das klang einfach total unvorstellbar und verrückt.

Wieder gab es dieses Klacken, als die Tür entsperrt war. Tad legte eine kleine dramatische Pause ein, in der er mich anlächelte. Déjà-vu. Endlich öffnete er die Tür und verkündete: „Willkommen auf dem Meeresgrund."

Das Erste, was mir auffiel, war der Himmel. Da war Dunkelheit und doch so viele verschiedene Farben, manche richtig hell, andere ganz blass. Oft bündelte sich das Glühen an bestimmten Stellen, wie eine leuchtende Wolke und dann waren da manchmal einsam leuchtende Punkte, die irgendwie an Sterne erinnerten. Und dann diese sanfte Bewegung, die durch den Himmel ging, ruhige Verwirbelungen, Flecken leuchteten auf und verglühten.

Es sah aus wie diese ganzen Weltraumbilder von Sternenebeln und unendlich weit entfernten Welten. Natürlich wusste ich, dass es nicht das war, aber es fühlte sich so an. Und ich hatte schon gedacht der klare Sternenhimmel an kalten Wintertagen hätte etwas zauberhaft Unerreichbares und Endloses an sich! Das hier war so viel umwerfender! Einfach atemberaubend! So friedlich und mit einer unerklärlichen Selbstverständlichkeit, die so beruhigend wirkte und einen irgendwie richtig in den Bann zog. Ich könnte mir eine Ewigkeit dieses zauberhafte Schauspiel am Himmel ansehen!

Sanft schob Tad mich weiter. Mir war gar nicht aufgefallen,

dass er wieder hinter den Rollstuhl gegangen war. Und als wir erst richtig draußen waren, ging das Staunen auch schon weiter. Nicht nur der Himmel war ein echter Hingucker.

Um uns herum ragten Felsen in die Luft, manche nicht höher als ein Stuhl, andere so groß wie Häuser. Etwa auf der Höhe meines Kopfes konnte ich im Gestein einfach eine versteinerte Fischflosse sehen, so sah zumindest schwer nach einer Fischflosse aus. Und das da könnte mal eine Koralle gewesen sein! Echt unglaublich! Hier das hatte genauso wenig Ähnlichkeit mit einem Meer wie die Alpen.

Außerdem gab es auf den Steinen zahlreiche Markierungen in verschiedenen Farben. Waren das sowas wie Wegstrecken? Oder doch etwas ganz Anderes?

„Wofür sind die Markierungen?", fragte ich Tad einfach gerade heraus. „Das sind Streckenkennzeichnungen", klärte er mich locker auf und ich fühlte mich so klug, doch ich hatte nicht nur richtig gelegen: „Zumindest das meiste. Einige der Striche stehen auch für die Zugrouten der Quallen. So versuchen wir Muster in ihrem Verhalten zu erkennen, bis jetzt ohne Erfolg." Damit hätten wir dann auch das ganz Andere.

Gedankenverloren ließ ich meinen Blick über diese einzigartige Landschaft schweifen. Sie hatte etwas Raues an sich und irgendwie auch etwas Einsames und war doch wunderschön. Das war jetzt die Welt, in der ich lebte…

Immer noch eine sehr gewöhnungsbedürftige Vorstellung, aber ich würde schon damit klarkommen.

Als hätte Tad meinen Anflug von Entschlossenheit gespürt, kam er um den Rollstuhl herum und hielt mir regelrecht feierlich seine Hand hin: „Elli. Bist du bereit dich vom Rollstuhl zu verabschieden?"

„Ich hätte nie gedacht, dass es mir mal schwer fallen würde das aufzugeben, aber ja, ich bin bereit in dieses neue Leben zu gehen", entschieden griff ich seine Hand, auch wenn das wirklich nur symbolischen Wert hatte, mit den Muskeln hätte ich wahrscheinlich sogar einbeinig aufstehen können. Was für ein wahnwitziger Gedanke, zumindest war er das noch vor kurzer Zeit gewesen.

Einen Moment standen wir einfach so da und ich fühlte mich, als hätte ich gerade voll den bedeutenden Vertrag abgeschlossen, dabei hatten wir den Deal ja schon längst erledigt. Und in diesen andächtigen Augenblick drängte sich eine äußerst bedeutsame Frage, die ich auch gleich wenig taktvoll aussprach: „Was machen wir als nächstes?"

„Worauf hättest du denn Lust?", überließ Tad mir die Entscheidung, was schon ziemlich affig war, weil ich doch überhaupt nicht wusste, was man hier machen konnte! Netterweise fing er nur eine Sekunde später an Vorschläge zu liefern: „Ich könnte dir noch mehr zeigen, aber ich weiß nicht, ob so viel auf einmal doch erschlagend wird. Oder ich könnte dir ein bisschen mit den Schulsachen helfen. Es gibt noch sehr viel Stoff nachzuholen. Auch wenn es nicht besonders auffällig wäre, wenn du schlechte Noten ablieferst. Oder wir könnten bei den Laboren nachsehen, ob wir vielleicht heimlich einen Hirnscan machen können. Allerdings weiß ich nicht, wie wir als Vergleichswert an Diegos frühere Werte rankommen sollen..."

Bevor er noch weiter in den Strebermodus versinken konnte, unterbrach ich ihn: „Mit dem ganzen Lernen und Experimentieren können wir ja vielleicht noch bis morgen warten. In Ordnung? Ein Tag noch Schonfrist." „In Ordnung", genehmigte er mir sofort und sein Lächeln hatte etwas Entschuldigendes an sich.

Nur blieb jetzt immer noch die Frage, was wir machen sollten. Unsere Erkundungstour fortzusetzen, klang eigentlich ganz interessant, aber vielleicht fiel mir ja noch etwas Besseres ein...

Nachdenklich wippte ich mit meinen Füßen. Ich wippte mit meinen Füßen... Schon eigenartig wie selbstverständlich sie mir gehorchten. Gedankenverloren fing ich an zu reden: „Weißt du, früher habe ich mir manchmal vorgestellt, wie ich einfach aus meinem Rollstuhl aufstehe und eine Treppe hochgehe. Stufe für Stufe. Und dann würde ich oben stehen und ich wäre genauso wie alle anderen. Niemand würde auf mich herabblicken, ich würde einfach oben stehen. Egal wohin die Treppe führt..."

Geduldig wartete er darauf, dass ich zum Punkt kam.

Vor meinem inneren Auge sah ich wieder die Schultreppen, wo all die Schüler immer maulend nach oben gewuselt waren, während ich den Aufzug holen musste. Manche haben gemeint, wie gut ich es doch hätte, weil ich nicht gehen musste, doch auch wenn sie keine böse Absicht hatten, war dieser Spruch immer wie ein Schlag gewesen. Sie wussten nicht, was für ein Geschenk jeder ihrer Schritte für mich wäre...

„Können wir eine Treppe gehen?", bat ich und schaute ihn ganz direkt an. „Was?", verwundert waren seine Augenbrauen weit über das Brillengestell hinaus gewandert. „Ich will eine Treppe hochsteigen können, bitte", wiederholte ich und es überraschte mich selbst, wie wichtig mir das war.

Das hier war eine unbekannte Zukunftswelt mit Gefahren und dem riskanten Geheimnis meiner wahren Identität und ich konnte nur an eine schlichte, unbedeutende Treppe denken. Doch ich hatte gelernt, was für eine enorme Bedeutung die einfachsten Dinge haben konnten, zum Beispiel eine Stufe vorm Hauseingang oder auch nur ein Stein an der falschen Stelle. Selbst die winzigsten Kleinigkeiten konnten so eine große Wirkung haben...

Ich wollte mir wohl selbst beweisen, dass ich jetzt nicht länger hochsehen musste...

Tad zögerte und ich wusste, woran er dachte: Das Risiko gesehen zu werden, die Erklärungsnot, all der unnötige Aufwand. Dabei war das alles hier doch nicht weniger riskant gewesen!

Aber als er in mein Gesicht sah, wurde sein abwägender Blick weich: „Zu den Zimmern führt eine Treppe rauf. Die kannst du gehen, ohne dass es allzu merkwürdig wirkt.

Wenn du jemanden siehst, sag einfach, du willst in dein Zimmer. Ich bin die ganze Zeit hinter dir und wenn wir gesehen werden, sag ich, ich wollte dich aufhalten, aber du hast natürlich nicht mit dir reden gelassen."

„Danke Tad! Danke! Danke! Danke!", überglücklich drückte ich ihn ganz fest. In letzter Zeit war ich eindeutig zu überschwänglich. „Schon gut", etwas unbeholfen tätschelte er meinen Rücken und ich ließ ihn wieder los.

Voller Tatendrang wartete ich darauf, dass er den Rollstuhl wieder gewendet hatte und folgte ihm zurück in das herrlich normale Gewächshaus. Das war so ein geniales Gefühl! Mit einem Mal sah ich nicht die tausend Probleme, sondern all die Möglichkeiten! Verrückt!

Gemeinsam gingen wir zur zweiten Metalltür und Tad grinste über meine kindische Vorfreude, aber es war ein liebes Grinsen und ich sprudelte so vor Glück über, dass ich ihm wahrscheinlich nicht einmal voll das beleidigende Lachen übelgenommen hätte. Aber sowas würde Tad ja nie machen.

„Links und dann eigentlich nur geradeaus. Es ist nicht so weit", gab er mir noch letzte Informationen und überließ mir dann einfach die Führung! Irgendwie kam mir gerade alles so übertrieben krass vor. Alles ging einfach so schnell!

Aufgeregt trat ich in den Gang und ich fühlte mich, wie sich auch der erste Mensch auf dem Mond gefühlt haben musste, als würde dieser kleine Schritt so viel mehr bewegen. Endlos fasziniert sah ich mich um und wendete mich nach links. Entschlossen brachten mich meine Schritte vorwärts.

War das hier eigentlich die gleiche Strecke wie eben? Kamen wir nochmal an der Krankenstation vorbei? Ich konnte es gar nicht richtig sagen. Hier sah wirklich alles gleich aus. Der Flur beschrieb einen kleinen Knick, der architektonisch ziemlich seltsam war und dann kam sie in Sicht: Die Herausforderung meines Lebens! Ein früher so unerfüllbarer Traum! Dieser Moment gehörte nur mir! Elli! Die Bezwingerin der Treppe!

Mein Herz schlug schneller. Irgendwie hatte ich Angst, dass jetzt doch noch etwas passierte, dass meine Beine plötzlich stehen blieben und ich nicht weiter konnte, dass es doch ein unerfüllbarer Traum bleiben würde.

Dann stellte ich meinen Fuß auf die erste Stufe und es war ein unglaubliches Gefühl von Erfolg. Fest griff ich nach dem Geländer. Kalt und fest spürte ich es. Andächtig hob ich auch meinen anderen Fuß an und stieg höher. Stufe um Stufe, genau wie ich es geträumt hatte, nur so viel besser, denn das war echt! Ich tat es wirklich!

Auf einmal hatte ich die letzte Stufe erreicht. Ungläubig drehte ich mich um und schaute auf die Stufen herab. Diesen Weg war ich gegangen. Einfach so. Ich konnte mein Glück kaum fassen! Es war der totale Wahnsinn! Noch nie war ich so stolz und glücklich gewesen etwas geschafft zu haben!

Sprachlos vor Freude winkte ich Tad ausgelassen zu. Ehrlich lächelte er zurück. Nichts könnte diesen Moment schöner machen! Es war einfach perfekt! Unglaublich und überwältigend!

„Diego?", und dieser Name zerstörte alles. Mit einem Schlag wurde mir wieder bewusst, dass dieser Körper gar nicht mir gehörte und nach diesem wunderschönen Gefühl einen Traum verwirklicht zu haben, tat diese Erkenntnis umso mehr weh. Was war ich nur für eine dumme Träumerin?!

„Was machst du da?", redete die unangenehme Stimme hinter mir erbarmungslos weiter. Besorgt schaute Tad zu mir hoch, ich konnte ihm ansehen, dass er dachte, dass jetzt alles auffliegen würde, doch das würde ich nicht zulassen. So leicht ließ ich mir dieses Leben und diese Freiheit nicht nehmen.

Lässig drehte ich mich um und es half mir zu wissen, dass Tad als mein Fels in der Brandung hinter mir stand.

„Ich hab nur dem Spinner gewunken", antwortete ich wahrheitsgemäß, auch wenn er natürlich alles andere als ein

Spinner war. Das Mädchen vor mir hatte skeptisch die Arme vor der Brust verschränkt. Sie zu überzeugen würde schwerer werden, als bei den anderen.

Wie wir es eingeübt hatten, fuhr ich mir mit der Hand durch die Haare und redete selbstbewusst weiter: „Du kennst ihn ja: ′Die sagen aber, du musst dich noch schonen! Du darfst nicht rumlaufen! Nein! Nein! Nein! Das geht so nicht! Mi Mi Mi Mi!′ Vielleicht braucht er mal wieder einen Fisch im Kopfkissen, damit er merkt wie es geht."

Obwohl Tad ja wusste, dass alles nur Show war, hatte ich instinktiv etwas leiser gesprochen, damit er es nicht hörte und sich verletzt fühlte. Er hatte das echt nicht verdient.

„Diego?", setzte sie mit einer Spur Sorge an, doch ein Blick an mir vorbei auf Tad ließ sie verstummen. Was hatte sie sagen wollen? Es wirkte wichtig.

Aber wenn ich darauf einging und versuchte mehr zu erfahren, könnte ich mich verraten. Dabei hatte ich gerade doch einen so guten Start hingelegt! Nur wusste ich dummerweise nicht, wo genau die Zimmer waren und wenn ich ihr die Führung überließ und neben ihr rumeierte, gab das ganz sicher Minuspunkte. Und die Zimmer waren der einzige Ort, den ich mir für ein Gespräch unter vier Augen vorstellen konnte. Auf dem Flur würde sie mit Garantie nichts auspacken.

Doch wenn ich mich für die Notbremse entschied, hatte ich das Problem, dass mir auch das Wissen zum Rausreden fehlte. Meine einzige Idee wäre eine spontane Ohnmacht, wie bei den feinen Damen früher. Allerdings war ich mir nicht so sicher, ob das wirklich so klug wäre...

Eine knifflige Zwickmühle! Und Tad konnte mich dieses Mal nicht retten. Niemand würde mich hier rausholen. Ich musste schnell irgendwie handeln! Glaubhaft handeln!

In ihren blauen Augen lagen immer noch Zweifel. „Weißt du...", ohne zu wissen, worauf ich eigentlich hinaus wollte, legte ich den linken Arm machomäßig um ihre Schultern. Und dann geschah ein Wunder.

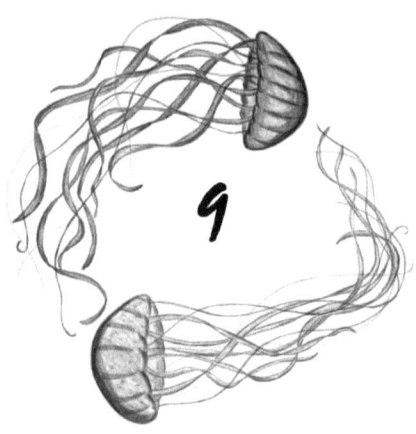

9

Ein schriller Schrei hallte durch die Anlage, gefolgt von einem Namen: „Cedric!" Ab da ging das Chaos richtig los und ich hörte Schritte ganz in der Nähe. Allerdings wirkte es weniger wie ein ernster Notfall, sondern eher nach wütendem Zoff in der Schule.

„Oh! Ich sollte mich wohl verdrücken, auf noch eine Standpauke habe ich gar keinen Bock. Tschau!", packte ich die Gelegenheit beim Schopf und hastete so schnell die Treppe runter, dass sie gar keine Chance hatte, noch etwas zu sagen.

Vielleicht wäre ein Abschiedskuss noch ganz angebracht gewesen, um meine Tarnung aufzupolieren, aber dazu konnte ich mich beim besten Willen nicht durchringen. Auch wenn sie mir gegenüber gar nicht so ätzend gewesen war, mochte ich sie kein Stück.

Genauso gut wäre es wahrscheinlich gewesen, Tad im Vorbeigehen anzurempeln, aber auch das brachte ich nicht über mich. Dafür warf ich ihm einen hilfesuchenden Blick zu, bevor ich ihn hinter mir ließ.

In dem Lärm, der ausgebrochen war, hörte ich mehrmals klar den Namen „Cedric". Wer auch immer das war, für mich war er ein Geschenk des Himmels und für alle anderen wohl jemand, den sie zum nächsten Ekelbrei verarbeiten wollten. Gerne wüsste ich, was er getan hatte, um so einen Sturm auszulösen.

Mit schnellen, bestimmten Schritten erreichte ich... was genau eigentlich? Ein Flur mit Türen. Wie groß war dieser Schuppen bitteschön?! Warum hatte ich nur auf die dumme Treppenaktion bestanden? Eine Führung durch die Einrichtung wäre viel sinnvoller gewesen! Dann hätte ich wenigstens eine grobe Ahnung gehabt, wo ich hin könnte! Beziehungsweise wo ich gerade war.

In meinen ersten Minuten alleine schlug ich mich bis jetzt ja ganz fabelhaft! Und wie sollte ich reagieren, wenn jemand hier vorbeikam?! Gerade hatte ich das extreme Bedürfnis mich zu verstecken, aber hier gab es einfach nichts! Es war zum Verrücktwerden!

Oh nein! Da waren Schritte! Sie kamen eindeutig näher!

Sollte ich weglaufen? Mich einfach lässig gegen die Wand lehnen? Doch noch eine Ohnmacht vortäuschen? Die Türen! Ich könnte durch eine verschwinden! Oder ich platzte in eine noch viel ungünstigere Situation.

Dummerweise brauchte ich für die Entscheidung so lange, dass ich nur völlig verschreckt dastand, als mich die Person erreichte. Zu meinem Glück war es nur Tad. Erleichtert atmete ich auf.

„Das mit Merle hast du gut gelöst", lobte mich mein Komplize mit einem ehrlichen Lächeln und etwas außer Atem. Offensichtlich war er mir nachgelaufen. Gut, dass ich hier mitten im Nirgendwo gestoppt hatte und er mir so hatte folgen können.

„Ich hab da kaum etwas gelöst, das war dieser Cedric", widersprach ich ihm, nicht so überzeugt von meinem Auftritt. Mein Herz raste immer noch total.

„Cedric ist übrigens Ric, Nolas Bruder. Ich hatte dir ja schon von ihm erzählt", erwähnte Tad nebenbei und ich runzelte die Stirn. Hatte er mir schon von ihm erzählt? Daran konnte ich mich gar nicht mehr erinnern... Warte, es gab Merle und Nola und ... Da verließen sich mich schon. Gar nicht gut. Für eine Bekanntschaft mit den anderen Leuten hier drin, war ich definitiv noch nicht bereit!

Auf meinen verwirrten Gesichtsausdruck hin, lieferte mein Lebensretter eine genauere Personenbeschreibung: „Ric ist der jüngste von uns. Er spielt gerne Videospiele und macht ansonsten eigentlich nur Quatsch. Ihr habt euch bis jetzt im Grunde immer ganz gut verstanden. Also Diego und er. Ric kann ziemlich… anstrengend sein. Bernd hat mich auch schon als Nachhilfe für ihn eingesetzt, aber wirklich geholfen hat es nicht. Viel mehr gibt es da eigentlich auch nicht zu sagen. Ich glaube nicht, dass er so eine große Gefahr darstellt."

„Wenn ich solche Geschwister sehe, bin ich ganz froh, dass ich Einzelkind bin", meinte ich nur mit einem vielsagenden Blick. „Ja", stimmte er mir nur mit einem kleinen Seufzen zu, bei dem ich mir nicht ganz sicher war, was es zu bedeuten hatte. Wünschte er sich insgeheim Geschwister? War er einfach genervt von Ric? Oder war er bloß erleichtert, dass alles gerade so gut verlaufen war?

Die Antwort war einfach: Ich interpretierte zu viel in Kleinigkeiten.

„Die Zimmer sind nicht weit entfernt. Wir könnten als nächstes dorthin gehen, nur wenn du willst natürlich", schlug mein Rundführer mit seiner typischen Ruhe vor. „Klar", stimmte ich locker zu.

Wieder brachten wir (gefühlt) sehr viele sehr eintönige Flure hinter uns und irgendwann blieb Tad dann stehen. Das war wirklich ätzend! Wie sollte ich hier den Überblick behalten? Warum hatten sie die Türen nicht wenigstens beschriftet, wenn sie schon alle gleich aussahen? Oder vielleicht ein bisschen Farbe, für die unterschiedlichen Bereiche.

Klar, es war eine Forschungseinrichtung, aber so ein paar kleine, schöne Details würden gleich für eine viel bessere Atmosphäre beim Arbeiten sorgen!

Apropos Atmosphäre… Zuvorkommend öffnete Tad die Tür zu meinem Zimmer und dieser Raum war so ziemlich das genaue Gegenteil von dem, was ich gemütlich oder heimelig nennen würde. Es gab einen Mini-Basketballkorb und einen Boxsack. Der Schreibtisch war als Abstellplatz für eine große Musikbox umfunktioniert worden. In der Luft lag ein leichter Geruch nach Schweiß.

Nein! Hier würde ich nicht bleiben! Diegos Zimmer war vollkommen lieblos und betont knallhart-maskulin! Als würde es gleich die Männlichkeit kosten, es sich ein bisschen bequem zu machen! Der Vorbesitzer dieses Körpers war echt das Letzte! Warum hatte ich nicht jemanden wie Tad bekommen?! Dann hätte ich viel weniger Probleme! Aber wahrscheinlich auch viel mehr Schuldgefühle, dass ich ihm die Persönlichkeit weggeknipst hatte...

Ich hatte es ja nicht absichtlich getan. Trotzdem...

Laut seufzte ich einmal. Nerviges Gedankenkarussell.

„Ich weiß, es ist nicht, was du dir gewünscht hast. Aber du musst ja nicht so viel Zeit darin verbringen. Wir kriegen das bestimmt hin", versuchte mir mein treuer Begleiter auch diese Enttäuschung schön zu reden.

„Warum kann ich nicht einfach in den Garten umziehen?", fragte ich unglücklich. „Das wird schon", tröstend klopfte er mir auf die Schulter.

„Ich vermisse mein altes Zimmer...", ich hatte den Blick immer noch nach vorne gerichtet, doch ich sah so viel mehr als die lieblose Einrichtung: „In meinem Zimmer hatte ich ganz viele Bilder hängen und Bücherregale, große Regale, auch mit Deko und kleinen Andenken. Mein Schreibtisch war aus Holz und die eine Schublade war kaputt, sie hing ganz schief, weil Grimm da einmal rein gesprungen ist. Und auf meinem Bett hatte ich nur bunte Bettwäsche."

„Das passt zu dir", meinte er verträumt und stellte sich jetzt wahrscheinlich mein Zimmer vor.

So schade, dass ich nicht einfach Diegos Zimmer vernünftig einrichten konnte. Schon ein paar Zeichnungen an den Wänden würden alles gleich viel fröhlicher machen. Generell einfach ein bisschen Farbe! Und vielleicht ein paar kuschlige Kissen... Ja, das hatte wirklich Potenzial.

„Zeigst du mir auch noch dein Zimmer? Das sieht bestimmt viel schöner aus, als dieses", fröhlich wandte ich mich an meinen tollen Begleiter. „Gerne", stimmte er mit einem lieben Lächeln zu und rutschte dann ein wenig ins Nervöse ab: „Aber ähm, mein Zimmer ist ziemlich chaotisch und voll und ja..."

„Das ist kein Problem", meinte ich schon richtig vorfreudig. Doch dazu sollte es nicht kommen...

„Was geht denn hier ab?", fragte auf einmal eine kratzige Jungenstimme, eindeutig voll im Stimmbruch und eindeutig aus Diegos schrecklichem Zimmer! Erschrocken fuhr ich herum. Hinter dem kargen Schrank kam ein schlaksiger Junge hervor und er hatte seine Stirn in beeindruckend viele Falten gelegt. Er hatte alles gehört und dieser Moment war so gar nicht diegohaft gewesen! Scheibenkleister!

„Ric", stellte Tad ertappt fest. Warum konnte er uns mit seiner Intelligenz nicht wieder retten? Er hatte doch bis jetzt immer eine gute Ausrede parat gehabt! Und ich...

„Für heute war das genug Schulzeug. Ich hab kein Bock mehr", improvisierte ich lässig und klopfte meinem Begleiter auf die Schulter: „Sau bescheuert. Jetzt haben wir auch noch Rollenspiele als Thema. Irgendwas von hineinversetzen und sozialen Fähigkeiten. So ein Müll. Aber ich habe die Rolle des emotionalen Mädchens doch gut getroffen. Ich hab mich an deiner Schwester orientiert."

Um meine Rolle weiter zu untermauern machte ich noch einmal die Haargeste. Mehr hatte ich ja nicht in petto. Verdammt! Und was hatte ich da für einen Quatsch gelabert? Rollenspiele? Und dann auch noch als Schulthema? Wie war ich darauf gekommen? Ging es noch unglaubwürdiger? Ric sah auch noch nicht überzeugt aus. Verständlich. In meinem Kopf ratterte es. Was wusste ich über ihn? Er war Nolas Bruder. Die Karte hatte ich schon ausgespielt. Ähm... Videospiele! Genau! Etwas Besseres würde mir nicht mehr einfallen. Versuchen wir's!

„Wollen wir nach dem ganzen Stress gemeinsam zocken?", fragte ich ihn auf gut Glück. „Klar", stimmte er mit einem schluffigen Schulterzucken zu. Hm. Das war am Ende ja doch leichter gegangen als erwartet.

„Auf Wiedersehen, Loser", verabschiedete ich mich gemein von Tad, auch wenn das wirklich in keinster Weise das war, was ich wollte. Gezwungen selbstbewusst folgte ich dem Jungen aus dem Zimmer und zwei Türen weiter in seine Zockerhöhle. Der Begriff sagte eigentlich schon alles.

Dominiert wurde der Raum von einem großen Bildschirm mit Konsole. Das Licht an der Decke war durch einen Stofffetzen, der provisorisch mit Klebeband befestigt war, gedämpft, sodass der leuchtende Bildschirm nur noch stärker zur Geltung kam. Erst auf den zweiten Blick bemerkte ich das Chaos von herumfliegenden Klamotten, leeren Essenstabletts und… nicht ganz so leeren Tabletts… Sehr appetitlich.

Und das ließen ihm die peniblen Forscher hier durchgehen? Auf einmal warf mir Ric dicke Kopfhörer und einen Controller zu. Instinktiv fing ich sie auf, ein Hoch auf Diegos Reflexe! „Death palace, Trigarian oder Water killer?", fragte er mich locker. Waren das Videospiele? Natürlich waren das Videospiele, was sollte es denn sonst sein? Und ich musste schnell etwas sagen.

„Ähm… Water killer?", sehr überzeugt klang ich zwar nicht, aber das schien den Gamer nicht weiter zu stören. Schnell machte er ein paar Einstellungen an der Konsole und ließ sich dann aufs Bett fallen. Auffordernd und auch eine Spur skeptisch sah er zu mir.

Hätte ich mich schon setzen sollen? Ich wusste gar nicht, was ich hier eigentlich machte! Das war die pure Überforderung!

Unsicher nahm ich neben ihm Platz. Sollte ich einfach so tun als wäre nichts und darauf hoffen, dass er es wieder vergaß oder es irgendwie logisch erklären? Was wäre überhaupt eine logische Erklärung?

Ich war auf der Krankenstation gewesen, nach einem Quallenangriff. Voll traumatisierendes Erlebnis. Aber Diego würde wahrscheinlich nicht sagen, dass er traumatisiert war, dafür war er doch ein viel zu harter Kerl. Öh... Die Schulter? Ne, die konnte ich nicht als Ausrede benutzen. Aber die Gehirnerschütterung! Genau! Ich hatte eine Gehirnerschütterung! Das war perfekt!

„Gehirnerschütterung", lieferte ich als kurze Erklärung und tippte mir gegen die Stirn: „Funktioniert noch nicht alles wieder so schnell." „Lahme Ausrede. Du warst noch nie so gut wie ich", erwiderte er mit einem überlegenen Grinsen. „Ich werde es dir noch zeigen, kleiner Hosenscheißer!", machte ich eine leere Kampfansage.

Ich hatte doch keine Ahnung wie dieses Spiel funktionieren sollte! Hoffentlich wurde es keine Vollkatastrophe und wenn musste meine Gehirnerschütterung für meine Unfähigkeit herhalten.

Unruhig setzte ich die Kopfhörer auf und starrte auf den verwirrenden Controller. Es gab ganz viele Knöpfe und Rädchen und ich wusste absolut nicht, was ich machen sollte. Das war wie einer dieser Alpträume, wenn man einen Test schreiben sollte, von dem man die Themen nicht einmal im Unterricht hatte, nur dass das hier real war.

Mein Herzschlag wurde immer schneller und ich fing an nervös mit dem Finger auf den Controller zu trommeln. Das hier war gar keine gute Idee gewesen!

Auf dem Bildschirm tauchten Blubberblasen auf und das ganze Zimmer wurde von dem bläulichen Licht ausgefüllt. Über die Kopfhörer hörte ich die Blasen vorbeirauschen.

„Willkommen zurück Krieger der Meere. Wählt eure Waffen für den heutigen Kampf", erklang eine Frauenstimme, bei der ich leicht zusammenzuckte. Hoffentlich hatte Ric das nicht bemerkt. In dem Blau des großen Bildschirms erschienen jetzt zwei Männchen mit Taucherflossen und gefährlichen Outfits. Ich ging mal stark davon aus, dass das unsere Avatare waren.

Rechts am Rand erschien eine Liste, die durchratterte. Verstohlen schielte ich zu Ric. Welchen Knopf hatte er dafür gedrückt? Jetzt benutzte er auf jeden Fall eines der Rädchen. Wahllos fing ich an die Knöpfe zu drücken und mein Avatar tanzte dadurch ganz komisch rum. Pirouetten, Armschläge, ein hübscher Sprung nach oben. Als Choreografin wäre ich sicher super.

„Was machst du da?", fragte mich Ric abfällig und ich hörte seine Stimme etwas verzerrt über die Kopfhörer. „Ich wärme mich auf", ich packte so viel Selbstbewusstsein wie möglich in diese dämliche Antwort.

Endlich öffnete sich auch bei mir am Rand diese abstrakte Liste. Schnell benutzte ich das Rädchen um das Inventar(?) zu überfliegen und drückte den nächstbesten Knopf, um irgendetwas auszuwählen. Krass! Wie durch ein Wunder hatte es gleich beim ersten Mal funktioniert! Puh!

Und jetzt hatte mein Männchen… Eine Armbrust? Was sollte ich mit einer Armbrust unter Wasser?

„Könntest du auch mal bestätigen oder willst du dich noch weiter aufwärmen?", meldete sich Ric genervt. Öh, ja klar, bestätigen. „Der flache Knopf hinten, du Hirni", wies mein Mitspieler mich an. Kommentarlos drückte ich den Knopf oder sollte ich doch ein giftiges Danke dahinter setzen?

Diego zu spielen war echt gar nicht so leicht! Ebenso dieses Spiel! Warum konnte ich nicht einfach vor mich hin ballern? Man musste durch Korallenriffe und enge Unterwasserhöhlen schwimmen, wo ich wirklich bei jeder Gelegenheit irgendwo aneckte. Dann waren da ja noch die Wasserwesen, bei denen einfach nur schießen auch nicht funktionierte, weil man auch richtig zielen musste.

Unterm Strich verkackte ich sehr oft und starb unzählige Male. Ric beleidigte mich permanent und ich beleidigte ihn natürlich zurück. Dieses Spiel war wirklich nervenaufreibend.

Doch dann hatte ich irgendwann den Bogen raus. Ich schwamm wie eine Meerjungfrau, eine tödliche Meerjungfrau ohne Gnade. „Haha! Stirb!", rief ich und schoss einem riesigen Tintenfisch direkt ins Auge. Wütend brüllte das Monster und schlug mit seinen gewaltigen Tentakeln nach uns. Flink wich ich aus und Ric ging zum Angriff über. „Friss das!", rief er leidenschaftlich und seine Leuchtgeschosse schnitten durchs Wasser.

Wir waren ein richtig eingespieltes Team!

„Gib's ihm!", feuerte ich ihn wild an und benutzte die Spezial-Ketten-Funktion meiner mega Armbrust um zwei der Arme des Tintenfisches aneinander zu binden. Wir machten dieses Vieh sowas von fertig!

Plötzlich wurde der Bildschirm schwarz. Völlig erstarrt saß ich in der Dunkelheit. Was war denn jetzt los?

10

„Cedric!", etwas gedämpft hörte ich die strenge Frauenstimme und ein viel zu heller Lichtstrahl traf uns direkt. Geblendet kniff ich die Augen zusammen. „Mam!", rief der
Krakenkiller entsetzt: „Was hast du getan?! Wir waren mitten in einer Runde! Jetzt ist alles weg!"

„Das hättest du dir mal früher überlegen sollen. Du
schwänzt deine Verpflichtungen, deine schulischen Aufgaben sind eine Katastrophe und dein Zimmer sieht aus wie
ein Schweinestall. Bis du aufgeräumt hast, gibt es für dich
keinen Strom mehr. Und für die Aktion heute Mittag
schrubbst du heute nach dem Abendessen den Speisesaal.
Und jetzt geh Abendessen und iss was Vernünftiges und
nicht nur das Süße!", ordnete die Frau keinen Widerspruch
duldend an: „Und du, geh auch runter!"

Das zweite war dann wohl an mich gerichtet. Auch wenn ich
mir gut vorstellen konnte, dass Diego noch ein wenig rebel-
liert hätte, zog ich meine Kopfhörer aus und stand auf. Die
Frau wirkte echt respekteinflößend, auch wenn ich sie durch
den Lichtstrahl nicht einmal sehen konnte.

„Das könnt ihr nicht machen!", protestierte Ric fassungslos.
„Oh doch. Und jetzt ab!", um ihre Worte zu untermalen
machte sie einen kleinen Schwung mit der Taschenlampe.
„Miese Aktion", murmelte ich nur und verzog mich aus dem
Raum. Zornig stapfend folgte Ric mir.

Im Flur sah ich dann auch die Frau und hinter ihr Nola mit vor der Brust verschränkten Armen, aber bei ihrem Gesicht konnte sie einfach nicht richtig böse aussehen. Ebenso ihre Mutter, die fast eine perfekte Kopie von ihr war oder umgekehrt.

„Das ist doch echt nicht wahr. Die verstehen auch wirklich gar keinen Spaß", beschwerte ich mich bei Ric und ließ mich ein bisschen zurückfallen, damit er die Führung zum Speisesaal übernahm. Jetzt erst merkte ich, wie hungrig ich war. Wie lange hatten wir eigentlich gezockt? Es war mir vorgekommen wie ein paar Minuten, maximal eine Stunde, aber wenn es schon Zeit fürs Abendessen war… Oh man.

„Wir waren so gut! Wir hätten das Monster locker gekillt und seine Schatztruhe! Das ist so unfair!", Rics Stimme überschlug sich und so ganz ernstnehmen konnte ich ihn dabei nicht. Aber ich schaffte es erfolgreich mir das Grinsen zu verkneifen, zum großen Teil, weil es mich selbst auch ärgerte.

„Sie hätten uns wenigstens noch gerade den Fortschritt speichern lassen können!", schloss ich mich ihm an. Es war schon mies, dass wir da nochmal neu anfangen mussten.

Bevor wir uns weiter aufregen konnten, kamen uns ein paar Forscher in klischeehaft weißen Kitteln entgegen. Sie sahen uns nicht einmal an. Klar, wir waren ja auch nur die Kinder. Aus den paar Forschern wurde ein ganzer Strom. Anscheinend waren sie alle schon mit dem Essen fertig. Das hieß, ich musste nicht in einem überfüllten Raum mit jede Menge Leuten sitzen, die mich entlarven konnten. Spitze.

Schließlich traten wir in den schon gut geleerten Speisesaal. Genau wie die Krankenstation und unsere Zimmer war er fast schon enttäuschend normal. Stühle, Tische, lahme graue Wände und hinten eine Theke für das Essen. Es könnte hier ruhig auch mal ein bisschen interessante Zukunfts-Cyber-Technologie oder innovatives Design oder sowas geben!

Missmutig steuerte ich auf die Essensausgabe zu und versuchte aus den Augenwinkeln schon mal die Lage zu scannen. Tad saß an einem Tisch etwas abseits. Ansonsten gab es hier und da noch ein paar verpeilte Forscher, die in den letzten Zügen lagen und den Tisch, vor dem es mir schon graute: Merle und ein anderer Typ in unserem Alter. Zu denen musste ich mich wohl setzen. Ich wollte nicht!

Aber erst einmal stand das Essen an. Hoffentlich gab es etwas Gutes!

Skeptisch schnappte ich mir ein Tablett und beäugte die Auswahl. Oh. Nicht schlecht. Es gab wieder diesen undefinierten Schleim und die Bonbon-Stäbchen vom Frühstück, aber auch Möhren, Paprika und Erbsen mit Soße oder war das Rote doch Tomate?

Ein kleines Grinsen huschte über mein Gesicht, als ich daran dachte, wie Tad und ich gemeinsam die Tomaten im Gewächshaus ein wenig geplündert hatten.

Hungrig lud ich mir eine dicke Portion von dieser gesunden Mahlzeit auf das Tablett, egal ob mit Tomate oder ohne. Dazu dann noch jede Menge dieser süßlichen Stäbchen und drei Wasserflaschen. Durst hatte ich mittlerweile auch ordentlich.

Vollbeladen mit meinem üppigen Abendessen machte ich mich auf den Weg zu dem nicht gerade einladenden Tisch mit Merle und dem anderen Typen. Mit einem Stöhnen ließ ich mich neben ihn plumpsen. Er hatte kurzgeschorene Haare und diese Ich-bin-ja-so-ein-harter-Kerl-Ausstrahlung. Augenscheinlich gehörte er zu der Kategorie mit den Leuten, die mir unsympathisch waren und so langsam befürchtete ich, dass von der Sorte hier mehr rumliefen, als von der anderen.

„Ey, du bist ja aus der Krankenstation mit dem Idioten zurück!", bestätigte der Typ meine Einschätzung und stieß mich unangenehm in meine Seite, ausgerechnet die mit der noch empfindlichen Schulter.

„Ja", bestätigte ich schlicht und steckte mir die erste Gabel in den Mund. Essen war eine gute Alternative zum Reden. „Du hast Glück. Wir haben als Strafe Extraarbeiten aufgebrummt bekommen und du wurdest davon befreit", beschwerte sich der neue Idiot und biss knackend von dem länglichen Bonbon ab. „Ja, ich überlege mir, ob ich mir ab jetzt immer eine Gehirnerschütterung zuziehen soll", scherzte ich einfach mal. „Ich muss jetzt auch putzen", nörgelte Ric und stocherte missmutig im Gemüse rum.

„Du hast einen Farbeimer auf eine Tür gestellt und damit den Adams lila gefärbt", erwiderte mein Nachbar und kicherte vor sich hin. Auch Ric fing an breit zu grinsen. „Ihr seid beide solche Kinder", genervt rollte Merle mit den Augen.

Ich hatte keine Ahnung auf welche Seite ich mich stellen sollte, also blieb ich einfach weiter beim Essen. Forschend musterte mich das Mädchen mit dem blonden Pferdeschwanz. Scheiße. Was erwartete sie von mir?

Schnell fuhr ich mir nochmal durch die Haare. Anders wusste ich mir einfach nicht zu helfen. Für morgen musste ich mit Tad auf jeden Fall noch mehr Diego-Training machen. Heute hatte ich nur mit Glück überlebt, das musste besser werden!

Eifrig schaufelte ich das Essen in mich rein. Umso früher ich fertig wurde, desto eher konnte ich mich von dieser unangenehmen Runde verziehen. „Du hast es heute ja ganz eilig…", bemerkte Merle mit einem undefinierbaren Blick.

Von allen war sie mir eindeutig am gefährlichsten. Sie kannte Diego viel zu gut.

„Ich bin einfach müde. Mein Kopf explodiert gleich", antwortete ich sogar wahrheitsgemäß. Aber würde Diego diese Art von Schwäche zeigen? Er war doch so knallhart… Ich hatte wieder das Gefühl, dass ich es so oder so nur falsch machen konnte.

„Dann solltest du wohl nach dem Essen gleich schlafen gehen", meinte sie, immer noch mit diesem abstrakten Ausdruck. Glaubte sie mir? Sicher war ich mir da nicht…

„Jungs, ich lass euch dann mal mit euren tollen Späßen zurück", mit diesen Worten stand Merle auf und entfernte sich mit schwingenden Hüften. Erleichtert atmete ich auf. Eine Gefahr weniger. Aber das versprach immer noch anstrengend zu werden.

„Sie hat wirklich einen geilen Arsch", kommentierte der Typ neben mir, der mir wirklich von Minute zu Minute unsympathischer wurde. Boah! Bei der nächsten Gelegenheit würde ich Tad fragen, wer das war und ob ich mit ihm eine Freundschaft vorheucheln mussten. Ich befürchtete, dass die Antwort ja lauten würde, wenn ich mir Diegos Charakter so ansah…

„Ja, aber dich würde sie nie ranlassen", brachte ich selbst einen Spruch, der so gar nicht ging. „Wenn wir erst einmal hier raus sind und das wahre Leben winkt, werde ich mir eine nach der anderen holen!", fantasierte der Obertrottel. Und etwa auf dieser Schiene ging das Gespräch die ganze Zeit weiter. Nur Müll. Die meiste Zeit schaffte ich es wirklich, mich mit Essen größtenteils auszuklinken. Ric und er laberten genug Quatsch für uns alle. Ich kann gar nicht sagen, wie sehr ich mich freute, als ich endlich fertig war

„So. Ich hau mich dann mal aufs Ohr", stand ich auch unverzüglich auf. „Was? Im Ernst jetzt? Du gehst schon?", verständnislos sah mich der kurzgeschorene Idiot an. Schnell rechtfertigte ich mich mit einer dummen Lüge: „Ich konnte gestern kein Auge zutun. Tad hat tierisch geschnarcht. Ich war kurz davor, ihn mit einem Kissen zu ersticken."

„Hättest du mal besser tun sollen", erwiderte der Namenlose mit einem kleinen, fiesen Kichern, bei dem ich Lust bekam, ihn mit einem Kissen zu ersticken. Doch stattdessen rang ich mir ein super falsches Lächeln ab und brachte mein Tablett weg.

Fertig mit einfach allem verließ ich den Speisesaal und merkte, dass ich ja gar keine Ahnung hatte, wie ich wieder zurück auf die Zimmer kommen sollte. Verdammt! Auf gut Glück ging ich einfach mal geradeaus.

Und wer erwartete mich bei der ersten Abbiegung? Tad. Sofort breitete sich ein ehrliches Lächeln auf meinem Gesicht aus. „Ich bin so froh dich zu sehen. Also so richtig und nicht durch einen blöden Raum", sagte ich endlos erleichtert.

„Willst du noch irgendetwas sehen oder...", setzte mein genialer Partner an. „Zurück zu den Zimmern bitte, ich bin total platt", antwortete ich gleich. „Dann gehen wir mal", locker setzte er sich in Bewegung und ich folgte ihm.

Nachdem wir ein Stückchen gegangen waren, hielt er mir seinen Block, inklusive Bleistift, Kugelschreiber und einer Packung Textmarkern entgegen. „Hier, für dich. Ich glaube nicht, dass Diego so etwas hat und ich dachte mir... ähm ja... Viel Spaß damit", mit diesen Worten übergab er mir dieses schlichte und doch wunderschöne Geschenk.

„Danke!", hauchte ich und drückte den Block fest an mich. Malen war perfekt! Ich könnte mich im Zimmer verkriechen und einfach mein Ding machen. Das klang nach einem tollen Plan...

Apropos mein Zimmer. Wir waren schon da. Nicht besonders vorfreudig auf meine neue Bleibe öffnete ich die Tür und bekam den Schreck meines Lebens.

„Überraschung!", trällerte Merle, ausgestreckt auf meinem Bett, nur in Unterwäsche. Himmel steh mir bei!

„Was machst du denn hier?!", schrie sie Tad an und bedeckte sich schnell mit meinem Bettzeug. Jetzt war die Situation nicht mehr ganz so unangenehm, aber immer noch ordentlich verzwickt.

„Er hat mir mein Zeug getragen. Wegen meinem Arm, du verstehst", bei diesen Worten fuhr ich mir wieder diegohaft durch die Haare und zwinkerte ihr obendrein zu. Tad auszunutzen war doch voll der Stil von diesem Idioten. Obwohl es vielleicht weniger zu ihm passte, dass diese Sachen Zeichenmaterial waren. Und es sprach auch gegen meine Erklärung, dass ich das Zeug momentan festhielt. Mies.

Doch ich versuchte mir meine Unsicherheit nicht anmerken zu lassen. Immer schön lächeln. Noch wirkte Merle in erster Linie überrumpelt, unmöglich zu sagen, ob sie meinen Quatsch glauben würde, wenn ihr Hirn wieder richtig arbeitete. Ideal wäre es ja, sie noch vor diesem Zustand hier raus zu schaffen. Nur wie sollten wir das anstellen?

Hilfesuchend schielte ich zu Tad rüber. Mir fiel absolut nichts ein. Konnte Ric nicht wieder für so ein Chaos sorgen? Offensichtlich nicht. Es war mucksmäuschenstill und wir standen rum wie Figuren in einem Wachsfigurenkabinett und ich befürchtete, Merles Starre war schon am Schmelzen...

Ich spielte mit dem Gedanken einen Schritt nach vorne zu machen und damit diesen Moment aufzubrechen, aber dann wäre ich in Zugzwang und ich hatte keine Ahnung was ich machen sollte. Die Erklärung, dass ich müde war, konnte ich mir gleich sparen, eine lahmere Ausrede gab es ja nicht!

Auf einmal hörte ich Schritte im Gang. Schritte waren gut! Schritte bedeuteten potenzielle Ablenkung! Nur waren sie leider noch ziemlich weit weg und ich glaube, ich konnte nicht so lange warten.

Also fing ich einfach schon mal irgendwie an. „Du solltest vielleicht lieber gehen", wandte ich mich etwas emotionslos an Merle. Eigentlich hatte ich ja versucht lässig zu sein, aber weil ich so darauf konzentriert gewesen war meine Unruhe zu unterdrücken, war es eben eher abweisend geworden.

„Was?!", sie war gekränkt und aufgebracht. „Ich hab gerade einfach keinen Bock. Alles klar? Und wenn du gehst, kannst du den Spinner gleich mitnehmen. Ich will endlich mal wieder alleine sein", improvisierte ich schnell eine Herzensbrecher-Abfuhr.

Tad hatte doch gemeint in ihrer Beziehung würde es nicht so rund laufen, oder? Hoffentlich hatte ich mit dieser Nummer nicht wieder ihr Misstrauen geweckt... Ursprünglich hatte ich ja vorgehabt die Person im Flur zu nutzen, aber die beeilte sich nicht gerade zu kommen und die Begründung „Ich will nicht, dass wir zusammen gesehen werden", hätte ganz sicher noch viel unglaubwürdiger gewirkt.

Entrüstet klappte ihr Mund auf und ihre Wangen wurden vor Zorn ganz rot. Diese Reaktion bewies doch, dass sie es mir abkaufte. Gut. „Du Arsch!", sie spie die Worte förmlich aus, raffte aggressiv ihre Klamotten vom Boden auf und beim Rausgehen rempelte sie mich einmal ordentlich an und zwar natürlich an meiner empfindlichen Schulter.

Vor Schmerz zischte ich auf und verzog ziemlich das Gesicht. Jetzt vermisste ich doch wieder meinen guten Kumpel den Infusionsständer, was auch immer da drin gewesen war, hatte eine krasse Wirkung.

Und nun, da ich alles schon selbst geregelt hatte, kam auch mal die Verstärkung aus dem Flur vorbei. Aha. Der ätzende Typ vom Essen. Und ich dachte schon ich hätte meine Quote an dummen Menschen für heute erreicht.

Anerkennend oder spöttisch pfiff er und kommentierte dreckig: „Noch keine fünf Minuten wieder draußen und schon ein Dreier." „Verpiss dich einfach!", rief ich und war in dem Moment echt froh, ein Idiot zu sein, bei dem solche Äußerungen völlig in Ordnung waren.

Tad wartet noch bis der Blödian Nummer zwei in seinem Zimmer war und flüsterte dann überzeugt: „Siehst du! Das hast du wieder echt gut geregelt. Ich hab dir doch gesagt, du kriegst das hin."

„Sie hat meine Decke gestohlen", sagte ich nur mit einem bekümmerten Blick auf mein Bett. „Du schaffst das schon", ermutigend klopfte er mir auf die gesunde Schulter und machte danach Anstalten zu gehen.

Kurz hielt ich ihn am Arm zurück und flüsterte, damit uns niemand hörte: „Danke, für alles. Schlaf gut." „Schlaf du auch gut", wünschte er mir mit einem kleinen Lächeln und dann mussten wir uns endgültig trennen.

Meine erste Nacht alleine. Ich war schon hundemüde, aber ich konnte mir kaum vorstellen zu schlafen. Unwohl schloss ich die Tür hinter mir, schnappte mir den erstbesten Pulli aus dem Schrank und legte mich auf dieses Bett, das so gar nicht nach mir roch, es sah auch nicht nach mir aus, nichts hier fühlte sich nach mir an.

Verloren deckte ich mich so gut es ging mit dem Pulli zu und machte mich ganz klein, was früher mit meinen Beinen nie möglich gewesen war. Irgendwie fühlte es sich richtig an, mich einzukugeln und doch gleichzeitig so falsch.

Ich versuchte mir vorzustellen, dass ich zu Hause war oder wenigstens an einem gemütlicheren Ort, aber es funktionierte nicht. Und doch wurden meine düsteren Gedanken immer abstrakter und der Schlaf zog mich in seinen bleiernen Bann...

11

Dunkelheit. Um mich herum war alles schwarz. Aber da war so ein Geräusch… Irgendwoher kannte ich es. Ein Brummen, ein flatterndes Dröhnen… Rotorblätter von einem Helikopter! Und da waren Stimmen, verschwommene Stimmen. Es war unmöglich sie zu verstehen. Alles war wie betäubt und seltsam weit weg.

Auf einmal war ich wieder zuhause, ganz normal in meinem Bett. Mit einem etwas uneleganten Sprung kam Grimm zu mir und wollte eindeutig hinter den Ohren gekrault werden. Grinsend kam ich ihrer Aufforderung nach, doch kaum dass ich ihr weiches Fell berührt hatte, zerfiel sie plötzlich zu Staub.

Erschrocken zuckte ich zurück und die eben noch so friedliche Atmosphäre wurde mit Grauen getränkt. Panisch versuchte ich wieder aufzustehen, aber meine Beine waren wieder gelähmt.

Neben mir löste sich auch die Wand in graue Flocken auf, mein Schreibtisch, meine Bilder, einfach alles. Erstickend regnete es herab, überall war Staub, die Überreste meines Lebens. Ich sackte darin ein wie in Treibsand.

Doch dann lichtete es sich schlagartig und ich lag schweratmend auf dem Boden. Mein ganzer Körper fühlte sich so bleiern an und die Angst lastete schwer auf meiner Brust. Keinen Millimeter konnte ich mich rühren.

Verzerrt hörte ich panische Stimmen und Schreie. Der Himmel war dunkel, aber da war dieses blasse Schimmern, mal stärker mal schwächer, irgendwie giftig und unnatürlich. In meinem Kopf war alles so zäh und es pochte, es pochte bestialisch.

Plötzlich tauchte über mir ein stechendes, violettes Leuchten auf, ein Leuchten, das den Tod bedeutete. Alles in mir schrie danach wegzulaufen, doch ich lag vollkommen erstarrt da und sah dabei zu, wie es immer größer wurde. Dann erkannte ich die Qualle. Sie war riesig, sie füllte mein gesamtes Sichtfeld aus und ihr unwirkliches, violettes Strahlen mischte sich an den Rändern mit einer Spur Blau. Schwerelos hing sie über mir und ihre Tentakel kamen immer näher.

Dieser Moment zog sich quälend in die Länge, es kam mir vor wie eine Ewigkeit. Ich wusste, dass es kein Entkommen gab.

Brennend berührten mich die Tentakel und mein gesamter Körper zog sich krampfhaft zusammen. So viel prasselte auf mich ein, so viel mehr, als ein Mensch verkraften konnte. Und in all dem war ein verzweifelter Name: Diego.

Paralysiert schlug ich die Augen auf. Es war viel zu grell. Für einen Wimpernschlag lag ich einfach nur regungslos da und starrte nach oben. Da war die Decke, kahl und massiv, kein unwirklich schimmernder Himmel, keine tödlichen Quallen.

Zitternd atmete ich durch. Hier war vielleicht alles vollkommen falsch und verdreht, aber wenigstens war ich in Sicherheit. Alles war in Ordnung.

„Tad?", fragte ich mit etwas dünner Stimme und drehte mich zu seinem Bett um, aber es war nicht da. Dort stand nur dieser trostlose Schrank, hinter dem sich Ric versteckt hatte und der Schreibtisch mit den übertriebenen Musikboxen.

Ich hatte ganz vergessen, dass ich nicht mehr in der Krankenstation war, sondern in Diegos Zimmer. Einsam drückte

115

ich mein Kissen an die Brust, wie ein Kuscheltier. „Tad",
wiederholte ich leise, auch wenn ich wusste, dass das
nichts brachte. Aber ich wollte einfach, dass er hier war! Ich
wollte mit ihm darüber reden! Ich wollte nicht alleine sein!

Langsam ging die Tür auf und für einen Moment hätte es
mich nicht einmal gewundert, wenn dort ein blutüberström-
tes Monster aufgetaucht wäre. Mein Herz blieb stehen.

Doch es war nur ein Mann. Dunkle Haare, längliches, liebes
Gesicht, klein und kräftig geraten. Er erinnerte mich irgendwie gleich an Ric, nur halt älter und nicht so schlaksig und
mit helleren Augen und die knubbelige Nase passte auch
nicht ganz... Eigentlich war nüchtern betrachtete nicht einmal eine so große Ähnlichkeit da, aber... Keine Ahnung.
Irgendwie fand ich, dass der Mann sein Vater sein könnte,
das war einfach so ein Gefühl.

„Moin Diego!", begrüßte er mich mit einer donnernden und
doch irgendwie freundlichen Stimme, die gar nicht zu seiner
drolligen Erscheinung passte. „Morgen", begrüßte ich ihn
mit einem Grummeln, das meiner Meinung nach gut zu
Diego passte.

„Du warst gar nicht beim Frühstück", stellte er eine Spur
besorgt fest. Ich hatte das Frühstück verschlafen? Oh.

„Ähm... Ja. Ich hatte kein Bock", meinte ich mit einem lässigen Schulterzucken, was sich immer noch nicht so gut anfühlte, auch wenn es sich schon stark verbessert hatte.

„Vielleicht hast du ja hierauf Bock", mit einem vertraulichen
Zwinkern holte Rics mutmaßlicher Vater hinter seinem Rücken einen Kuchen hervor. Uh! Ja, darauf hatte ich auf jeden Fall Bock! Mir lief das Wasser schon richtig im Mund
zusammen, aber ich war ja immer noch der obercoole
Diego.

Unbeeindruckt zog ich die Augenbrauen hoch: „Soll das
Erpressung sein?" Hoffentlich nahm er mir bei meinem
schrecklichen Verhalten den Kuchen nicht wieder weg! Nur
wie sollte ich ihn glaubhaft annehmen?

„So würde ich es nicht nennen, sieh es als Motivation. Jetzt ist der richtige Moment, um mit deinen Schulaufgaben wieder richtig anzufangen", erwiderte er lächelnd. Aha. Daher wehte der Wind. Alle wollten, dass ich durch den Schlag auf den Kopf wie durch ein Wunder vom Draufgänger zum Musterschüler mutierte.

Diesen Traum musste ich wohl oder übel zerstören, immerhin hatte ich keinen Schimmer von diesem Schulstoff. Ich musste Jahre nachholen, selbst mit Tads Hilfe würde das wohl kaum etwas werden. Warte! Das war es! Das war die Lösung! Die perfekte Tarnung!

Genervt stöhnte ich auf und meinte: „Spielen jetzt alle die Stimme meines Gewissens? Tad hat mir damit schon die ganze Zeit in den Ohren gelegen!" „Genau! So werden wir es machen!", zog meine Strategie fast schon zu perfekt. „Was?", fragte ich gespielt dumm. „Tad wird dir Nachhilfe geben, so wie Ric, nur dass du es richtig machst. Ich kontrolliere deine Hausaufgaben jede Woche", legte er keinen Widerspruch duldend fest: „Und den Kuchen teilst du auch mit Tad!" Jackpot!

Gerade so konnte ich mir das Grinsen verkneifen. So langsam wurde ich ja noch richtig manipulativ. Klar, das war nicht die tollste Charaktereigenschaft, aber in dieser Welt sicher eine der nützlicheren.

„Ich wusste doch, dass du dich freust! Freude ist die beste Medizin!", seine dröhnende Stimme bildete echt einen krassen Kontrast zu seinem Honigkuchenpferd-Grinsen. Scheinbar hatte ich meine Freude doch nicht so gut versteckt, wie ich gedacht hatte. An meinem Pokerface musste ich auf jeden Fall noch arbeiten.

„Auf Wiedersehen", zog ich betont genervt die Notbremse und drehte mich mit dem Rücken zu ihm auf die Seite. Hoffentlich konnte ich ihn damit schon abwimmeln. „Ich schicke Tad gleich zu dir. Dann könnt ihr bei einem Stück Kuchen alles weitere klären. Und sei ja nett zu ihm, sonst wirst du mich ganz anders kennenlernen", drohte mir dieser laute Knuddelbär doch tatsächlich.

Ich fragte mich, was für Bestrafungen er wohl auf Lager hatte. So viel Kuchen essen, bis man platzte? Uh! Oder er steckte mich mit Tad in ein Zimmer! Das wäre natürlich das Non-plus-ultra!

Auf jeden Fall kommentierte ich es einfach gar nicht. Die kalte Schulter schien mir in diesem Moment die beste Strategie zu sein. Und es funktionierte sogar. „Ich stelle den Kuchen auf deinen Schreibtischstuhl. Pass auf, dass du dich nicht reinsetzt", informierte er mich noch überflüssigerweise und tapste dann endlich nach draußen.

Mit einem kleinen Seufzen drehte ich mich auf den Rücken. Bei netten Leuten war es besonders mies, Diego spielen zu müssen. Aber durch ihn hatte ich jetzt die perfekte Begründung, um mich mit Tad zu treffen und ich hatte einen Kuchen. Unterm Strich war diese Begegnung also echt gut verlaufen. Trotzdem fühlte ich mich gemein.

Und wenn ich erst daran dachte, wie unmöglich ich Nola gegenüber gewesen war... Irgendwie musste ich einen Weg finden mich dafür zu entschuldigen, indirekt natürlich und anonym.

Das wär's doch! Ein Doppelleben! Für alle wäre ich nur der fiese Diego, doch sobald niemand hinsah, die freundliche Elli. Aus zahlreichen Serien wusste ich, dass sowas anstrengend und riskant war, aber es war mir die Mühe wert, wenn ich diese gemeine Rolle, die ich spielen musste, wenigstens ein bisschen ausgleichen konnte.

Nur wie genau sollte ich das machen? Meine Mittel hier waren ja schon ordentlich begrenzt. Nachdenklich ließ ich den Blick durch den Raum schweifen und dabei fiel mein Blick auf den Block von Tad.

Ja! Perfekt! Schlagartig hatte ich die Idee für meine erste verborgene, gute Tat. Sofort setzte ich mich an ein Porträt von Nola. Ich nahm den Moment als sie gelächelt hatte und in den Hintergrund zauberte ich noch ein paar Sterne.

Ganz versunken ließ ich den Stift über das Papier gleiten bis von der Spitze nicht mehr viel übrig war. Jeder Kunstlehrer und Mathelehrer sowieso hätte bei diesem Anblick die Krise gekriegt. Man konnte doch nicht mit stumpfen Stiften zeichnen! Skandalös! Aber ich malte sie immer ab, bis das Holz auf dem Papier kratzte und dann erst raffte ich mich zum Spitzen auf.

Schließlich war es so weit. Mit zusammengekniffenen Augen hob ich den Stift hoch und betrachtete die abgeflachte Spitze, die mich aufhielt.

„Brauchst du einen Spitzer?", fragte plötzlich jemand und ich zuckte voll zusammen. Der Block fiel mit einem Klatschen auf den Boden und den stumpfen Stift hielt ich wie einen Speer von mir.

Tad stand einfach am Bettende! „Wie... wie bist du hier rein gekommen?", stammelte ich und mein Puls jagte immer noch vor Schreck.

„Durch die Tür", antwortete er locker und war so nett, das noch etwas näher auszuführen: „Ich habe sie leise geöffnet, weil ich dich nicht erschrecken wollte, aber du warst so vertieft, dass du es gar nicht gemerkt hast und dann..."

„Dann hast du dich entschieden, mich, wenn schon, so richtig zu erschrecken", vollendete ich vorwurfsvoll den Satz, den er einfach so im Raum stehen gelassen hatte.

Ich mochte es gar nicht, erschreckt zu werden und beobachtet zu werden fand ich auch nicht so toll. Was, wenn ich ganz komische Grimassen geschnitten hatte oder sowas?

„Es tut mir leid", entschuldigte er sich mit einem zerknirschten Lächeln, hob den Block hoch und hielt ihn mir hin. Grummelnd nahm ich seine Friedensgeste an: „Mach sowas nicht nochmal." „Ist in Ordnung", beschwichtigend hatte er die Hände gehoben: „Was hast du da gerade gemalt?"

„Das will ich dir gerade nicht zeigen", sein dummes Anschleichmanöver kam mir echt zu Gute. So konnte ich es darauf schieben, dass ich noch ein wenig die beleidigte

Leberwurst spielen wollte. Eine gute Ausrede. Wenn Tad das Bild von und für Nola sah, konnte er vielleicht misstrauisch werden und er sollte doch nichts von meinem kleinen Doppelspiel wissen. Bestimmt würde er sich nur Sorgen machen und das Risiko für unnötig halten.

„Na gut", nahm er es mir kein bisschen übel und ich hatte tierisch Schuldgefühle, weil ich dabei war, ihm etwas zu verheimlichen. „Aber dafür will ich dir etwas zeigen", mit diesen Worten machte er eine einladende Geste in Richtung Zimmertür.

Zögerlich legte ich den Block zugeschlagen zur Seite. Eigentlich wollte ich noch nicht hier raus. Hier kamen die Personen wenigstens schön dosiert, da draußen war ich ihnen vollkommen ausgeliefert.

„Es ist etwas Schönes", versprach mein Partner mir mit seinem warmen Lächeln. „Sagst du mir auch noch Genaueres oder soll das eine Überraschung sein?", fragte ich in der Hoffnung noch ein paar mehr Informationen zu bekommen. Natürlich antwortete er: „Eine Überraschung." War ja klar.

Neugierig und unsicher zugleich schwang ich meine voll funktionstüchtigen Beine aus dem Bett. Immer wieder faszinierend. Nur hatte ich immer noch die gleichen Klamotten an, wie in der Krankenstation. Vielleicht wäre es mal angebracht, mich umzuziehen.

„Ich glaube, ich ziehe mir noch kurz was Neues an", informierte ich meinen Partner und schlenderte zum Schrank rüber. Gestern hatte ich gar nicht so genau auf meine neue Garderobe geachtet und jetzt… war ich ordentlich enttäuscht. Grau, grau und noch mehr grau! Außerdem waren das immer die gleichen Kleidungsstücke nur in mehrfacher Ausführung! Boah! Hier gab es aber auch wirklich gar keine Abwechslung!

„Ist das euer Ernst?", fragte ich Tad und ließ ein graues T-Shirt in meiner Hand baumeln. Als Antwort zuckte er nur gleichgültig mit den Schultern. „Irgendwann batiken wir mal", plante ich, auch wenn ich wusste, dass das wahrscheinlich eine Wunschvorstellung bleiben würde. Tad lächelte mich an, dieses Lächeln, das man immer nutzte, wenn man jemanden mit der Wahrheit nicht verletzen wollte. Ja, ja, kannte ich schon.

„Weißt du was, ich lass das hier gerade an", entschied ich mich spontan und ließ das T-Shirt einfach auf den Boden fallen. „Dann können wir ja jetzt los", sofort machte sich auf seinem Gesicht wieder die Vorfreude breit.

Mittlerweile war ich schon richtig gespannt, was er mir denn so besonders Schönes zeigen wollte. Ich dachte, das Gewächshaus wäre schon das Highlight gewesen.

Gemeinsam verließen wir wieder diesen Alptraum von einem Zimmer und irrten durch die verwirrenden Gänge. Also ich irrte, Tad hatte wie immer voll den Durchblick. „Oh, übrigens. Weißt du schon von der Sache mit der Nachhilfe?", fing ich mittendrin locker ein Gespräch an. „Ja, Bernd hat es mir erzählt. Das ist optimal für unser Vorhaben", antwortete er bestens gelaunt. „Ja, das habe ich eingefädelt", gab ich ein bisschen an: „Und wir haben noch Kuchen, den können wir später essen."

„Stimmt, das hat mir Bernd auch gesagt. Daran hatte ich gar nicht mehr gedacht", erinnerte sich Tad unbeschwert.

„Ja, irgendwie ist momentan immer so viel los. Aber ich hab es im Gefühl: Heute wird ein guter Tag", optimistisch grinste ich.

„Hier wären wir", mit diesen Worten blieb mein Führer einfach stehen und oh Wunder, die Tür war weder beschriftet noch sonst wie auffällig.

Mit diesem süßen Tad-Grinsen öffnete er die Tür. Neugierig spähte ich ins Innere. Der Raum war kleiner als erwartet, aber es kommt ja nicht auf die Größe an.

Meine schöne Überraschung fiel gleich ins Auge: Ein großes Aquarium in dem lauter Mini-Quallen schwammen. Die waren so knuffig! Ganz viele ganz kleine Wabbel-Schirmchen, die so flup, flup, flup. Echt zum Dahinschmelzen!

121

Begeistert trat ich näher an das Aquarium. All diese winzig kleinen Lebewesen. Sie wirkten so schwerelos und irgendwie fröhlich. Ich wollte mit ihnen schwimmen.

„Das sind Ephyren", erklärte mir Tad strebermäßig: „Sie haben sich erst vor wenigen Tagen aus den Polypen entwickelt." Polypen? Ich dachte das wäre sowas im Rachen, wie die Mandeln… Ach egal.

„Das ist wunderschön", verträumt sah ich das Blau des Wassers und darin diese durchscheinenden, klitzekleinen Körper. Ganz verletzlich und zart. Völlig frei. Und super süß. Wenn man sie so sah, konnte man echt nicht glauben, dass sie zu tödlichen Riesenquallen wurden, die einem einfach alles nahmen. Ihr pulsierendes Leuchten. Ihre brennende Berührung. Mein Traum…

„Tad…", fing ich an und schluckte schwer. Meine wunderschöne Stimmung war dahin. „Elli? Was hast du?", wollte er einfühlsam von mir wissen. „Ich hatte einen Traum. Vom Himmel und einer leuchtenden Qualle. Ich glaube, es war eine Geisterqualle. Und…   Da war ein Helikopter und Staub. Und diese Qualle. Sie hat mich berührt. Ich hatte das Gefühl zu verbrennen, mein ganzer Körper und mein Verstand… Es war einfach zu viel… Was war das? Könnten das Erinnerungen sein?", schilderte ich unruhig.

„Möglich", der Wissenschaftsfan hatte nur ein recht hilfloses Fragezeigen im Gesicht. Natürlich. Woher sollte er es auch wissen? „Vielleicht Erinnerungsfragmente von Diego", spekulierte Tad, aber das war jetzt keine überraschende Theorie: „Oder vielleicht sind es auch Überbleibsel von deiner… Quallenzeit."

„Heißt das, ich bin vielleicht teilweise mit ihm und anderen… verschmolzen?", diese Vorstellung gefiel mir gar nicht. Mein Verstand war doch das Einzige, was mir geblieben war und jetzt sollte der auch für die Tonne sein?!

„Nein, das halte ich für sehr unwahrscheinlich. Bis jetzt gab es in deinem Auftreten keinerlei Brüche, du bist ganz anders als Diego. Eine Vermischung eurer Gehirnfunktionen wäre aufgefallen. Nein. Du musst dir deine Persönlichkeit und alles was dazu gehört wie ein System vorstellen und das wurde beim Quallenkuss auf Diego geladen. Dafür musste natürlich Platz geschaffen werden und es wäre möglich, dass beim Löschen Fehler passiert sind und noch nicht alles weg ist, Aber das sind nur unterbewusste Sachen. Deswegen sind sie ja auch beim Träumen aufgetaucht, weil da das Unterbewusstsein und das Bewusstsein ineinander übergehen. Aber du bleibst weiterhin du. Das sind quasi Bonusdateien, die unbedeutend auf der Festplatte schlummern", nahm er mir ganz ruhig meine Angst.

Langsam nickte ich. Mit Bonusdateien konnte ich klarkommen.

„Vielleicht habe ich ja heute Nacht nochmal einen Traum. Und dann setzen wir die Teile wie ein Puzzle zusammen. Nur hoffentlich ist es nicht nochmal so... düster", versuchte ich das alles positiv zu sehen. Wäre doch möglich. Meine Träume könnten die Lösung sein. Aber eigentlich glaubte ich nicht wirklich daran...

„Achtung! Dies ist ein dringende Durchsage! Alle sollen sich unverzüglich im Speisesaal einfinden!", schallte plötzlich eine blecherne Stimme durch den Flur, sicher durch die ganze Anlage: „Alle sollen sich im Speisesaal einfinden!"

Panisch schaute ich Tad an. Sie wussten es.

12

„Ich muss mich verstecken", murmelte ich ganz neben der
Spur. Tausend Ängste und Horrorvorstellungen schossen
durch meinen Kopf wie Haie auf der Jagd. Ich wollte kein
Versuchsobjekt werden! Ich konnte das einfach nicht nochmal! Ich musste hier weg!

„Beruhig dich", bestimmend griff er mich an den Schultern:
„Es gibt viele Gründe für eine solche Versammlung. Das hat
sicher nichts mit dir zu tun. Wenn sie dich wollen würden,
hätten sie dich doch gleich aus deinem Zimmer geholt und
dich nicht mit so einer Ansage vorgewarnt."

Na gut. Das klang logisch. Trotzdem war ich immer noch
alles andere als ruhig.

„Wir gehen da jetzt ganz normal hin und gucken uns die
Sache an. Das kriegen wir ganz locker hin", machte Tad
ruhig weiter und manövrierte mich langsam in Richtung Tür:
„Das schaffen wir."

Unterstützend griff er meine Hand und führte mich zurück
durch die Gänge. Meine ganze Konzentration ging dafür
drauf, nicht auszuflippen. Was, wenn es doch etwas mit mir
zu tun hatte? Wenn sie irgendwelche Hinweise gefunden
hatten? Keine Ahnung!

Angespannt hielt ich mich an Tad fest. Man könnte kaum
verkrampfter Händchenhalten. Ich hatte noch nie mit einem
Jungen Händchen gehalten…

Hinter einer Abbiegung tauchten auf einmal ein paar Forscher auf. Schnell zog mein Komplize seine Hand weg.
Stimmt ja. Ich war Diego.

„Ich wollte gerade die elektrische Leitfähigkeit der neuen
Quallenkreuzung testen!", beschwerte sich einer der Labor-
Trottel vor uns. „Diese Unterbrechung kommt wirklich unge-
legen! Mein gesamter Zeitplan ist ruiniert!", klagte ein zweiter. „Was soll das überhaupt für ein Treffen sein?", fragte
eine dritte verständnislos.

Wir waren also alle auf dem gleichen Wissensstand. Nur ob
das jetzt gut war oder einfach ein Fakt konnte ich nicht sagen. Aber irgendwie beruhigte es mich schon, dass es kein
krasser Alarm gewesen war und sie auch nicht über Qual-
lenkuss-Gerüchte tuschelten. Das alles wirkte doch sehr
normal.

Schweigsam folgten wir der aufgebrachten Forschergruppe.
Vorm Speisesaal verstummten sie schließlich und traten
mustergültig ein. Was würde uns dort wohl erwarten?
Schlagartig kochte meine Angst wieder hoch.

So gerne hätte ich nochmal Tads Hand gegriffen, einfach
für diese dumme Illusion von Sicherheit. Doch ich konnte
nicht mehr, als einen kleinen Blick mit ihm zu tauschen. Wir
mussten weitermachen.

Mit allem was ich an Mut und Überwindung so zusammen-
kratzen konnte, folgte ich den nervigen Wissenschaftlern in
den Speisesaal und was ich dort sah, war... reichlich un-
spektakulär.

So im Nachhinein war mir diese übersteigerte Panik echt
peinlich. Wie alt war ich? Drei?

Also. Die meisten bildeten eine lange Reihe, ein paar standen auch schon am Rand und unterhielten sich leise. Wirklich kein krasser Anblick. Einfach nur stupides Anstehen.
Das würde ich ja wohl auch hinkriegen.

„Das ist eine offizielle Untersuchung des EQTF. Bitte tragen
Sie sich mit Namen und Unterschrift in die ausliegende
Liste ein. Sie kennen alle das Prozedere", verkündete ein

junger Mann auf der gegenüberliegenden Seite des Raumes und hatte seinen Blick dabei direkt auf mich geheftet.

Kurz flackerte die altvertraute Panik wieder auf. Warum starrte mich der Kerl so an? Wusste er doch etwas?

Oh nein! Das Eintragen! Sie würden doch sofort sehen, dass ich eine völlig andere Handschrift hatte und erst die Unterschrift! Und ich kannte doch nicht einmal Diegos Nachnamen! Ich war sowas von geliefert! Was sollte ich jetzt tun?! Verdammt! Ich musste mich mit Tad beraten! Er wusste bestimmt die Lösung!

Allerdings standen die Chancen für ein Gespräch unter vier Augen schlecht. Mir fiel nur ein sehr... klischeehafter Weg ein. Also gut.

„Mir ist schwindelig", keuchte ich dramatisch und fasste mir an den Kopf. Gezielt torkelte ich gegen Tad und hielt mich an ihm fest. „Ich kann nicht unterschreiben!", wisperte ich hastig. „Setz dich einen Moment hin. Das sind bestimmt letzte Nachwirkungen von der Gehirnerschütterung", sagte er laut genug, dass alle die Erklärung hören konnten und stützte mich auf dem Weg zu den Tischen und Stühlen, die an den Rand geschoben waren.

„Die Unterschrift könnte ein automatisierter Ablauf in deinem motorischen Gedächtnis sein. Denk einfach nicht darüber nach und tu es. Und denk daran, dass Diego Rechtshändler war", raunte er mir zu.

„Und sein Nachname?", fragte ich angespannt. „Rodriguez", antwortete er mir schnell und ich ließ mich auf den Stuhl fallen. In Ordnung. Diego Rodriguez, Rechtshändler. Rechtshändler, Diego Rodriguez. Rodriguezhändler...

Das würde nichts werden!

„Immer ruhig atmen", riet Tad mir gefasst und ich war mir nicht sicher, ob das Tarnung oder Ernst war, vielleicht ja beides. „Was ist passiert?", wollte die Ärztin von gestern mit ihrer üblichen Sachlichkeit wissen.

„Mir war nur kurz schwummrig, ich hätte das Frühstück vielleicht nicht ausfallen lassen sollen", meinte ich mit einer wegwerfenden Handbewegung: „Aber jetzt ist alles wieder gut." Die Ärztin wollte noch nicht abdampfen. Das konnte ich gerade echt nicht gebrauchen.

Lässig stand ich wieder auf und machte meine Diego-Haargeste: „Bringen wir diese ätzende offizielle Untersuchung hinter uns."

Ohne die anderen weiter zu beachten, schlenderte ich zurück in die Reihe. Sie hielten mich nicht auf. Angespannt wartete ich in der Schlange und rückte Stück für Stück vor. Mit aller Mühe versuchte ich mir meine Unruhe nicht anmerken zu lassen.

Ich spielte nicht mit meinen sowieso nicht mehr existierenden Haaren und ich wippte auch nicht mit meinen wundersam funktionierenden Füßen. Nein, ich stand einfach nur mehr oder weniger locker da und wartete. Und die ganze Zeit war nur ein Gedanke in meinem Kopf: Diego Rodriguez, Rechtshändler.

Dann war ich an der Reihe. Meine große Herausforderung: Die Unterschrift. Es gab kein Zurück.

Instinktiv wollte ich meine linke Hand heben, doch ich war Diego Rodriguez, Rechtshändler. Tad hatte gesagt, ich sollte nicht so viel nachdenken, aber wie sollte ich das bei diesem krassen Stress?!

Ich setzte den Stift an. Es fühlte sich so falsch an. Wie von selbst schrieb ich in einer völlig anderen, ordentlich krakeligen Handschrift und dann noch die Unterschrift. Fertig. Hm, so im Rückblick war das doch überraschend einfach gewesen.

Immer noch ganz verwundert und irgendwie aufgeputscht von dem Adrenalin legte ich den Stift hin und ging zur Seite. Ich hätte mir ja noch zugetraut, einfach völlig perplex mit dem Stift in der Hand stehen zu bleiben und mit diesem Verhalten doch noch auffällig zu sein. Aber nein. Diese Prüfung hatte ich gerockt!

Am liebsten hätte ich Tad jetzt die Hand zum Einschlagen hingehalten, doch damit hätte ich meine tolle Leistung zunichte gemacht. Allerdings hätte ich daran denken sollen, dass manche Tests noch eine zweite Seite hatten, die einen völlig unerwartet traf…

„Du da", sprach mich auf einmal der Typ mit dem komischen Blick an. Schlagartig wich meine übertriebene Siegesfreude stechender Angst. Aber vielleicht meinte er ja gar nicht mich…

„Ich?", meine Stimme klang mehr nach eingeschüchtertem, kleinem Mädchen, als nach einem taffen Draufgänger. Verdammt! Schnell fuhr ich mir nochmal durch die Haare. Wie lange würde mich diese Geste noch retten?

„Zeig mir die Schlafquartiere", verlangte dieser Kerl mit so einem verächtlichen Blick von mir. Nein, nein, nein! Ich kannte mich hier noch viel zu schlecht aus! Ich würde mich verlaufen! Diese Überprüfung war der absolute Horror! Warum ich?! Was hatte ich denn getan?!

„Ich komme mit", erklärte sich Merle plötzlich bereit und hängte sich an meinen Arm. Wäre ich durch den Schock gerade nicht total versteinert, wäre ich wahrscheinlich sofort weggesprungen. Aber ich sollte wohl dankbar sein, sie zu haben. Sie wusste, wo es lang ging und ich würde nicht alleine mit diesem unheimlichen Prüfer sein, dessen Gesicht nochmal eine Spur finsterer geworden war.

Irgendetwas hatte er eindeutig gegen mich. Aber es musste ja nichts mit dem Quallenkuss zu tun haben. Es konnte nur ein Zufall sein. Noch konnte ich mir das wenigstens einreden…

Knapp nickte der irgendwie zwielichtige Typ und Merle und ich setzten uns in Bewegung. Seite an Seite verließen wir den Raum und er folgte uns schweigend wie ein bedrohlicher Schatten.

Möglichst unauffällig überließ ich Merle die Führung und es schien zu funktionieren. Angespannt blickte sie gerade aus. Sie wusste etwas. War sie deswegen jetzt auf einmal wieder so nett? Gestern hatte das ja noch ganz anders ausgesehen… Kannte sie diesen Kerl vielleicht von einer früheren

Überprüfung? War damals vielleicht etwas vorgefallen? Etwas weshalb er mich auf dem Kicker hatte und sie nicht wollte, dass ich mit ihm alleine war? Hatte es vielleicht tatsächlich nichts mit dem Quallenkuss zu tun?

Zu gerne hätte ich sie das alles gefragt, aber das ging nicht. Erstickend lag die Stille auf uns.

Vor den Zimmern blieben wir dann stehen. Gott sei Dank! Machomäßig auffordernd zog ich die Augenbrauen hoch und blickte unseren Begleiter an, der mir einen kalten Schauer verpasste. Aber ich musste stark bleiben, Diego wäre stark geblieben.

„Du versteckst dich hinter einem Mädchen. Was würden nur deine Freunde dazu sagen?", sprach mich der Typ direkt an. „Ich verstecke mich nicht. Und sie ist auch kein Mädchen. Sie ist meine Freundin", gab ich mir alle Mühe taff zu wirken und um meine Worte zu untermalen, legte ich meine Hand um ihre Hüfte, was sich ganz komisch anfühlte.

„Welches Zimmer ist dir?", wollte er bedrohlich wissen.

„Keine Ahnung", antwortete ich mit einem lässigen Schulterzucken: „Sie sehen sich alle so ähnlich. Man kann sie so schnell verwechseln…"

Das war sogar die Wahrheit. Mit geschlossenen Türen konnte ich es wirklich nicht genau sagen. Aber in erster Linie wollte ich ihn auf Macho-Art davon abhalten, das gesamte Zimmer zu demolieren, denn das würde er tun, daran bestand kein Zweifel.

Obwohl… wenn er alles zu Klump schlug, konnte ich es neu einrichten. Vielleicht könnte ich dann das ein oder andere verschönern… Nein. Ich sollte dabeibleiben. Immer schön verschlossen und aalglatt.

„Oh, du hältst dich wohl für ganz klug. Aber ich weiß, wer du bist und was du getan hast. Und dieses kleine, nette Schauspiel wird enden. Ich werde dich kriegen und du wirst deine gerechte Strafe bekommen. Also genieße die Zeit, die dir noch bleibt, Rodriguez", drohte er mir mit abgrundtiefem Hass in den Augen und rückte immer näher.

Ich hatte das extreme Bedürfnis mich ganz klein zu machen, aber ich blieb stehen, irgendwie.

„Mädchen, du solltest dir einen anderen Freund suchen. Er wird dich nur mit in die Dunkelheit ziehen. Noch kannst du gehen. Wenn du bleibst, hast du keine Zukunft", richtete er sich noch finster an Merle und nach einem letzten Todesblick wandte er sich einfach ab und ging.

Wollte er nicht eigentlich die Zimmer prüfen? Hauptsache er war weg.

Hörbar stieß ich die Luft aus. Was war das überhaupt gewesen? Was hatte ich beziehungsweise Diego so Schlimmes getan?

Mein Blick wanderte zu Merle. Sie kannte die Antworten, aber die Fragen würden mich verraten. Also sagte ich stattdessen: „Danke, dass du mitgekommen bist." Ohne sie wäre das wahrscheinlich ganz anders gelaufen…

Wortlos lehnte sie einfach nur den Kopf an meine Schulter. Schlagartig flammte eine neue, äußerst wichtige Frage in meinem Kopf auf: Wie wurde ich sie wieder los?

„Ähm. Sollen wir wieder zu den anderen zurückgehen? Ich will diesem Rachedämon keinen Anlass geben und ich hab schon zu viel auf dem Konto", machte ich einen unsicheren Versuch. „Genießen wir doch die Zeit allein", ging mein Plan völlig nach hinten los.

Hieß das, sie wollte mich küssen? Oder sogar etwas Anderes? Sie hatte ja schon in meinem Bett gelegen… Oh Gott! Das konnte ich nicht!

Nervös sagte ich einfach gar nichts und hoffte auf ein Wunder. Mit einem sehr beunruhigenden Grinsen legte sie mir die Hände in den Nacken. Oh nein, nein, nein! Bitte nicht!

„Uh. Was für eine nette Überraschung", kommentierte eine Stimme aus dem Nichts. Erschrocken fuhren wir auseinander. Aha. Der Typ vom Abendessen, der es sich zur Aufgabe gemacht hatte, Diego im Punkto Arschlochigkeit nachzueifern. Gerade kam er mir nur recht.

„Verzieh dich, Perversling!", beschimpfte Merle ihn. Mit einem dreckigen Lachen verschwand er tatsächlich in einem der Zimmer und wir waren wieder ungestört. Mist. Aber auf diese Unterbrechung konnte ich aufbauen.

„Öh, tut mir leid, aber... Ich muss mal dringend pinkeln. Danach gehöre ich wieder ganz dir", suchte ich mir schnell eine Ausrede und schlenderte den Flur entlang. Auf gut Glück nahm ich die erste Abbiegung und beschleunigte meinen Schritt nochmal.

Hoffentlich folgte sie mir nicht! Und hoffentlich begegnete ich dem Typ von eben nicht noch einmal! Das war wirklich eine knappe Situation nach der anderen gewesen! Ob das jemals besser werden würde?

13

Ich wusste gar nicht genau, wo ich hinwollte. Nicht zurück zu den Zimmern mit Merle und dem Idioten. Das war klar. Der Speisesaal mit diesen EQTF-Leuten klang auch nicht besonders reizvoll, auch wenn Tad da wäre.

Im Gewächshaus wäre es echt schön. Allerdings kannte ich den Code dafür nicht und außerdem hatte ich mal wieder voll die Orientierung verloren. Aber stehenbleiben kam auch nicht in Frage. Mich genau umzusehen, würde mir wahrscheinlich sowieso nicht helfen, mich zurechtzufinden.

Nach einer Weile fing ich an planlos Türen zu öffnen, wenn sie nicht verschlossen waren. Büros, Lagerräume für Chemikalien, mal wieder eine Toilette…

Irgendwie fühlte ich mich gerade ein wenig antriebslos. Normalerweise wäre es ja spannend und sogar ein wenig aufregend, einen neuen Ort zu erkunden, aber nicht wenn er so langweilig war wie dieser.

Oh! Was hatten wir denn da! Fast hätte ich die Tür der unscheinbaren Abstellkammer genauso desinteressiert geschlossen, wie die anderen, doch dieses Mal hatte ich wirklich etwas Interessantes gefunden: Farbe. Eimer, Sprühdosen und sogar buntes Pulver!

Das hier war eine regelrechte Goldgrube! Bestimmt nutzten sie die Farbe für die Markierungen draußen, die ich gesehen hatte. Aber ich hatte noch eine ganz andere Idee, wie ich sie nutzen könnte…

Allerdings war jetzt vielleicht noch nicht der richtige Zeitpunkt. Ich sollte erst einmal klein anfangen und auch dafür hatte ich eine Idee. Grinsend ging ich ein paar Türen zurück in eins der Büros und klaute mir da ein paar Blätter Papier, einen Kugelschreiber und Textmarker. Anscheinend waren Textmarker hier sehr beliebt.

Jetzt brauchte ich nur noch einen Ort, wo ich ungestört malen konnte... Oh! Das sah doch verheißungsvoll aus! Auf einer Tür in der Nähe stand in Großbuchstaben „DEFEKT". Neugierig schaute ich rein. Es war eine Toilette! Das war doch ideal! Auf einer defekten Toilette würde mich sicher niemand stören!

Weil es irgendwie komisch wäre mich mit Klamotten auf eine Kloschüssel zu setzen (einen Klodeckel gab es nicht), ließ ich mich in einer Ecke an der Wand hinab sinken und benutzte meine angewinkelten Beine als Zeichenpult. Es war wirklich praktisch, seinen ganzen Körper bewegen zu können. Hier mit einem Rollstuhl klar zu kommen, wäre ein Alptraum!

Bei dem Gedanken bekam ich wieder Sehnsucht nach meinem alten Leben und ich entschied mich meine Zeichenrunde mit einem Bild von Grimm zu starten. Nachdem die Kugelschreiber-Zeichnung fertig war, malte ich mit den Textmarkern noch einen bunten Rahmen aus Katzenpfoten. Lächelnd betrachtete ich einen Moment mein Werk und es war so ein melancholisches Gefühl, es zu sehen. Ein Stück Vergangenheit...

„Diese Toilette ist schon seit einiger Zeit defekt. Wir sind wegen unseren umfassenden Forschungen noch nicht zu Reparaturarbeiten gekommen", hörte ich plötzlich eine Stimme von draußen. Vor Schreck erstarrte ich.

Scheiße! Die Besichtigung der EQTF-Leute war ja noch in vollem Gange! Wie hatte ich das nur vergessen können? Deswegen war ich doch auch erst hierhin abgehauen! Das hatte ich alles nicht durchdacht! Wenn sie mich jetzt hier drinnen mit dem Zeichenzeug erwischten, war es aus.

Undeutlich erwiderte eine der Stimmen draußen etwas und die Schritte entfernten sich wieder. Scheinbar war es doch noch nicht aus. Irgendwie hatte ich mit meinen Dummheiten echt immer Glück.

Allerdings wollte ich es nicht zu sehr herausfordern. Sicherheitshalber wartete ich noch eine ganze Weile, nachdem ich nichts mehr hörte. Mein Bild ließ ich hier liegen, auch wenn sich das falsch anfühlte. Aber besser, es wurde hier besitzerlos entdeckt, als in meinen Händen. Vorsicht war immerhin besser als Nachsicht und ich sollte echt mal anfangen vorsichtig zu sein.

Ungesehen schlich ich mich raus und irrte ein bisschen durch die Gänge. Überraschenderweise kam ich dabei sogar an einer Stelle vorbei, die mir bekannt vorkam und nein, ich war nicht im Kreis gelaufen und bei dem defekten Klo gelandet.

Keine Ahnung wie genau ich es machte, aber irgendwie schaffte ich es tatsächlich zurück zu den Zimmern. Woher kam plötzlich dieser Orientierungssinn? Waren das vielleicht Erinnerungen von Diego? War der Traum nur der Anfang gewesen? Würde er jetzt immer mehr die Oberhand gewinnen?

Nein, ich steigerte mich da wahrscheinlich nur in etwas rein. Ich war schon oft genug hier herum getappt, um auch langsam mal ein bisschen den Überblick zu haben. Etwas mehr Selbstvertrauen und dafür weniger Verschwörungstheorien. Irgendwie würde ich das alles schon schaffen...

Erleichtert schloss ich meine Zimmertür hinter mir, doch dann fiel mir die nächste Katastrophe ins Auge: Jemand hatte einfach ein gutes Viertel von meinem Kuchen gegessen! MEIN Kuchen!

Wer war es gewesen? Dieser fiese Idiot, Mister Namenlos? Oder doch Ric, der jede Chance ergriff, um Unruhe zu stiften? Nola war dafür zu nett, genau wie Tad. Und Merle war doch viel zu eitel, um Essen zu klauen.

Hmmm... Das schrie nach Rache...

Plötzlich klopfte es an meine Tür. Och nö! Ich wollte nur ein bisschen Ruhe! Und Kuchen! „Ich bin nicht da", erwiderte ich trotzig. Natürlich wurde die Tür trotzdem geöffnet. Tad schaute herein und meine miese Laune hob sich gleich ein bisschen.

„Hey, ich wollte dich fragen, ob du für die erste Nachhilfestunde rüberkommen willst. Ich wollte gerade Tee kochen", meinte er lächelnd. Oh. Tee mit Kuchen. Das gefiel mir. „Wenn du mich unbedingt mit Schule quälen willst...", ergab ich mich mit einem dramatischen Seufzen und griff dann grinsend nach meinem geplünderten Kuchen: „Aber nicht ohne Snacks."

„Oh. Der von Bernd", erinnerte sich mein Freund total normal. Man sollte nicht meinen, was für ein Chaos eben los gewesen war. „Genau. Oh und seine Stimme ist wirklich so krass! Da erwartet man eher einen 300 Kilo Sumoringer! Aber er ist so lieb! Keine Ahnung wie ich den Kuchen vergessen konnte. Es war ja auch viel los. Trotzdem. Kuchen ist etwas von größter Wichtigkeit", plapperte ich vor mich hin.

„Und genascht hast du auch schon", stellte er mit einem verschmitzten Grinsen fest. „Nein! Das war jemand anderes! Und ich werde mich noch rächen! Aber erst will ich selbst etwas essen und ich will Tee!", entgegnete ich entschieden.

Sein Grinsen wurde noch breiter: „Na dann komm mit. Ich mach dir Tee." Mit einer auffordernden Geste deutete er auf den Flur hinaus. Bereitwillig folgte ich ihm. Ohne lange zu fackeln zog er seine Tür auf und ich schaute mich neugierig um. Ein Zimmer konnte verdammt viel über eine Person aussagen.

Irgendwie total aufgeregt betrat ich den kleinen Raum. Das bisschen Platz für Persönliches hatte er wirklich voll ausgenutzt.

Sein Bett ging regelrecht unter. Knapp darüber waren Regalbretter mit Büchern an die Wand geschraubt. Ich fragte mich, wie oft er sich daran wohl schon den Kopf beim Aufstehen gestoßen hatte. Einen kleinen Standardschreibtisch gab es auch, leicht unordentlich mit den ganzen Notizblättern und den technischen Geräten, die darauf rumlagen.

Am auffälligsten waren jedoch seine zwei Aquarien, das eine mit süßen, rosafarbenen Axolotln und das andere mit vielfältigen Fischen. Quallen waren ja zu wertvoll, um sie in ein Teenager-Zimmer zu stellen. Und natürlich ein kleiner Kasten mit Pfefferminze, das zentral unter der Zimmerbeleuchtung angebracht war.

Das erklärte schon mal seinen Geruch, bei einem Mini-Garten mitten im Zimmer musste er ja nach Pfefferminz riechen und mit den Fischen arbeitete er wahrscheinlich häufig.

„Gibt es Pfefferminztee?", fragte ich mit einer unglaublichen Kombinationsgabe. „Genau. Pfefferminztee sorgt für eine Verbesserung der Durchblutung, indem er die Gefäße weit stellt. Das macht wach und kann den Blutdruck senken. Außerdem wirkt Pfefferminztee krampflösend und kann Übelkeit lindern. Sehr gut für Bauchschmerzen. Und auch einfach lecker. Die Natur hat wahre Wunder hervorgebracht", erzählte er mir begeistert einen regelrechten Werbetext. Irgendwie war das süß.

„Eigentlich habe ich immer lieber so einen Bergkräutertee oder Früchtetee getrunken, aber frische Pfefferminze klingt auch gut. Dann bekomme ich sicher keine Bauchschmerzen von all den Problemen", versuchte ich locker-witzig darauf zu reagieren.

Absolut glücklich schaltete er einen etwas seltsamen Wasserkocher ein, der in dem ganzen geordneten Chaos ziemlich unterging. „Es ist wirklich schön, mit anderen Tee trinken zu können", redete er fröhlich vor sich hin, während er ein paar Blätter abschnitt: „Bernd kommt manchmal für ein Tässchen vorbei. Nola auch. Aber die anderen…"

Oh nein! Jetzt nahm unser Gespräch wieder so eine unschöne Wendung! Wieso mussten alle Menschen hier so blöd sein?

„Ich kann es mir schon denken", murmelte ich ein wenig unbeholfen. Ohne von seinen Pflanzen aufzusehen, lieferte er mir die Details: „Merle meinte einmal, sie wollte nicht so gelbe Zähne wie ich, Ric ist es nicht süß genug, Diego hat es mir übergeschüttet und Tim nur gelacht."

„Tja… Diese Zähne können ruhig gelb werden, sind ja nicht meine", versuchte ich den Moment wieder aufzulockern. Und dann fiel mir noch was ein: „Tim… Ist das der Idiot mit den kurzen Haaren?"

„Ja, genau", bestätigt er meine Vermutung, die wieder mal ganz detektivisch gewesen war. Damit hatte ich auch alle Namen zusammen. Das war schon mal gut. Aber irgendwie musste ich das Gespräch weiter am Laufen halten. Hmmm… Mein Blick fiel auf die grünen Pflanzen, die ja auch nicht zu übersehen waren. Pflanzen im Zimmer waren schon schön, so grün und lebendig… Bingo! Darüber konnte ich reden: „Bei mir wäre die Pfefferminze sicher eingegangen. Sogar Kakteen wollen bei mir nicht überleben. Völlig grundlos! Ich gebe ihnen Wasser und Liebe und weiß der Geier was alles und dann sind sie irgendwann nur noch knusprig."

„Irgendwann hätte ich gerne meinen eigenen Garten", verriet er mir verträumt: „Er müsste nicht einmal groß sein. Einfach ein ruhiger Ort, der einfach nur mir gehört, mit unterschiedlichen Kräutern, in dem man das Leben richtig riechen kann."

„Und du musst Klee anbauen! Die haben so hübsche weiße und violette, knubbelige Blüten und wenn man sie aussaugt, schmecken sie süß. Und sie sind ein natürlicher Stickstoffdünger! Voll die Superpflanze!", knüpfte ich an seinen Traum an und das sogar mit klugem Extrawissen.

„Hattest du einen Garten?", wollte er so glücklich gedankenverloren von mir wissen.

137

„Nein. Vom Rollstuhl aus ging das schlecht und wie schon gesagt, überleben Pflanzen bei mir nie lange. Aber eine Tante von mir hatte einen landwirtschaftlichen Betrieb mit Feldern und allem und hinterm Haus einen großen Garten mit Gemüse und sowas. Als Kind war ich oft bei ihr. Das war immer schön", dachte ich lächelnd zurück.

„Wer weiß, vielleicht wird die Welt ja wieder grüner, wenn die Menschen sich nicht mehr vor den Quallen fürchten müssen", Tads Blick schweifte in die Zukunft und malte sie mit den Farben der Vergangenheit aus. Manchmal war ein Rückschritt eben doch besser als der Fortschritt. Zumindest vermisste ich die alte Zeit, die sich für mich anfühlte wie gestern, nein, nicht ganz, gestern war ich ja schon hier gewesen.

Krass wie viel in dieser Zeit schon passiert war und irgendwie kam es mir gleichzeitig wie ein Wimpernschlag und eine Ewigkeit vor. Ganz komisch…

Der Wasserkocher gab ein merkwürdiges Sirren von sich und Tad goss das dampfende Wasser zu den Pfefferminzblättern in eine Glaskanne. „Was war eigentlich mit dem Prüfer von der EQTF?", erkundigte sich mein Komplize etwas spät.

Stimmt. Das war ja auch noch gewesen. „Na ja. Er hat definitiv etwas gegen Diego. Er hat mir richtig gedroht. Da war auf jeden Fall etwas in der Vergangenheit, aber ich hab keinen Schimmer, was das sein soll. Doch Merle weiß auf jeden Fall etwas. Sie ist wohl mitgekommen, um mich zu schützen, obwohl sie vorher noch so wütend war. Und ich glaube auch über den Vorfall mit der Qualle weiß sie mehr als die anderen", brachte ich ihn auf den neusten Stand.

„Er hat dir gedroht?", wiederholte Tad besorgt und verwirrt zugleich. „Ja. Und es klang nicht so, als wäre es wegen dem typischen Diego-Quatsch. Es war etwas Ernsthaftes. Wir müssen unbedingt mehr über seine Vergangenheit herausfinden. Irgendetwas stimmt da eindeutig nicht", meinte ich entschieden.

Die Frage war nur wie. Merle ausquetschen konnten wir nicht, zumindest nicht so direkt. Vielleicht könnten wir sie irgendwie überlisten…

Plötzlich leuchtete Tads Gesicht auf: „Wir könnten einen Test machen! Das wollten wir ja sowieso und ich glaube es wird dir gefallen." Über den ganzen Stress hatte ich fast vergessen, dass ich ja die potenzielle Heilung für die Welt in mir trug und wir das noch erforschen mussten. Allerdings fragte ich mich, welchen Test er da vorhatte, der mir gefallen könnte… Tests waren ja normalerweise nicht so lustig.

Tad wirkte dabei jedoch super euphorisch. Ich konnte mir gut vorstellen, dass er gar nicht mehr aufhören konnte, alles an mir genauestens zu überprüfen. Das war genauso wie bei Chips, wenn man einen gegessen hatte, war der zweite (und dritte und so weiter) quasi schon vorprogrammiert.

„Willst du wirklich nur EINEN Test machen oder gleich eine ganze Testreihe?", bohrte ich mit skeptisch hochgezogenen Augenbrauen nach. „Nur einen Test, versprochen. Ich will nicht, dass du dich wie ein Forschungsprojekt fühlst", zügelte er seinen Wissensdurst und lächelte dafür total liebenswürdig.

„Können wir vorher vielleicht noch den Tee trinken und Kuchen essen?", versuchte ich es noch ein bisschen rauszuzögern. Einen kleinen normalen Moment wollte ich noch haben. „Selbstverständlich! Tee schmeckt heiß sowieso am besten!", willigte er sofort ein und warf einen Blick auf die Teekanne, in der sich das klare Wasser schon gelb verfärbt hatte.

Bestens gelaunt holte er zwei langweilig weiße Tassen und goss die dampfende Flüssigkeit aus. Lächelnd überreichte er mir eine. Warm spürte ich die Hitze durch die Tasse und dann dieser frische Geruch…

Tief atmete ich ein und schloss für einen Moment die Augen. Ich stellte mir vor in der Küche zu sitzen. Grimm lag zusammengerollt auf meinem Schoß, wie ein plüschiges Wärmekissen. Draußen regnete es. Das perfekte Wetter, um es sich zu Hause so richtig gemütlich zu machen. Zuhause...

Mit einem nostalgischen Lächeln öffnete ich die Augen wieder. Tja. Ich war nicht zu Hause und ich würde es nie wieder sein, aber vom Gefühl her traf Tads Zimmer es wohl am ehesten.

„Was ist das eigentlich für ein Kuchen?", machte ich im Hier und Jetzt weiter. „Ich glaube Zitronenkuchen. Bernd macht den besten weit und breit! Na ja, das ist wohl auch nicht so schwer, wenn man bedenkt, dass wir weit und breit alleine hier sind", nahm Tad das betörende Gebäck genauer in Augenschein und schob dabei seine Brille so knuffig mit einem Finger hoch, wie es die typischen Streber in den Filmen immer taten.

„Was ist daran so lustig?", verwirrt hatte Tad die Augenbrauen zusammengezogen. Mir war gar nicht aufgefallen, dass ich angefangen hatte zu schmunzeln. Bestimmt fand er das mit der Brillengeste und dem Streber nicht ganz so süß, immerhin war er deswegen ein Außenseiter, für die einen nicht schlau genug, für die anderen zu schlau. Echt mies.

Mit einem Blick auf die Krümel, die der Kuchendieb hinterlassen hatte, improvisierte ich: „Ich musste gerade an das Krümelmonster denken." „Ist das wieder so eine Kindersendung?", erkundigte er sich neugierig. „Jap", bestätigte ich grinsend.

Ich war echt ein toller Zeitzeuge, statt Politik und Geowissenschaft gab es Film und Fernsehen. Klasse! Doch auf gewisse Weise spiegelte sowas auch die Gesellschaft wider... Ist ja auch Latte! Tad war hier der Wissenschaftsbegeisterte. Wenn er wollte, konnte er das später analysieren. Für mich war das einfach nur eine ausgelassene Unterhaltung.

Oder vielleicht ist Unterhaltung auch ein wenig übertrieben. Nach diesem kurzen Wortwechsel kehrte ein angenehmes Schweigen ein, während wir den Tee tranken, der noch so heiß war, dass ich mir fast die Zunge verbrannte und den super fluffigen, süßen Kuchen verputzten.

Ich liebte dieses Gefühl von Normalität, das in dieser verrückten Welt so selten geworden war. Noch schöner wäre es allerdings gewesen, wenn man Tad nicht ständig angemerkt hätte, wie sehr er darauf brannte, diesen dummen Test zu machen.

„Na gut. Mach deinen Test", erlaubte ich ihm ziemlich aus dem Nichts und stellte meine leere Tasse ab. Sofort grinste er wie ein Honigkuchenpferd: „Komm bitte mit."

Adios Normalität…

14

Feuer und Flamme führte mich Tad durch die Gänge. Seine Begeisterung war fast ansteckend, aber echt nur fast. Dafür hasste ich Experimente und Tests einfach zu sehr. Kurz stoppten wir in einem Raum mit allen möglichen Geräten und der kleine Forscher schnappte sich eine dicke Taschenlampe.

Auf meinen skeptischen Blick hin grinste er einfach nur breit. Alles klar. Und danach verwirrte er mich sogar noch mehr: Er brachte mich nämlich zurück zur Krankenstation. Was wollte er denn hier?

„Halt das mal kurz", mit diesen Worten drückte er mir die Lampe in die Hand und hastete zur Wand neben der Tür, wo er sich an einem unscheinbaren, kleinen Kästchen zu schaffen machte. „Nicht erschrecken, gleich wird es dunkel", warnte er mich richtig aufgeregt und doch konzentriert vor.

Ich verstand nicht so ganz, was das alles sollte, aber ich spielte einfach mal mit. Immerhin konnte ich damit die Menschen vor diesen knutschenden Gehirnfressern retten und selbst wenn nicht, konnte Tad wenigstens seiner Leidenschaft nachgehen und das war es wert.

„Komm am besten auch hier rüber", änderte er leicht zerstreut seinen Plan. Protestlos stellte ich mich neben ihn.

„Das ist eine Notfallsicherung, aber ich habe sie so umgangen, dass kein Alarm ausgelöst wird", erklärte er mir völlig ohne zu prahlen, obwohl das echt eine Leistung war, mit der man gerechtfertigt angeben konnte. Bei Schaltkreisen und sowas war ich in Physik schon ganz am Anfang raus gewesen.

„Und...", leitete er dramatisch ein und schlagartig war es stockdunkel. Nein, warte, nicht ganz stockdunkel. Nach dem ersten Moment, den die Augen für die Gewöhnung an die radikal geänderten Lichtverhältnisse brauchten, konnte ich ein schwaches Nachglühen der Lampen erkennen. Allerdings war das bei Weitem nicht hell genug, um hier unten auch nur schemenhaft etwas zu erleuchten.

„Elli, gibst du mir jetzt bitte die Lampe?", fuhr Tad unbeirrt mit seinem Experiment fort. Nur die Dunkelheit hatte er nicht so ganz bedacht.

Ich streckte die Lampe einfach mal in die Richtung, in der er eben noch gestanden hatte und schätzte dabei die Entfernung ein wenig falsch ein.

Laut keuchte er auf, als ich ihm mit Diegos noch ungewohnter Kraft in den Bauch boxte. „Entschuldigung!", rief ich sofort geschockt und tastete nach ihm. Schnell hatte ich seine Schulter gefunden. „Nicht schlimm", presste er hervor und legte kurz seine Hand auf meine: „Geht schon wieder." So ganz überzeugt war ich von seiner Aussage ja nicht.

„Es tut mir echt so leid!", entschuldigte ich mich nochmal bei ihm und wollte ihn umarmen. Doch irgendwie schaffte ich es dabei nochmal, richtig mies gegen ihn zu stoßen. Auf ein weiteres Stöhnen folgte: „Mist! Meine Brille!"

Sofort bückte ich mich, um sie für ihn wieder aufzuheben. Zumindest schloss ich aus den Geräuschen, dass sie runtergefallen war. Und ich hatte auch recht, denn mein unglücklicher Wissenschaftler beugte sich genau im selben Moment nach unten und ich gab ihm eine saftige Kopfnuss. Dumpf plumpste er auf den Boden.

„Es tut mir leid!", rief ich erneut mehr als nur zerknirscht, doch ich traute mich nicht, mich zu bewegen. Am Ende trat ich noch auf seine Brille oder schaffte es auf irgendeine andere Weise für Chaos zu sorgen. Außerdem pochte meine Stirn noch fies.

„Ist nicht deine Schuld", nahm er mich einfach in Schutz: „Ich hätte dran denken müssen." „Entschuldigung!", ich hatte das Gefühl, dass ich dieses Wort nicht annähernd oft genug sagen konnte, um das auszudrücken, was in meinem Inneren war. Er tat mir so schrecklich leid! Das war doch sein Experiment, auf das er sich so gefreut hatte und ich verhielt mich wie ein laufendes Schlamassel!

Ich konnte hören, wie er sich wieder aufrichtete. Es tat mir echt so leid! „Machen wir noch einen zweiten Versuch: Bitte reich mir die Lampe rüber", obwohl ich ihm gerade ziemlich übel mitgespielt hatte, klang er immer noch so begeistert und aufmunternd.

Also gut. Dieses Mal bewegte ich meinen Arm ganz behutsam nach vorne. Sanft fanden sich unsere Hände und er nahm mir mit einem lieben „Danke" die Lampe ab. „Dann wollen wir doch mal sehen…", murmelte er und es gab ein eindeutiges Klicken, als er die Lampe anschaltete, aber statt einem hellen Lichtstrahl, erschien nur ein schwaches blau-lila Glühen.

„Schwarzlicht?", stellte ich überrascht fest. Was hatte er denn damit vor?

Doch als ich meine Hand zu einer belanglosen Geste hob, sah ich es! Sie strahlte! Meine Haut strahlte! Es war ein lila Leuchten! Etwa wie die Lampe selbst, nur knalliger. Und es war nicht nur an meinen Händen, einfach überall!

Mit großen Augen drehte ich meine Arme hin und her und wackelte mit ihnen, als wäre ich ein Krake. Das sah so magisch aus!

„Das Fluoreszenz-Gen ist immer noch aktiv", hielt Tad mit einem Lächeln in der Stimme fest und lieferte gleich in einem auch die wissenschaftliche Erklärung. „Ich bin ein Glühwürmchen!", jauchzte ich weniger wissenschaftlich und fing an, wie ein kleines Kind umher zu springen. Ich leuchtete einfach! Wie krass war das bitteschön?! Zwar kein starkes Licht, aber von der Dunkelheit hob ich mich ganz deutlich ab, wie so ein Alien. Mega abgefahren!

„Das ist echt krass!", immer noch total fasziniert starrte ich auf meine glühende Haut. Na ja, streng genommen war es ja Diegos Haut, aber da ich in seinem Körper steckte, war es ja quasi auch meine. Außerdem war das einfach nur unglaublich!

Aus dem Augenwinkel sah ich eine Bewegung. Aha. Der Spiegel. Neugierig tänzelte ich rüber und betrachtete mich dort genauer.

Mein Kopf schien zu schweben und auch meine Arme hingen scheinbar lose in der Gegend rum. Witzig! Ein bisschen alberte ich als zusammenhanglose, glühende Körperteile rum. Das machte total Spaß! Ich kriegte mich gar nicht mehr ein! So verrückt!

Dann zog ich ohne nachzudenken mein Oberteil aus. Auch mein Oberkörper strahlte so zauberhaft.

Jetzt wirkte ich, als wäre ich eine zweigeteilte Persönlichkeit, nur die Hälfte meiner selbst, … Gerade fand ich diese Wortspiele so irre komisch!

Kichernd trippelte ich seitwärts und es sah so aus, als wäre ich irgendein halbierter Geist, ein ruheloser Oberkörper! Ich schmeiß mich weg!

Breit grinsend warf ich mich mit meinen glühenden Muskeln in eine typische Statuenpose von so einem griechischen Helden. Oh ja! So krass! Dramatisch posierte ich weiter. Voll das Supermodel!

„Die Farbe passt auch sehr gut zu Diego. So maskulin", theatralisch fächelte ich mir Luft zu, als ich mich zu Tad umdrehte. Von ihm konnte ich nur den glimmenden Punkt der UV-Lampe sehen. „Sehr elegant", stimmte er mir spaßhaft zu.

„Ich sehe die Welt beinahe rosa-rot", kicherte ich ausgelassen über meinen eigenen dämlichen Witz. „Diego hatte nie dieses Leuchten in den Augen", murmelte Tad richtig gedankenverloren.

„Meine Augen leuchten?!", wiederholte ich begeistert und musste an all die lustigen Kinderfilme denken, in denen irgendwer Scheinwerferaugen hatte.

Augenblicklich fuhr ich wieder zum Spiegel herum, um mir das genauer anzusehen, aber meine Augen gaben eigentlich gar kein Licht ab. Oder war das vielleicht nur, wenn sie direkt angestrahlt wurden, so wie bei Katzenaugen?

„Ähm nein. Ich meinte das nur metaphorisch. Du freust dich so, Diego war immer viel verschlossener", erklärte er mir und ich verfluchte es, dass ich dabei nicht sein Gesicht sehen konnte! Ich wusste nicht einmal, warum genau ich so dringend wissen wollte, wie er mich in diesem Moment ansah, ich wollte es eben und es ging nicht.

Einen Augenblick lang standen wir uns einfach nur schweigend gegenüber und meine kindische, alberne Stimmung war irgendwie verflogen.

Mit einem kleinen Räuspern erkundigte er sich schließlich: „Soll ich das Licht wieder anmachen oder willst du noch ein bisschen weiter... glühen?" „Du kannst es gerne wieder an machen, aber danke, dass du mir das gezeigt hast, das war einfach magisch", antwortete ich lächelnd. „Gerne, aber das hat nichts mit Magie zu tun, es ist pure Wissenschaft", war ja klar, dass er das sagen musste.

Doch es war mir egal was für wissenschaftliche Erklärungen es für diesen Moment gab, es war schlicht und ergreifend magisch gewesen. Tad hatte mich schon wieder dazu gebracht einfach nur glücklich und ausgelassen zu sein, das war wahre Magie.

Trotzdem lieferte er mir natürlich auch noch die Erklärung: „Fluoreszenz ist ein physikalisches Prinzip, bei dem Licht oder genauer gesagt die Photonen bei anderen Teilchen für eine Anregung sorgen, die wiederrum mit einer Emission von Licht reagieren, also eine Reemission. Also wird die Anregungsenergie durch Strahlung wieder freigegeben. Für das menschliche Auge, wird es häufig erst unter Schwarzlicht sichtbar."

Vielen Dank. Jetzt war ich so schlau wie vorher, ich hatte nämlich kein Wort verstanden.

„Ich mach mal das Licht an", informierte er mich nach einer kleinen, irgendwie komischen Pause. Als mein Partner sich umdrehte, um wieder für Licht zu sorgen, strahlte er mich natürlich nicht länger mit der Speziallampe an und mein Leuchten verglühte schnell, wie das Feuer einer Kerze, das man ausgeblasen hatte. Irgendwie traurig. Aber auch nur, wenn man gerade voll philosophisch und melancholisch drauf war, nüchtern gesehen war es einfach nur logisch und keine große Sache.

Schon hörte ich wieder dieses elektrische Surren und ich konnte mir einen kleinen Spruch nicht verkneifen: „Und es ward Licht!" Wie aufs Wort gehorchten die Lampen und ich stand da mit meinen ausgebreiteten Armen wie ein Gott... oder ein Idiot.

Tad warf mir einen kleinen Blick zu, der eindeutig verriet, dass er in mir eher Option zwei sah, verständlich.

Jetzt erst fiel mir auf, dass ich ja mein T-Shirt ausgezogen hatte. Echt schräg und ordentlich peinlich. Eilig raffte ich es vom Boden auf. Wie schaffte ich es eigentlich ständig, so absolut unnachvollziehbar zu handeln? Ich brachte das ja regelrecht zur Höchstform!

Meinen Kopf schon halb durch das Loch gesteckt, hielt ich inne.

„Elli? Hast du etwas?", fiel es Tad natürlich sofort auf. „Hier am Bauch ist eine Narbe", teilte ich meine Entdeckung mit ihm.

„Da ist keine Narbe", widersprach er mir verwirrt und kam näher. „Doch! Da!", beharrte ich und berührte die leichte Wulst knapp unter den Rippen auf der linken Seite.

„Das ist nur ein Tattoo!", erwiderte er standhaft: „Wenn da eine Narbe wäre, wäre es doch bei den Tests bemerkt worden!" „Nein! Das Tattoo ist über der Narbe, um sie zu verstecken!", gab ich nicht auf und um ihn endgültig zu überzeugen, griff ich nach seiner Hand und legte sie auf die Stelle: „Hier!"

Obwohl ich ja selbst dafür gesorgt hatte, fühlte es sich merkwürdig an, dort von ihm berührt zu werden. Ich weiß auch nicht...

„Das ist wirklich eine Narbe", stellte er ungläubig fest. „Hab ich ja gesagt", betonte ich nochmal, dass ich recht hatte, kam immerhin nicht so häufig vor.

„Wie hast du sie entdeckt?", wollte Tad immer noch ganz verblüfft wissen und gab mir damit eine Gelegenheit meine Meisterleistung weiter auszuführen: „Guck dir die Tattoos auf meinen Händen und Armen an: säuberliche, verschlungene Muster, ein Gesamtkunstwerk. Und dann das. Der Stil ist ganz anders. Eine fette Schlange, der Körper hat nicht so einen eleganten Schwung, es wirkt stümperhaft und auch irgendwie fragmentiert. Es passt einfach nicht zum Rest. Beim näheren Hinsehen ist mir dann die Unebenheit aufgefallen."

„Warum sollte Diego eine Narbe verstecken?", fragte Tad und starrte wie gebannt auf das verdächtige Tattoo, das in Wahrheit nicht ganz so schlimm aussah, wie ich es gerade geschildert hatte. Im Grunde war es immer noch eine gute Arbeit, nur halt nicht so professionell wie der Rest.

„Hat Diego wirklich nie etwas erwähnt? Von seiner Familie? Oder irgendeine Bemerkung", erkundigte ich mich richtig im Ermittlermodus.

„Nein. Nie. Nicht mir gegenüber", antwortete er kopfschüttelnd: „Aber vielleicht hat das ja auch keine Bedeutung. Vielleicht ist die Verletzung ganz trivial entstanden und er wollte sie einfach nur loswerden, weil er sie nicht schön fand."

„Ein Typ, der ohne Familie und ohne Vorgeschichte einfach auftaucht, mit einer seltenen Genmutation und einer Narbe, die er verheimlicht. Wenn da nichts weiter dabei wäre, wäre es doch nicht schlimm darüber zu reden! Ich sag dir: Irgendetwas ist da im Busch!", entgegnete ich immer noch voll in Kriminalserie-Stimmung.

Und damit wären wir wieder bei Merle. Die Einzige, die Licht in dieses bedrohliche Dunkel bringen könnte und selbst eine enorme Gefahr darstellte, mich zu entlarven...

„Egal was, es ist Vergangenheit. In der Gegenwart bist du das viel größere Geheimnis. Und anders als mit vagen Vermutungen über Diego können wir mit dem Quallenkuss handfest arbeiten", schob Tad die ganze Sache einfach beiseite und zerstörte damit voll die mysteriöse Atmosphäre.

Mit einem kleinen Seufzen zog ich das T-Shirt zu Ende an. Nichts über diesen Körper zu wissen war komisch und unpraktisch noch dazu. Ich musste diese Rolle quasi permanent improvisieren! Aber ich konnte wohl schlecht zu einer Qualle gehen und den Körper reklamieren.

„Wir sollten vielleicht zurückgehen und wirklich noch etwas für die Schule machen", ging Tad zu einem weniger schönen Punkt der Tagesordnung über.

„Es wäre doch seltsam, wenn Diego jetzt zum Fleißbienchen mutiert...", wollte ich mich drücken. „Du kannst dich bessern. Ich glaub an dich", meinte er eine Spur frech.

Witzig. Das mit dem langsamen bessern hatte ich ja auch sogar vorgehabt... Nur halt charakterlich und nicht schulisch. Echt fies, dass ich das auch noch machen musste. Aber es brachte ja auch nichts, sich zu sträuben.

Selte an Selte tappten wir durch die kargen Flure und als wir zwischendurch die Treppe nach oben gingen, musste ich schmunzeln. Auch wenn hier alles ziemlich komisch war, hatte ich echt schon ein paar schöne Momente gehabt und das in erster Linie wegen Tad.

Dankbar lächelte ich ihn an und er lächelte einfach zurück. Er war wirklich ein guter Freund, der beste, den ich je gehabt hatte.

Vielleicht lag das mit daran, dass ich momentan einer viel größeren Herausforderung gegenüberstand, als ich es früher überhaupt für möglich gehalten hatte.

So Sachen konnten Menschen echt zusammenschweißen. Oder es lag einfach daran, dass Tad so eine tolle Person war.

Auf jeden Fall würde ich das mit ihm durchstehen. Selbst wenn es um Mathe ging...

15

Vielleicht war ich mit meiner Entschlossenheit doch ein wenig voreilig gewesen. Mathe war der pure Horror! Ich dachte ja schon, dass es zu meiner Zeit schlimm gewesen war, aber das hier übertraf einfach alles! Mein Schädel brummte und ich checkte absolut nichts.

Wie sollte ich dieses Schulzeug nur schaffen? Und warum musste ich es überhaupt tun?! Diesen Teil hatte ich bei meinem Wunsch nach einem möglichst normalen Leben irgendwie ausgeblendet gehabt.

Zwischendurch tranken wir bestimmt literweise Pfefferminztee und nach einer Weile machte sich das auch bemerkbar.

„Ich muss mal aufs Klo", meldete ich mich entschuldigend, während Tad mir wieder versuchte eine dieser XXL-Gehirnknoten-Formeln zu erklären.

„Weißt du den Weg noch?", erkundigte er sich sofort fürsorglich. „Ich glaub schon. Es tut mir sicher gut, wenn ich es selbstständig probiere", meinte ich optimistisch.

In Wahrheit wollte ich ihn einfach nicht dabeihaben. Ich brauchte echt eine Pause und er ging in diesem Nachhilfeunterricht so auf, dass er mir sicher auch auf dem Weg ganz viel beibringen wollte. Wenn das so weiter ging, würde mein Kopf noch platzen, wie ein Marshmallow in der Mikrowelle. BATSCH!

Zum Glück bekam mein überhitztes Gehirn ja jetzt eine kleine Auszeit. Leider streikte mein Orientierungssinn wieder ein wenig und ich irrte mehr durch die Gänge als sonst was. Ganz dunkel kam mir zwar alles bekannt vor, aber das half mir nicht wirklich.

Unsicher fing ich wieder an, Türen zu öffnen und betete dabei, dass ich nicht irgendwo reinplatzte. Aber eigentlich musste ich mir da auch keinen so großen Stress machen. Wenn ich irgendwem begegnete, würde ich einfach mit einer ich-darf-alles-Einstellung irgendeinen dummen Spruch improvisieren. Mittlerweile hatte ich das Gefühl, diese Rolle ziemlich gut drauf zu haben und irgendwie hatte das schon etwas Beunruhigendes an sich. Schön war es dennoch nicht.

Auf einmal hallte ein lauter Gong durch das Gebäude. War das irgendein Alarm oder das Zeichen, das die Inspektion abgeschlossen war oder bedeutete es, dass es Zeit fürs Mittagessen war? Ein bisschen Hunger hatte ich ja schon.

Doch zu aller erst musste ich wirklich auf die Toilette. Entschieden öffnete ich die nächste Tür.

Bingo! Eine Toilette, die mich auch gleich mit ihren leuchtenden Wänden begrüßte.

Misstrauisch setzte ich mich auf die Klobrille. Ich konnte mich noch gut an meinen ersten, traumatischen Toilettengang erinnern.

Heldenhaft brachte ich diese unangenehme Notwendigkeit hinter mich. Erleichtert wusch ich mir wieder die Hände, das einzige, was noch normal geblieben war. Und im gedämpften Licht der Wände sah ich wieder sein Gesicht im Spiegel.

„Ich bin nicht du", flüsterte ich mit seinen Lippen und seiner Stimme, doch es waren meine Worte. Darüber nachzudenken hatte immer etwas Bitteres und Trauriges. Es war eine ganz besondere Art der Einsamkeit, wenn man nicht man selbst sein konnte, wenn man ohne sich selbst sein musste…

Im Flur hörte ich die eiligen, ungleichmäßigen Schritte von gleich mehreren Personen. Entschieden wischte ich mir über die Augen, die bei diesem lächerlichen Philosophieren

mal wieder feucht geworden waren. Ich war wirklich verdammt nah am Wasser gebaut. Aber Diego würde vor anderen nie weinen... Unterschiedlicher hätten er und ich echt
kaum sein können.

Aber egal, es war wie es war und damit würde ich klarkommen. Aufmerksam wartete ich bis die Schritte eindeutig an
meinem kleinen Versteck vorbei waren, dann öffnete ich
vorsichtig die Tür und trat in den Flur. Die Personengruppe
bog gerade um die nächste Ecke, eindeutig Forscher.

Selbstbewusst und doch möglichst lautlos (eine Kombinati-
on, die es echt in sich hatte) folgte ich ihnen, denn sie sahen aus, als wüssten sie, wo es lang ging und ich hatte echt
keine Nerven, um nochmal eine gefühlte Ewigkeit herumzu-
irren.

Anscheinend war meine Vermutung mit dem Essensgong
richtig gewesen. Sie führten mich geradewegs in den Speisesaal und dort gab es dieses Mal keine fragwürdigen
EQTF-Leute, die irgendwelche Namenslisten und dergleichen haben wollten.

Stattdessen waren schon einige Tische besetzt und die
Forscher aßen stumm oder in gedämpfte, nüchterne Gespräche vertieft ihr Mittagessen. Von den anderen Teena-
gern war noch keiner da, was ich jetzt nicht unbedingt
schlecht fand, nur Tad hätte ich gerne dabei gehabt.

Was, wenn er noch in seinem Zimmer wartete, dass ich
zurückkam, damit wir gemeinsam gehen konnten? Schon
allein der Gedanke tat mir mega leid. Aber jetzt konnte ich
nicht mehr zurück, das wäre komisch gewesen.

Also stellte ich mich bei der Schlange an der Theke an. War
es hier das letzte Mal auch schon so bedrückend leise und
abweisend gewesen? Diese Forscher waren wie Maschi-
nen, nur darauf programmiert Ergebnisse zu bringen!

Ein Essenssaal sollte erfüllt sein von klapperndem Besteck,
plappernden Menschen und tausend unterschiedlichen
Gerüchen, die kombiniert etwas ganz Seltsames ergaben.
Es sollte lebendig sein!

Diese stumpfe Ruhe machte mich echt krank! Da war ja jedes Krankenhaus fröhlicher! Selbst jemand im Koma könnte mehr Leben ausstrahlen!

Frustriert rückte ich weiter vor. Hoffentlich gab es wenigstens etwas Gutes zu essen. Aha. Das gleiche Gemüse und Breizeug wie gestern. Von abwechslungsreicher Ernährung hatten die wohl noch nichts gehört. Aber mit einem eigenen Gewächshaus und ansonsten Industriesachen, waren ihre Mittel ja auch ein wenig begrenzt. Na gut.

Kurzerhand lud ich mir auch genau das Gleiche auf, wie gestern. Damit konnte ich gut leben. Schlimmer fand ich es da, als ich Tim und Merle in der Schlange hinter mir entdeckte. Mit ihnen würde ich wohl gleich zusammensitzen.

Nicht besonders wählerisch ließ ich mich an einem der freien Tische nieder und wägte meine Möglichkeiten ab. Entweder, ich versuchte alles super schnell zu essen, damit ich abhauen konnte, bevor sie ihr Essen hatten oder ich hob mir meine Portion auf, bis sie da waren, damit ich mich wieder mit ausgiebigem Kauen vor Redebeiträgen drücken konnte.

Option eins gefiel mir ja deutlich besser, aber würde das Misstrauen erregen? Und konnte ich es wirklich in so kurzer Zeit schaffen? Es gab nur einen Weg das herauszufinden...

„Hallo Diego! Und wie war deine Führung mit dem Prüfer der EQTF? Der hat doch bestimmt alles super genau genommen. Die unangekündigte Untersuchung hat echt den ganzen Zeitplan durcheinander geworfen. Das letzte Mal hatten wir so spät erst das Essen fertig, als sich Papa beim Pfannkuchen-Experiment die Hand verbrannt hatte", gab Nola einen richtigen Redeschwall von sich, als sie sich zu mir setzte.

Sie lächelte mich sogar an! Man war sie nett! Am liebsten hätte ich total locker mit ihr geplaudert und sie genauer nach diesem Pfannkuchen-Experiment gefragt, doch das hätte Diego nicht getan, also durfte ich es auch nicht. Und dummerweise hatte sie mir mit ihrem lieben Auftauchen meinen Fluchtplan ruiniert.

Wenn ich sie jetzt sofort loswurde, hatte ich dann vielleicht noch eine Chance? Es sah schlecht aus. Aber wenn ich an die toxische Nähe von Merle dachte und die ekelhafte Dummheit von Tim, bei der Ric leider auch mitzog... Ich konnte das nicht!

Entschieden stopfte ich mir die erste Gabel in den Mund und schluckte fast ohne zu kauen runter. Nach bester Diego-Manier, also ganz ohne Manieren, kritisierte ich Nola mit vollem Mund: „Tolle Ausrede. Aber so schwer ist es auch nicht zu kochen."

„Du könntest ja mal mithelfen und dir selbst ein Bild davon machen", dieser Spruch hätte echt Potenzial gehabt schnippisch und raffiniert rüberzukommen, aber bei ihrer herzensguten Art wirkte es eher wie eine freundliche Einladung.

Hektisch aß ich weiter und gab nur ein distanziertes: „Kein Interesse", von mir. Die anderen waren schon fast an der Essensausgabe. Das war ein richtiger Wettlauf gegen die Zeit!

„Alles in Ordnung? Du wirkst ein wenig... gestresst", bemerkte sie das Offensichtliche. Und sie war immer noch so offen und nett, dabei hatte ich ihr doch überhaupt keinen Anlass dazu gegeben! Ich war voll Diego gewesen! Warum konnte sie von seiner Idioten-Art nicht genervt sein und die Gesprächsversuche aufgeben?

Für sie musste ich wohl härtere Geschütze auffahren und das tat mir jetzt schon leid: „Denkst du, dass ich nach der Gehirnerschütterung plötzlich deine beste Freundin bin oder hast du einfach Schiss, dass der EQTF-Typ in deinem Zimmer rumgeschnüffelt hat und dabei etwas gefunden hat? Vielleicht dein Tagebuch? Aber worüber solltest du bei deinem langweiligen Leben schon schreiben? Kümmere dich um deinen Kram und lass mich in Ruhe."

Man konnte es ihr ansehen. Diese direkte Beleidigung hatte sie wirklich verletzt. Entschuldigung. Aber es bestätigte einmal mehr meine Diego-Macho-Erscheinung, die ich so unfassbar gerne zerknüllt und in den Müll geworfen hätte, wie ein verkorkstes Bild.

Obwohl ich erst knapp über die Hälfte in mich rein gespachtelt hatte, stand ich auf und ging. Das war einfach die perfekte Gelegenheit dafür und die durfte ich nicht verstreichen lassen.

Abweisend verließ ich den Speisesaal und fühlte mich dabei so richtig mies. Jetzt wollte ich mich nur noch in meinem Zimmer verkriechen und diese blöde Welt aussperren.

Erstaunlicherweise schaffte ich es sogar ohne Herumirren dorthin. Und da stand ich nun, in Diegos Raum und wurde mir wieder bewusst, wie falsch die Bezeichnung „mein Zimmer" war. Nichts hier gehörte zu mir.

Feindselig starrte ich den Boxsack für einen Moment an und dann BAMM! Volle Kanne prallte meine Faust dagegen. Das fühlte sich stark an und auf seltsame Weise vertraut. Diego hatte wohl oft geboxt und sein Körper erinnerte sich noch daran.

Woran würde sich mein Körper erinnern? Wie man die Reifen eines Rollstuhls anschob? Kräftig schlug ich wieder zu. Wie man seine Beine wie Ballast hin und her zerrte? Mit einem befriedigenden Aufprall sauste meine Faust erneut auf den Boxsack herab.

Immer und immer wieder schlug ich zu und es war so ein gutes Gefühl endlich den ganzen Frust rauszulassen! Jetzt ein bombastischer Tritt! Von der Wucht wurde der Boxsack richtig zur Seite geschleudert. Ich war Hulk!

„Diego?", fragte jemand vom Flur aus, sofort drehte ich mich herum und wurde völlig unvorbereitet vom zurückprallenden Boxsack umgenietete. Aus meiner Kehle kam ein seltsames, überraschtes Grunzen, dann klatschte ich auf den Boden.

Nola sah mit gerunzelter Stirn auf mich herab. „Entzug von den krassen Schmerzmitteln", erklärte ich mit einem nervösen Lachen mein Verhalten. Kommentarlos starrte sie mich weiter ziemlich verwirrt an. Locker stützte ich mich auf meinem linken Arm auf und wollte wissen: „Was gibt's?"

„Mein Vater will dich in der Küche treffen", teilte sie mir gezwungen höflich mit, doch es war offensichtlich, dass mein blödes Verhalten von eben immer noch an ihr nagte. „In der Küche...", wiederholte ich und fluchte innerlich.

Ich hatte keine Ahnung, wo das war! Und ich wusste genauso wenig, wie ich Nola unauffällig danach fragen sollte. Von der Logik her würde doch in der Nähe des Speisesaals Sinn ergeben, nur allein darauf konnte ich mich nicht verlassen.

„Ich bin gerade sehr beschäftigt", entschied ich mich das Treffen abzulehnen, etwas anderes konnte ich einfach nicht tun. „Diego!", rief sie keinen Widerspruch duldend: „Du kommst mit!" „Ich muss mich nach meiner Verletzung immer noch schonen", ich machte mir nicht die Mühe diese Lüge glaubhaft zu verkaufen und blieb einfach weiter auf dem Boden liegen.

„Mein Vater hat sich um dich gekümmert, auch wenn du immer nur ein Idiot warst! Jetzt komm endlich!", hielt sie mir mit einem überraschenden Temperament eine kleine Predigt. Wenn es um ihre Familie ging, konnte sie ja richtig zur Löwin werden, zumindest im Vergleich zu dem flauschigen Kätzchen, das sie sonst war.

Mit einem theatralisch-genervten Stöhnen stand ich auf, schritt mit einem herablassenden Blick an ihr vorbei und wandte mich auf gut Glück nach links. Unnachgiebig griff sie nach meinem Arm und hielt mich damit auf.

„Zur Küche geht es in die andere Richtung", informierte sie mich, doch dabei sah sie nicht misstrauisch, sondern einfach nur genervt aus! Perfekt! Sie glaubte, ich hätte das absichtlich getan! Das war die ideale Vorlage!

„Ups, da hab ich mich wohl vertan", in meine Stimme packte ich so viel Spott und Ironie wie möglich. Angepisst verdrehte sie die Augen und fing dann an, mich abzuführen wie einen Gefangenen.

„Oh! Ein Blindenhund! Wie süß!", machte ich mich noch über sie lustig und konnte es kaum erwarten, ihr meine Entschuldigungszeichnung zu geben. Auch wenn sie für die ganzen Gemeinheiten eher ein komplettes Buch voller Bilder verdient hätte.

Ab morgen würde ich auf jeden Fall anfangen, dieses beschissene Benehmen zu reduzieren, wenigstens ein bisschen. Das war einfach nicht auszuhalten! Ich wollte nicht so fies sein! Aber weil aus meinem Mund keine netten, lockeren Gespräche kommen durften, sagte ich einfach kein Wort. Zu schweigen war immer noch besser als auf ihr rumzuhacken.

Während wir nebeneinander durch die Anlage tappten, versuchte ich mir unauffällig den Weg einzuprägen, allerdings war ich da wenig erfolgreich. Ich merkte mir nur, dass es einige Treppen nach oben ging, was keine besonders umwerfende Leistung war. Und es war, glaube ich, nicht in der Nähe des Speisesaals, wie ich vermutet hatte. Außer wir waren einen anderen Weg dorthin gegangen…

Eine Karte wäre wirklich praktisch oder besser noch ein Navi, bei Karten verlor ich auch immer den Überblick, nicht dass ich schon oft welche genutzt hätte, aber das war ja auch gerade nicht wichtig.

Viel wichtiger war, warum Bernd seine Tochter geschickt hatte, um mich abzuholen. „Hallo, Diego!", begrüßte er mich mit der dröhnenden Stimme, die immer wieder ziemlich unerwartet aus dem drolligen Mann kam. Kräftig klopfte er mir auf die Schulter, zum Glück auf die unverletzte.

„Hallo, Bernd", erwiderte ich betont genervt und auch eine Spur abfällig. „Ich dachte, ich zeige dir mal ein bisschen, wie man kocht. Nach der ganzen Aufregung heute wäre doch ein besonderes Abendessen genau das Richtige. Du darfst auch zwischendurch naschen", meinte er mit einem fröhlichen Zwinkern.

Ich warf einen vielsagenden Blick zu Nola. Schnell schaute sie auf den Boden. Hatte sie ihm von unserem gemeinen Gespräch erzählt? Sollte ich jetzt als Strafe merken, wie anstrengend es sein konnte zu kochen? Allerdings klang die Einladung dabei zu naschen wirklich nach einer sehr milden Strafe.

„Mich haben sie auch dazu verknackt", meldete sich Ric schmollend aus einer Ecke. „Ich dachte, wegen meiner Gehirnerschütterung hätte ich noch Schonfrist, was solche Aufgaben angeht. Ich weiß nicht, ob ich das schaffe", spielte ich herausfordernd den Kranken.

„Du kannst jederzeit eine kleine Pause machen", erwiderte der gutherzige Koch, doch unter seiner Freundlichkeit lag eindeutig eine unumstößliche Entschlossenheit. Aus dieser Situation würde ich nicht so einfach rauskommen.

„Aber ich kann nicht so lange bleiben. Tad wartet sicher schon mit der nächsten Nachhilfestunde auf mich", versuchte ich noch eine letzte Ausrede, die wahrscheinlich sogar wahr war. Warum war ich nach dem Essen nicht gleich in sein Zimmer gegangen und hatte stattdessen Diegos Boxsack verdroschen?

„Du kannst ihm als Entschuldigung ja eine Kleinigkeit zum Essen mitbringen", schlug Bernd immer noch fröhlich-unnachgiebig vor. Das war's. Jetzt hatte ich keine Ideen mehr. Nachdem er einen kleinen Moment gewartet hatte, in dem mir natürlich nicht der entscheidende Geistesblitz gekommen war, fragte er unbeschwert in die Runde: „Also? Was wollt ihr heute kochen?"

Ric zuckte nur schmollend mit den Schultern, Nola schien sich immer noch unwohl zu fühlen, weil ihr Vater mich offensichtlich in ihrem Namen bestrafen wollte und ich war mir nicht sicher, ob es zu Diego passen würde ein Gericht auszusuchen oder ob er sich doch eher distanziert und genervt gab.

Wenigstens bekam ich zu diesem kleinen Dilemma einen Geistesblitz. Herausfordernd verkündete ich: „Suppe mit Pfannkuchen." Immerhin hatte Bernd eine Vorgeschichte damit, auch wenn ich nicht ganz genau wusste, wie sie aussah. Ihn damit zu konfrontieren, war doch typisch Diego. Auf dem Gesicht des Kochs machte sich ein amüsierter Ausdruck breit: „Schön, dass du solche Begeisterung fürs Kochen zeigst." Um ehrlich zu sein, fand ich den Gedanken, in der Küche zu arbeiten, wirklich gar nicht so schlecht. Besser als Schulaufgaben und Versuchsreihen war es allemal. Nur durfte ich das natürlich nicht sagen, also gab ich von mir nur ein machomäßiges: „Ja, klar", garniert mit meiner tollen Haargeste.

„Ihr könnt schon mal anfangen, in dem ihr die Zutaten für die Suppe schneidet, die muss eine ganze Weile köcheln", mit diesen Worten ging Bernd gleich zur Arbeit über. Wir machten eine Bohnensuppe mit Zutaten aus einer Essenslieferung. Ich musste die Bohnen schneiden und beim Kartoffelschälen helfen. Die Zwiebeln bekam Ric und nachdem er sich einen regelrechten Kampf mit der Schale geliefert hatte, fingen seine Augen an zu tränen.

„Oh, hat die böse Zwiebel dich zum Weinen gebracht?", neckte ich ihn ein bisschen. „Ich bring dich gleich zum Weinen!", spielte er sich gleich als großen Jungen auf und dass er das Messer dabei noch in der Hand hielt, war schon ein wenig beunruhigend.

„Cedric pass mit dem Messer auf", ermahnte Bernd ihn fürsorglich. Mit einem Stöhnen verdrehte er die feuchten Augen und machte sich weiter daran, die Zwiebel regelrecht zu massakrieren. Ich meine, ich hatte keine Ahnung von Kochen, aber was er da veranstaltete, konnte man echt kaum noch unter diesem Begriff sehen.

Nola hingegen schälte die Möhren locker fünfmal so schnell, wie ich die Kartoffeln und würfelte sie mit routinierten Bewegungen. Sie hatte es echt drauf. Nur leider konnte ich ihr dieses Kompliment nicht sagen. Außer vielleicht ich verpackte es mit irgendeinem dummen Spruch, wie zum Beispiel: „Olala, ich muss aufpassen, dass du nie wütend auf mich bist und meine Finger mit der gleichen Präzision behandelst, wie diese Möhren." Ne, das klang richtig mies. Da sagte ich lieber gar nichts.

Nach dem endlosen Geschnippel für die Suppe wurde das Ganze in einem großen Topf aufgesetzt und es ging mit dem Teig für die Pfannkuchen weiter. Man war das alles eine Arbeit!

„So. Jetzt kommen wir zum spaßigen Teil!", grinsend stellte Bernd gleich vier Pfannen auf den Herd. „Willst du wirklich noch einmal versuchen mit den Pfannkuchen zu jonglieren?", fragte Nola besorgt. „Ein bisschen Spaß muss sein", erwiderte der herzliche Koch und schaute dabei direkt zu Ric und mir.

Auf dem Gesicht des kleinen Unruhestifters konnte man auch gleich sehen, wie er deutlich interessierter wurde. Auch ich freute mich schon auf dieses Experiment, allerdings versuchte ich, es mir nicht anmerken zu lassen.

Zischend breitete sich der blasse Teig in den Pfannen aus. „Jeder ist für eine Pfanne verantwortlich", verkündete Nolas Vater total zum Spaßen aufgelegt. „Boah! Lass uns jonglieren!", wandte sich Ric sofort an mich. Ob das so eine gute Idee war, wusste ich nicht. Das konnte doch gar nicht gutgehen. Aber ich war Diego, der Draufgänger und so sagte ich voller Überzeugung: „Ja man!" Die Lebensmittelverschwendung tat mir jetzt schon leid.

Gespannt warteten wir, wenn man das bei Ric so nennen konnte. Alle zwei Sekunden fragte er: „Ist er jetzt braun genug? Und jetzt? Und jetzt?" Wie diese nervigen Kinder auf Autofahrten, mit dem „Sind wir bald da?".

Immer wieder checkte Nola mit dem Pfannenwender die Farbe ihres Pfannkuchens und enttäuschte ihren Bruder immer aufs Neue. Immerhin sollten unsere fliegenden Gebäcke perfekt gold-braun sein. Richtig wie Profi-Köche. Zählten Pfannkuchen überhaupt zu Gebäcken?

„Jetzt ist er so weit", entschied die wahre Profi-Köchin und drehte ihren Pfannkuchen geschickt mit dem Pfannenwender um. Die Unterseite hatte wirklich die perfekte Farbe.

„Los!", aufgedreht schnappte sich Ric seine Pfanne. Angespannt griff ich mir auch meine und wir stellten uns zum Pfannkuchen-Austausch gegenüber.

„Auf drei! Eins, zwei, drei!", zählte er brutal schnell an und schon katapultierte er den Pfannkuchen in die Höhe. Schnell schleuderte ich auch meinen irgendwie in die Luft.

Oh nein! Rics war zu hoch! Eilig riss ich die Pfanne in die Höhe, als wären wir beim Federball. Ja! Ich traf ihn! Nein! Er zerriss halb! Er fiel weiter!

Reflexartig ließ ich die Pfanne los und griff mit bloßen Händen danach. Laut scheppernd knallte sie auf den Boden. Ja! Ich hatte ihn! Scheiße war das heiß! Heiß, heiß, heiß! Ohne nachzudenken ließ ich ihn auf die nächstbeste Ablagefläche plumpsen.

„Nein! Nicht auf den Herd!", rief Nola entsetzt. Scheiße! Er würde festbacken und verbrennen! Immer noch im Hirnlos-Modus griff ich ihn mir irgendwie wieder und beförderte ihn auf den Tisch, wo wir alles für die Suppe geschnitten hatten.

Danach schüttelte ich meine Hände erst einmal gründlich aus. „Hast du dich verbrannt?", wollte meine insgeheim beste Freundin besorgt wissen. „Du musst die Finger kühlen!", ging Bernd schon gleich zur Behandlung über.

„Nein, ist nichts passiert. Das stecke ich doch locker weg", meinte ich mit meiner Diego-Selbstverständlichkeit und hob zum Beweis meine Hände hoch. Meine Fingerspitzen waren tatsächlich nur etwas gerötet. Keine Ahnung wie ich das geschafft hatte.

„Dieses Experiment ist einfach zu gefährlich", schloss Bernd und schüttelte den Kopf. „Es hat doch funktioniert", widersprach Ric und deutete auf den Pfannkuchen auf dem Tisch. Er hatte meinen fallen gelassen. Mit schief gelegtem

Kopf betrachtete ich die Überreste von dem, den ich gerettet hatte.

„Stimmt. Er muss nur etwas schöner präsentiert werden", mit diesen Worten legte Nola ihn auf einen Teller und verzierte ihn mit Puderzucker: „Tadaa! Der fliegende Pfannkuchen!"

Laut fing Bernd an zu lachen und wir stiegen alle total ausgelassen mit ein. Dieses gemeinsame Kochen war so albern!

„Lass es dir schmecken!", kichernd überreichte mir die Köchin mein Werk. Jetzt erkannte ich auch, was sie mit dem Puderzucker gemacht hatte: Ein „D". Eine persönliche Signierung, nur nicht für mich…

D wie dummer Träumer.

Mein Lächeln verblasste. „Was ist los?", fragte sie verwirrt. Warum musste sie auch so aufmerksam sein? „Das ist doch viel zu schade zum Essen. Man sollte es ausstellen. Dieses historische Kunstwerk", witzelte ich schnell und biss meinen Worten zum Trotz in den verrückten Pfannkuchen.

Hmm! Er schmeckte echt lecker! Kuchen und Pfannkuchen, heute legte sich der Tag ja richtig ins Zeug. Nur reichte das noch nicht aus, um etwas vergessen zu machen…

16

Na ja, rückblickend hatte es vielleicht schon gereicht, um mich wenigstens währenddessen all die Probleme vergessen zu lassen. Ich hatte richtig Spaß gehabt. Ric war mit dem Pfannenwender gar nicht klargekommen und hatte aus jedem Pfannkuchen eine Calzone gemacht und am Ende hatte ich mich sogar getraut noch einmal einen Wurf zu probieren, der einfach perfekt geklappt hatte.

In dem Moment fühlte ich mich wie ein absoluter Champion. Alle jubelten übertrieben und ich schmiss mich ausgelassen in tolle Muskel-Posen. Das war wirklich schön gewesen, völlig unbeschwert.

Zum Schluss machte ich für Tad auch noch den Mitbringsel-Pfannkuchen, den Bernd ja am Anfang vorgeschlagen hatte. Als kleines Detail verzierte ich ihn mit einem T aus Puderzucker, wie Nola eben, nur dass bei mir der weiße Puder irgendwie nicht so genau abgegrenzt fiel, wie bei ihr. Man musste schon ein wenig Fantasie haben, um den Buchstaben zu erkennen.

„Süß", kommentierte sie mit einem ehrlichen Lächeln. Das konnte ich natürlich nicht auf mir sitzen lassen und brachte idiotenmäßig die Rechtfertigung: „T wie Trottel, passt doch zu ihm." Der einzige Trottel hier war wohl ich.

Und damit war die schönste Strafe der Welt auch schon vorbei.

Mit dem Pfannkuchen im Gepäck machte ich mich auf den direkten Weg zu Tad. Ich war ihm wirklich eine Erklärung schuldig und wahrscheinlich auch eine Entschuldigung. Etwas zaghaft klopfte ich an seine Zimmertür.

Von drinnen kam keine Reaktion. War er vielleicht gar nicht da? Wo sollte ich ihn dann suchen? Ich wusste doch gar nicht, wo er gerne war. Aber vielleicht sollte ich erst einmal in seinem Zimmer nachsehen, bevor ich total die Panik schob.

Vorsichtig linste ich durch den Türspalt rein. Und da, zwischen der duftenden Pfefferminze und den Büchern und den farbenfrohen Aquarien saß Tad. Wie von selbst machte sich auf meinem Gesicht ein kleines Grinsen breit.

Auch wenn er mich hier schon mit Mathe gequält hatte, war dieser Raum so etwas wie eine glückliche Oase in all dem Grau. Und Tad gehörte untrennbar dazu...

Ich wollte auch so ein Zimmer haben. Kurz blickte ich auf den Pfannkuchen in meiner Hand, auf dem das verkorkste T stand... Wo war mein E? Wo war ich?

Auf einmal traf es mich wie ein Schlag. Die defekte Toilette! Dort war ich ungestört gewesen und in meiner eigenen Welt versunken. Dort konnte ich ich sein!

„Tad. Hör mal, ich weiß, es ist blöd, dass ich gleich wieder abhaue, aber mir ist gerade eingefallen, dass ich noch etwas erledigen muss. Hier. Den Pfannkuchen habe ich extra für dich gemacht. Da war ich nämlich gerade. Mit Bernd, Ric und Nola. Das T steht dafür, dass du der Tollste bist", überfiel ich ihn ein bisschen.

Erschrocken zuckte er total zusammen und wäre fast vom Stuhl gefallen. Er war richtig in irgendein Chemie-Experiment auf seinem Schreibtisch vertieft gewesen, kein Vergleich zu unserem Pfannkuchen-Experiment.

Passend zum Thema drückte ich ihm meine leckere Entschuldigung in die Hände und verzog mich wieder. Ich musste das gerade einfach tun, auch wenn ich nicht einmal wusste, was genau ich vorhatte.

Energiegeladen zog ich durch die Anlage und fand sogar ziemlich schnell mein Ziel. Verheißungsvoll öffnete ich die unscheinbare Tür, hinter der sich all die Farben verbargen, die von diesem grauen Ort verbannt worden waren. Nun musste ich mich erst einmal entscheiden. Welche von ihnen sollte ich benutzen?

Weder mit Farbe für großflächige Gemälde, noch mit Graffiti und erst recht nicht mit Farbpulver hatte ich Erfahrung. Das würde ein kleines, schönes Abenteuer werden. Mal ganz ohne Stress oder Angst aufzufliegen.

Grinsend schnappte ich mir ein paar Spraydosen. Auf geht's!

Tänzelnd legte ich den Weg zu meiner defekten Toilette zurück und sah mich nach einer geeigneten Fläche für meinen Buchstaben um. Auf die leuchtenden Wände sollte ich vielleicht besser nichts malen, das würde den Raum nur dunkler machen, aber die Tür und der Boden waren ideal!

Ohne groß nachzudenken stellte ich mich vor die Tür. Ich würde dieses Klo jetzt eindeutig als mein Revier markieren! Allerdings sahen die blauen Linien etwas wacklig aus. Man sah dem Buchstaben an, dass ich diese Art der Kunst nicht gewöhnt war. Aber er sollte kein Zeichen der Unsicherheit sein! Also fing ich an ihn nachzubessern und Stück für Stück weitete ich mein Werk aus.

Schnell wurde ich auch etwas gewagter und versuchte mich an feineren Formen. Und ehe ich mich versah, hatte ich die ganze Tür schon voll. Es war kein detailreiches Kunstwerk, wie man sie manchmal in Städten sah, aber auch kein heilloses Gekrakel.

Dafür, dass es mein erster Versuch gewesen war, fand ich es noch echt hübsch und ich war richtig stolz. Nun hatte ich diesem Raum meinen Stempel aufgedrückt, jetzt war er zweifelsfrei mein Zimmer.

Verträumt setzte ich mich in die Ecke und betrachtete strahlend das dicke E, das mit Pfotenabdrücken, Sternen und

Blumen umgeben war. Irgendwie hatte es etwas Kindliches an sich, so fröhlich und bunt und sorglos.

Auf einmal hörte ich wieder den Gong fürs Essen läuten. Was?! Es war schon wieder so spät?! Wie war das möglich?! Ich war doch erst vor ein paar Minuten auf die Toilette gegangen! Oder zumindest fühlte es sich so an…

Egal! Jetzt war Eile angesagt! Nicht dass ich am Ende keine Pfannkuchen mehr abbekam!

Hastig sprang ich auf die Beine und stieß dabei eine der Spraydosen um, die scheppernd über den Boden rollte. Verdammt! Die musste ich ja auch noch wegbringen! Aber wenn ich jetzt mit ihnen auf den Flur ging, war das Risiko erwischt zu werden extrem hoch.

Würde es überhaupt auffallen, dass sie weg waren? Mit ein bisschen Glück würden sie gar nicht darauf achten und wenn doch, war es sicher am besten, die gleiche Devise zu verfolgen, wie auch schon bei meinem Bild von Grimm: Besser es wurde ganz mysteriös hier gefunden, als direkt mit mir in Verbindung gebracht zu werden.

Also gut! Dann hatte mein unbeschwertes Elli-Abenteuer jetzt eben doch einen Hauch Gefahr bekommen. Das würde ich schaffen.

Oh nein! Gar nichts war gut! An meinen Händen hing Farbe! Da konnte ich mir ja auch gleich „Ich bin nicht Diego" auf die Stirn schreiben oder ich behauptete ich hätte irgendeinen dummen Streich gemacht, den ich für die Glaubwürdigkeit allerdings noch wirklich inszenieren müsste… Es war wohl das Einfachste, schlicht zu versuchen die Farbe abzubekommen, praktischerweise war ich ja auch schon in einem Badezimmer.

Wie eine Verrückte fing ich an meine Hände zu schrubben. Die blöde Farbe war echt hartnäckig. Komm schon! Geh ab! Draußen hörte ich schon die Schritte der anderen. Sie würden mir die Pfannkuchen wegessen! Dabei hatte ich da doch so viel Herzblut reingesteckt!

Erst zu spät dachte ich daran, dass man das laufende Wasser vielleicht auch draußen hören könnte und dass es für Verwirrung sorgen könnte, weil diese Toilette doch defekt war. Zum Glück achtete keiner der Wissenschaftler darauf, wahrscheinlich hingen sie mit ihren Gedanken noch bei irgendwelchen Experimenten und Lösungen in Reagenzgläsern. Dieser Forschungstunnelblick war für mein heikles Versteckspiel wirklich Gold wert. Ein paar mehr normale Menschen hier und ich wäre tot.

Nach einer gefühlten Ewigkeit sahen meine Hände wieder weitestgehend normal aus. Hier und da noch ein kleiner Rest, aber so genau würde mir schon niemand auf die Hände sehen. Das war gut genug.

Den Türgriff schon in der Hand blickte ich noch einen Moment auf das bunte Kunstwerk direkt vor mir. Ab jetzt würde ich mich jedes Mal über die kräftigen Farben freuen können…

Zufrieden huschte ich aus meinem besonderen Raum und auf direktem Weg zum Speisesaal oder sagen wir fast dem direkten Weg, einmal bog ich falsch ab, aber das merkte ich ziemlich schnell.

Als ich ankam saßen trotzdem schon fast alle an den Tischen und machten sich über unser mühevoll zubereitetes Essen her. Verdammt! Missmutig stapfte ich zur Theke. „Hey, du bist spät an", meinte Nola aus dem Nichts und ging fröhlich neben mir her. Dieses Mal musste ich meine fiese Stimmung nicht einmal spielen: „Was denn, bist du etwa meine Mutter?"

Sofort verlor das Lächeln in ihrem Gesicht an Strahlkraft und mir taten meine Worte leid. Bestimmt hatte sie gedacht, nach unserem Spaß beim Kochen wäre ich jetzt netter. Aber ich war immer noch Diego…

Obwohl sie sich darüber offensichtlich nicht mehr so freute wie am Anfang, verriet sie mir: „Wir haben dir noch Pfannkuchen aufgehoben." Oh! Das war ja super lieb! Schlagartig verpuffte meine grummelige Laune und nur die Schuldgefühle blieben.

Nein. Diesen Moment würde mir Diego nicht versauen! Sie war viel zu nett und das Kochen war auch viel zu schön gewesen! Sie verdiente seine gemeine Art nicht! Entschlossen ließ ich ein kleines Grinsen auf meinem Gesicht zu und meinte scherzhaft: „Das ist auch gut so. Immerhin bin ich der Pfannkuchenmeister und du bist die Suppenkönigin."

„Suppenkönigin", wiederholte sie mit einem kleinen Kichern. Es war wirklich toll, dass sie nicht nachtragend war und mir auch mal erlaubte nicht ganz Diego zu sein. Unbeschwert verschwand sie und kam mit einem Warmhaltebehälter wieder, in dem sich gleich sechs Pfannkuchen verbargen. Sie hatten es wirklich gut mit mir gemeint. Dazu noch ein schön dampfender Teller Suppe… Konnte es überhaupt besser sein?

Ausgelassen prahlte ich am Tisch mit meinen Pfannkuchenwurffähigkeiten und fühlte mich zum ersten Mal nicht gezwungen hier zu sein. „Fang das!", plötzlich warf Tim seinen halbgegessenen Pfannkuchen mitten auf mich. Reflexartig schnappte ich mit meinem Mund danach und fing ihn perfekt auf

„UUOOOH!", triumphierend riss ich meine Hände in die Luft. Dummerweise riss dabei auch etwas anderes und das war der Pfannkuchen. Platschend landete er in der Suppe und spritzte alles voll.

Prustend lachte ich auf, was mit dem Essen Im Mund echt kritisch war, doch ich schaffte es, ohne mich zu verschlucken. Als wäre alles genauso geplant gewesen, löffelte ich ein Stück Pfannkuchen aus meinem Teller und meinte extra selbstüberzeugt: „Pfannkuchen mit Suppe ist das beste."

Damit brachte ich nochmal alle zum Lachen und konnte mir das Grinsen auch nicht verkneifen, das war schon ein geniales Gefühl…

Nach dem Essen ging ich dann endlich wieder richtig zu Tad, um mir von ihm „Nachhilfe" geben zu lassen. Hoffentlich sah er unseren Vorwand auch in Anführungszeichen und wollte nicht wirklich mit Mathe weitermachen.

„Hallo", begrüßte ich ihn glücklich. „Hallo", meinte er auf seine beständige, ruhige Art: „Es sah aus, als hättest du heute beim Essen viel Spaß gehabt." Bei jedem anderen hätte dieser Satz wahrscheinlich wie eine passiv-aggressive Anschuldigung geklungen, aber bei ihm nicht. Er schien sich für mich zu freuen.

„Ja, dank Bernd. Er hat mich als Strafe kochen gelassen und das war so toll! Schade, dass du nicht auch dabei gewesen warst. Du hättest es sicher auch geliebt", erzählte ich ihm immer noch so herrlich unbeschwert: „Hat dir dein Pfannkuchen geschmeckt?"

„Ja, der war wirklich lecker. Danke dafür", antwortete er lieb und kam dann lächelnd mit meiner schlimmsten Befürchtung: „Bist du nach dieser Stärkung auch bereit, noch ein bisschen was zu lernen?"

Die ehrliche Antwort darauf wäre „Nein" gewesen, dafür würde ich nie bereit sein. Aber ich nickte trotzdem. Es war nett, dass er nicht nachbohrte, wo ich zwischendurch so plötzlich hin verschwunden war, denn das konnte ich ihm nicht sagen. Er vertraute mir und ich riskierte alles, weil ich einen Raum für mich haben wollte. Alles für eine defekte Toilette…

Irgendwie hatte ich das Gefühl, ihm etwas schuldig zu sein und das hieß, dass ich mir bei diesem verwirrenden Zeug alle Mühe geben würde.

Sehr schnell rauchte mein Kopf wieder und obwohl er ein echt geduldiger und freundlicher Lehrer war, war ich echt froh, als es Zeit fürs Schlafengehen wurde. Dieses Mal machte ich zum ersten Mal hier richtige Körperhygiene, was auch schon längst überfällig war. Ich fühlte mich in diesem Körper nicht nur falsch, sondern auch stinkig und eklig.

Zähneputzen lief hier sogar ziemlich normal ab, doch das Duschen… Es war noch schlimmer, als die Höllenkloe! Zu erst war alles noch täuschend gewöhnlich, mit etwas glibbriger Seife und laschem Wasserstrahl, doch dann verwandelte sich das ganze ohne jede Vorwarnung in eine Art Windtunnel und ich rutschte auf dem glitschigen Boden voll aus. Natürlich bekam ich dabei dann blöd Seife ins Auge und es brannte höllisch!

Halb blind musste ich mich zur anderen Duschkabine vorarbeiten, um mir das Auge auszuwaschen und auch da setzte nach einer gewissen Zeit dieses verdammte Gebläse ein. Scheinbar war das ein voreingestellter Mechanismus. Nie hätte ich gedacht, dass zu duschen so ein Kampf sein könnte.

Ein kurzer Hinweis im Voraus wäre nett gewesen, aber wahrscheinlich war diese Zumutung für Tad so normal, dass er gar nicht daran gedacht hatte, dass es vielleicht mal anders gewesen sein könnte. Diese Zeit hatte wirklich bei ein paar echt elementaren Sachen so richtig verkackt!

Erschöpft schaffte ich mich zurück in mein Zimmer, also eigentlich Diegos Zimmer und ließ mich auf sein Bett fallen. Gerade fiel mir nochmal überdeutlich der Geruch von Schweiß und Sport auf, der in der Luft lag und obwohl ich mich gerade unter widrigen Umständen richtig schön gewaschen hatte, fühlte ich mich gleich wieder dreckig.

In diesem Raum würde ich mich wahrscheinlich nie wohlfühlen. Aber wenigstens hatte dieses verkorkste Leben noch eine Chance, schön zu werden. Heute hatte ich wirklich einige lustige und glückliche Momente gehabt…

Irgendwie schlich sich der Gedanke wieder ein, wie oft ich schon gemein zu Nola gewesen war, obwohl sie immer so nett war und ich erinnerte mich an das Bild von ihr, das ich angefangen hatte.

Mit neuer Energie sprang ich aus dem fremden Bett und setzte mich wieder an das Bild für Nola. Dafür fand ich sogar einen gespitzten Bleistift neben Diegos Schreibtisch auf dem Boden, wahrscheinlich hatte er ihn nie benutzt, doch davon profitierte ich nur. Ein spitzer Stift war schon etwas Feines.

Im Nu hatte ich die letzten Details ausgefeilt und kaute grübelnd auf dem Stift rum. Ich wollte noch eine kleine Botschaft auf die Rückseite schreiben, ich wusste nur nicht was. Oder wäre es vielleicht sogar besser, es einfach komplett wortlos abzuliefern? Dann würde es weniger Hinweise geben... Na ja, eigentlich war ja das ganze Bild ein Hinweis, da würden ein paar Worte auch nichts dran ändern und ich wollte, dass sie wusste, dass es eine Entschuldigung für Diegos mieses Verhalten war.

Am Ende wurde es die knappe Nachricht: „Diego ist ein Idiot, lass dir von ihm nie dein Leuchten nehmen. Du bringst Farbe in diese graue Welt. ~ E"

Perfekt. Jetzt musste ich nur noch warten, bis das Licht ausging und alle schliefen, dann konnte ich meine geheime Botschaft überbringen...

Als hätte ich es mit meinen Gedanken gesteuert, wurde es auf einmal dunkel. Vielleicht hatte ich durch den Quallenkuss ja jetzt magische Fähigkeiten. Bei dem Gedanken musste ich ein wenig grinsen.

Sicherheitshalber wartete ich noch eine Weile, was sich echt komisch anfühlte, weil ich einfach in der Dunkelheit saß. Man brauchte nicht viel Fantasie, um sich vorzustellen, wie sich jemand von hinten an einen ranschlich oder sich irgendwelche Schrecken auszumalen, die ganz nah in der Finsternis lauern könnten.

Unruhig schluckte ich. Ich war doch Diego, diese ängstlichen Gedanken konnte ich einfach wegschieben. Wenn es denn so leicht wäre...

Ich bräuchte so eine geniale Algenleuchte von Tad oder UV-Licht, dann könnte ich meine eigene, kleine Lampe sein. Dieses Fluoreszenz-Zeug war wirklich unglaublich. Oh! In diesem Zustand musste ich unbedingt mal ein Bild malen! Das wäre voll magisch! Wahrscheinlich war es im Endeffekt sau unpraktisch und nervig, aber immer noch einzigartig und fantastisch.

Von dieser Vorstellung wurde ich erfolgreich abgelenkt, allerdings nicht für lange. Es fühlte sich an, als würde ich schon Stunden hier sitzen, jedoch waren Minuten wohl realistischer. So oder so hatte ich lange genug gewartet.

Vorsichtig stand ich auf. Sich zu bewegen, ohne irgendetwas zu sehen, war komisch und das auch noch an einem fast völlig fremden Ort. Hier hatte ich quasi Null Anhaltspunkte!

Behutsam tastete ich mich voran. Leicht stieß ich gegen den Boxsack. Bei der Erinnerung an meinen harten Kampf mit ihm, musste ich schmunzeln. Meine Revanche würde noch kommen. Aber nicht im Dunkeln, dann war er ja klar im Vorteil. Nein, ein guter Krieger wusste, wann es Zeit war zu kämpfen.

Schmerzhaft stieß ich mit meinem Bein gegen irgendetwas Hartes und zischte wie ein Teekessel. Schlagartig gefiel mir meine pechschwarze Ninja-Geheimmission tausendmal weniger.

Oh verdammt! Ich hatte das Blatt vergessen! Wie konnte ich nur so dumm sein?!

Fast schon mürrisch tappte ich zurück und griff eine Spur zu schwungvoll nach meinem Bild. Von dem kleinen Windstoß wurde es runter gefegt und landete mit einem kleinen, frechen Klatschen auf dem Boden. Na prima!

Genervt beugte ich mich runter und knallte mit meiner Stirn gegen die Tischkante. Scharf zog ich die Luft ein, vor meinen Augen tanzten winzige, weiße Sternchen und ich plumpste auf meinen Hintern. Bei diesem Lauf hätte es gerade noch gefehlt, wenn da eine Reißzwecke oder ein Legostein gelegen hätte, doch zur Abwechslung war das Schicksal gnädig mit mir.

Für einen Moment blieb ich einfach nur so sitzen. Ich hatte nicht übel Lust, einfach wieder ins Bett zu kriechen und das Ganze auf morgen Nacht zu verschieben, dann besser vorbereitet. Klang doch ganz gut. Organisiert, strategisch, weitsichtig... feige.

Hierbei ging es darum, ein lausiges Bild als Entschuldigung abzuliefern, wenn ich dabei schon versagte, wie sollte ich dann sonst etwas auf die Reihe kriegen? Außerdem musste ich mir hier drin unter allen Umständen selbst treu bleiben, ich durfte nie, absolut niemals zu Diego werden. Und ich musste für mich selbst kämpfen! Ein hartnäckiges, gutherziges und entschlossenes Ich! Jawohl!

Mit neuer Entschiedenheit fing ich an, auf dem Boden rumzukriechen. Dabei kam ich mir schon ein wenig albern vor, aber ich rief mir einfach ins Gedächtnis, dass ich auf einer Mission war, dann ging es.

Schließlich ertasteten meine Finger das kleine Stück Papier. Triumphierend hob ich es in die Luft und genoss für einen Augenblick richtig diesen Moment des Sieges. Danach stand ich wieder auf, auch wenn ich mich so gleich viel ungeschützter fühlte. Was totaler Schwachsinn war, weil mich hier doch niemand angreifen würde!

Schrittchen für Schrittchen arbeitete ich mich zu meiner Tür vor und schob sie dann in Zeitlupe gerade weit genug auf, um mich rauszuquetschen. Jetzt erwartete mich ein nachtschwarzer Flur. Nein, das stimmte nicht ganz. Weiter hinten war so ein diffuses, blaues Glühen, wahrscheinlich so etwas wie Notleuchten. Allerdings reichte es noch bei Weitem nicht, um verlässlich Details erkennen zu können. Da kam doch Freude auf.

Doch ich ließ mich nicht unterkriegen und tastete mich an der Wand entlang. Konzentriert zählte ich die Türen, die ich passierte. Wenn ich das falsche Zimmer erwischte, konnte diese Aktion übel nach hinten losgehen.

Und dann stand ich vor der Tür, die zu Nolas Zimmer gehören müsste. Eigentlich war ich mir sicher, doch in diesem Moment irgendwie doch nicht. Tief atmete ich durch. Dieses Risiko musste ich eingehen, für mich. Also gut.

Kurz und schmerzlos schob ich den Zettel unter der Tür durch und wartete einen angespannten Augenblick. Dann wandte ich mich um und schlich zurück zu meinem Quartier. Meine Schritte fühlten sich nun viel leichter an, so als hätte dieses Stück Papier eine Tonne gewogen.

Es war echt erleichternd, es hinter sich zu haben, auch wenn ich es womöglich voll vergeigt hatte, jetzt konnte ich nichts mehr daran ändern, es war erledigt, finito.

Zufrieden ließ ich mich zurück auf das harte Bett sinken. Nach diesem ereignisreichen Tag hatte ich mir ein wenig Schlaf redlich verdient.

17

Ich saß in der Ecke meiner ganz besonderen, defekten Toilette, die bunte Tür war direkt vor mir. Gedankenlos stand ich auf und griff nach der Türklinke. Völlig selbstverständlich drückte ich sie runter und als ich die Tür öffnete, stand ich im Garten meiner Tante. Das Gras war so unglaublich grün und ein Lachen lag in der Luft. Außerdem war da völlig natürlich der Geruch nach Gegrilltem, dazu noch eine Prise Sommer und Kindheit.

Doch die Idylle trog. Am Himmel sah ich, wie sich dunkle Wolken zusammenbrauten. Unglaublich schnell kamen sie näher und ich wusste, dass ich sterben würde, wenn sie mich eingeholt hatten.

Mechanisch fing ich an zu laufen und dann war da plötzlich der Holzzaun. Wie eine unüberwindbare Mauer ragte er vor mir auf. Aber mich konnte er nicht aufhalten! Kräftig sprang ich ab und hangelte mich in Windeseile bis ganz nach oben. Schon verfinsterten die ersten Wolken den Himmel direkt über meinem Kopf und glühende Tentakel schlängelten sich giftig hervor. Geschickt wich ich ihnen aus und sprang auf der anderen Seite wieder vom Zaun.

Dann rannte ich. Ich rannte und rannte, immer weiter über endlose Wiesen.

„Willst du dich nicht setzen?", bot mir mein Papa völlig aus dem Nichts an. Mit einem Lächeln nahm ich sein Angebot an und ließ mich in meinen Rollstuhl sinken. Schlagartig *war die gefährliche Verfolgungsjagd vergessen. Gemütlich saßen wir zusammen und tranken eine Tasse Tee. Warm legte sich Grimm in meinen Schoß und alles war wie es sein sollte.*

Mit einem kleinen Schmatzen wachte ich langsam wieder auf und bildete mir ein, den Pfefferminztee wirklich schmecken zu können und Grimms flauschiges Gewicht. Nur einen Wimpernschlag später ging das helle Licht wieder an und für diesen einen wunderschönen Moment hatte ich das Gefühl zuhause zu sein. Schon von all den Krankenhäusern und Kliniken kannte ich diese naive Illusion. Wenn man geschlafen hatte und nicht gerade von Alpträumen geplagt worden war, erwartete man irgendwie Geborgenheit und Schutz oder mit anderen Worten das gute, alte, eigene Zimmer. Und immer wieder aufs Neue wurde man enttäuscht.

Mit einem Grummeln zog ich das Kissen unter meinem Kopf hervor und legte es mir stattdessen aufs Gesicht. Ich wollte noch nicht aufstehen. Wenigstens noch fünf Minuten! Vielleicht könnte ich wieder in meinen Traum eintauchen...

Auf einmal wurde meine Tür knallend aufgerissen und eine schrille Stimme kreischte: „Soll das einer deiner voll verblödeten Scherze sein?!" Gab es einen schlimmeren Start in den Tag?

Unwillig nahm ich das Kissen von meinem Gesicht und blinzelte eine fuchsteufelswilde Merle schlaftrunken an. „Du bist so ein Arsch! Was wolltest du mit diesem Zettel erreichen?! Häh?!", fuhr sie mich an und schlagartig war ich hellwach.

Zettel?! Hatte ich das Bild für Nola etwa in ihr Zimmer geworfen?! Ach du heilige Scheiße!

„Fress es und erstick dran!", mit diesen Worten schleuderte sie mir ein zusammengeknülltes Blatt an den Kopf und verdampfte wieder, wobei sie sich nicht die Mühe machte, die Tür hinter sich zu schließen.

177

Panisch faltete ich das Papier auseinander.

Hey Merle,
du bist meine Perle.
Es tut mir sehr leid.
Nun ist es so weit,
ich möchte dich bitten,
wackel mit deinen Titten!
Diego

Während ich mir das durchlas wanderten meine Augenbrauen in die Höhe. Was war das denn? Auf jeden Fall nicht
meine Zeichnung. Also nur ein falscher Alarm.
Geräuschvoll stieß ich die Luft aus und ließ mich zurück
aufs Bett sinken. So viel Stress am Morgen war ganz sicher
nicht gesund. Feixend kam dieser Tim an meiner Zelle vorbei. Da hätten wir schon den Übeltäter
„Sehr reif. Glückwunsch zum Grundschulniveau", sagte ich
und gab ihm einen sarkastischen Daumen hoch. Idiot!
Aber vielleicht war es nicht verkehrt, wenn Merle noch ein
bisschen weiter gegen mich aufgebracht war, dann sollte
ich länger Ruhe vor ihr haben. Unangenehm waren diese
Zusammentreffen trotzdem.
In die anderen Schlafquartiere kam auch langsam Leben
und ich hatte keine andere Wahl als aufzustehen. Außerdem hatte ich, trotz meiner guten Portion Pfannkuchen gestern, echt einen Bärenhunger.
Stoisch stand ich auf und stellte mich meinem Schicksal.
Und es war keine leichte Aufgabe meinen Kämpfergeist zu
behalten. Das Essen war eigentlich ganz in Ordnung, bis
auf die Tatsache, dass ich mit einem Haufen Idioten (alle
außer Nola) am Tisch sitzen und abweisend zu Tad sein
musste.
Allerdings zeigte sich Ric auch öfter von seiner nicht idioti-
schen Seite. Gemeinsam verbrachten wir ziemlich viele
Stunden damit Waterkiller zu zocken und wir waren ver-

dammt gut. Dennoch war es herausfordernd und aufregend. Es machte echt Spaß einfach mal in eine andere Welt abzutauchen und all den Frust rauszulassen, besonders weil ich Wasserwesen killen konnte.

Die Sache mit dem Quallenkuss verfolgte mich irgendwie. Jede Nacht schlichen sich die glühenden Tentakel-Biester in meine Träume. Manchmal brachen sie sehr realistisch aus dem Himmel oder etwas unerwartet durch meine Zimmerdecke, hin und wieder war es auch nur ein grob aufgespraytes Bild von einer wütenden gelben Qualle, das überall auftauchte. Sie waren allgegenwärtig.

Auch wenn diese Träume irgendwo vielleicht versteckte Hinweise für die Weltrettung hatten, fand ich sie einfach schrecklich. Mehr als einmal wachte ich mitten in der Nacht auf und hatte Angst wieder einzuschlafen.

In diesen Momenten war mein einziger Lichtblick die blaue Algenleuchte, die mir Tad geschenkt hatte. Ich benutzte sie immer, um zu malen. Mittlerweile war schon fast mein ganzer Block gefüllt mit den Kreaturen aus Waterkiller und Ric und mir wie wir sie fertig machten oder wie wir Geisterquallen killten, ein beliebtes Motiv war auch das gesprayte Quallenmotiv, dass ich hoffte, so aus meinem Kopf zu verbannen, erfolglos. Aber natürlich hatte ich auch schöne Bilder, in denen ich Zuflucht suchte: Gärten, Tads Aquarium, Blumenwiesen, mein Zimmer, Sonnenschein, Grimm…

Wenn alles so dunkel und still war und ich nur mit diesem unwirklichen blauen Licht dasaß, kamen mir diese Zeichnungen vor wie eine völlig andere Welt. Und das waren sie ja auch. Eine Welt, in die es kein Zurück gab…

Bis auf Tads Aquarium, das stand ja in dieser Welt. Dieses bittere Heimweh brauchte ich genauso wenig wie die fiesen Quallen-Alpträume. Unterm Strich waren die Nächte einfach nur mies.

Nachdem meine Schonfrist abgelaufen war, gaben sich die Tage dann auch größte Mühe, ebenfalls das Level der

Nächte zu erreichen. Mehr als einmal wurde ich für irgendwelche Tests ins Labor gerufen.

Beim ersten Mal hatte ich da total Panik geschoben, aber Tad hatte mich auf seine ruhige und absolut liebe Art wieder beruhigt und vom Grundprinzip war es auch gar nicht so schlimm. Es war halt die vertraute Versuchskaninchen-Atmosphäre, die ich eigentlich nie wieder haben wollte. EEG, CT, MRT, DLRG Keine Ahnung! Dieses ganze medizinische Abkürzungen-Gedöns. Und zusätzlich so viele Blutentnahmen, dass man denken könnte, es wären Vampire.

Ich wurde wirklich auf Herz und Nieren geprüft, fast so wie früher. An den Abläufen hatte sich echt wenig geändert. Und ich fragte mich ein bisschen, ob Tads Nachforschungen da überhaupt noch nötig waren.

Er war zwar klug und super begeistert bei der Sache, aber das waren echte Ärzte und Wissenschaftler und die ganzen Geräte und Untersuchungsmethoden wirkten halt schon professioneller, als seine Petrischalen mit Fingernägeln und Haaren und Ohrenschmalz... Ja, Tad hatte sich schon seltsame Proben von mir angefordert.

Allerdings war es schon sehr knuffig gewesen, als ich mir aufopferungsvoll ein paar Haare ausgerissen hatte und er sie mit leuchtenden Augen entgegengenommen hatte. Der kleine Forscher hatte sich wie ein Kind zu Weihnachten gefreut, dass da auch noch Follikel dran waren. Ich hatte keine Ahnung, was das sein sollte und es war mir um ehrlich zu sein auch egal. Allein seine Begeisterung war es wert und es war ja für einen guten Zweck.

Nur war es weniger schön, wenn er so in seinen Experimenten aufging, dass er alles um sich herum vergaß, inklusive mir. Zum Glück beschäftigten wir uns in unserer gemeinsamen Zeit nicht nur mit der Rettung der Menschheit.

Irgendwie schaffte er es, dass sich der riesige Knoten in meinem Kopf langsam auflöste und ich kam doch tatsächlich bei dem Schulstoff mit, zumindest ein wenig, so halb, keine Ahnung. Auf jeden Fall war er ein super Lehrer! Der beste!

Dabei musste ich als Schülerin ganz schön frustrierend sein. Ständig glaubte ich, endlich den Aha-Moment gehabt zu haben und bei der nächsten Aufgabe im exakt gleichen Themengebiet hatte ich wieder absolut keinen Durchblick. Schrecklich!

Trotzdem fing ich sogar an, mich auf die Nachhilfestunden zu freuen, ehrlich. Verrückt oder?

Aber das Beste daran waren die lernfreien Pausen zwischendurch, wenn wir wie alte Omas ein Teekränzchen veranstalteten und locker plauderten. Gut war auch, dass ich mit ihm jederzeit herumalbern konnte.

„Das ist der Grundstein für dein ganzes Leben", ahmte Tad Bernd nach, doch er bekam seine Stimme nicht ansatzweise so tief verstellt. Weil ich darauf keine schlagkräftige Erwiderung parat hatte, warf ich einfach lachend sein Kissen nach ihm.

Ups. Ich verfehlte ihn und fegte stattdessen den Wasserkocher runter. Zum Glück war es nicht die Teekanne gewesen! Das wäre eine Sauerei geworden!

Entschuldigend grinste ich. „Bitte tu mir den Gefallen und nimm mein Zimmer erst morgen auseinander, dann muss ich sowieso saubermachen", locker warf er das Kissen wieder rüber. „Aye, aye Käpt'n!", spaßhaft salutierte ich und legte das Kissen zurück an seinen Platz.

Und als wir dann wieder an einer besonders komplizierten Aufgabe ankamen, konnte ich nur noch die weiße Fahne hissen und das tat ich auch wortwörtlich.

Kapitulierend wedelte ich mit einem weißen Blatt rum. Mit gerunzelter Stirn sah mich Tad an und bevor er seine offensichtliche Frage aussprechen konnte, sagte ich dramatisch: „Ich hisse die weiße Fahne und ergebe mich. Das heißt, mir darf kein Leid mehr angetan werden." Bei dem letzten Satz warf ich einen anklagenden Blick auf die Aufgabe.

„Eine Kapitulation ist gar nicht nötig. Im Grunde ist das ganz einfach", mit diesen Worten pflückte mir Tad meine weiße Fahne aus der Hand und nutzte sie als Schmierblatt für anschauliche Erklärungen.

Wie gesagt, er war ein super Lehrer und auch ein super Freund. Die Nachhilfestunden mit ihm waren immer ein echter Lichtblick in dem ansonsten doch etwas grauen Alltag. Und ich war so oft bei ihm, dass ich sogar langsam auch nach Pfefferminze roch. Das war auch eine sehr schöne Entwicklung, so war er quasi immer irgendwie bei mir.

Überraschenderweise hatte der graue Alltag allerdings auch ein paar schöne Momente zu bieten. Zum Beispiel ausgerechnet beim Putzdienst, als sich Ric, Tim und ich spaßhaft mit den Wischmopps einen Schwertkampf lieferten und sich der Oberidiot voll hinlegte, als er auf seinem eigenen gewischten ausrutschte. Oder als wir uns mit den Eimern eine Wasserschlacht lieferten. Auch gut war, als sich Ric einmal einen Wischmopp als Perücke auf den Kopf setzte und Merles strenge, sauertöpfische Mutter nachmachte.

Ich lachte mich total schlapp!

Weniger schön war es, die ekligen Arbeitsflächen in der Küche zu schrubben oder die Schmutzwäsche zu sortieren. Dabei ließ sich auch beim besten Willen nichts Spaßiges finden.

Das bisschen Freizeit, das ich zwischendurch noch hatte, verbrachte ich größtenteils mit malen oder mit boxen. Einfach auf das Ding einzuprügeln, machte richtig Laune und es war toll den ganzen Frust und Stress rauszulassen. Außerdem trug es als weiterer Pluspunkt noch zu meinem Diego-Image bei.

Gerne stellte ich mir dabei auch vor, meine blöden Gedanken wären graue Wölkchen, die ich mit meinen Fäusten bearbeitete bis sie in tausend kleine Regenbögen zersprangen. Ohne ein bisschen Fantasie wäre der Alltag hier auch sehr eintönig.

So etwas Ähnliches hatte ich, glaube ich, doch auch unter Nolas Bild geschrieben... Keine Ahnung ob sie es bekommen hatte, wenn ja hatte sie sich nichts anmerken gelassen. Natürlich hatte ich sie wie ein Detektiv heimlich ein kleinwenig beobachtet, um ihre Reaktion zu sehen. Na ja und da hatte ich festgestellt, dass es keine wirkliche Reaktion gab.

Und damit hatte ich es dann auch belassen. Alles in allem war ich mittlerweile sehr gut darin Diego zu sein, vielleicht sogar schon zu gut. Seine Haargeste machte ich schon fast automatisch und seine oft respektlose und dumme Art kam auch schon viel zu selbstverständlich aus mir raus.

Wie so oft nachts lag ich in meinem, nein seinem, Bett und starrte an die Decke, die von Tads blauem Algenlicht beleuchtet wurde. Ich hatte Angst davor, mich selbst zu vergessen und ich hatte Angst vor den Träumen, die sicher auch dieses Mal kommen würden.

Eigentlich konnte ich mich ja gar nicht beschweren. Ich konnte gehen, ich war sportlich, ich war beliebt, ich hatte Tad und ich wurde nur ab und an wie ein Forschungsobjekt behandelt. Im Grunde hatte ich alles. Doch es fühlte sich nicht an wie mein Leben und ich wollte mich nicht aus Bequemlichkeit aufgeben!

Erfüllt von einer plötzlichen Entschlossenheit setzte ich mich auf. Ich war immer noch da und das würde ich zeigen.

18

Um wirklich ich selbst zu sein, gab es nur einen Ort und an den ging ich auch ohne zu zögern. Na ja, es war eher ein energievolles Joggen, für richtiges Laufen war es mir doch ein wenig zu dunkel.

Fast blind fand ich den Raum mit den Farben wieder. Ohne zu wissen, was ich eigentlich suchte, sah ich mich gründlich um. Nichts Neues. Seit meinem letzten Besuch schien niemand hier gewesen zu sein. Meine Augen überflogen zahlreiche Aufschriften von Farbtönen und Hinweisen wie „wasserfest" oder „fluoreszierend".

Warte! Was?! Tatsächlich! Fluoreszierend! Die hatten hier Farben, die nur unter Schwarzlicht sichtbar wurden! Das war doch die Idee! Damit könnte ich ein unsichtbares Kunstwerk malen! Niemand würde auf die Idee kommen, die Anlage mit UV-Licht abzusuchen, nichts könnte auf mich zurückfallen! Und als kleinen Bonus könnte ich mein bei-Schwarzlicht-Zeichnen im XXL-Stil umsetzen. Der perfekte Plan!

Total aufgekratzt riss ich mir einen Eimer von dem Wunderzeug unter den Nagel und machte mich auf den Weg. Ich wusste schon ganz genau, wo ich mein Werk vollbringen würde…

Einen kleinen Dämpfer bekamen meine Vorfreude und der übersprudelnde Tatendrang dann doch, als ich mich noch auf die Suche nach einer Schwarzlichtlampe machte. Keine

Ahnung, woher Tad die hatte. An dieser Aufgabe verzweifelte ich echt.

Am Ende schleppte ich einfach so ein sperriges Ding aus den Laboren, mit denen sie mich bei einer ihrer heißgeliebten Untersuchungen abgeleuchtet hatten. Für die Zukunft musste ich allerdings unbedingt noch eine bessere Lösung finden.

Endlich hatte ich alles in der Krankenstation. Hier hatte alles für mich angefangen. Hier hatte ich Tad kennengelernt. Hier sollten auch meine Träume verwirklicht werden. Ein Raum der verborgenen Wahrheit…

Energiegeladen schaltete ich das sperrige Schwarzlicht an und glühte sofort magisch auf. Ich war ein echtes Glühwürmchen! Grinsend breitete ich die Arme aus und drehte mich einmal affig im Kreis. Diese Mutanten-Superkraft fand ich einfach immer wieder lustig.

Doch dann fiel mir das nächste Problem auf: Ich hatte keine Pinsel! Verdammt! Suchend sah ich mich nach irgendeiner Alternative um, aber das Einzige, das ich entdecken konnte, war ein Besen, der wohl hier vergessen wurde. Da konnte ich ja auch gleich mit den Händen malen!

Hm… Vielleicht war das gar keine so schlechte Idee…

Nachdenklich betrachtete ich meine großen Hände mit den schwarzen Tätowierungen. Wirklich meine Hände waren das immer noch nicht und würden es wahrscheinlich auch nie sein, aber sie würden tun, was ich wollte und ich wollte malen! Ich wollte Licht in diese Dunkelheit bringen!

Licht! Das war es! Damit würde ich anfangen!

Und schon hatte ich den nächsten Motivationsschub, den ich dafür nutzte, eins der Krankenbetten in die Mitte des Raums zu zerren. Probeweise stellte ich mich darauf und streckte meine Arme aus. Eine stabile Unterlage wäre zwar besser gewesen, aber das würde schon gehen, besonders mit Diegos spitzen Körpergefühl, mit dem ich mich wirklich sehr gut ausbalancieren konnte.

Aufgeregt tunkte ich meine Hände in die unsichtbare Farbe, die im blau-violetten Licht weißlich hell leuchtete. Sie ergänzte die einzigartige Farbe meiner Haut wirklich perfekt. Grinsend streckte ich mich nach oben und drückte meine Hände an die Decke. Glühend blieben meine Handabdrücke zurück, der Beweis, dass ich hier gewesen war. Mit einem richtigen Hochgefühl betrachtete ich für einen Moment mein schlichtes Werk und machte dann weiter.

Handabdruck um Handabdruck setzte ich nebeneinander, bis es im Gesamtbild eine große, strahlende Sonne ergab. Dafür hatte ich meine improvisierte Leiter auch ein paar Mal umstellen müssen und wäre zweimal fast gefallen. Dabei hatte ich einiges an Farbe auf dem Bett verteilt, aber bei normalem Licht würde das ja niemand sehen.

Am Ende war ich einfach nur stolz auf das, was ich geschaffen hatte: Eine Sonne. Natürlich hätte ich sie mit richtigem Zubehör filigraner und künstlerischer hinbekommen, aber sie gefiel mir auch so. Mein Symbol für Hoffnung und Licht.

Verträumt sah ich mich um und die Bilder in meinem Kopf wuchsen wie Efeu. Da drüben könnte ein Teich sein und ganz viele Bäume. Sie würden Schatten spenden und leise im Wind flüstern. Und es könnte ganz viele Blumen geben, die die Luft mit ihrem süßen, leicht klebrigen Duft erfüllen würden. Oder der Geruch nach feuchter Erde, wenn gerade gegossen worden war. Meine Vorstellung bekam auch ein bisschen Vogelzwitschern, halt so richtig idyllisch und die volle Dröhnung Natur.

Man könnte so schön hier sitzen. Tische und Bänke unter den ausladenden Ästen von Obstbäumen und nervige Insekten, die umher schwirrten. Das hätte doch etwas Friedliches und vor allen Dingen Lebendiges…

Na ja, was ich machte, würde ja kein echter Garten mit Gerüchen und Geräuschen sein, sondern nur ein Bild, aber auch das war schon ein wunderschöner Traum und nächste Nacht würde ich ihn weiter verwirklichen, für heute würde es nur die Sonne bleiben, eine traumhafte, hoffnungsvolle Sonne.

Zufrieden richtete ich die Krankenstation wieder so her, wie ich sie vorgefunden hatte und brachte das monströse Schwarzlicht zurück ins Labor. Schnell wischte ich da auch noch ein paar Farbklekse weg, die in diesem Fall bei der nächsten Benutzung ja sichtbar werden würden. So. Meine Spuren waren perfekt verwischt.

Jetzt musste ich nur noch den Eimer in meine kunterbunte Schatzkammer zurückbringen und niemand würde etwas merken. Plötzlich ging das Licht an. Für einen Herzschlag erstarrte ich wie ein Reh im Autoscheinwerfer, in der Gewissheit jeden Augenblick überfahren zu werden.

Der Eimer musste zurück, wenn ich ihn einfach nur irgendwo abstellte, würden die Leute misstrauisch werden und ich könnte diese Möglichkeit verlieren und wenn ich mit dem Eimer entdeckt wurde, war es sogar noch schlimmer.

Ich musste schnell sein.

So schnell wie mich Diegos Beine trugen, raste ich los. Meine kraftvollen Schritte hallten gespenstig von den Wänden wider wie der Beat von einem Technolied. Schlitternd kam ich vor dem Raum mit den Farben zum Stehen. Mein Atem ging stoßweise. Nicht einmal Diego steckte so einen Hochgeschwindigkeitssprint ganz locker weg. Aber wenigstens war ich schnell genug gewesen, um noch niemandem zu begegnen. Ich konnte es schaffen. Eilig riss ich die Tür auf.

Laborkittel?! Was?! Falsche Tür! Welche war die Richtige?! War ich überhaupt im richtigen Gang?! Mit einem Mal wusste ich gar nichts mehr! In meinem Kopf herrschte die totale Ebbe. Scheiße!

Kopflos öffnete ich die Tür direkt daneben. Da war es! Gott sei Dank! Ich hatte mich nur um eine Tür vertan.

Endlos erleichtert stellte ich den Eimer wieder an seinen Platz. Ich hatte es geschafft. Fast hätte ich sogar absolut gelöst aufgelacht. Diese Nacht war der totale Wahnsinn gewesen. So lebendig und wunderschön. Ein Bild für die Ewigkeit.

Doch mit einem Schlag verflüchtigte sich dieses übersprudelnde Glücksgefühl wieder. Waren das etwa Schritte im Flur?! Wollten die hier rein?! Was sollte ich nur tun?! Mit wild rasendem Herzen drückte ich mich hinter einem Stapel Farbeimer so klein wie möglich auf den Boden. Ein armseliges Versteck, aber etwas Besseres fiel mir einfach nicht ein. Ich durfte hier nicht gesehen werden. Mir fiel einfach keine plausible Erklärung ein! Es durfte jetzt nicht auffliegen!

Die Schritte kamen immer näher! Noch näher! Fast waren sie da! Gleich! Und vorbei. Einfach vorbeigegangen. Ich hatte gar nicht gemerkt, dass ich die Luft angehalten hatte, doch jetzt konnte ich wieder frei atmen.

Sicherheitshalber verharrte ich noch einen kleinen Moment in meinem miesen Versteck und lauschte auf den Flur. Von weiteren Frühaufstehern war nichts zu hören. Die Luft schien rein zu sein.

Ganz aufgekratzt vom ganzen Adrenalin machte ich mich auf den Weg zum Frühstück. Am Ende war meine Renovierungsarbeit doch noch abenteuerlicher gewesen, als erwartete…

Mein erster Impuls war es, zu versuchen Tad so schnell wie möglich alleine abzupassen, um ihm alles zu erzählen. Aber er würde diese Aktion bestimmt nicht gutheißen, besser ich schwieg darüber genauso wie bei Nolas Bild. Auch wenn es mir unendlich schwerfiel, ihm etwas zu verheimlichen. Immerhin war er hier der Einzige, der mich wirklich sah, der wusste wer ich in Wahrheit war und er war so lieb und ruhig und verständnisvoll….

Nein! Ich würde kein Wort über diese Nacht verlieren! Kein Pieps!

Tad fiel natürlich trotzdem auf, dass ich heute besser drauf war als sonst und als er mich dann in unserer regelmäßigen Nachhilfestunde darauf ansprach, erzählte ich ihm einfach, dass ich diese Nacht endlich mal einen schönen Traum gehabt hatte, von einem Garten ganz ohne Quallen, was ja auch im weitesten Sinne der Wahrheit entsprach.

Und um es noch ein wenig glaubwürdiger zu gestalten, ergänzte ich, dass niemand an meiner Identität zweifelte und dass ich mich recht gut eingelebt hatte. Auch das war nicht wirklich gelogen, dennoch hatte ich dabei ein verdammt schlechtes Gewissen.

„Da du es ja schon erwähnt hast...", mit diesen Worten holte Tad eine kleine Schachtel aus einer Schublade in seinem Schreibtisch hervor: „Ich weiß, dass das alles echt schwer für dich ist und du hast dich richtig gut geschlagen. Also dachte ich mir, du hast ein kleines Geschenk verdient. Hier."

Ungläubig nahm ich es entgegen. Ein Geschenk! Damit hätte ich echt nie gerechnet! Nicht in dieser schrecklich puristischen und nüchternen Welt. Tad war wirklich ein Geschenk!

„Mach es auf!", forderte er mich mit einem erwartungsvollen Lächeln auf. Immer noch auf eine gute Art total überwältigt öffnete ich die schlichte Schachtel. Darin verbarg sich ein alter Korken.

Auf einer Seite war er leicht lila-rot gefärbt, er hatte eindeutig mal zu einer Rotweinflasche gehört. Und jemand hatte ein Loch am nicht-Wein-Ende durchgebohrt und eine Schnur durch gefädelt, sodass man ihn theoretisch als Kette tragen konnte. Eine Korkenkette. Das war mal was anderes und ich fragte mich, wie Tad auf diese spezielle Idee gekommen war.

Neugierig nahm ich das Ding raus und betrachtete es genauer. Er hatte schon einige Kratzer und Macken, scheinbar war er alt. An seinen Seiten waren schwarze Verzierungen, Weinranken mit eleganten Blättern. Dazu der Schriftzug: „~Pinot noir~ mis en bouteille origine".

Mein Schulfranzösisch half mir da nicht viel weiter. Ich konnte nur sagen, dass „noir" schwarz war und „bouteille" konnte ich noch gerade so als Flasche identifizieren. Origine klang nach original oder sowas, „en" war so ein Präpositionsteil und da verließen sie mich auch. Aber ich konnte mir kaum vorstellen, dass das irgendeine spektakuläre Botschaft war. Insgesamt wirkte das wie ein stink normaler Korken.

Mit schief gelegtem Kopf drehte ich ihn weiter hin und her, auf der Suche nach dem besonderen Detail. Mir stockte der Atem. Sprachlos fuhr ich mit meinen Fingern über die Gravur auf dem Korkenende, wo auch die Schnur befestigt war. Es kam mir so unwirklich vor…

„Der ist aus meinem Geburtsjahrgang", stellte ich ungläubig fest: „Wo hast du den denn her?" Und dass er es sich überhaupt gemerkt hatte! Ich konnte mir kaum die Geburtsjahre meiner Eltern behalten und er hatte es sich gemerkt, obwohl es nur eine kurze Erwähnung am Rande gewesen war…

„Meine Eltern haben ein paar solcher Antiquitäten quasi als Trophäen. Den hier werden sie sicher nicht vermissen und du hast ein viel größeres Recht darauf als sie", antwortete er mir strahlend. „Danke!", fest umarmte ich ihn und in meinem Inneren blubberten ganz viele Gefühle.

Ich war so glücklich ihn als Freund zu haben und dieses Geschenk war so unglaublich aufmerksam und süß. Doch da war auch eine gewisse Unsicherheit. Was, wenn er von meinen nächtlichen Aktionen erfuhr? Würde er es verstehen? Es wäre so schrecklich, wenn er mich dafür verurteilte. Ich wollte ihn nicht enttäuschen.

Und was war schon Schlimmes dabei? Es waren nur eine bemalte Tür, eine unsichtbare Sonne und eine Entschuldigung an Nola, keine Schwerverbbrechen. Warum fühlte es sich dann so an?

Als ich ihn wieder losließ, gab ich mir alle Mühe das Lächeln zurück in mein Gesicht zu holen. Dieser schöne Moment war doch ziemlich in nicht ganz so schöne Gedanken abgerutscht.

Abwägend betrachtete ich die einzigartige Kette. Nie hätte ich gedacht, dass mir mal jemand Schmuck schenken würde und schon gar nicht solchen. Das war typisch Tad: Überraschend und liebevoll.

Allerdings gab es da einen Haken: So ein Korken war zu groß, um ihn unauffällig unter den Klamotten zu tragen und wenn jemand dieses wunderschöne Geschenk bemerkte, würde es Fragen geben und im schlimmsten Fall würden sie ihn mir sogar wegnehmen.

„Ich denke, ich werde ihn im Chaos von Diegos Zimmer unterbringen", dachte ich laut nach. „Das ist eine gute Idee!", stimmte mir Tad fröhlich zu. „Das ist ab jetzt mein Glücksbringer", verkündigte ich noch mit einem breiten Grinsen. Und sein Lächeln war so glücklich…

Egal wie unwichtig mein Geheimnis nüchtern betrachtet aussah, ich musste es ihm einfach sagen! Aber nicht jetzt. Nein, ich musste einen Weg finden, es nicht so kriminell zu machen.

Vielleicht könnte ich ihm ja auch etwas malen! Über die Zeichnung im Block hatte er sich doch so gefreut! Nur würde es in diesem Fall die Sache wohl eher noch schlimmer machen. Außerdem wollte ich mein Geheimnis eigentlich nicht noch größer machen, als es sowieso schon war. Ich sollte am besten nie wieder in den Farbenraum gehen!

„Woran denkst du?", erkundigte Tad sich ehrlich interessiert. „Äh…", unruhig griff ich nach dem Weinflaschenkorken: „Wein… Ja, wir haben in Chemie mal welchen aus Bananen angesetzt. Aber das Endprodukt habe ich leider nicht mitbekommen, weil ich mal wieder krank war."

Durch das Zögern am Anfang wirkte diese Lüge ja nicht gerade glaubwürdig, aber bei der Erwähnung von Chemie hatte der liebe Wissenschaftler sowieso alle Skepsis vergessen.

„Wir könnten das ja auch machen!", schlug er begeistert vor: „Als praktische Anwendung des Nachhilfeunterrichts. Damit würdest du bei den anderen bestimmt punkten! Alkohol ist hier nämlich absolut verboten, aber Diego hat mal Geschichten von seiner Zeit vor alldem erzählt mit Partys und Alkohol und so!"

Ja, dass Alkohol hier verboten war, ergab Sinn und dass Diego mit wilden Partys angegeben hatte, konnte ich mir auch gut vorstellen. Das Einzige was bei Tads Vorschlag völlig abwegig war, war die Tatsache, dass er von ihm gekommen war. Er war einfach nicht der Typ für Regelverstöße. Mal abgesehen von der heimlichen Forschung an meiner Quallenkuss-Sache.

„Was guckst du mich so an?", wollte er mit einem nervösen Lachen wissen: „Findest du die Idee blöd?" „Nein, daran liegt es nicht", versicherte ich ihm sofort: „Aber die Umsetzung ist nicht so leicht. Wir brauchen Bananen, was ja schon quasi unmöglich ist. Und Hefe. Und den Rest vom Rezept habe ich schon vergessen. Außerdem bezweifle ich, dass ihr hier Gärröhrchen habt."

„Wir sind ein Labor, natürlich haben wir Gärröhrchen", erinnerte er mich und ich fühlte mich schon so ein bisschen dumm. „Und die Bananen?", konterte ich ganz selbstbewusst. „Ich hab dir doch schon mal von Bernds Gärtner-Leidenschaft erzählt. In seinem kleinen Spezial-Gewächshaus hat er sich auch an Bananen versucht. Ich glaube, sie müssten fast reif sein. Das ist doch der perfekte Zufall", da zeigte sich wohl der verborgene Braumeister in ihm oder er wollte einfach nur unbedingt die chemischen Prozesse bei der Bildung von Ethanol verfolgen, was schon wahrscheinlicher war. Auch wenn ich ihn mir durchaus als einen begeisterten Qualitätsprüfer bei alten Fässern mit hochwissenschaftlichen Messungen vorstellen konnte.

„Und der Rest vom Vorgang? Ich weiß nicht mal mehr die Hälfte", wandte ich weiter ein. Irgendwie war es komisch, zur Abwechslung mal die Stimme der Vernunft zu spielen. „Die Grundlagen sind ganz einfach und den Rest kriegen wir zusammen sicher locker rekonstruiert", meinte er optimistisch und fügte dann ein kleinwenig verunsichert hinzu:

„Natürlich nur, wenn du willst. Dafür würdest du auch weniger Zeit für deine Schulaufgaben haben..."

„Mit dem letzten Argument hast du mich überzeugt! Bananenwein statt Schulaufgaben, das ist doch mal ein Deal!", mit einem schiefen Grinsen streckte ich ihm meine Hand entgegen und er schlug mit dem gleichen Gesichtsausdruck ein.

19

Gemeinsam die Zubereitung von Bananenwein zu ergründen, fühlte sich an, wie ein riesiges Geheimnis aufzudecken. Wir waren da total drin! Es hatte sich richtig in meinen Gedanken festgesetzt! Sogar während dem Mittagessen rätselte ich die ganze Zeit weiter und konnte es kaum erwarten, mich wieder an dieses chemische Mysterium zu geben!

Stück für Stück setzten wir alle Puzzleteile zusammen und obwohl es eigentlich total banal war, machte es tierisch Spaß. Zusammen klemmten wir uns so dahinter, dass wir sogar schon am Ende vom Tag den kompletten Vorgang aufgeschlüsselt hatten. Blöd war nur, dass wir jetzt noch auf die Bananen warten mussten.

Es war schon ein verrückter Zufall, dass Bernd ausgerechnet jetzt fast reife Bananen hatte, genauso wie es ein riesiger Zufall war, dass ich in Diegos Körper gelandet war und Tad genau zu dieser Zeit ebenfalls auf der Krankenstation gewesen war. So viele Zufälle... War das alles vielleicht Schicksal? Die Vorstellung, von einer höheren Macht gelenkt zu werden, hätte schon was. Das würde eine gewisse Sicherheit bedeuten und alles hätte einen verborgenen Grund und ein Ziel. Allerdings ging dieser Gedankengang nicht ganz so auf, was den Bananenwein betraf, das wäre doch ein sehr seltsames Schicksal.

Mit einem zufriedenen Gefühl legte ich mich ins Bett und spielte mit dem Korken, den Tad mir geschenkt hatte. Gerne hätte ich ihn ja die ganze Zeit getragen, aber dafür war er zu groß, also musste ich ihn tagsüber immer unter dem Kissen verschwinden lassen. Trotzdem war es ein verdammt schönes und echt außergewöhnliches Geschenk. Und dann noch unser Erfolg mit dem Rezept. Gerade war ich einfach nur glücklich.

Morgen konnte ich mir wieder die ganzen, großen Sorgen machen, aber heute war ein wundervoller Tag gewesen und ich wollte ihn nicht mit düsterem Nachdenken beenden.

Stattdessen erinnerte ich mich lieber daran, wie ich Tads Fische geärgert hatte und gemeinsam mit ihm die Ruhezeiten unseres Gebräus festgelegt hatte. Und auch an dieses mitgerissene Glänzen in seinen Augen dachte ich gerne und sein Lächeln und der Pfefferminztee, den ich über unsere Berechnungen verschüttet hatte. Das ganze Chaos und der Spaß…

Ich glaube, bis jetzt war er von den anderen immer bei den verbotenen Aktionen ausgeschlossen worden und wollte jetzt auch mal verrückten Spaß haben oder es war wirklich nur seine unstillbare Neugierde. So oder so war das ein tolles, kleines Abenteuer. Wir waren das perfekte Team!

Friedlich schlief ich ein, nur meine Träume waren nicht ganz so friedlich. Da war dieser Hubschrauber, dessen Rotorblätter mir richtig in den Ohren dröhnten. Plötzlich tauchten die Quallen auf und rissen ihn aus dem Himmel. Ich stürzte ab. Zerfallene Gebäude rasten an mir vorbei. Das Licht der Quallen spiegelte sich in den trüben, zerbrochenen Scheiben.

Hart traf ich auf dem Boden auf. Alles tat weh. Mein Atem sprengte fast meinen Kopf und ich konnte mich nicht mehr richtig bewegen. Und dann tauchte ich auf, mein richtiges Ich, im Rollstuhl.

Mit zusammengekniffenen Augen musterte sie mich und fragte: „Wer bist du?" Laut hallte diese Frage in meinem

Kopf wider und wurde immer lauter und lauter, bis es richtig wehtat.

Keuchend wachte ich aus diesem beschissenen Alptraum wieder auf. Was für ein vielversprechender Start in den Tag oder eher eine Unterbrechung der Nacht, es war immer noch dunkel. Diese Träume machten mich noch echt wahnsinnig!

Ruhelos stand ich auf und obwohl ich mir fest vorgenommen hatte, nie wieder in den Raum mit den Farben zu gehen, landete ich am Ende genau dort.

Um ehrlich zu sein, wusste ich selbst nicht so genau, was ich hier tun wollte. Ich war immer noch der festen Überzeugung, Tad alles zu erzählen und nicht heimlich im Alleingang weiterzumachen. Nur wie ich es am besten anstellen sollte, wusste ich halt noch nicht. Und jetzt stand ich hier...

Wenn ich ehrlich war, wollte ich die Farben benutzen, um mir die Welt so zu malen, wie ich sie haben wollte. Ich brauchte es einfach und ich wollte es mit Tad teilen. Das war doch die Idee! Ich würde das Bild in der Krankenstation weitermalen, für ihn, für mich, für uns beide. Das war unsere gemeinsame Geschichte.

Entschieden verbrachte ich den Rest der Nacht damit, mir vernünftige Pinsel zu basteln, auch wenn vernünftig nicht so hundertprozentig das passende Wort war. Ich hatte einfach keine handwerkliche Ader.

Von da an schlich ich mich immer mal wieder raus, um die Krankenstation zu gestalten. Durch eine nicht so diskrete Frage hatte ich von Tad auch in Erfahrung gebracht, wo sich die wunderbar praktische Schwarzlichtlampe befand, das machte echt viel aus.

Ich ging in meinem unsichtbaren Projekt richtig auf, nur tagsüber war ich dafür manchmal ein bisschen müde. Tad sprach mich natürlich auf meinen Schlafmangel an, aber die anderen schienen nichts zu bemerken. Alles lief wie geschmiert.

Es war so toll ein richtiges Ziel zu haben und an etwas arbeiten zu können. Außerdem mochte ich meine Tagesroutine. Nur irgendwie musste ich es noch schaffen, Tad mehr in den Kreis der coolen (und einzigen) Kids einzubringen. Ich wollte ihn auch beim Essen dabeihaben.

Doch dann stand auch noch die große Untersuchung an und die war wirklich gründlich. Den ganzen Tag nur Tests! Typisch Forschung. Wahllos irgendwelche Daten sammeln in der Hoffnung, sie irgendwann auswerten zu können.

Allerdings war es mir schleierhaft, wofür sie da meinen Sauerstoffverbrauch unter Belastung, meinen Blutdruck und solche Späße brauchten. Aber um ehrlich zu sein, war mir auch schleierhaft was Tad immer mit seinen ganzen Proben wollte. Bei dieser Quallensache ging es doch um Gehirne!

Vielleicht wollten sie sich mit dieser Flut von Untersuchungen auch einfach darüber hinwegtrösten, dass sie im Grunde überhaupt nichts hatten. Das alles hatte schon etwas Verzweifeltes.

An diesem Abend war ich einfach nur durch und hatte nicht einmal die Energie weiterzumalen. Direkt nach dem Abendessen warf ich mich aufs Bett. Heute hatte ich einen Vorgeschmack darauf bekommen, wie es wäre, wenn diese Leute die Wahrheit über mich kennen würden. Grauenvolle Vorstellung.

Unter meinem Kopfkissen holte ich meine Korkenkette hervor und schloss meine Hand um meinen wundervollen Glücksbringer, der mich an meine immer tolle Zeit mit Tad erinnerte. Wegen den Untersuchungen hatte mir dieser Lichtblick leider gefehlt. Na ja, insgesamt hatte heute ein bisschen Leben gefehlt. Aber jetzt war ja alles wieder gut und morgen würde es noch tausendmal besser werden. Bernd schwärmte schon seit Tagen, dass seine Bananen richtig schön wurden, es konnte jederzeit so weit sein und dann konnten wir richtig loslegen...

Kurz vor dem grellen Flutlicht wachte ich auf. Ich stand so unter Strom! Das bisschen extra Schlaf hatte mir einen richtigen Energieschub verpasst und ich hatte total Hunger. In letzter Zeit hatte ich vor Müdigkeit nicht immer so Appetit gehabt, aber jetzt könnte ich die ganze Theke in mich reinstopfen.

Hibbelig wartete ich in meinem Quartier bis auch in die anderen Zimmer Bewegung kam. Ich konnte ja schlecht wie ein vorfreudiger Erstklässler lossprinten und den Essenssaal stürmen. Das wäre doch ein wenig verdächtig. Aber es war so eine harte Herausforderung, ganz locker den Gang entlang zu schlendern und meine überraschend gute Laune nicht zu zeigen. Am schlimmsten war es, Tad zu ignorieren. Ihn an seinem Platz sitzen zu sehen, war so schön. Ich freute mich schon tierisch auf unser gemeinsames Bananenwein-Abenteuer und natürlich konnte ich es kaum erwarten, ihm das Geheimnis der Krankenstation zu zeigen. Schon jetzt war ich total aufgeregt, wie er darauf reagieren würde.

„Papa hatte die Idee aus seinen Bananen Pancakes zu machen. Da könntest du ja wieder den Pfannenmeister spielen", fing Nola fröhlich ein Gespräch mit mir an. „Oh, sind sie schon reif?", ich konnte meine Vorfreude einfach nicht verbergen. „Fast", antwortete die liebe Köchin und nahm einen Löffel von dem Frühstücksschleim, den sie, dem Geruch nach zu urteilen, mit Zimt verfeinert hatte. „Das geht schon seit Wochen so", grummelte Ric mit seiner typischen Ablehnungshaltung.

„Ey, habt ihr es schon gehört?", grinsend pflanzte sich Tim neben uns und klatschte sein Tablett richtig auf den Tisch. „Was denn?", erkundigte ich mich locker. So krass konnte seine Enthüllung doch nicht sein. Immerhin waren wir hier in einer stinklangweiligen Laboranlage.

„Die haben einfach auf einer defekten Toilette ein Graffiti entdeckt. Ein E. Und ein paar Bilder waren wohl auch dabei. Wir haben einen geheimnisvollen Künstler unter uns", enthüllte der Idiot die spannenden Neuigkeiten. Fast hätte ich mich verschluckt.

Sie hatten meine Toilette entdeckt. Wie hatte das nur passieren können? Es war doch mein sicherer Ort gewesen...

„Ein E? Ich hab mal ein Bild bekommen, das war glaube ich auch mit einem E unterzeichnet", erinnerte sich Nola genau im falschen Moment an meine verborgene gute Tat. Nein, nein, nein. Das konnte alles nicht passieren!

Gerade lief doch alles so gut! Ich hatte so etwas wie ein Gleichgewicht gefunden! Sie durften es mir nicht wegnehmen!

Krampfhaft klammerte ich mich an die Gabel. Das war nicht richtig. Ich wollte es nicht. Ich musste irgendetwas tun! Ich hatte keine Kontrolle...

„Warum rückst du damit erst jetzt raus?", wollte Tim mit einer Mischung aus Aggressivität und Aufregung wissen: „Wir hätten längst nach dem geheimen Künstler suchen können! Das ist doch endlich mal etwas Spannendes!"

Oh nein! Sie würden alles herausfinden! Der Block in meinem Zimmer! Sie durften ihn nicht sehen! Ich musste ihn verschwinden lassen! Aber er war doch alles, was mir blieb...

„Glaubst du, es ist einer von hier?", fragte Nola ungläubig und neugierig zugleich. „Ne, da ist einer durch das verdammte Meer gestapft, um hier einzubrechen und auf einer defekten Toilette sein Markenzeichen zu hinterlassen", erwiderte der Idiot sarkastisch. „Oder vielleicht hat auch eine Qualle aus dem Labor das Malen gelernt und sich einfach rausgeschlichen", gab sich Ric alle Mühe, ebenfalls ein kleiner Idiot zu werden, allerdings klang sein Sarkasmus eher süß.

„Diego?", Merle hatte mich bohrend im Visier, auch wenn das wahrscheinlich ihre Art von Besorgnis sein sollte. Verdammt! Ich verhielt mich gerade super verdächtig, dabei konnten sie es bis jetzt noch nicht mit mir in Verbindung bringen. Es war wichtig, dass ich Diego blieb. Niemand durfte etwas ahnen.

„Dann haben diese lahmen Forscher wohl doch ein Leben", für die Umstände war dieser Spruch doch noch erstaunlich geistreich und natürlich machomäßig. „Einer der Forscher soll es gewesen sein? Die haben doch so viel Kreativität, wie in ein Reagenzglas passt!", widersprach mir Tim entschieden und mir gefiel die Richtung nicht, in die das unweigerlich führte. Trotzdem musste ich es sein, der den letzten Schritt ging, alles andere wäre nur noch auffälliger gewesen. Also sprach ich es so furchtlos wie ich konnte, aus: „Also denkst du, es ist einer von uns?"

„Du wurdest gerade doch sehr nervös", konfrontierte er mich, doch man merkte ihm an, dass er es nur scherzhaft meinte. Er konnte ja nicht ahnen, dass er damit voll ins Schwarze getroffen hatte. „Du hast mich erwischt", spaßhaft ergab ich mich oder zumindest versuchte ich so zu tun, das alles machte überhaupt keinen Spaß.

„Das Bild für mich war richtig detailreich gearbeitete und mit einem netten Spruch. Das klingt nicht wirklich nach Diego. Nichts für ungut", spielte Nola ein wenig Detektiv. „Auf der Tür waren auch Blümchen und so. Voll der Mädchenkram", meinte Tim ziemlich klischeehaft, auch wenn er in diesem Fall sogar recht hatte, ich war ja ein Mädchen.

„Ich hab echt einen Bärenhunger", mit dieser Ansage klinkte ich mich aus dem gefährlichen Ratespiel aus und fing an, das Frühstück in mich rein zu schaufeln. Mit jedem Bissen wurde es schlimmer. Irgendwie fühlte ich mich hilflos und dann wurde ich so wütend und alles in mir verwandelte sich in eine brodelnde Giftsuppe.

Das war zu viel! Jeden Tag spielte ich dieses Theater mit! Jeden verdammten Tag! Und jetzt wollten sie mir meinen einzigen Rückzugsort nehmen! Ich wollte nur nach Hause! Ich wollte meine Eltern wiedersehen! Und Grimm! Ich wollte mit ihnen am Küchentisch sitzen und ganz normal essen! Ja, ich würde sogar diese eklige Kichererbsen-Allerlei-Pfanne von meiner Mama essen! Ich wollte sie nur zurück!

Tränen fingen an in meinen Augen zu brennen. Scheiße! Nicht hier!

Wortlos stieß ich den Stuhl nach hinten und wollte aus dem Speisesaal flüchten, doch dummerweise erwischte ich mit dem ersten Schritt meines Vorhabens einen Forscher, der mit dem miesesten Timing der Welt genau in dem Moment direkt hinter mir durchgehen wollte.

Bäuchlings landete der Typ in seinem Essen. Wie konnte man nur so beschissene Reflexe haben?

Laut lachten die anderen auf, auch wenn sich Nola sichtlich alle Mühe gab, es nicht zu tun. Aber es war halt schon irgendwie lustig gewesen, wie er in sein Essen geklatscht war.

„Diego Rodriguez!", rief eine strenge, eiskalt wütende Frauenstimme: Merles Mutter. Mit zackigen Schritten kam sie zu uns rüber. Auweia. „Du bist ein Unruhestifter und ziehst die ganze Gruppe runter. Du wirst deine Verfehlungen korrigieren und die Tür nach dem Essen neu streichen!", hielt mir die fiese Ärztin eine kleine Standpredigt inklusive Bestrafung.

Schadenfroh rutschte Tim noch ein letztes Kichern raus. „Und ihr helft ihm dabei!", brummte sie erbarmungslos den anderen die gleiche Aufgabe auf. „Mutter! Wir hatten nichts damit zu tun!", verteidigte sich Merle entrüstet. „Ihr streicht diese Tür!", stellte ihre Mutter keinen Widerspruch duldend klar.

Das würde ein Alptraum werden...

20

Nach dem Essen machte ich mich brav mit den anderen auf den Weg zu meinem ganz besonderen Ort. Die Strecke war mir so schmerzlich vertraut, doch alles daran war falsch. Sonst war ich hier immer ganz geheim und voller aufgeregter Freude entlang gegangen und jetzt...

Nichts würde mehr übrigbleiben.

Für uns stand schon ein Farbeimer bereit, voller grauer Hoffnungslosigkeit und es gab auch ein paar Pinsel und kleine Farbrollen, die ich bei meinen nächtlichen Malstunden gut gebrauchen hätte können. Doch jetzt würde ich sie nicht dafür nutzen, um etwas zu erschaffen, sondern um es zu zerstören.

„Das sieht richtig schön aus. Eigentlich ist es viel zu schade, um es zu übermalen", meinte Nola mit einem Blick auf meine persönliche Signatur. „Zum Glück bist du nicht schön, dich kann man anmalen", scherzte Tim beleidigend und malte ihr einen grauen Strich auf die Wange.

„Ey!", protestierte sie lachend und bewaffnete sich ihrerseits mit einer Farbrolle. Eine kleine Farbschlacht entbrannte, nur ohne Farben. Meine Tür bekam auch einige Tropfen und Striche ab. Es überdeckte die Farbe, mein Leben. Es tat so weh.

Lachend klatschte mir Ric seinen Pinsel an den Bauch. Einfach grau. Warum musste alles grau sein? Nein! Ich konnte das nicht! Ich konnte nicht zusehen, wie sie alle

Spaß dabei hatten, meinen wundervollen Rückzugsort in diese graue Einöde zu verwandeln!

Ohne ein Wort zu sagen, fing ich an zu laufen. Stolpernd lief ich durch den Flur. Undeutlich hörte ich die anderen mir hinterherrufen, doch ich drehte mich nicht um. Ich musste hier weg. Ich musste atmen.

Keuchend blieb ich irgendwo stehen. Keine Ahnung, wo ich war. Alles sah gleich aus. Und das würde auch mit meinem winzigen Stück bunter Individualität passieren. Wenn ich logisch dachte, wusste ich, dass ich total überreagierte und dass es nur ein Raum war, nicht einmal der einzige Raum, nur war ich von logisch gerade sehr weit entfernt. Es fühlte sich einfach an, wie ein Teil von mir und es war so aus dem Nichts gekommen...

Tränen liefen mir über die Wangen. Ich wusste nicht, was ich tun sollte. Ich konnte nichts tun. Verloren ließ ich mich an der Wand herabsinken und schlang die Arme um meine Beine. Schniefend legte ich das Gesicht auf die Knie und meine Tränen tränkten diese Beine, die nie mir gehören würden.

Irgendwann versiegten sie dann und ich saß nur noch vollkommen leer da, als hätten meine Tränen alles, was von mir noch übrig war mit sich weggespült. Und das alles nur wegen einem Bild auf einer Toilette. Ging es noch dämlicher?! Bei dem Gedanken kullerte noch eine warme Träne auf mein feuchtes Gesicht.

Schritte kamen näher, entschiedene Schritte. Hatte Tad nach mir gesucht? Ein Teil von mir wollte einfach weiter traurig sein und die ganze Welt hassen, aber gleichzeitig wünschte ich mir, dass er mich umarmte und alles wieder besser wurde.

„Diego?", diese Stimme ließ jeden Muskel in meinem Körper sich verkrampfen. „Geh bitte weg", mehr als diese schwachen Worte brachte ich nicht zustande. Ich hob auch nicht den Kopf. Merle sollte nicht sehen, dass ich geweint hatte.

„Was ist nur mit dir los?", sie klang ziemlich verständnislos, aber nicht ganz so zimtzickig wie üblich. „Ich will nicht darüber reden", wich ich ihr krampfhaft aus. Doch natürlich gab sie nicht so einfach nach.

Warum hatte sie eigentlich aufgehört mich zu ignorieren? In letzter Zeit war ich ihr gegenüber in keinster Weise netter geworden.

„Diego! Sieh mich an!", befahl sie mir mit einer unerschütterlichen Gewalt in der Stimme, die mich wider besserem Wissen aufsehen ließ. Als ihr mein verheultes Gesicht auffiel, geriet ihre Entschlossenheit für einen Moment ins Wanken und das gab mir eine gewisse Kraft.

„Bist du jetzt zufrieden?", entgegnete ich bitter und rappelte mich auf. Jetzt konnte ich auf sie herabsehen, was meiner Selbstsicherheit schon ein wenig half.

„Du bist anders", stellte sie mit einem ganz seltsamen Gesichtsausdruck fest und ich wusste, dass ich nicht einfach den Unwissenden spielen konnte. Aber die Wahrheit konnte ich ihr auch nicht sagen. Oh nein. Auf keinen Fall. Sie würde mich sofort ohne jeden Skrupel an die Forschung abschieben. Doch was für eine Lüge könnte ich ihr auftischen?

„Du bist so zurückgezogen und ständig mit Thaddäus zusammen...", reflektierte sie weiter auf diese irgendwie tonlose Art mein Verhalten. „Ja", bestätigte ich mit trockener Kehle, es zu leugnen, machte überhaupt keinen Sinn. „Was hat sich geändert?", wollte sie von mir wissen und schaute mir dabei so intensiv in die Augen, dass ich den Blick abwenden musste.

„Ich... Tad...", fing ich an zu stammeln und fühlte mich total an die Wand gedrängt. „Sag es mir!", verlangte sie richtig verzweifelt.

„Ich habe mich in Tad verliebt!", platzte es einfach aus mir raus, ganz ohne irgendwie nachzudenken. Sie hatte mich einfach so unter Druck gesetzt! Und als ich sie ansah, wusste ich es. Dieser ungläubige und angeekelte Ausdruck in ihrem Blick.

Merle hatte nicht nur eine wilde Beziehung aus Langeweile und Rebellion mit Diego, sie liebte ihn und ich hatte ihr gerade das Herz gebrochen. Außerdem war sie offensichtlich nicht besonders aufgeschlossen gegenüber Homosexualität.

„Es ist in der Krankenstation passiert... Aber das geht nicht... Er und ich... wir...", versuchte ich diese schreckliche Stille zu füllen, doch sie hob nur die Hand und brachte mich damit zum Schweigen. Tränen glitzerten in ihren Augen, als sie mich für einen langen Moment schlicht ansah und obwohl ich sie nie hatte leiden können, hatte ich in diesem Augenblick doch Mitleid mit ihr.

Und dann hatte ich plötzlich ihre Faust im Gesicht und mein Mitgefühl war auf einen Schlag verpufft. Stöhnend ging ich in die Knie. Meine Wange tat so weh!

„Das ist dafür, dass du nicht die Eier in der Hose hattest, es mir gleich zu sagen!", fauchte sie, doch ihre Stimme war verräterisch erstickt: „Und das ist dafür, dass du nur mit mir gespielt hast!" Mit diesen Worten setzte sie noch einen Tritt in meinen Mangen hinterher. Fast wäre mir das deprimierende Frühstück wieder hoch gekommen.

„Thaddäus", sie spuckte seinen Namen regelrecht aus. Auf einmal hatte ich das extreme Bedürfnis ihn zu verteidigen, auch wenn meine Stimme übel gepresst war: „In ihm steckt viel mehr, als ihr ihm zutraut! Er ist der Einzige, der..." Weiter kam ich nicht, denn schon holte sie zum nächsten Tritt aus, doch dieses Mal ließ ich sie nicht so leicht auf mich einprügeln.

Mit Diegos umwerfenden Reflexen fing ich ihr Bein ab. Eisern umschlossen meine Finger ihren Knöchel. „Merle. Ich wollte nie, dass es so endet, aber es ist vorbei", die Entschlossenheit in meiner Stimme passte definitiv nicht zu dem aufgewühlten Irgendwas in meinem Inneren.

Immer noch mit diesem schrecklich verzerrten Gesichtsausdruck zog sie ihr Bein zurück und schritt so schnell den Flur entlang, dass es schon stark an Laufen grenzte, aber sie gab sich nicht die Blöße, wirklich wegzurennen wie ein abserviertes Mädchen. Nein, sie blieb ganz gefasst und mimte die große, starke, unnahbare... keine Ahnung was genau. Als Mafia-Boss könnte ich sie mir im Augenblick gut vorstellen.

Erschöpft lehnte ich mich zurück und legte meine Hand auf meinen armen Bauch. Von meiner Wange ließ ich lieber noch die Finger, die pulsierte so brutal.

Jetzt kam bei mir auch mal an, was ich da von mir gegeben hatte. Ich hätte mich in Tad verliebt... Wie kam ich denn auf sowas?

Wenigstens hatte ich mir damit etwas Zeit erkauft und wenn Merle es jemandem erzählte, würde der es nur für gekränkte Nachrede halten. Wer würde schon denken, dass Macho-Diego schwul war? Und selbst wenn es jemand glaubte, wäre es überhaupt nicht schlimm. Sollten sie doch denken, dass ich auf Tad stand. Es würde nur untermauern, dass wir viel Zeit miteinander verbringen konnten.

Im Grunde eine perfekte Lüge. Oder? Es war doch eine Lüge, oder nicht? Natürlich war es das! Wo dachte ich hin! Tad und ich, wir waren Freunde und mehr konnte da auch nicht sein. Immerhin steckte ich im Körper eines anderen und damit kam auch eine große Verantwortung.

Für so Liebes-Gedöns war da doch überhaupt kein Platz! Und ich wollte auch gar nichts von ihm! Also so als Nicht-Freunde. Wir waren ein verdammt gutes Team, mehr nicht. Genau. Dieser Einfall war nur Kreativität im richtigen Moment gewesen.

Blieb nur noch die dumme Frage, ob ich es ihm erzählen sollte. Ich traute Merle durchaus zu, dass sie irgendwelche fiesen Racheaktionen gegen ihn unternehmen würde. Ich musste ihn auf jeden Fall vorwarnen. Aber dieses Gespräch würde so unangenehm werden...

Gerädert rappelte ich mich wieder auf. Von Merles Tritt würde ich vielleicht einen netten blauen Fleck behalten, ansonsten ging es wieder.

Weil ich nicht wusste wohin, kehrte ich zu meinem Quartier zurück. Instinktiv war mein erster Impuls gewesen, zu meiner defekten Toilette zu gehen und mir dort still und heimlich alles von der Seele zu malen, aber das ging ja nicht mehr... Und die Krankenstation... Tagsüber war die Gefahr erwischt zu werden viel zu groß. Jetzt waren sowieso alle alarmiert. Ich durfte mich nicht verraten.

Völlig fertig schob die die Tür zu Diegos Zimmer auf und wurde schon von meinem nächsten Besucher erwartet.

„Hallo Tad", begrüßte ich ihn matt und schloss die Tür hinter mir wieder: „Hältst du es für so eine gute Idee, hier auf mich zu warten? Da denkt man ja, du wärst ein Trainingsdrache für Nachhilfestunden."

„Ich...", setzte er auf seine typisch entspannte Art an, doch dann zog er seine Augenbrauen zusammen und machte besorgt einen Schritt auf mich zu: „Was ist passiert? Deine Wange ist ganz rot!" „Nur ein kleiner Streit mit Merle. Sie kann echt krass zuschlagen. Aber ich hab es geklärt", blieb ich ehrlich, ohne ins Detail zu gehen.

Für einen kleinen Moment herrschte Stille und bevor er weiter so lieb sein konnte, wechselte ich schnell das Thema: „Wie läuft es eigentlich mit den Tests? Hast du schon irgendwas herausgefunden?"

„Nun ja. Könnte man so sagen", strebermäßig rückte er wieder einmal seine Brille zurecht: „Du bist ja eigentlich weiblich."

„Jap", bestätigte ich unnötigerweise, aber ich hatte irgendwie das Gefühl, etwas sagen zu müssen. „Das heißt, du hast weibliche Gehirnfunktionen in einem männlichen Körper. Eigentlich sollte sich das widersprechen. Deine Hormone müssten durcheinander sein und insgesamt stimmen die Körperfunktionen eigentlich nicht mit den Hirnfunktionen überein", legte er mir den logischen Grundkonflikt dar: „Aber irgendwie hat da eine Anpassung stattgefunden."

„Irgendwie?", wiederholte ich schon ein wenig enttäuscht. Das klang nicht nach handfesten Erkenntnissen und es half uns auch kein Stück weiter. War ja toll, wenn wir einfach wahllos Gehirnfunktionen in freie Körper stopfen konnten, aber dafür müssten wir sie erst einmal aus den Quallen kriegen!

„Ja, ich weiß, das klingt noch nicht nach viel, aber du musst das so sehen: Wir machen Fortschritte. Irgendwann wissen wir, was genau passiert ist, ganz sicher", behielt er sich auch weiterhin seine optimistische Einstellung bei.

Na ja, solange sich keine plötzlichen Durchbrüche ergaben, konnte ich weiter so normal wie möglich leben, eigentlich sollte ich froh sein.

„Für Schulaufgaben habe ich gerade echt keinen Nerv. Ist es in Ordnung, wenn ich einfach ein bisschen male?", fragte ich nur noch fertig von diesem Tag der miesen Nachrichten.

„Ja, natürlich. Ich lass dich dann mal alleine", sagte er sofort ganz verständnisvoll und verzog sich ruhig. Alles andere hätte mich auch gewundert.

Ach verdammt! Jetzt hatte ich vergessen, meine miese Ausrede mit dem Verliebt-sein anzusprechen. Diese beschämende Unterhaltung würde ich dann eben später noch führen.

Wenig begeistert schnappte ich mir meinen Block und die Stifte und ließ mich aufs Bett fallen. Gerade war ich überhaupt nicht inspiriert. Ich fühlte mich unruhig und gleichzeitig mega erschöpft. Einengend nahm ich die Wände um mich herum nur allzu deutlich wahr. Es kam mir vor, als würde ich in einem Käfig hocken!

So langsam verstand ich, warum sie sich heimlich rausgeschlichen hatten. Was war schon das Risiko einen Quallenkuss zu bekommen im Vergleich zu dieser grauen Gefangenschaft? Ich wollte einfach nur von alldem weg.

Weil es zu meiner derzeitigen Stimmung passte, begann ich Ketten zu malen und Käfige, eingesperrte Vögel, kauernde Schattenrisse. Diese Seite entwickelte sich zu einer der tristesten Sachen, die ich je fabriziert hatte. Und daran zu arbeiten, zog mich nur noch mehr runter.

Also machte ich mit dem Blatt kurzen Prozess: Ich riss es raus und zerpflückte es dann regelrecht zu Konfetti. Sonst ging ich normalerweise selbst mit den Werken, die mich tierisch nervten, schonender um. Aber gerade war es wirklich ein gutes Gefühl, etwas kaputt machen zu können, das verschaffte mir schon so eine gewisse Befriedigung.

Und danach machte ich bis zum Mittagessen lauter Nichts. Tad schaute nicht nochmal vorbei und die Ruhe nagte an mir, aber ich konnte mich auch zu nichts aufraffen, wollte niemanden sehen und hatte auf Nichts wirklich Lust. Dieser blöde Tag sollte einfach nur vorbei gehen! Auch wenn ich keine Hoffnung hatte, dass morgen besser wurde...

Als ich dann den Gong hörte, war ich kurz davor, ihn schlicht und ergreifend zu ignorieren. Aber wenn ich wieder mal eine Mahlzeit ausfallen ließ, gab es nur erneut diese unbequemen Fragen und mein toller Muskelkörper verlangte nach Nahrung.

Deprimiert schlurfte ich zum Speisesaal. Doch mitten im Flur blieb ich stehen. Von hinten lief Ric gegen mich. „Hey! Was ist denn los?", fragte er mich verständnislos und ging einfach an mir vorbei, ohne eine Antwort abzuwarten. Geduld war nicht so seins. Interesse an anderen Menschen auch nicht. Aber gerade nahm ich Nolas Bruder auch überhaupt nicht richtig wahr.

Dieser Geruch... Tausend Erinnerungen strömten auf mich ein. Ich konnte es gar nicht richtig glauben!

Wie in Trance legte ich das letzte Stück zurück. Fast konnte ich die Umarmungen meiner Eltern spüren, meine Hände, wie sie den Rollstuhl anschob, Grimms tapsende Schritte in der Küche, ihr Begrüßungsschnurren. So bildlich konnte ich unsere Küche sehen, die cremeweißen Wände, die Fotos, der Kühlschrank, an dem mit einem Fischmagneten mein allererstes Kindergarten-Kunstwerk hing.

Zuhause. Genau danach roch es.

Und auch wenn es überhaupt keinen Sinn ergab, hatte ich das Gefühl dort anzukommen, als ich den Speisesaal betrat. Viele der anderen Leute hatten sich hier schon versammelt und obwohl alles eigentlich wie jeden Tag war, fühlte es sich freundlicher und einladender an.

Kartoffelgratin! Duftend lag es auf den Tellern und lächelte mich vom Büfett aus verlockend an.

Genau das brauchte ich jetzt. Was für ein Zufall, dass sich Bernd ausgerechnet heute daran versucht hatte.

An einem Tisch abseits sah ich Tad sitzen, grinsend zwinkerte er mir zu, ein sehr schiefes, merkwürdiges Zwinkern, eindeutig nicht seine Stärke. Doch durch diese verzerrte Geste fiel es mir wie Schuppen von den Augen.

Das war überhaupt kein Zufall! Er hatte mein Lieblingsessen in Auftrag gegeben! Tränen traten mir schon wieder in die Augen, doch dieses Mal waren sie einfach, weil ich so glücklich war, dass ich es gar nicht in Worte fassen konnte! Ich war so unbeschreiblich gerührt und all die Erinnerungen und das Gefühl zuhause zu sein!

Mit einem Schlag war dieser Tag von einer Katastrophe zu einem Wunder aufgestiegen!

Regelrecht andächtig trat ich ans Büfett. Dieses Essen fühlte sich geradezu heilig an. Es musste richtig gewürdigt werden und ich würde jeden Bissen genießen als wäre es meine Henkersmahlzeit. Oh war das wunderschön! Noch nie in meinem Leben hatte ich mich so krass über Essen gefreut!

Im siebten Himmel ließ ich mir die erste Gabel auf der Zunge zergehen. Und für einen Herzschlag war ich einfach nur wunschlos glücklich. Für diesen einen kleinen Moment fühlte es sich so an, als wäre die Zeit der Tests und des Stresses vorbei und ich wäre dafür wieder an einem Ort voller Geborgenheit und Freude: Zuhause.

21

„Hey, Diego. Was war denn eben los?", zerstörte Nola diesen friedlichen, heilenden Moment, auch wenn sie es nur gut meinte. Verdammt. Jetzt brauchte ich schnell eine gute Ausrede. Ich konnte ihnen auf jeden Fall nicht das gleiche erzählen wie Merle. Aber wenn ich einfach nur abblockte, wussten sie, dass ich etwas verheimlichte...

„Ich musste dringend aufs Klo. Ein richtiges Klo", brachte ich nicht gerade die einfallsreichste Begründung und um es ein wenig glaubhafter zu gestalten, schmückte ich es noch schnell ein wenig aus: „Ein Code braun. Euer Vater muss irgendwas verkackt haben." „Du hast dich ja wohl eher fast verkackt", konterte Ric auf meine Steilvorlage hin.

„Am Essen kann es nicht gelegen haben, ich hatte nichts", verteidigte Nola ihren Vater und setzte noch auf ihre typisch fürsorgliche Art hinterher: „Aber vielleicht brütest du ja irgendeine Krankheit aus. Vielleicht solltest du dich mal durchchecken lassen."

„Ich hatte doch letztens erst die tolle Laborratten-Untersuchung. Nein danke", erwidert ich mit absolut ehrlicher Ablehnung. „Heul nicht, dafür musstest du an dem Tag keinen Dienst machen oder sonstigen Scheiß", verkannte Tim total, was an dem Untersuchungs-Tag eigentlich ablief. Da hätte ich lieber die ganze Küche porentief rein geschrubbt.

„Du hast ja keine Ahnung. Die sollten dich mal so sezieren. Vielleicht finden sie ja in deinem Gehirn den Auslöser für Dummheit", konterte ich ganz im rücksichtslosen Diego-Modus. „Und du leuchtest pink", schoss er nur genervt zurück und steckte sich ein Gabel Kartoffelgratin in den Mund. „Wenigstens ist an mir etwas Besonderes", musste ich das letzte Wort behalten, immerhin war ich hier der Ober-Macho.

Allerdings fiel es mir sehr schwer diese Einstellung beizubehalten, als ich ebenfalls von meinem Traumessen aß. Es schmeckte einfach so gut! Wie von selbst schweifte mein Blick zu Tad, der abseits an seinem Stammplatz saß und mir auf seine absolut liebenswürdige Art zulächelte. Er war so ein toller Mensch, aber er war so weit weg…

Das war nicht richtig! Es war mehr als überfällig, dass er anfing richtig zur Gruppe zu gehören. Mir war es immer noch ein Rätsel, wie die anderen nicht sehen konnten, wie wundervoll er war. Warte! Ein Rätsel! Das war's! Damit konnte ich ihn mit ins Boot holen und gleichzeitig den Verdacht weiter von mir ablenken! Es war einfach perfekt!

„Apropos, wenn wir schon bei besonderen Dingen sind: Wir sollten bei dieser mysteriösen Künstlerin auf der Toilette dranbleiben. Das ist doch endlich mal etwas Spannendes in diesem öden Bunker. Wir könnten da auch Tad als Superhirn benutzen. Er wäre für die Suche sicher nützlich", verkündete ich so lässig wie möglich meinen super genialen Plan.

„Ey, Tad!", rief Tim ihm gleich zu und hob auffordernd den Arm, als wollte er richtig unhöflich und rüpelhaft eine Bedienung rufen. Von Akzeptanz waren sie noch Welten entfernt, aber das war ja klar gewesen, Hauptsache er war dabei.

Unsicher zögerte er einen Moment und ich schenkte ihm ein kleines, ermutigendes Lächeln, auch wenn diese kleine Geste schon sehr riskant war. Für einen Wimpernschlag erwiderte er das Lächeln, dann wurde er wieder ernst und kam wachsam zu uns rüber.

Lässig lehnte sich der Idiot über die Stuhllehne und kam gleich zur Sache: „Hast du eine Idee wer E sein könnte?" Überrumpelt blinzelte Tad. Ich hätte ihn vorwarnen sollen. Und die Sache mit Merle musste ich ihm ja auch noch erzählen. Zum Glück war sie gerade nicht da.

„Was meint ihr damit?", fragte er unsicher nach. Schnell brachte ich eine lockere Erklärung, damit er sicher wusste, dass alles in Ordnung war: „Die Toilette, wo wir zum Streichen verdonnert wurden. Da war so ein Graffiti E und jetzt versuchen wir herauszufinden, wer dahinterstecken könnte. Also streng bitte dein schlaues Köpfchen für uns an."

„Die Toilette war so weit ich weiß schon seit geraumer Zeit defekt, von daher gibt es einen großen Zeitraum, in dem das Graffiti entstanden sein könnte. Zugriff zu den Spraydosen zu bekommen, war nicht schwer. Das limitiert leider nicht weiter die Anzahl der Verdächtigen", analysierte er schnell und sachlich: „Oh. Einen beschränkenden Faktor gibt es doch: Die Toilette sollte eigentlich abgesperrt gewesen sein. Die Künstlerin brauchte also Zugang zum Schlüssel."

Entweder da war jemand sehr schlampig gewesen oder mein treuer Komplize hatte es sich ausgedacht, um mich endgültig aus der Liste der Verdächtigen zu streichen. Er war echt ein Genie!

„Oder unser geheimnisvoller Jemand kennt sich damit aus, Schlösser zu knacken", machte uns Tim einen Strich durch die Rechnung und warf mir einen vielsagenden Blick zu. Verdammt! „Im Ernst? Ich würde doch niemals so etwas Peinliches, Mädchenhaftes malen!", stritt ich sofort ab und beschuldigte hastig jemand anderen: „Nola könnte doch die Schlüssel von ihrer Mutter gemopst haben. Oder Ric hat eine verborgene Seite, die der kleine Scheißer nur nicht zeigt."

Spaßhaft fingen alle an, sich untereinander zu beschuldigen. Ich fühlte mich bei der ganzen Sache ja so gar nicht wohl. Sie waren viel zu nah an der Wahrheit. Doch wenigstens war mein Zug erfolgreich gewesen. Tad saß jetzt bei uns und gab hier und da kluge Beiträge ab und dazu gab es noch das Kartoffelgratin.

Diesen Moment sollte ich genießen und am Ende genoss ich besonders das Essen wirklich. Ich erreichte den Bereich, in dem man irgendwann aufhörte seine Portionen zu zählen. Man war ich voll! Wie eine Regentonne nach einem Monsun.

„Du hast wirklich einen gesunden Appetit", lachte Bernd auf und klopfte mir auf die Schulter. Vor Schreck schüttete ich mir mein Wasser über. „Oh, brauchst du ein Lätzchen?", machte sich Tim gleich über mich lustig.

Als Rache schleuderte ich ihm kurzerhand den Rest Wasser mitten ins Gesicht und fragte provozierend fürsorglich: „Ach Herrje, brauchst du ein Lätzchen?" „Diego!", sagte Bernd extra vorwurfsvoll meinen Namen. „Soll ich als Strafe wieder in der Küche helfen?", herausfordernd sah ich ihn an.

Ich hoffte schon richtig, dass er mir diese „Strafe" aufbrummte. Letztes Mal hatte so Spaß gemacht! Außerdem war ich gerade voll in der Stimmung für sowas, das lag an dem genialen Kartoffelgratin. Jetzt wollte ich auch leckere Sachen erzeugen, auf die ich stolz sein konnte und die mich und andere Leute glücklich machten.

Ein kleines, freches Rülpsen rutschte mir raus und es schmeckte wundervoll nach Kartoffelgratin. Grandios!

„Es würde passen. Ich hab gerade meine erste Banane probiert und wollte für morgen daraus Pancakes und Smoothies machen", erzählte mir der liebevolle Koch und Gärtner. Was? Es war so weit? Dieser Tag wurde ja immer besser! Vom Alptraum zum Traum, was für eine Entwicklung!

„Muss nicht sein", lehnte ich möglichst gleichgültig ab. Jetzt musste Bernd nur ein kleinwenig hartnäckig sein. „Denk nochmal darüber nach. Ich warte morgen in der Küche auf dich", meinte er nicht ganz so resolut, wie ich mir gewünscht hatte und ging mit einem Zwinkern weiter. „Davon hatten wir heute Morgen sogar noch die Rede", erinnerte sich Nola fröhlich zurück.

„Zum Glück hast du nur das Wasser benutzt, wenn du mit dem Essen gespielt hättest, hätte es die Höchststrafe gegeben", meinte Ric und warf kurz einen Blick zu seinem Vater zurück, bevor er seine Gabel als Kartoffelgratin-Katapult benutzte. Treffsicher klatschte es auf meine Brust. „Ric!", empört sah die Kochmeisterin ihren kleinen Bruder an.

Kurzerhand kratzte ich mir die Extraportion von meinem Oberteil und steckte sie mir in den Mund. „Diego", jetzt klang Nola ziemlich angewidert. „Was denn? Das ist geil", verteidigte ich mich mit vollem Mund.

„Es ist schön, dass es dir schmeckt, aber vielleicht sollten wir langsam wieder zurück gehen. Du musst immer noch Schulsachen machen", mischte sich Tad strebermäßig ein. Damit half er nicht gerade bei seiner Eingliederung. „Trainingsdrache", kommentierte ich und stand mit einem theatralischen Stöhnen auf.

„Du lässt dich einfach so rumkommandieren?", stichelte Ric ein bisschen. „Ess weiter brav, dann wirst du irgendwann mal groß und stark und hast auch was zu sagen", mit diesen Worten zerstrubbelte ich ihm die Haare, was ihn so richtig schön aufregte.

Beschwingt verließ ich den Speisesaal. Tad war heute mal endlich Teil der Gruppe gewesen, es hatte ein galaktisch obertolles Essen gegeben und unser Bananen-Projekt konnte starten! So viele super Sachen auf einmal!

„Beim nächsten Essen kannst du dich auf jeden Fall auch an den Tisch setzen, dann könnten wir weiter rätseln, wer E ist. Es ist so schön, wenn du dabei bist", plante ich überglücklich. „Hältst du das wirklich für so eine gute Idee? Was, wenn sie es herausfinden?", wandte mein Mitstreiter eine Spur besorgt ein.

„Ich bin Diego, nicht Elvira. Da kommt niemand drauf", erwiderte ich beruhigend, auch wenn ich selbst oft genug deswegen Panik schob. Vorfreudig wechselte ich das Thema: „Wir müssen uns unbedingt noch Bananen von Bernd mopsen." „Deswegen wollte ich auch so schnell vom Essen weg", aufgedreht grinste Tad mich an.

„Sollen wir es jetzt gleich tun, solange beim Essen noch ein bisschen was los ist oder sollen wir lieber warten, bis die Vorbereitungen fürs Abendessen richtig losgehen?", voller Tatendrang rieb ich mir die Hände.

„Ich hab schon einen Plan...", ganz geheimnisvoll ging er in sein Zimmer. Aufgeregt folgte ich ihm. Mysteriös öffnete er eine Schublade und holte daraus... zwei Bananen hervor. „Bist du bereit mit mir nach den Gesetzen der Chemie zu arbeiten?", fragte er mich feierlich.

Zum Spaßen aufgelegt schnappte ich mir eine der Bananen: „Da muss ich zuerst bei meinem Manager anrufen." „Biep. Böp. Biep", ahmte ich die Geräusche einer eingetippten Telefonnummer nach und hielt mir das Obst dann wie einen Hörer ans Ohr: „Ja. Hallo. Ich wollte nur fragen, wie mein Terminkalender in nächster Zeit aussieht. Mhm. Aha. Also ist Zeit für verrückten Spaß mit einem eigentlich unspaßigen Fach? Ja, ja. Den richtigen Kollegen habe ich. Alles klar. Gut."

Nach dieser kindischen Gesprächsimitation wandte ich mich mehr oder weniger ernsthaft an Tad: „Wir können beginnen." „Du hast gemeint, du hättest einen mysteriösen Ort, wo wir es ungestört durchziehen können", erinnerte er mich mit unverhohlener Neugierde. „Ach ja, das war eigentlich die defekte Toilette. Ist mies gelaufen", antwortete ich und meine endlos gute Laune bekam einen kleinen Knacks.

„Seh es positiv, es wäre noch viel schlimmer, wenn sie dabei halbvergorenen Bananenwein gefunden hätten", meinte Tad halb optimistisch, halb scherzhaft. Genau das was ich jetzt brauchte. „Schlimmer geht immer", kommentierte ich mit Murphys-Gesetz. „Ganz genau! Das ist die richtige Einstellung!", bestärkte er mich lachend und dann ging ihm auf einmal ein Licht auf: „Was, wenn wir es einfach hier machen?"

„Wie meinst du das?", verwirrt runzelte ich die Stirn. „Ja, hier. Einfach in meinem Zimmer", erklärte er mir absolut verrückt. Hatte er in den letzten Minuten etwa den Verstand verloren? „Überleg doch mal, niemand würde sich wundern, wenn ich hier einen Versuchsaufbau habe. Das ist doch ganz normal für mich. Niemand würde auf die Idee kommen, dass es Alkohol sein könnte und wir hätten es die ganze Zeit im Blick. Das wäre doch die ideale Lösung", erläuterte er mir tiefergehend und jetzt mache es auch bei mir mal Klick.

Er war echt irre genial!

„Machen wir es!", stimmte ich ihm aufgeregt zu und wir starteten unser einzigartiges Chemieexperiment. Bananen schnippeln, mit Zeug in Flaschen abfüllen, Gährröhrchen drauf und voilà! War eigentlich gar nicht so schwer. Aber es fühlte sich trotzdem so an, als hätten wir etwas voll Krasses erreicht. Und das Beste daran war, dass wir es gemeinsam getan hatten. Dieser Bananenwein würde unser gemeinsames Werk sein... Krass.

„Elli? Woran denkst du?", erkundigte er sich wieder so aufmerksam. „Ach nichts", winkte ich betont lässig ab: „Machen wir jetzt noch unsere tägliche Dosis Schulaufgaben?" „Oh, du versuchst dich gar nicht davor zu drücken? Das ist ja ganz was Neues!", neckte er mich ein bisschen.

„Ich habe meinen inneren Jedi-Rechenmeister gefunden, jetzt ist die Macht mit mir und ich bin unschlagbar", witzelte ich, auch wenn ich wusste, dass er die Star Wars Anspielung nicht verstehen würde. Zwar hatte ich es schon mal erwähnt, aber wenn ich ihm alle Klassiker darlegte, wurde ich ja nie fertig! Außerdem waren meine Zusammenfassungen gar nicht gut, viel zu chaotisch.

„Bist du bereit für den Kampf?", dramatisch zückte er seinen Block. „Ich werde dich in Grund und Boden rechnen!", machte ich eine sehr gehaltlose Kampfansage. Der Tag, an dem ich ihn in Grund und Boden rechnete, wäre der, an dem sich die Grenzen der Realität verschoben.

Gleichzeitig fingen wir mit dem Matheaufgabenblock an. Konzentriert huschten seine Augen über die Aufgabenstellungen und sein Meisterhirn lieferte ihm sofort den Lösungsweg. Ich schielte vielleicht ein-, zweimal zu ihm rüber, denn mein Hirn neigte eher dazu, die Aufgaben einfach in den Fleischwolf zu schmeißen und mir dann stolz das zusammenhanglose Chaos zu präsentieren.

„Fertig!", triumphierend schaute er auf: „Und du?" „Ja, definitiv", total ernst hielt ich ihm meine Ergebnisse hin. „Was ist das?", verwirrt runzelte er die Stirn. „Eine Darth-Vader-Katze. Sie hat meinen Mathe-Jedi umgebracht und ohne ihn war die Armee der Zahlen einfach zu übermächtig. Ich bin unterlegen. Doch wenigstens habe ich ruhmreich gekämpft", antwortete ich theatralisch und Tad schüttelte grinsend den Kopf.

Leider ließ er meine Niederlage nicht auf sich beruhen und wir nahmen die Revanche gemeinsam in Angriff. Mathe würde ich wohl nie so ganz verstehen. Aber wann brauchte ich so abstrakte Rechensachen schon im normalen Leben? Wenn mein Leben denn je wieder wirklich normal werden würde.

Doch die Diskussion konnte mich nicht vor meinen Schulaufgaben retten, das war schon früher so gewesen und würde sich wohl auch nie ändern. Das gehörte zu den unerschütterlichen Grundstrukturen des Lebens. Schüler mussten unnötiges Zeug lernen. Punkt. Ende aus.

Wenigstens bekam ich als Entschädigung einen mit Liebe gemachten Pfefferminztee, meine absolute Lieblingsroutine hier. Und bald würde es ja noch eine andere, besondere Flüssigkeit geben...

22

Der Gärungsprozess an sich war jetzt nichts, das man als spannungsgeladen bezeichnen konnte. Unsere wenig appetitliche Brühe stand einfach nur rum und hin und wieder erhaschte man ein Bläschen. Bei diesem Gas handelte es sich um Kohlenstoffdioxid, das sagte mir Tad jedes Mal, wenn eins auftauchte und spätestens beim zwanzigsten Mal wusste ich es echt. Aber ich brachte keinen blöden Spruch. Tad freute sich einfach so goldig und auch ich fand es irgendwie aufregend.

Diese Faszination verflüchtigte sich allerdings so im Laufe des dritten oder vierten Tages. Wenig spektakulär verbrachten wir die meiste Zeit mit Warten, dann einmal filtern und noch mehr warten.

In der Zwischenzeit war absolut nichts losgewesen, ohne die immer witzigen und lockeren Nachhilfestunden mit Tad wäre ich schon längst durchgedreht. Dieser Ausbruch aus dem Alltag war längst überfällig! Und es würde so abgefahren werden!

Auch abgefahren war, was ich noch aus der Krankenstation rausgeholt hatte. Da war ich echt stolz drauf. Damit nicht auffiel, dass ich weiterhin die aufregende ultraviolette Farbe abzweigte, füllte ich mir ein bisschen was ab und verdünnte den Rest mit Wasser, sodass es wie die gleiche Menge wirkte. Ja, ja, ich war ein richtiger, krimineller Schlaufuchs.

Es fühlte sich fast schon wie eine kleine Rebellion an, weiterzumalen, obwohl sie meine wunderschöne Toilette wieder in den grauen Einheitsbrei gezwungen hatten. Außerdem war es neben dem Trotz auch sehr entspannend, einfach alle Gedanken aus dem Kopf zu malen und eine neue Welt zu erschaffen.

Ich war schon so gespannt, was Tad dazu sagen würde! Meine Aufregung sprengte echt jede Skala! Und umso näher der Stichtag rückte, desto ungeduldiger wurde ich. Auf etwas zu warten, dass so kurz bevorstand war eine ganz besondere Art der Folter.

Und dann war es endlich soweit! Unser Bananenwein war vergoren! Echter Alkohol!

Noch nie hatte ich welchen trinken dürfen. Er war ja streng genommen ein Nervengift und weil mein Körper eh ein wandelnder Schrotthaufen gewesen war, hatten meine Eltern es strikt verboten, dass ich ihn ein bisschen vergiftete. Außerdem lud man langweilige Außenseiter mit unpraktischem Rollstuhl nicht unbedingt zu Anlässen mit Zugang zu solchem Zeug ein. Traurig aber wahr.

Na ja, so traurig jetzt auch wieder nicht, immerhin konnten Tad und ich uns so gemeinsam das erste Mal so richtig betrinken. Es gab niemanden mit dem ich das lieber machen würde! Das würde die krasseste Geheimparty aller Zeiten werden! Ich konnte den Abend kaum erwarten!

Selbstgemachter Bananenwein, das war doch ein krasseres Einstiegsgetränk als gemopstes Bier. Die richtig Harten brauten sich ihr Zeug selbst! Wie würde es wohl schmecken? Von Bananenwein hörte man ja sonst nicht so viel.

Wenn es gut war, könnten wir uns das nächste Mal ja an Bananenschnaps versuchen. Allerdings hatte ich mal irgendwo gehört, dass einer durch seine selbst gebrannten Spirituosen blind geworden war. Auf diese Nebenwirkung konnte ich gut verzichten.

Aber jetzt stand erst einmal unsere Weinverkostung an und wenn der doch toxisch sein sollte, also mehr als Alkohol gewöhnlich, würden Tad und ich gemeinsam sterben, ganz tragisch. Viel wahrscheinlicher war jedoch, dass wir einfach nur hirnlosen, abgefahrenen mega Spaß haben würden!

Wir hatten schon alle Vorbereitungen getroffen, alles lag in einer Box in meinem Zimmer, bereit genutzt zu werden. Nur die Flasche Wein stand ganz demonstrativ bei Tad, als irgendeine chemische Flüssigkeit, über die niemand weiter nachdachte. Manchmal waren die offensichtlichen Verstecke doch die besten.

„Bist du bereit?", fragte er mich leise mit der gleichen Aufregung, die mich schon seit gestern nicht mehr stillsitzen gelassen hatte. „Bereit, wenn du es bist", flüsterte ich zurück und es fehlte nicht mehr viel und ich würde im Kreis grinsen.

Im blauen Schein des Algenlichts und mit flüssiger guter Laune im Gepäck schlichen wir uns zur Krankenstation. Um uns herum war alles dunkel und still. Niemand ahnte, was wir gleich tun würden. Der Streber und der Sportler hatten sich verbündet, um eine Droge herzustellen. Dieses Klischee würden sie sehen, wenn sie uns erwischten. Doch sie würden uns nicht erwischen.

Alles in meinem Körper kribbelte. Mit einem schelmischen und ziemlich aufgedrehten Grinsen öffnete Tad die Tür. Erwartungsvoll ging ich in diesen ganz besonderen Raum und stellte mein Gepäck ab.

„Zuallererst will ich dir noch etwas zeigen. Mach kurz die Augen zu", wies ich ihn mit einem richtigen krassen Kribbeln im Körper an, ich bekam dabei sogar fast schon weiche Knie. „Was hast du denn vor?", fragte der kleine Wissenschaftler und schloss brav die Augen. „Das wirst du ja gleich sehen", erwiderte ich nur mysteriös und lief hin und her, um schnell alle Schwarzlichtlampen in Position zu bringen. Zum Abschluss löschte ich noch die Algenlichter und als ich wie ein farbenblinder Weihnachtsbaum aufleuchtete, erlaubte ich ihm: „Du darfst deine Augen wieder öffnen."

Verblüfft blinzelte er und ließ seinen Blick über die glühenden Wände schweifen. Aufgeregt tat ich es ihm gleich. Ganz in der Nähe stand mein Mirabellenbaum, der all die Blumen und Pfefferminzpflanzen weit überragte. Und da waren die vielen, kleinen Schmetterlinge, die für immer in ihrem flatternden Flug gefangen waren, ebenso die gleitenden, eleganten Vögel und selbstverständlich die beiden frechen Spatzen, die bei ihrem Streit um das Futter im Vogelhäuschen ganz und gar nicht elegant wirkten.

Wenn man genau hinsah, oder wie ich praktischerweise wusste, wo man suchen musste, konnte man auch mein kleines Eichhörnchen entdecken, das sich in einem Haselnussstrauch versteckte.

Dann gab es natürlich noch die beiden zarten, jungen Obstbäume, Apfel und Kirsche und die Traubenranken, die sich fast schon zu perfekt um ein Tor geschlungen hatten. Und das kleine Beet mit Salat und Erdbeeren.

An der Decke strahlte die große Sonne, gemacht aus meinen Handabdrücken und ein paar blasse Wolken an den Rändern. Auf dem Boden hatte ich kleine Steinwege gemalt, dazwischen gestricheltes Gras und auch ein kleiner Teich mit Tads Versuchstier-Fischen und einer kleinen Schildkröte, wegen den Sternenbild-Muttermalen in seinem Gesicht. Nur einen Katzensprung entfernt lag Grimm lauernd im Gras, bereit jeder Zeit einen der Fische zu schnappen. Daneben stand noch eine Bank, an deren Perspektive ich regelrecht verzweifelt war, mit einem eingravierten T.

Ein unsichtbarer, ungreifbarer Garten. Sein Garten, unser Garten.

Schließlich hatte er sich einen groben Überblick verschafft und seine Augen hefteten sich auf mich. Sein Gesicht war sehr dunkel, der violett-blaue Widerschein meines geheimen Kunstwerks ließ ihn fast krankhaft wirken und das Gestell seiner Brille zeichnete wieder harte Schatten auf sein immer so weiches Gesicht.

Irgendjemand musste jetzt etwas sagen und da er da etwa genauso lebhaft stand wie die Bilder an den Wänden, musste ich wohl dieser irgendjemand sein: „Ähm. Ich weiß, dass war ein unnötiges Risiko, besonders nachdem sie schon meine Toilette entdeckt hatten. Aber es ist irgendwie einfach so passiert und wir hatten doch mal darüber geredet, dass es schön wäre, einen eigenen Garten zu haben. Jetzt haben wir quasi einen. Schon klar, er ist nicht wirklich echt, aber keine Ahnung... Das war eine dumme Idee. Es tut mir leid."

Die Worte sprudelten nur so aus meinem Mund, als hätte man die Fluttore bei einem völlig überfüllten Stausee geöffnet. Ich hätte ihn schon viel früher daran teilhaben lassen sollen! Dann wäre das alles nicht so übersteigert und komisch geworden! Das war doch viel zu viel!

„Du hast nachts gemalt. Deswegen warst du so müde", kombinierte er abwesend und völlig am eigentlichen Thema vorbei. „Ja?", bestätigte ich unsicher. Was sollte ich auch davon halten, wenn seine erste Reaktion eine Analyse der Gegebenheiten war? Ich wollte wissen, wie er es fand!

„Es tut mir leid", piepste ich noch eine Entschuldigung. Er verhielt sich so komisch, ganz unbeteiligt. Tad sah mich nicht einmal mehr richtig an! War es für ihn wirklich so schlimm, dass ich es heimlich getan hatte? Hatte ich damit unsere Party versaut, bevor sie überhaupt gestartet war? Nein! Das durfte doch nicht sein!

„Du bist wirklich unglaublich", war das in seiner Stimme völlig entgeisterte Verstörung? „Es tut mi...", setzte ich noch ein drittes Mal an, doch soweit ließ er es gar nicht mehr kommen. Fest umarmte er mich und für einen Moment konnte ich es kaum glauben, ich war total baff.

Wenn er behauptet hätte, er wäre eine Qualle und würde mich deswegen jetzt küssen, hätte er mich nicht mehr überraschen können. Nein, das nehme ich zurück. So ein Verhalten hätte mich aus allen Wolken stürzen gelassen und auf dem Boden der Tatsachen hätte ich mir den Schädel eingeschlagen. Kussszenarien und Tad gehörten genauso wenig zusammen wie Eisbären und Pinguine. Ganz einfach eine Unmöglichkeit, die allgemeinhin bekannt war.

Seltsame Gedanken. Seltsame Situation. Seltsame Zeit.

Auf einmal ließ er mich los und fing an wild gestikulierend hin und her zu gehen, so als hätte er eben ein ganzes Regal Energy-Drinks runtergekippt: „Was du hier geschaffen hast, ist einfach unglaublich. Du bist so unglaublich gut! Einen Garten! Das ist mit Abstand die schönste Überraschung, die mir je jemand gemacht hat! Und du entschuldigst dich! Elli! Ich weiß nicht, was ich sagen soll!"

Bei seinen letzten Worten packte er mich an den Schultern und schüttelte mich wild, als müsste ich zur Besinnung gebracht werden und ich war über seine unglaubliche (auf diesem Wort liegt wohl die Betonung) Lobeshymne tatsächlich etwas steif geworden und mit dieser Aktion rüttelte er mich nachhaltig wach.

„Dir gefällt das also? Und du bist wirklich nicht böse?", mir war so klar, wie dämlich und völlig verschüchtert das klang. Er hatte es mir doch eben schon gesagt! Was wollte ich noch?! Eine schriftliche Bestätigung?! Am besten noch von einem Notar beglaubigt!

„Wie könnte ich hierfür böse sein?!", war er zur Abwechslung vollkommen verständnislos, aber das hatte ich auch verdient. „Ähm... gut. Fangen wir dann mit dem Wein an?", fahrig schaltete ich meinen blauen Leuchtball wieder an, damit wir für den Rest der Vorbereitungen besser sehen konnten und das Licht vertrieb den Zauber des Moments. Schlagartig war es nur noch die Krankenstation und wir waren zwei kleine, verwegene Teenager, die ein paar Grenzen testen wollten, ganz wissenschaftlich natürlich. In Mathe hatten wir auch letztens das Grenzverhalten einer Gerade untersuchen müssen. Hoffentlich würde das hier lustiger werden.

Begeistert schaute Tad sich noch einmal um, auch wenn der Garten jetzt nur noch schemenhaft zu erkennen war.

„Unglaublich", murmelte er mehr zu sich selbst und diese ehrliche Faszination war wahrscheinlich das größte Kompliment, das ich je bekommen hatte, echte Anerkennung und das tonnenweise.

Der beste Start, den ich mir für unsere super Party hatte vorstellen können!

Während Tad Diegos Musikbox anschloss, breitete ich eine der Bettdecken als provisorische Picknickdecke aus, schenkte jedem von uns ein Glas Wein ein (die Gläser hatten wir aus der Küche stibitzt, leider keine Weingläser) und steckte jedem ein selbstgebasteltes Schirmchen dazu.

Irgendwie hatte ich bei Bananenwein ein tropisches Gefühl, also Schirmchen. Und Blumenketten aus buntem Papier und selbstgemalte Kartenspiele. Letztere waren in dieser Zeit voll in Vergessenheit geraten. Echt erschreckend.

Auch wenn ich früher zugegebenermaßen nie ein großer Kartenspieler gewesen war, aber ich hatte ja auch keinen Partner für solche Partien gehabt. Und ich hatte so das Gefühl, dass ich meinen mühevoll erstellten Kartensatz auch in dieser Zeit nicht viel nutzen würde. Aber heute würden Tad und ich ganz gepflegt Karten spielen.

Sowas machte man doch auf Partys, glaubte ich zumindest, richtig sicher war ich ja nicht. Und das war eigentlich auch egal. Wir mussten keine Party feiern, wie es die anderen taten, wir würden es ganz alleine machen, wie wir es wollten!

Leise setzte die Musik ein, elektronische, etwas gewöhnungsbedürftige Musik. Instrumente waren hier offensichtlich nicht mehr so angesagt, einer der vielen Punkte, die ich gerne ändern würde, aber von hier aus konnte ich das nicht und sonderlich musikalisch war ich auch noch nie gewesen. Selbst wenn ich die breite Öffentlichkeit erreichte und versuchte ihnen mit einer musikalischen Darbietung zu zeigen, was sie verpassten, würde dieser Schuss wahrscheinlich nach hinten losgehen.

Allerdings war unser erstes Weltverbesserungs-Projekt immer noch die Umkehrung der Quallenküsse, danach konnten wir eine musikalische Reform veranlassen. Für heute musste das Gepiepe reichen.

„Mach es ein wenig lauter", forderte ich Tad auf und versuchte einen Rhythmus zu finden, zu mit dem ich tanzen konnte oder so. Ziemlich schnell kam ich jedoch zu dem Schluss, dass man sich bei diesem Stück selbst einen Rhythmus aussuchen konnte. Wenigstens war es energiegeladen, das musste man dieser Interpretation von Musik lassen.

„Wir dürfen aber nicht zu laut sein", wurde Tad seine umsichtige Besorgnis nicht ganz los. „Ich denke ein bisschen lauter als Mäuseflüstern geht klar", erwiderte ich gut gelaunt. Noch nie hatte ich mich so wagemutig und einfach frei gefühlt. Genial!

Im wahrsten Sinne des Wortes strahlend wartete ich, als er endlich die Früchte unserer Arbeit in zwei Gläser goss. Es sah ein bisschen aus wie trüber Apfelsaft, aber man konnte eindeutig die süßliche Banane riechen und auch kräftigen Alkohol. Komisch kitzelte es ein wenig in der Nase. Wie viel Prozent unsere Kreation wohl hatte?

Um das herauszufinden müssten wir destillieren, Tad war aus Forschungszwecken sogar fast dabei gewesen, nur hätten wir dann eine gute Portion verschenkt und das hier wollten wir immerhin genießen.

Aufgeregt setzte sich Tad zu mir. Grinsend hängte ich ihm seine Blumenkette um. „Und? Fühlst du dich schon in Feierstimmung?", wollte ich aufgedreht von ihm wissen, doch eigentlich hätte ich mir diese Frage auch sparen können. Man sah es ihm total an.

Es war ein Bild, wie man es für immer festhalten musste. Das dämmrige Licht, die erwartungsvolle und doch irgendwie ruhige Atmosphäre, das Leuchten in seinen Augen, die feinen Schatten seiner Wimpern auf seinen Wangen, die kaum zu sehen waren, meine unwirkliche, glühende Spiegelung in seiner Brille, seine Muttermale, die mich immer an den sternenübersäten Nachthimmel erinnerten, zu dem ich früher viel zu selten aufgesehen hatte...

Doch ich konnte jetzt schlecht einen Stift zücken und anfangen ihn zu zeichnen. So ein Verhalten wäre so gar nicht partymäßig.

Während meiner ganzen Zeit hier hatte ich mich noch nie so stark nach meinem Handy gesehnt. Und das soll schon was heißen, denn ich hatte zahllose langweilige Stunden gehabt, in denen ich mir so unheimlich gerne unnötige Videos und Bilder angesehen hätte und einfach ziellos durchs Internet getrieben wäre. Oh du süßer Zeitverstreib.

Doch jetzt war es so viel mehr. Es war zwar keine Kamera der Welt in der Lage das einzufangen, was ich gerade sah, doch jedes Mal, wenn ich das Bild sah, würde die Erinnerung wieder völlig klar in meinem Kopf aufleuchten.

Ich wollte diesen Augenblick nicht vergessen, nie.

„Und wie", sagte er mit einem strahlenden Lächeln und brachte mich damit voll aus dem Konzept. Wo waren wir gerade gewesen? Bevor ich den Auslöser für meinen sehnsuchtsvollen Gedankengang rekonstruieren konnte, hatte Tad schon nach seinem Glas gegriffen.

„Warte! Wir müssen das richtig machen!", feierlich hob ich auch mein Glas: „Wir brauchen einen Trinkspruch." „Einen Trinkspruch?", wiederholte er leicht verwirrt, doch seine Aufregung überwog immer noch ganz klar. „Ja. Einen Trinkspruch. Wir müssen auf etwas trinken! Zum Beispiel auf... das Leben. Dann stoßen wir an und dann erst trinken wir", erklärte ich ihm total aufgedreht.

„Und worauf sollen wir trinken?", wollte Tad grüblerisch wissen. Es war klar, dass wir etwas Kreativeres brauchten, als das Leben. „Auf die Krankenstation vielleicht", schlug ich ein wenig ratlos vor. Seine Stirn legte sich in Falten und auch diesen Moment wollte ich für immer festhalten.

„Na ja, hier haben wir uns doch das erste Mal getroffen, hier hat alles angefangen und hier sind so viele wunderschöne

Erinnerungen. Der Kuchen, das Rollstuhlfahren, …", mitten in meiner Aufzählung löste er mich ab: „Dein Kunstwerk, dein Infusionsständer-Tanz, in den Nola geplatzt ist…" „Als du mir das erste Mal mein Leuchten gezeigt hast", machte ich glücklich weiter und dann gleich wieder kichernd er: „Deine erste Mahlzeit." „Oh nein! Das ist keine schöne Erinnerung! Überhaupt nicht!", protestierte ich lachend.

Wir hatten echt schon einiges erlebt!

„Also dann…", stolz hob er sein Glas: „Auf die Krankenstation!" „Auf die Krankenstation!", echote ich überwältigt von diesem magischen Augenblick. Mit einem hellen „Pling!", stießen unsere Gläser aneinander und dann setzte ich den Bananenwein an. Es fühlte sich an wie ein historischer Moment.

Der erste Schluck war ein wenig komisch. Prüfend schmatzte ich und versuchte den genauen Geschmack herauszufinden. Eigentlich war es süßlich, aber irgendwie auch… ich glaube herb trifft es am ehesten und der Nachgeschmack war besonders knifflig, richtig undefinierbar. Irgendwie brennend und schon eine Spur unangenehm. War das der Alkohol?

Tad hing offensichtlich derselben Überlegung nach, denn er musterte genauestens sein Glas, als würde es ihm so eine Antwort geben. Aber ich war nicht hier, um eine wissenschaftliche Abhandlung zu schreiben und Tad auch nicht, obwohl er gerade schwer danach aussah.

Ohne lange zu fackeln, kippte ich den Rest vom Glas runter. Ui! Das war heftig! Kurz verzog ich das Gesicht, dann war ich wieder voll da. „Ex und hops!", forderte ich Tad auf, auch wenn ich nicht einmal genau wusste, was es bedeutete. Irgendwo hatte ich es mal gehört. Und Tad setzte tatsächlich ebenfalls sein Glas an und leerte es in wenigen Zügen.

Auch er schnitt direkt danach eine komische Grimasse, doch bis auf dieses Gefühl im Rachen spürte ich eigentlich nichts vom Alkohol. Keine Leichtigkeit, keine Gelöstheit, keine Wärme oder eine Veränderung der Sicht.

Vielleicht brauchten wir einfach mehr. Kurzerhand schenkte ich uns beiden wieder ein. „Auf die Hoffnung, dass es irgendwann besser wird", mit diesem schwammigen Standard-Spruch stieß ich nochmal bei ihm an. „Darauf trinke ich gerne!", unbeschwert trank er auch dieses Glas sehr schnell, genau wie ich.

Die Flasche war schon mehr als halb leer (nein, ich führe jetzt keine Debatte, ob es halb leer, halb voll, über die Hälfte zu groß oder sonst was ist) und wirklich Wirkung zeigte es immer noch nicht. Hatten wir vielleicht irgendetwas falsch gemacht? Aber es roch so intensiv nach Alkohol! So ein bisschen enttäuscht war ich ja schon.

„Sollen wir eine Runde Karten spielen?", schlug Tad locker vor: „Wir sollten nicht alles auf einmal trinken. Den Rest würde ich mir für später aufheben." „Ja, gut", entschieden schob ich diese dämliche Enttäuschung beiseite und freute mich stattdessen auf meine erste Partie Karten seit einer Ewigkeit.

Zuerst spielten wir einfach Mau-Mau, wobei es mit nur zwei Personen nicht ganz so lustig war, wie mit einer größeren Gruppe. Dann konnte man daraus ja auch dieses Daumenspiel machen, bei dem einer irgendwann seinen Daumen auf den Tisch legte und alle anderen es so schnell wie möglich merken und einsteigen mussten. Der Verlierer musste trinken. Aber zu zwei machte das wenig Sinn.

Trotzdem hatten wir tierisch Spaß. Irgendwann ergänzten wir die Extraregel, dass man Karten verschwinden lassen durfte, doch wenn der andere es sah, musste man selbst als Strafe einen Schluck trinken.

„Hah! Das habe ich gesehen!", triumphierend schnappte ich mir die Herz Zehn, die er versucht hatte, ganz dreist unter seinem Bein verschwinden zu lassen. Aber nicht mit mir! Buh ja! Mir machte er nichts vor! Ich war die Mogelkönigin! Oh ja! Ich hatte schon ganze drei Karten ungesehen weggeschmuggelt, indem ich einfach immer zwei genau übereinander abgelegt hatte.

Jetzt hatte ich nur noch zwei Karten. Der Sieg war zum Greifen nah! Ich konnte ihn schon förmlich spüren!

Nachdem Tad seinen Schluck genommen hatte, wandten wir uns wieder voll dem Spiel zu. Das war so witzig! Und dann…

„Gewonnen!", rief ich laut und klatschte meine letzte Karte auf den Stapel. Aufgedreht sprang ich auf und vollführte einen wilden Siegestanz. „Du bist in den See getreten!", lachte Tad auf und kriegte sich gar nicht mehr ein. Hemmungslos lachend rollte er auf dem Boden rum.

„Na warte! Ich spritz dich nass!", pantomimisch tat ich so, als würde ich das aufgemalte Wasser auf ihn patschen.

Irgendwie war alles so viel strahlender! Und es wirkte so perfekt und frei, ja völlig unbeschwert frei. Mir war so selig warm. „Hier ist es so wunderschön!", seufzte ich und ließ mich auf eins der knarzenden Betten plumpsen. „Wunderschön", lallte Tad und ließ sich voll auf mich drauf fallen. Keuchend lachte ich auf.

Und ab diesem Punkt ging es richtig drunter und drüber. Wir tanzten und sangen und tranken. Es war das totale Chaos und es machte so unglaublich viel Spaß. Ausgelassen sprang ich zu dieser Musik herum, die ich gerade einfach nur bombastisch fand und wirbelte Tad mit mir herum! Meine Tanzbewegungen waren absolut wild. Ich machte mir Null Gedanken, wie es aussehen könnte. Auch Tad veranstaltete da Sachen, über die ich nüchtern nur den Kopf geschüttelt hätte, doch gerade waren wir so krass auf einer Wellenlänge und es konnte gar nicht verrückt und aufgedreht genug sein!

Wann hatte ich das letzte Mal so mega Spaß gehabt?! Das hier war der Oberhammer! Nichts hielt mich mehr am Boden! Keine Sorgen oder Verpflichtungen oder so ein Scheiß, nur noch Spaß ohne Ende!

„Wir brauchen unbedingt noch mehr!", meinte ich irgendwann hellauf begeistert. „Aber wie?", schwammig zuckte Tad mit dem ganzen Körper die Schultern. „Die Küche!", total hibbelig pikste ich ihn wie eine Irre mit dem Finger auf die Brust: „Da gibt es diese Knabber-Stangen! Oder wir könnten selbst etwas kochen! Kuchen! Kuchen, Kuchen, Kuchen, Kuchen!" „Das ist die beste Idee aller Zeiten!", stimmte er mir vollkommen ernsthaft zu und wir machten uns unverzüglich auf den Weg.

Dabei stießen wir ständig aneinander und bogen viermal falsch ab. Ich konnte nicht anders als loszukichern. Die Gänge waren so ulkig! Alles war echt zum Totlachen!

Schließlich erreichten wir die Küche und ich hatte keine Ahnung, was wir da taten. Am Ende hinterließen wir ein heilloses Durcheinander und wir zogen glucksend mit den Armen voller Süßkram ab. Bei Manchem wusste ich nicht einmal richtig, was es war. Auf jeden Fall war es viel zu viel für uns zwei, aber das war im Moment so egal.

Fröhlich machten wir uns über unsere Ausbeute her. Es gab wieder ein paar Tanzeinlagen und wahnsinnig viel Herumalberei.

Atemlos lehnte ich mich an seine Schulter: „Ich würde gerne die Welt durch deine Augen sehen." Schelmisch setzte er mir seine Brille auf die Nase und stach mir dabei den Bügel voll ins Ohr. Lachend sah ich mich um und machte mich volle Latte darüber lustig, wie blind er war. Mein Bauch tat schon ganz weh vor lauter Lachen!

Und alles verwandelte sich in einen schwammigen, glücklichen Strudel.

Irgendwann saßen Tad und ich an die Wand gelehnt da, in einer ganz philosophischen Stimmung. Rückblickend kann ich gar nicht mehr sagen, wie wir da hingekommen waren. Gedankenverloren lutschte ich an meiner Bonbonstange, die so klasse schmeckte.

„Ich habe Merle gesagt, dass ich in dich verliebt bin", platzte ich einfach heraus. „Aber warum?", wollte er ganz entspannt wissen und drehte den Kopf zu mir. Angestrengt dachte ich nach. Warum war es nochmal gewesen?

„Ich war traurig", erinnerte ich mich, bedächtig nickend.

„Nicht traurig sein!", sagte Tad ganz betroffen und legte die Hand auf meinen Arm. Sanft legte ich meine andere Hand auf seine. Seine Haut war so warm und zart.

Und dann lehnte ich mich zu ihm und küsste ihn einfach. Eine kleine, leicht schmatzende Berührung unserer Lippen, eigentlich nichts Krasses, doch es kam mir so vor, als wäre alles auf einen Schlag im richtigen Licht. Alles strahlte und leuchtete und lebte! Ich lebte! So prickelnd und warm! Unglaublich wie viele Farben mein Inneres fluteten und mein Herz erfüllten!

Mit großen Augen sah er mich an. Er war so wunderschön!

„Diego", flüsterte er ganz verwirrt und der Moment zerbrach in tausend matte Stücke. Schlagartig hielt ich es nicht mehr aus, so nah neben ihm zu sitzen. Irgendwelche gemurmelten Worte gab ich noch von mir und stand dann leicht wankend auf.

Ein überdimensionaler Kloß machte sich in meinem Hals breit. Ich hatte das Gefühl jeden Moment losheulen zu müssen, doch die Tränen kamen nicht. Alles in mir hatte sich so schrecklich zusammengezogen. Die Welt kam mir vor wie ein riesiges Soufflé, so süß und verlockend und luftig leicht, bis es einfach in sich zusammenfiel.

„Elli", hinter mir hörte ich Tad aufstehen. Knackend trat er auf eine der verstreuten Bonbonstangen. „Nein, nein. Schon gut", abwehrend wedelte ich mit meiner Hand rum, doch ich schaffte es nicht, mich zu ihm umzudrehen. Schon allein die Vorstellung an seinen bemitleidenden, weichen Blick ließ eine Welle schmerzhafter Gefühle durch meinen Körper schwappen. Er sollte kein Mitleid mit mir haben, nicht deswegen.

„Es tut mir leid", schaffte Tad es wieder genau das Falsche zu sagen. „Es war mein Fehler. Das war der Alkohol. Du musst dich nicht entschuldigen", bei diesen Worten bekam ich sogar irgendwie ein Lächeln in mein Gesicht gezwungen und schaute verkrampft zu ihm.

Für einen langen Moment sah er mich einfach nur an. In seinen Augen lag eine tiefe Traurigkeit. Alles war so düster und traurig. Das Leben zog mich so unendlich runter.

„Wir könnten noch eine Runde Karten spielen", fand er matt seine Stimme wieder. „Ich bin müde", demonstrativ streckte ich mich eine Runde und diese Ausrede war nicht einmal erfunden, ich war wirklich fertig, was echt überraschend kam, denn eben hatte ich doch nur so vor Energie gesprudelt.

„Ja, ich bin auch müde. Sollen wir aufräumen?", ratlos blickte Tad umher und schlenkerte dabei so unschlüssig mit seinen Armen. Bestätigend nickte ich einfach nur und bückte mich, um die Karten zu einem ordentlichen Stapel zusammen zu raffen.

Irgendwie war das ganz schwammig und ich kam gar nicht richtig voran. Die Abstände stimmten so gar nicht, ständig griff ich daneben. Scheiß Alkohol!

Nachdem ich endlich alle Karten zusammen hatte, schnappte ich mir unsere Picknickdecke. Schwach waren auf ihr die Ränder der Gläser zu erkennen, doch das würde sicher niemandem auffallen. Auf jeden Fall hatte ich keine Lust sie jetzt noch zu waschen.

Niedergeschlagen legte ich sie zurück aufs Bett und weil ich mich gerade so schrecklich antriebslos fühlte, krabbelte ich auch aufs Bett und rollte mich dort ein wie eine Katze. Ich wollte mich nur einen Moment ausruhen. Nur einen winzig kleinen Moment…

23

Aua… Mein Schädel! Schlapp fuhr ich mir mit der Hand an die Stirn. Es fühlte sich so an als hätte ich dort eine Gruppe Marathonläufer mit Stahlkappenschuhen! Stöhnend blinzelte ich. Das Licht war so brutal hell!

Nein, ich wollte noch nicht aufstehen. Nicht mit diesen Kopfschmerzen. Grummelnd legte ich mich zurück auf das platte Kissen oder besser gesagt knapp daneben. Volle Latte erwischte ich mit meiner Schläfe die Kante des Nachttischs.

Vor Schmerz zischte ich wie ein Teekessel. Das waren echt Schmerzen der Hölle! Dieses heimtückische Möbelstück hatte mir den Schädel aufgespalten! Oder zumindest kam es mir so vor. Gott tat das weh! Als würde es meinem Kopf nicht auch so schon schlecht genug gehen! Und dann dieses Licht! Bestialisch stach es in meinen Augen! Es war richtig schmerzhaft die grauen, scheinbar leeren Wände der Krankenstation anzusehen.

Plötzlich wurde mir bewusst, was das bedeutete. Ich war hier eingeschlafen! Oh nein! „Tad!", rief ich hektisch und setzte mich ruckartig auf. Sofort fing alles an sich zu drehen und mir wurde speiübel. War das etwa ein Kater? Gar nicht lustig.

„Was ist?!", alarmiert und voll verschlafen fuhr Tad auf dem Boden neben dem Bett hoch. Mit schmerzverzerrtem Gesicht griff auch er sich an den Kopf. Offensichtlich hatte ihm unsere Party die gleiche Quittung ausgestellt wie mir, nur gerecht, aber überhaupt nicht hilfreich. Wenn es ihm gut gehen würde, hätte er mir sicher gutherzig das Aufräumen abgenommen, doch so würden wir uns da gemeinsam durchquälen müssen.

Missmutig ließ ich den Blick schweifen. Überall trollten diese Bonbonstangen rum, unsere Gläser standen noch da, die leere Flasche, die Leuchten, die Musikbox, eigentlich alles. Scheiße!

„Kennst du vielleicht irgendein Mittel dagegen?", auch wenn er nicht genau spezifiziert hatte, was er meinte, wusste ich es genau. „Ich glaube Kaffee und in Filmen trinken die ständig rohe Eier mit irgendwas, Zitronen- oder Orangensaft oder so, irgendetwas Säuriges. Und Schmerztabletten sicher. Wir könnten uns doch beide an so einen netten Infusionsständer hängen", selbst das Denken tat weh und jedes Wort war so unglaublich dröhnend.

„Rohe Eier?", wiederholte Tad stöhnend. „Ist so ein Hausmittel", antwortete ich ihm total am Ende. „Wir können keine Schmerzmittel holen, die Bestände werden streng kontrolliert. Vor Jahren gab es da mal einen Diebstahl", kam er zu meinem Infusionsständer-Vorschlag zurück: „Und für die Hausmittel müssten wir bis zur nächsten Lieferung warten. Wird es so lange dauern?"

„Nein, nein. Morgen müsste es wieder weg sein", beruhigte ich ihn: „Ich glaube man soll auch viel trinken und essen." „Ich kann gerade nichts essen", gab mein Partner gequält von sich. „Niemand darf wissen, was wir hier gemacht haben", mit unwillig verzogenem Gesicht musterte ich die chaotische Kulisse.

Als erstes stand ganz klar aufräumen auf dem Plan. Wenn sich Bewegung nur nicht so grauenvoll anfühlen würde! Mir war hundeelend! Ich wollte den ganzen Tag nur hier rumliegen und stumm mein Leid ertragen. Das war als Aufgabe schon schwer genug.

Aber das Leben war hart und ungerecht. Mit permanenter Übelkeit und einem garstigen Stechen im Schädel kämpfte ich mich aus dem Bett und selbst das leise Rascheln der Decke kam mir schon mörderlaut vor.

Beim Aufräumen hatte ich dann eigentlich durchgehend das Gefühl zu krepieren. Irgendwie schafften wir es nach einer qualvollen Ewigkeit die Spuren unseres Spaßes verschwinden zu lassen.

Als ich die Musikbox wieder auf ihren Platz auf dem Schreibtisch wuchtete, wurde mir plötzlich speiübel und ich kotzte in meinen Mülleimer. Einfach eklig. Komplett hinüber ließ ich mich aufs Bett plumpsen. Ich wollte diesen Tag einfach nur irgendwie überleben.

„Diego? Was ist los? Bist du krank?", hörte ich Nolas besorgte Stimme. Och nö. Konnte ich nicht noch ein kleines bisschen Ruhe haben? „Mir geht es gut", log ich ziemlich offensichtlich. „Diego?", jetzt klang sie beinahe vorwurfsvoll. „Mach bitte keine große Sache draus. Mir geht's bestimmt in ein paar Stunden wieder gut. Ich will nicht untersucht werden", versuchte ich es dieses Mal mit einer abgespeckten Version der Wahrheit.

Zu reden war irgendwie unangenehm. Alles dröhnte so.

„Bist du dir sicher?", fragte sie nochmal unsicher nach. „Ja. Es ist nichts Schlimmes. Ich brauche nur ein bisschen Ruhe. Tschüssi", vage winkte ich mit der Hand. „Ich komme später wieder", immer noch sehr zögerlich verzog sie sich wieder.

Endlich Ruhe. Grummelig fuhr ich mir mit den Händen durchs Gesicht. Am liebsten würde ich jetzt ganz tief einschlafen und super erholt wieder aufwachen, doch mein Kopf kam über ein fiebriges, ätzendes Dämmern nicht hinaus.

Keine Ahnung wie lange ich einfach nur so rum lag. Wenigstens musste ich nicht noch einmal kotzen.

„Ey, Diego. Stimmt es, dass du eins von Tads Experimenten gesoffen hast?", unterbrach mich irgendwann Tims nervige Stimme. Ihn konnte ich gerade ja echt nicht gebrauchen, aber wann war das schon der Fall?

„Ja, hat echt toll geschmeckt. Ist zu empfehlen", stöhnte ich und hielt meine Genervtheit kein bisschen zurück. „Und ihm hast du es in den Tee gekippt. Echt klasse", ich konnte hören, wie der Idiot lachte.

Wie kam er eigentlich auf diesen Müll? Auch egal.

„Hat dir etwa niemand beigebracht zu teilen?", brachte ich sogar noch einen echt guten Spruch, dafür dass mein Schädel immer noch komplett dicht war. „Du siehst echt scheiße aus", ging Tim von frech-intelligenten Sticheleien zu dummen Beleidigungen über. Ich war selbst mit Kater klüger als er, allerdings war das bei ihm auch keine krasse Leistung.

„War ein Experiment. In Ordnung? Jetzt lass mich schlafen", missmutig drehte ich mich auf die Seite und selbst diese kleine, langsame Bewegung sorgte für einen fiesen Stich in meinem Schädel.

Wie durch ein Wunder verzog sich die Nervensäge auch tatsächlich und ich schlief sogar ein. Wirklich erholsam fühlte sich dieses Nickerchen jedoch nicht an. Ich spürte wie mich die Geisterquallen berührten. Meine Haut brannte. Die verlassene Stadt. Der Hubschrauber. Die Rotorblätter dröhnten. Aua.

„Diego. Diego", jemand schüttelte mich an der Schulter. Mit einem Keuchen wachte ich auf. „Ich hab dir ein bisschen was zu essen mitgebracht. Hoffentlich geht es dir bald wieder besser", mit einem mitfühlenden Lächeln stellte Nola ein Tablett auf meinem zugemüllten Schreibtisch ab und ließ mich brav wieder in Ruhe.

Zwischendurch kam auch einmal Bernd vorbei und wir führten voll das ernsthafte Gespräch, allerdings sind die Details daran ziemlich verschwommen. Irgendwann im Tagesverlauf, aß ich mein Mittagessen auch, aber erst viel später, als mir nicht mehr so schlecht war.

Und als der Tag dann endlich zu Ende war, konnte ich immer noch nicht vernünftig schlafen. Ständig blitzten diese miesen Traummomente auf, die mich schon die ganze Zeit heimsuchten und irgendwie wurde mir immer wieder heiß und kalt.

Am liebsten hätte ich jetzt ein Fenster geöffnet und einen tiefen Zug frische Luft genommen. Hier drinnen hatte ich das Gefühl noch zu ersticken! Und dann diese Geräusche! Jede Bewegung von mir sorgte für ein ekliges Rascheln und ich bildete mir auch ein, draußen etwas zu hören.

Vielleicht waren da ja Zombies. Eine schlaflose Dunkelheit in einer Forschungsanlage hatte schon so die Atmosphäre einer Zombieapokalypse, auch wenn die Forschung an Quallen und leuchtenden Genen wohl kaum zur Erschaffung von Zombies führen würde.

Oh! Ich könnte ja Quallen-Mensch-Zombies malen! Das Bild in meinem Kopf nahm immer deutlichere Konturen an und ich hätte mich am liebsten gleich an die Verwirklichung gesetzt, aber dafür war ich gerade deutlich zu schlapp. Morgen würde ich es machen. Mein Monster würde echt knuffig werden und vielleicht machte ich noch eine schaurige Version.

Über diese bunte Vorstellung dämmerte ich zur Abwechslung mal ohne Alpträume weg und irgendwie stand ich diese schwierige Nacht durch. Mit dem mittlerweile vertrauten Surren setzte die Beleuchtung wieder ein und zeigte damit den Beginn eines neuen Tages.

Und wie durch ein Wunder, ging es mir bis auf Augenringe wie ein Panda wieder super. Energie, Appetit und vor allen Dingen ein klarer Verstand, alles war wieder bestens.

Endlich war ich wieder zu Gedankengängen fähig, die aus mehr als abstraktem Selbstmitleid bestanden. Und das Erste, was ich gründlich reflektierte, war natürlich unsere geheime Saufparty. Da war ja auch einiges losgewesen. Aber all der verrückte Spaß rückte in den Hintergrund, wenn ich an diesen kleinen, eigentlich unbedeutenden Kuss dachte.

Ich war betrunken gewesen, nicht zurechnungsfähig. Vielleicht hatte Tad ja einen Filmriss. Das würde es so viel leichter machen. Und was, wenn er sich doch erinnerte? Zwischen uns sollte es nicht komisch werden! Wir waren doch so ein gutes Team und wir mussten ja noch die Welt retten! Warum machte ich denn so dumme Sachen?! Sollte ich es ansprechen? Oder doch lieber einfach so tun, als wäre nichts gewesen?

Ratlos fing ich an in meinem Quartier auf und ab zu gehen. Etwas totzuschweigen brachte nichts! Ich konnte nicht leugnen, dass es passiert war. Aber ich hatte doch selbst keine Ahnung, was genau es gewesen war! Eine riesige Dummheit auf jeden Fall! Die Tat eines Betrunkenen, ein unwichtiges Ereignis in einer Reihe von Albernheiten.

Doch wieso fühlte es sich so wichtig an?! Hartnäckig hatte sich dieser unscheinbare Augenblick in meinem Kopf festgesetzt. Nur ein betrunkener Kuss, den man beim besten Willen weder als liebevoll, zärtlich, leidenschaftlich oder sonst wie romantisch beschreiben konnte. Manche Freunde gaben sich solche Schmatzer völlig selbstverständlich! Keine große Sache!

Angespannt verpasste ich meinem Boxsack einen Schlag, in der dämlichen Hoffnung, so das flimmernde Chaos in meinem Inneren zu entladen. „So früh morgens so schlechte Laune?", kam es überheblich von Merle, als sie an meinem Zimmer vorbei stolzierte.

Sie redete also schon wieder mit mir. Na toll. Von meinem super Start in den Tag war nicht mehr viel übrig. Das war dieser blöde Ort schuld! Immer die gleiche Umgebung, immer der gleiche Ablauf, immer die gleichen Leute.

Ich musste hier echt mal wieder raus. Vielleicht konnten Tad und ich nach dem Essen ja durch das Gewächshaus wieder nach draußen. Vielleicht konnten wir dieses Mal sogar etwas weiter gehen. Wir könnten nach Fossilien suchen und ich könnte sie malen. Oder wir könnten auf einen der Felsen klettern und dort oben die Aussicht genießen, wie die Könige der Welt.

Oh! Oder wir könnten zu diesem Schiff gehen! Auf dem Ausflug, bei dem Diego den Quallenkuss bekommen hatte, waren sie doch bei einem Schiff gewesen, oder? Das klang doch aufregend! Ja, diese Idee war super! Dabei könnten auch die anderen mitkommen und Tads Platz in der Gruppe könnte sich weiter festigen. Perfekt!

Nach unserer geheimen Party wollte ich irgendwie noch mehr. Ich war so aufgekratzt! Diese Welt konnte so viel mehr sein als nur dieser langweilige Alltag! Ab jetzt würde jeder Tag besonders werden!

Mit neuer Energie betrat ich den Speisesaal. Hm, ich hatte Hunger! Gut gelaunt nahm ich mir eine große Portion und setzte mich an unseren Stammtisch, an dem schon alle saßen, leider auch Merle.

„Geht es dir wieder besser?", erkundigte sich Nola gleich im Mami-Modus. „Ja, ja", meinte ich darauf nur lässig und fing unbeschwert an mich schön voll zu stopfen. Meine giftige Ex ignorierte mich netterweise einfach nur.

Etwas verspätet kam auch Tad zum Frühstück. Man konnte ihm kaum ansehen, dass er noch vorletzte Nacht auf einer krassen Party gewesen war, er sah nur vielleicht ein wenig müder aus als sonst.

Ohne groß nachzudenken hob ich meine Hand und winkte ihn zu uns rüber. Genauso zögerlich wie letztes Mal kam er zu uns rüber. Ziemlich aus dem Nichts fragte ich ihn: „Und hast du schon mehr zu unserer mysteriösen Künstlerin herausgefunden?" „Ähm nein. Ich habe letztens die Einrichtung auf weitere Werke untersucht, aber nichts gefunden", antwortete er gleich wieder ganz im gewissenhaften Forschermodus.

„Warum hast du nicht Bescheid gesagt? Eine Zeichensuche wäre doch spannend!", hatte Ric direkt etwas an ihm auszusetzen. „Sinnlos durch diesen Bunker zu laufen, nennst du spannend?", kritisch hatte Tim seine Augenbrauen hochgezogen. Man nervte der Typ!

„Wisst ihr was wirklich spannend wäre?", mit gedämpfter Stimme beugte ich mich zu den anderen vor: „Wenn wir noch mal zu dem Schiffswrack gehen."

Nola verschluckte sich heftig an ihrem Getränk und alle anderen sahen mich nur völlig überrumpelt an. „Ist das dein Ernst?!", zischte Merle und ihr Blick hatte fast schon etwas Irres.

„Warum denn nicht? Wir hocken hier schon viel zu lange", erwiderte ich immer noch voller Aufregung und Abenteuerlust. „Wann bist du denn so ein Schisser geworden? Bist du jetzt doch Mamis und Papis perfekte Tochter?", stellte sich Tim auf meine Seite oder vielleicht wollte er ihr auch nur eins auswischen.

„Habt ihr etwa schon vergessen, was letztes Mal passiert ist?", man konnte ihr ansehen, dass es sie alle Selbstbeherrschung kostete, nicht laut rumzuschreien. „Ist doch halb so wild. Ich lebe noch", spielte ich den großen, starken Macho.

„Du hattest fast einen Quallenkuss!", erinnerte sie mich total verständnislos. „Das ist wirklich gefährlich. Es kann viel passieren", wandte auch Tad zurückhaltend ein. Fast hätte ich damit kommentiert, dass er da sicher auch Proben nehmen konnte und so, als Spuren am Ort des Geschehens, aber davon durften die anderen ja nichts wissen.

„Du bist so ein Langweiler", stöhnte Ric wieder, genervt von meinem einzigartigen Freund. Er machte es nicht gerade einfach, ihm einen echten Platz in diesem bescheuerten Freundeskreis zu geben.

„Wir hatten letztes Mal echt Glück. Sollen wir das nochmal riskieren?", schloss sich Nola dem Kreis der Zweifler an. Da wollte ich einmal auch unvernünftig sein und die einzigen, die mitzogen waren Tim und Ric? Ernsthaft?!

„Kommt schon. Uns wird niemand erwischen und es wird auch sonst nichts passieren. Nur ein kleines Abenteuer", versuchte ich die anderen noch ein letztes Mal zu überzeugen. Ich wollte dieses Schiffswrack einfach unbedingt sehen! Ich wollte etwas erleben!

„Ohne mich", stellte Merle entschieden klar. Das fände ich jetzt auch nicht so schlimm. „Treffen wir uns nochmal am Gewächshaus? Eine halbe Stunde nach Nachtruhe?", ging Tim gleich zur Planung über. Es war irgendwie aufregend, etwas Verbotenes hier zu besprechen, wo uns theoretisch jeder hören konnte. Ein richtiger Nervenkitzel!

„Ja!", auch Rics Augen leuchteten vor kribbelnder Begeisterung. Hin und her gerissen zögerte Nola noch einen Moment, meinte dann aber auch: „Ich bin auch dabei." Sicher wollte sie ihren kleinen, frechen Bruder beschützen. Sie war so ein guter Mensch. So schade, dass wir keine echten Freunde sein konnten. Aber wenigstens hatte ich Tad.

Erwartungsvoll schaute ich zu meinem lieben Wissenschaftsbegeisterten. Auch er rang sichtbar mit sich und sagte schließlich mit hörbar schlechtem Gefühl: „Ich werde auch kommen."

„Du willst mitkommen?", ungläubig und auch eine Spur abfällig hatte Tim die Augenbrauen hochgezogen. „Warum denn nicht? Vielleicht lernen wir dann ja was", machte ich einen kleinen Scherz und versuchte gleichzeitig Tad diegomäßig in Schutz zu nehmen.

„Ja klar", gab der kleine Zocker mit einem dreckigen Lachen von sich. Manchmal konnte er mich echt aufregen! „Ihr wollt das echt alle durchziehen?", ungläubig und sehr zickig schaute das Sportmonster in die Runde.

„Noch kannst du dich umentscheiden", der kurzhaarige Idiot zwinkerte ihr zu. Bitte nicht. Abfällig sah sie uns einfach nur an. War das ein nein?

Egal. Von ihr würde ich mir nicht dieses Abenteuer vermiesen lassen. Ich konnte es kaum erwarten, heute Nacht rauszugehen. Das würde der absolute Wahnsinn werden...

24

Nachdem das Licht aus war, fühlte sich die Zeit des Wartens nochmal viel viel länger an. Jede Sekunde zog sich wie eine Ewigkeit in die Länge. Man könnte also sagen, ich hatte mich mehrere Ewigkeiten geduldet. Wenn man es in exakter Zeit messen wollte, war es wahrscheinlich bei Weitem nicht die halbe Stunde, die ausgemacht war.
Ich stand noch eine ganze Weile vor dem Eingang des Gewächshauses und wartete auf die anderen. Ungeduldig ging ich auf und ab und warf Tads Algenlicht von einer Hand in die andere, sodass mein Schatten hin und her tanzte.
Ric war der zweite. Er war ja auch nicht so geduldig. Danach kam Tad. Wahrscheinlich war jetzt genau eine halbe Stunde vergangen, er war ja immer so genau. Kurz darauf schloss sich uns noch Nola an und zum Abschluss kamen Tim und Merle. Ich hatte ja bis zuletzt gehofft, dass sie schmollend hierbleiben würde.
„Du bist wirklich gekommen, Brillenschlange", stellte der Idiot fest und schüttelte ungläubig lachend den Kopf. „Ich bin ja eher überrascht, dass sich unsere Prinzessin doch noch entschlossen hat, uns mit ihrer Anwesenheit zu ehren", kommentierte ich im Gegenzug. Von ihr kam nur ein extra giftiger Blick.
„Können wir endlich los?", quengelte Ric und versuchte dabei trotzdem wie ein großer Junge zu wirken. „Ja, legen

wir los", mit dem schiefen Grinsen eines Gewohnheitstäters tippte Tim den Code ein, doch die Tür öffnete sich nicht.

„Erbsenhirn", genervt rollte ich mit den Augen: „Würdest du bitte übernehmen Superhirn?" Man konnte Tad ansehen, dass ihm immer noch nicht ganz wohl bei der Sache war. Später, als wir einmal unter vier Augen gewesen waren, hatte ich für ihn das Forschungsargument gebracht, aber zu hundert Prozent hatte ihn das nicht überzeugt.

Verlässlich gab er die richtigen Ziffern ein. „Es hat sich schon gelohnt ihn mitzunehmen", hob ich seinen Wert nochmal hervor. „Ich hätte das auch gekonnt", murmelte Ric und ich konnte nicht genau sagen, ob er dabei eher angeberisch oder genervt war.

Gemeinsam schlichen wir uns ins Gewächshaus. Der Geruch der feuchten Erde passte perfekt zu einem verbotenen, nächtlichen Ausflug. Im Vorbeigehen pflückte ich mir eine Erdbeere, die mir verlockend im blauen Leuchten des Algenlichts ins Auge fiel.

Gerade fühlte ich mich echt wie ein krasser Gangster. Alles war so aufregend! Mit dem Gefühl einfach alles zu können, biss ich in die dicke Erdbeere und verzog gleich darauf das Gesicht. Man war die sauer! Die war definitiv noch nicht reif. Aber ich konnte sie jetzt auch nicht angebissen einfach liegen lassen. Wir durften keine Spuren zurücklassen.

Entschlossen aß ich die saure Frucht, die mir gefühlt die Zähne wegätzte. Zumindest war das gut, um nochmal einen richtigen Wach-Kick zu bekommen. Uff. Kurz schüttelte ich mich. Ohne lange zu fackeln, öffnete Tim die Außentür. Dieses Mal klappte es sogar ohne Probleme mit dem Code. Mit diesem sprudelnden Kribbeln im Inneren folgte ich ihm nach draußen.

Genau wie beim letzten Mal, als Tad mir die Führung gegeben hatte, leuchtete der Himmel absolut magisch über uns, als würden wir direkt ins Universum eintauchen. All die glühenden Farben und die beständige Bewegung... Hier und da ein helles Aufleuchten, ansonsten die pure Ruhe. Ich bekam von diesem Anblick gar nicht genug. Warum war ich bisher nicht öfter draußen gewesen?

Es sah so wunderschön aus!

„Hast du etwa Schiss, dass eine Qualle auftaucht?", deutete Tim mein Staunen falsch, was wohl auch besser so war. „Laber keinen Scheiß. Wessen Idee war das hier denn überhaupt?", verteidigte ich meine Macho-Ehre ohne zu zögern und für das perfekte Diego-Paket kam noch die Haargeste dazu.

„Hört endlich mit dem dummen Gehabe auf", meldete sich Merle genervt. „Warum stresst du jetzt so? Ich dachte, du wolltest gar nicht zum Wrack", stocherte Ric provozierend nach. „Umso schneller wir dort sind, desto schneller können wir wieder zurück. Irgendwer muss auf euch Spinner ja aufpassen", entgegnete sie missmutig. „Ich dachte, Nola spielt immer die Mami", fand Tim sein nächstes Opfer.

„Ey. Lasst uns einfach losgehen", verteidigte ich die liebe Köchin indirekt. Außerdem hatte ich auch keinen Bock mehr auf diese dummen Diskussionen. Gleich ließ ich meinen Worten auch Taten folgen, immerhin war ich der entschlossene Mann, der sich um die Meinung der anderen nicht scherte. In solchen Momenten hatte diese Freiheit schon etwas. Trotzdem wollte ich nicht so ein Arschloch sein.

Nein. Deswegen würde ich mir jetzt keine Schuldgefühle machen. Das war mein Abenteuer.

„Man. Das ist die falsche Richtung!", rief mir Tim hinterher und ich änderte meine Richtung ganz lässig. Hoffentlich schöpften sie dadurch keinen Verdacht. Aber jetzt hatte ich es schon so lange geschafft, ohne dass sie daran zweifelten. Vielleicht konnte ich langsam mal aufhören immer nur Angst zu haben...

Dieser Gedanke war irgendwie verrückt, so lange hatte ich mir immer Sorgen gemacht, aber vielleicht sollte ich wirklich einfach mal mein Leben genießen. Immerhin war es ein Wunder, dass ich dieses verkorkste Leben überhaupt hatte. Und es war ebenso ein Wunder, dass ich gehen konnte.

Als mir das wieder bewusst wurde, fühlte ich auf einmal jeden knirschenden Schritt ganz genau unter meiner Schuhsohle. Jeder Schritt fühlte sich so verdammt bedeutsam an. Fast wäre ich vor lauter Staunen richtig blöd gestolpert, aber Diegos Reflexe fingen das kleine Straucheln kinderleicht auf. Es war einfach genial!

„Was hast du vor?", wie ein kleiner, misstrauischer Detektiv beobachtete mich Ric aus zusammengekniffenen Augen. Vielleicht war meine Hoffnung, keine Angst mehr haben zu müssen, doch ein wenig voreilig gewesen. Ich musste auf jeden Fall immer noch vorsichtig sein.

„Das erfährst du noch früh genug", nutzte ich einfach einen kleinen Bluff. „Ich hab heute echt keinen Bock auf deinen Scheiß!", beschwerte sich Merle schon mal im Vorhinein. Wenn ich es nicht besser wüsste, würde ich sagen, dass sie sich trotz allem immer noch Sorgen um mich machte, beziehungsweise um Diego. „Ich werde ganz brav sein, versprochen", entwaffnend hob ich meine Hände, aber meine Stimme war pure Ironie.

„Wir sollten wirklich etwas vorsichtiger sein, als letztes Mal", wandte auch Nola ein und man konnte ihr das mulmige Gefühl richtig anhören. Und ich konnte ja auch verstehen, dass sie sich nach allem was passiert war, Gedanken machte, aber warum musste sie während meinem tollen Abenteuer so eine Spaßbremse sein? Für Realität und Vernunft war später doch noch Zeit!

„Entspannt euch. Letztes Mal hatten wir einfach nur Pech. Heute wird alles gut gehen", erwiderte ich mit meinem ganzen Diego-Selbstbewusstsein, auch wenn ich wusste, dass ich damit ihre Sorgen auch nicht vertreiben konnte.

„Typisch Mädchen. Immer nur am Heulen und super ängstlich", beleidigte Tim sie mit einem dreckigen Lachen und erinnerte mich wieder überdeutlich daran, dass ich so gar nicht der draufgängerische Kerl war, in dessen Körper ich steckte. Dieser Spruch ging ja mal so gar nicht! Aber ich lachte trotzdem mit. Ich konnte nicht anders reagieren und das gab meiner eigentlich guten Stimmung den Rest.

Diese dumme Welt voller dummer Leute gönnte mir auch wirklich gar nichts!

Deutlich weniger euphorisch als noch vor fünf Minuten stapfte ich mit den anderen über den Meeresgrund, was ja eigentlich wirklich faszinierend und aufregend war, ja, eigentlich... Wir hielten uns größtenteils abseits der markierten Wege, nur zweimal kreuzten wir eine vorgezeichnete Strecke, einmal die sommergrüne Route und einmal die marineblaue. Es war schön, dass sie wenigstens hier Farben nutzten.

Hier draußen war alles so viel bunter und freier, als dort drinnen.

Für eine absolut irre, kleine Sekunde blitzte in meinem Kopf die Idee auf, dass ich einfach weglaufen könnte. Ich müsste mich nicht mehr verstellen, ich müsste keine Angst mehr haben, als Versuchskaninchen zu enden, ich könnte vollkommen frei sein. Aber das konnte ich nicht von Tad verlangen und ohne ihn würde ich ganz bestimmt nirgendwohin gehen. Und Essen zu bekommen, sah hier draußen auch eher schwierig aus. Umso länger ich darüber nachdachte, desto mehr fiel mir auf, wie hirnlos dieser Einfall eigentlich war. Im Grunde war er es nicht einmal wert, auch nur eine weitere Sekunde damit zu verschwenden, ihn weiter abzuwägen.

Wie es das Schicksal so wollte, bekam ich auch keine Gelegenheit dazu. Auf einmal tauchte das gewaltige Schiffs-Wrack auf. Keine Ahnung wie etwas so Großes so aus dem Nichts kommen konnte!

Mir klappte der Mund auf. Das war kein uraltes Schiffswrack so aus Holz und mit Segeln und Galionsfigur, sondern ein richtig fettes Teil, das locker aus meiner Zeit stammen könnte. Vielleicht ein Öltanker oder ein Containerschiff oder so. Auf jeden Fall war es gigantisch!

247

Aber wie es da auch lag! Es wirkte komplett deplatziert! Ein Schiff auf dem Trocken war einfach nur falsch! Und dieses riesige Loch in der Seite! Voll die Geisteratmosphäre! Das schrie regelrecht nach einem Abenteuer! Auch wenn ich mich früher sicher nie sowas getraut hätte...

Man sollte wohl niemals nie sagen.

Gemeinsam gingen wir weiter und das Schiff wurde immer größer. Klar, Perspektive, aber es war echt gewaltig! Wahrscheinlich schaffte ich es auf meinem Gesicht nicht ganz meine Diego-Gleichgültigkeit aufrechtzuerhalten.

Als wir direkt unter dem rostigen Loch standen, machte Tim total selbstverständlich eine Räuberleiter. Oh. Ich sollte wohl als erstes rein. Ich war ja auch der fruchtlose Anführer, der das alles überhaupt vorgeschlagen hatte. Aber... Ich hatte doch keine Ahnung, was mich darin erwartete. Da könnte alles Mögliche sein. Vielleicht hatte sich sogar eine Geisterqualle ins Innere verirrt...

„Diego?", fragend hatte der Idiot die Augenbrauen hochgezogen. „Wir sind doch Gentleman. Vielleicht sollten wir die Ladys vorlassen...", mit einer einladenden Armbewegung schaute ich zu Merle. „Das ist ja mal was ganz Neues", meinte sie nur und verschränkte die Arme vor der Brust.

Verdammt! Ich verhielt mich gerade wie ein regelrechtes Leuchtfeuer an verdächtigen Signalen. Es war nötig, dass ich mich endlich zusammenriss. Das hier war anders, als mein Alkohol-Abenteuer mit Tad. Hier durfte ich nicht zu sehr ich selbst sein.

Tief atmete ich durch und lachte idiotisch auf: „Reingefallen!" Ohne länger nachzudenken benutzte ich Tims Hände als Trittbrett und schwang mich durch das Loch. Ich musste echt verrückt sein!

Mit Adrenalin regelrecht überflutet, sah ich mich um. Hier war alles voller Rohre und Tanks. Das musste der Maschinenraum sein! Man war das riesig! Wie es wohl sein musste, wenn die alle liefen? Bestimmt war das ein tierischer Krach, doch jetzt war alles still, totenstill...

Schon kam der nächste durchs Loch oder zumindest so halb. Es war Ric und er war offensichtlich nicht ganz groß genug. Kurzerhand griff ich seinen Arm und zog ihn nach oben. Meine Kraft war wirklich immer wieder praktisch.

Danach kamen noch Merle, Nola, Tad und zum Schluss Tim selbst. Es war irgendwie krass mit ihnen allen hier zu sein. Es fühlte sich bedeutsam an. Aber vielleicht bauschte ich den Moment gerade auch einfach ein wenig auf. Egal. So oder so war es auf jeden Fall krass.

Zusammen schlichen wir durch das ausgestorbene Schiffsinnere. Na ja, schleichen war vielleicht nicht ganz der richtige Begriff. Selbst das kleinste Geräusch hallte laut von den metallischen Wänden wider, gespenstig laut. Richtige Schaueratmosphäre!

Nach dem wirklich riesigen Maschinenraum arbeiteten wir uns weiter in das Schiff vor. Die Gänge waren alle ziemlich schmal und es war eine zusätzliche Herausforderung, dass der Boden so schief stand.

In der kühlen Luft konnte man den metallischen Geruch von Rost ganz klar riechen und da war noch was... der Hauch von Abenteuer. Ich konnte gar nicht anders, als wieder aufgeregt vor mich hin zu grinsen.

Vielleicht könnte ich ja nochmal hierhin kommen, alleine oder mit Tad und dann könnte ich auch in diesen Gängen meine Kunst machen. Hier würde es sicher niemand sehen! Das wäre doch der perfekte Platz dafür!

Sofort schäumten die Ideen für dieses verrückte, neue Projekt wie Meereswogen in meinem Kopf immer höher. Nach meinem großen Ultraviolett-Garten brauchte ich immerhin eine neue Herausforderung. Die Künstlerin im Schatten. Diese Geheimidentität gefiel mir!

„Was siehst du?", wollte Ric auf einmal mit einem vertraulichen Flüstern von mir wissen. Ups. Ich war ja immer noch als Diego hier und hatte mich gerade übertrieben interessiert umgesehen. Natürlich kamen da Fragen auf. Vorsichtig zu sein, hatte ich echt drauf.

Sollte ich nochmal einen mysteriösen Bluff bringen? Wenn ich das zu oft machte, würde es auch Aufsehen erregen. Nein, dieses Mal lieber eine echte Antwort, vielleicht auch eine ehrliche...

„Dieser Ort hat einfach sehr viel Potenzial", antwortete ich ihm mit einem schelmischen Grinsen. „Verstehe", eifrig nickte er mit dem gleichen Grinsen im Gesicht. Nein, er verstand gar nichts, aber ich ließ ihn mit Freuden in diesem Glauben.

Nach einigen engen Fluren, in denen ich genauso schnell die Orientierung verlor wie anfangs in der Laboranlage, kam eine Metalltreppe, die nach oben führte. Die einzelnen Stufen waren schon rötlich von all dem Rost und eine zusätzliche Herausforderung war auch hier die schiefe Lage. Aber irgendwie war das auch lustig.

Es war fast wie in einem Abenteuerpark! Einem etwas schaurigen, geisterhaft verlassenen Abenteuerpark, was es im Grunde nur noch abenteuerlicher machte.

Plötzlich gab es hinter mir ein Knacken, unmittelbar gefolgt von einem erschrockenen nach Luft schnappen. In Sekundenschnelle fuhr ich herum. Es war Tad! Unter seinem Fuß war ein Stück Stufe weggebrochen! Er kippte nach vorne!

Sofort fing ich ihn auf. Vor Schreck waren seine Augen für einen Moment noch ganz groß. „Hab dich", warm lächelte ich ihn an. Gleich darauf erinnerte ich mich wieder daran, dass wir hier nicht unter uns waren und stellte ihn hastig wieder auf die Beine.

„Ein Wunder, dass du dich bei deinen Chemieexperimenten nicht schon selbst in die Luft gesprengt hast, so tollpatschig wie du bist", schob ich schnell eine Beleidigung hinterher und mein Blick huschte ertappt zu Merle. Ihr Gesichtsausdruck sagte einfach alles. Das eben war quasi die Bestätigung für meine Liebes-Ausrede gewesen und sie war deswegen immer noch verletzt und sauer.

Hätte schlimmer sein können.

Ohne großen Stress ging es weiter. Am Ende der Treppe erwartete uns eine angelehnte Tür, die eklig kreischend über den Boden schrappte, als wir sie ein wenig weiter aufdrückten. Dahinter erwartete uns eine Art Kontrollraum. War das vielleicht sogar die Kommandobrücke?

Ein Steuerrad gab es hier nicht, aber auf moderneren Schiffen war das wahrscheinlich auch keine Standardausstattung mehr. Stattdessen gab es hier viele schwarze Monitore und Knöpfe, auch Hebel und Regler... Alles war sehr technisch und echt groß. Irgendwie hatte es gleichzeitig etwas Beeindruckendes und Enttäuschendes an sich. Auch wenn Steuerräder komplett veraltet waren, hätte ich es schon witzig gefunden, damit Captain zu spielen.

Ric verwirklichte sich diese Vorstellung auch ohne. „Ich bin der Captain! Volle Kraft voraus durch das Meer der Geisterquallen!", rief er spaßhaft und riss einen der Regler nach vorne. „Vielleicht ist es keine gute Idee damit so rumzuspielen", merkte Nola besorgt an und legte ihm behütend die Hand auf die Schulter.

„Ich bin der Captain! Ich weiß, was ich tue!", erwiderte ihr kleiner Bruder und drückte ausgelassen auf irgendwelchen Knöpfen rum. Konnte er damit womöglich wirklich etwas anschalten?

Nein, das Schiff war schon lange tot. Hier würde gar nichts passieren.

„Kurs nach Nord-Nord-Ost!", alberte ich wie in all den Filmen herum und bediente ein paar Hebel. „Aye! Aye!", stieg der kleine Zocker darauf ein und salutierte gespielt ernst. In dieser Zeit war also doch nicht alles was Spaß machte verloren gegangen.

„Schsch! Seid leise!", ermahnte uns die Giftspritze höchstpersönlich, für solche Sachen konnte sie ja noch einwandfrei mit mir reden. „Wer soll uns hier schon hören?", erwiderte Tim ganz taff und rief laut: „Hallo! Wir sind hier!"

Instinktiv machte ich mich ganz klein. Seine Stimme hatte einen dröhnenden Widerhall. Irgendwie warnend, irgendwie beunruhigend. Mein Verstand sagte mir zwar, dass er recht hatte und wir hier weit und breit alleine waren, aber die unbestimmte Angst hielt sich dennoch hartnäckig.

„Können wir vielleicht wieder gehen?", bat Nola ängstlich. Sie hatte recht. Vielleicht war es für heute wirklich genug. Allerdings sollte ich wahrscheinlich nicht der sein, der ihr zustimmte. Netterweise übernahm Tad es für mich: „Dieser Ort ist wirklich interessant, aber es wird noch andere Gelegenheiten geben, ihn zu besuchen."

Mein Freund sprach mir richtig aus der Seele. So gerne hätte ich ihn jetzt angelächelt. Es nicht zu tun, war echt eine miese Herausforderung.

„Endlich sieht es mal jemand! Auch wenn es nur du bist...", auch von Merles unangenehmer Stimme gab es einen unheimlichen Widerhall in dem ausgehöhlten Schiffswrack.

„Ihr seid echt nicht auszuhalten!", stöhnte Tim auf und trat gegen die Wand, was wieder für einen gewaltigen Ton sorgte, der sich im gesamten Schiff verbreitete.

„Bringen wir die Angsthasen doch wieder zurück. Ein andermal ohne sie können wir mehr Spaß haben", schloss ich mich ihnen so diegomäßig wie nur irgend möglich an.

„Mädchen", ahmte Ric abfällig Tims miesen Spruch vom Anfang nach. Der Zocker suchte sich echt die falschen Vorbilder.

Auch wenn es hier sicher noch mehr Geheimnisse zu entdecken gab, machten wir uns ohne groß weiter zu diskutieren auf den Weg zurück. Dieses Abenteuer war nicht ganz so verlaufen, wie ich es mir vorgestellt hatte, aber was hätte ich bei dieser Gruppe auch anderes erwarten sollen?

Lässig sprang ich auch als erstes wieder aus dem Loch. Federnd landete ich auf meinen Superbeinen. Zu spät fiel mir das Leuchten auf. Unser Abenteuer war wohl noch nicht fertig mit uns...

25

Direkt vor dem Schiffswrack schwebte eine große, glühende Geisterqualle in der Luft. Völlig erstarrt sah ich das unwirkliche Wesen einfach nur an. So viele Nächte lang schon hatte mich dieses Monster in meinen Träumen verfolgt.
Diegos Instinkte schrien mich an und mischten sich mit meiner eigenen Angst. Mein Herz, nein, sein Herz, unser Herz, es hämmerte so unfassbar schnell und gleichzeitig fühlte es sich an, als würde es stehenbleiben, als würde für einen Augenblick einfach alles stehenbleiben.
Ihr Licht pulsierte. Es zog mich in seinen Bann. Wie konnte etwas so wunderschön und schrecklich sein? So viele Gefühle tobten in meinem Inneren. Faszination, Panik, Erleichterung, Verwirrung… Auf einen Schlag war es so viel, dass ich mich irgendwie schon wieder leer fühlte.
„Oh mein Gott! Nein!", schrie Merle panisch hinter mir auf. Ich erinnerte mich wieder daran, wie ich damals ihre Stimme gehört hatte, ganz undeutlich und schrill. Das Erste, was ich in diesem Leben gehört hatte und vielleicht auch das letzte…
Irgendwie kam es mir so vor, als würde mich die Qualle direkt ansehen. Sie wollte mich. Keine Ahnung woher ich es wusste, vielleicht weil… ein Teil von mir es auch wollte…
Wie in Trance streckte ich meine Hand aus.
„Diego! Was tust du da?! Geh weg!", brüllte mich jemand an, es war wohl Tim, doch selbst er wagte es nicht zu mir

zu gehen, um mich zurückzuziehen. Ich gehörte der Qualle... „Elli!", durchschnitt auf einmal mein Name den Moment. Tad.

Ganz zäh kam mein Verstand wieder in Gang und ich drehte mich um. Ängstlich sah er mich an. Das unwirkliche Licht der Geisterqualle spiegelte sich wunderschön in seiner Brille. Violett und ein Hauch Blau. Ein farbiger Moment...

Plötzlich spürte ich einen stechenden Schmerz in meinem Rücken und mein ganzer Körper verkrampfte sich. Da war ein Schrei und dann war da gar nichts mehr.

„Alles wird wieder gut", hörte ich die verzweifelte Stimme meiner Mutter wie aus weiter Ferne. Tränen lagen in diesen tröstenden Worten, von denen sie sich selbst nicht überzeugen konnte.

Ich wollte die Augen öffnen und ihr Gesicht sehen. Ich wollte ihr zulächeln und ihr versichern, dass ich alles schaffen konnte. Doch ich war zu schwach. Mein Körper gehorchte mir nicht. Er fühlte sich an wie ein bleierner Ballast, der mich gefangen hielt.

„Du wirst fliegen", versprach mir mein Vater ganz sanft und da war diese Angst, die Angst, dass er sein Versprechen nicht halten konnte und irgendwie wusste ich, dass das meinen Tod bedeuten würde.

Krampfhaft versuchte ich nach ihnen zu greifen, ich wollte sie für immer festhalten, beweisen, dass noch Leben in mir steckte. Aber es war als versuchte ich Nebel zu fassen, sie verschwammen immer mehr. Ich verlor sie!

Panisch wollte ich schreien, doch kein Laut drang aus meiner Kehle. Und dann lichtete sich der trübe Schleier.

Locker führten mich meine Beine durch eine Straße. Es war dunkel. Am Himmel über uns glühten in den Wolken unzählige zartbunte Lichter, die aussahen wie der Sternenstaub fremder Galaxien. Aber das interessierte mich nicht.

Alles hier war mir irgendwie vertraut, als wäre ich schon tausendmal hier gewesen.

Mit dem spärlichen Licht des Himmels und meiner Erfahrung kam ich bestens zurecht.

Schemenhaft sah ich all die halbzerfallenen, einst prächtigen Gebäude. Das Glas musste früher einmal stolz in der Sonne gefunkelt haben, jetzt lag ein guter Teil der Scheiben als schmutzige, zertretene Scherben auf dem Boden und der Rest interessierte auch niemanden.

Heute Nacht war es ruhig, doch Städte waren regelrechte Magnete für Quallen. Vielleicht konnten sie ja die Energieströme von Menschen spüren und fühlten sich deswegen zu ihnen hingezogen… Ja… Alles war Energie…

„Das können wir nicht tun!", meine Stimme überschlug sich. Ich hatte Angst, unglaubliche Angst. Und dieses Entsetzen, die Ungläubigkeit. Ich bekam kaum noch Luft. „Warum denn nicht?", ihm fehlte jedes Mitgefühl. „Ich lass das nicht zu", ich klang so verloren. Ich wollte das nicht.

Eine Tür kreischte. Das halbfertige, gelbe Graffiti von der bösartig grinsenden Qualle. „Schnell!", schrie die Stimme von eben. Krachend schlug die Tür wieder zu.

Und da war etwas. Ein leises Echo, eine Stimme, zusammengesetzt aus tausenden: „Komm mit uns. Du weißt, wo es ist. Wir können nicht warten. Du musst es sehen. Komm. Komm!"

Schlagartig war ich wieder wach. Ich schreckte nicht keuchend und schweißgebadet aus meinem Traum hoch oder hatte sonst wie ein spektakuläres Erwachen. Es waren der Schmerz, der meinen gesamten Kopf ausfüllte und das bleierne Gefühl meiner Glieder, die mir bestätigten, dass ich nicht länger schlief.

Zerschlagen ließ ich meine Augen weiter geschlossen, die anderen Sinneseindrücke waren schon quälend genug. In erster Linie mein Atem, er war so brutal laut. So geräuschempfindlich war ich nicht einmal bei meinem Kater gewesen! Warte! Das war nicht nur mein Atem! Jemand war bei mir! Mehrere Jemande! Und leider beließen sie es nicht lange dabei zu schweigen. „Wir müssen doch irgendetwas tun!“, Merle klang richtig verzweifelt und ihre Stimme war immer noch ganz spitz und hoch und bohrte sich richtig in meine Gedanken. „Wir müssen die Qualle weglocken“, diese ebenfalls panische Stimme gehörte Tad. Sein Verstand war anscheinend zumindest noch teilweise da.

Warte! Die Qualle war immer noch da?! Wie lange war ich weg gewesen?!

Obwohl ich mich komplett zerschlagen fühlte, zwang ich mich die Augen zu öffnen. Verdammt! Fies stach mir das Licht sofort in den Augen. Direkt über mir schwebte die Geisterqualle. Ihre Tentakel waren so nah, dass ich ihre Energie als elektrisches Kribbeln spüren konnte, das mir sämtliche Härchen aufstellte.

Sie hing da einfach nur in der Luft und wiegte leicht hin und her wie in einer nicht existierenden Strömung. In diesem Moment wirkte sie gar nicht so böse, allerdings wusste ich, dass dieser Schein alles andere als die Wahrheit war. Den Schmerz von eben hatte ich nicht vergessen. Mein Rücken brannte immer noch und generell war mein Zustand echt nicht angenehm. Keine Ahnung, was das Teil mit mir gemacht hatte, aber gut war es nicht.

„Seid leise. Sonst hört sie uns noch und greift an“, Nola klang ganz ängstlich und ich konnte undeutlich sehen, wie sie Ric an sich drückte. Sie war wirklich eine tolle Schwester. „Es gibt keine Hinweise, dass diese Quallen über ein Gehör verfügen“, brachte Tad mechanisch einen seiner geliebten Fakten. Wissen auszupacken war mal eine interessante Panik-Reaktion.

„Diego?!“, Merle schien bemerkt zu haben, dass ich meine Augen geöffnet hatte oder vielleicht war es auch einfach nur ihr üblicher Stress-Ausruf. Oh man. Allein wenn ich an die Diskussion dachte, die gleich auf mich zukommen würde, bekam ich schon Kopfweh. Sicher würden sie mich hiernach nicht einfach in Ruhe lassen.

Auf einmal fing die Qualle an sich zu bewegen. Oh nein! Sie steuerte direkt auf die anderen zu! Sie würde ihnen ihre Gehirnfunktionen aussaugen! „Nein!", rief ich mit heiserer Stimme und streckte meinen Arm krampfhaft aus, dabei wusste ich ganz genau, dass nichts und niemand diese erbarmungslose Kreatur aufhalten konnte.

Oder vielleicht stimmte das nicht ganz.

Als hätte sie auf mich gehört, stockte die Qualle mitten in der Luft. Hatte sie auf mich gehört? Das war doch nicht möglich! Aber ich hatte gerade auch schon meinen zweiten Quallenkuss gehabt und war nicht vollkommen kopflos. Das war doch ein Quallenkuss gewesen, oder?

Zumindest fühlte ich mich ähnlich ausgelaugt, wie beim letzten Mal und diese seltsamen Erinnerungsfetzen passten auch irgendwie, aber wenn ich mir überlegte, dass ich beim letzten Mal Diegos Körper übernommen hatte…

Was, wenn jetzt noch jemand Anderes in meinem Kopf war?! Oh mein Gott! Was, wenn wir verschmolzen waren?! War ich noch ich selbst?! Konnte ich das überhaupt irgendwie überprüfen?! Was, wenn ich es gar nicht merkte?! Diese Vorstellung war einfach grauenvoll!

Mit zitternden Händen fasste ich mir an die Stirn und krallte meine Finger in diese viel zu kurzen Haare. Schwerelos trieben die glühenden Tentakel in meine Richtung, beinahe als wollten sie mich trösten. Pah! Sie wollte mir wohl eher noch einen Elektroschock verpassen oder mein Leben endgültig zerstören, wie sie es sicher schon bei unzähligen zuvor getan hatte.

„Verschwinde", meine Stimme klang ganz tonlos. Ich wollte einfach nur allein sein. Ich wollte diese ganzen Probleme nicht. Das hätte nicht so ablaufen sollen!

Obwohl es unmöglich war, hörte die Qualle auf mich und schwebte einfach davon. Gedankenlos sah ich ihr hinterher. Ich konnte nicht einmal wissen, ob es noch meine eigenen Gedanken waren.

„Diego? Was war das?", Merles Stimme lag an der Grenze zu sprachlos, doch leider konnte sie sehr wohl noch reden. „Nichts", blockte ich matt ab, auch wenn ich wusste, dass ich dieses Mal damit nicht durchkommen würde. „Du hast die Qualle kontrolliert", bemerkte Tim schleppend. „Das war krass", hauchte Ric mit großen Augen: „Seit wann kannst du das?"

„Ich weiß es doch auch nicht! Ich hab keine Ahnung von allem! Lasst mich einfach in Ruhe!", herrschte ich sie an und fuhr nochmal verzweifelt mit meinen Händen übers Gesicht, was echt ein scheiß Gefühl war, weil es nicht mein Gesicht war!

„Sie hat dich berührt. Du müsstest einen Quallenkuss haben... Wie kannst du immer noch du selbst sein?", kam Nola mit der nächsten Anomalie, die bisher im Schatten meiner Quallen-Flüsterer-Fähigkeiten untergangen war. Das war echt ein Alptraum!

„Es gibt dafür sicher eine logische Erklärung", versuchte Tad mich irgendwie in Schutz zu nehmen, doch sogar in seiner ruhigen und sonst optimistischen Stimme konnte ich die Hoffnungslosigkeit hören.

„Ich...", setzte ich verzweifelt an: „Können wir nicht einfach wieder zurückgehen und das vergessen? Bitte." „Das kann doch nicht dein Ernst sein?! Alter! Du hast eine Qualle gesteuert! Und du hattest einfach so einen Quallenkuss!", erwiderte Tim auf einmal total aufgedreht und ruderte bei seinen Worten wild mit den Armen durch die Luft.

Es war wirklich unmöglich mich aus dieser Situation wieder rauszureden. Ich war unwiderruflich aufgeflogen. Mit mir stimmte etwas nicht, das wussten sie jetzt und wenn der Schock nachgelassen hatte, würde es sicher nicht lange dauern, bis sie eins und eins zusammen zählten und all die kleinen Auffälligkeiten seit dem letzten Ausflug hierhin genauer unter die Lupe nahmen.

Mein Leben hier war vorbei.

„Diego! Sag doch etwas!", fuhr Merle mich hörbar gestresst

an und machte einen Schritt auf mich zu. Doch es blieb tatsächlich nur bei diesem einen Schritt, als hätte sie Angst, ich könnte ihr die Gehirnfunktionen aussaugen, wenn sie mir zu nahe kam. Diese Fähigkeit wäre gerade gar nicht mal schlecht. Das würde viele Probleme lösen...

„Lass ihm etwas Zeit. Du hast doch gesehen, dass der Quallenkuss ihn kurz ausgeknockt hatte. Er ist erschöpft", setzte sich Tad wieder für mich ein und er kam tatsächlich zu mir rüber. Mit einem klitzekleinen Zögern ging er neben mir auf die Knie und legte mir die Hand auf die Schulter.

„Ist alles in Ordnung?", tief sah er mich an, als wären wir alleine hier. „Ich habe Angst", gestand ich leise. „Hast du Schmerzen?", fragte er bedächtig weiter. Langsam schüttelte ich den Kopf, auch wenn sich meine ganzen Muskeln steif und brennend anfühlten, aber das kam mir gerade eher nebensächlich vor.

„Erinnerst du dich, was bisher passiert ist?", er formulierte die Frage extra offen. „Ich... ich glaube schon, aber... ich weiß es nicht genau", meine Stimme war ganz dünn geworden und ich konnte spüren, wie ich schon wieder den Tränen nahe war. Verflucht!

„Schon in Ordnung. Das wird wieder", beruhigend rieb er mir über die Schulter: „Ich bin für dich da." „Hallo? Wir sind auch noch da! Was geht hier eigentlich ab?!", zerstörte Tim meinen kleinen Trost-Moment, den ich gerade eigentlich in voller Stärke gebraucht hätte.

„Anscheinend wurde die elektrische Energie der Qualle irgendwie umgeleitet. Genau erklären kann ich es mir zwar auch nicht, aber es ist ja offensichtlich, dass Diego keinen richtigen Quallenkuss hatte und dass die Qualle vermeintlich auf ihn gehört hat, war wohl nur Zufall. Ich meine, sowas kann doch nicht stimmen. Quallen sind unberechenbar. Es gab sicher einen anderen Grund", improvisierte mein treuer Freund eine etwas halbgare Erklärung.

Alles hier sollte nur Zufall sein? Wer würde ihm das schon abkaufen? Wohl niemand.

„Das soll doch wohl ein Scherz sein!", leider war Merles Zögern wieder abgeklungen und sie marschierte fordernd zu uns rüber. Mit stechendem Blick schaute sie auf uns herab. „Nein", antwortete ich knallhart und hatte keine Ahnung, woher auf einmal dieser Trotz kam.

„Diego?", wollte jetzt auch Nola wissen, was los war, wenn auch deutlich weniger bohrend und eher verwirrt und unsicher. Hilfesuchend sah ich zu Tad. Irgendetwas mussten wir ihnen sagen und mit einer halblogischen Lüge würden sie sich nicht abspeisen lassen.

„Ich...", setzte er fahrig an. Plötzlich packte Tim ihn am Kragen und riss ihn hoch. „Tim!", protestierte ich und richtete mich ruckartig auf. Mein ganzer Körper beschwerte sich, aber ich ignorierte es. „Tad kann nichts dafür!", verteidigte ich ihn mit all meiner Entschlossenheit.

„Aber irgendwie hängt er mit drin! Rückt endlich mit der Sprache raus!", der Idiot wirkte wie ein in die Enge getriebenes Tier, ratlos und gefährlich. Würde er Tad schlagen? Nein, so weit würde er nicht gehen, oder? Ich konnte ihn nicht beschützen. Wieso dachte ich überhaupt darüber nach, jemanden zu beschützen. Ich war Elli. Ich war kein Kämpfer. Ich war nicht Diego.

Und vielleicht war es an der Zeit, es ihnen auch zu sagen. Mit Lügen waren wir schon gescheitert. Was blieb uns noch groß anderes übrig?

Auch wenn alle meine Instinkte mich anschrien es nicht zu tun, ließ ich jeden Widerstand fallen: „Ihr erinnert euch doch noch an unseren letzten Ausflug hier. Ich bin gefallen und da war auch eine Qualle. Ihr dachtet, sie hätte mich wie durch ein Wunder verschont, doch das hat sie nicht. Ich hatte einen Quallenkuss und seitdem..."

Kurz stockte ich und bevor ich die gefährliche Wahrheit aussprechen konnte, übernahm Tad unvermittelt: „Seitdem helfe ich ihm. Diego hatte Angst, dass er als Versuchskaninchen endet und ich habe ihm angeboten stattdessen Tests zu machen."

Oh! Eine Halbwahrheit! Das war gut! Für Diego würden sie sicher eher den Mund halten, als für eine Fremde, die den Körper ihres Freundes besetzte.

„Und deswegen warst du seitdem so merkwürdig? Das war schon alles?", misstrauisch hatte Merle die Augen zusammengekniffen. „Was heißt hier schon?! Du hattest einen scheiß Quallenkuss und hast nichts gesagt! Das könnte alles ändern! Du bist noch du! Und du kannst sogar die Quallen kontrollieren! Wir könnten die ganze Welt ändern! Wir könnten meine Mutter retten", erwiderte Tim deutlich leichtgläubiger, aber genauso übel.

„Bitte sagt nichts. Sie würden mich nicht mehr aus dem Labor lassen. Mein Leben würde nur noch aus Tests und Forschungsreihen bestehen. Bitte. Ich will das nicht", flehte ich meine Freunde verzweifelt an.

„Das ist nicht deine Entscheidung! Hier geht es um die ganze Welt! Das ist wichtiger als du!", machte Tim all meine Hoffnungen zunichte. Ein Leben für die Allgemeinheit, mein Leben. „Warum hast du nichts gesagt? Wir hätten dir helfen können", auf Nolas Gesicht hatte sich zu all der Überforderung auch Mitleid gemischt. „Du bist immun", meldete sich Ric sehr verspätet auch mal zu Wort und sah mich dabei an wie einen Superhelden.

Nein! Er sollte nicht seine Hoffnungen auf mich setzen! Niemand sollte das!

„Tim, du verstehst das nicht. Ich kann das nicht", hilflos rang ich mit meinen Händen. Er konnte es einfach nicht verstehen. Es gab nichts, was ich sagen konnte oder tun... Sie kannten schon zu viel von der Wahrheit. Sie hatten mich in der Hand.

„Bitte. Gebt uns noch Zeit, es selbst zu lösen. Ich habe schon einige vielversprechende Testreihen angefangen. Und das hier war auch nochmal ein Durchbruch. Vielleicht hat es etwas verändert. Wir können es schaffen, ohne ihr Leben zur Hölle zu machen", gab Tad noch nicht auf.

„Du bist nicht einmal ein Laborassistent! Du hast doch

überhaupt keine Ahnung! Du schaffst das niemals! Wir müssen es den Erwachsenen sagen!", wischte Tim seine Argumente verständnislos zur Seite.

Unter anderen Umständen hätte ich wahrscheinlich einen neckenden Diego-Spruch gebracht à la „Sonst bist du doch auch nicht so versessen darauf, den Erwachsenen gleich alles zu verraten", aber dafür war die Lage viel zu ernst.

„Ihr Leben?", wiederholte Merle mit zusammengezogenen Augenbrauen. Nein. Tad hatte sich versprochen. Jetzt würden sie alles herausfinden und es würde vorbei sein. Einfach alles.

„Diego und all die Menschen, die sich Hoffnung machen. Selbst wenn wir alle möglichen Forschungsmittel aufbieten und auf Hochtouren arbeiten, kann es noch Jahre dauern, bis wir eine Lösung finden, womöglich sogar noch länger. Hoffnung kann sehr verletzend sein. Es ist besser, wenn es ein Geheimnis bleibt", schob mein Freund schnell einen philosophischen Ansatz hinterher. Er war echt verdammt klug! Aber würde das hier reichen?

„Vielleicht… vielleicht können wir ja zurückgehen und erst einmal überlegen. Hier sind wir nicht sicher… glaube ich", schlug Nola zögerlich einen Aufschub meiner Todesfrist vor.

„Ein bisschen Abstand kann helfen darüber nachzudenken und eine überlegte Entscheidung zu treffen", schloss sich Tad ihr an und in der Theorie klang das ja auch ganz gut, aber wenn ich mitkam und auch nur einer von ihnen frühzeitig etwas sagte, würde ich nie wieder rauskommen. Es fühlte sich an, als wäre ich dabei, in eine Falle zu gehen.

Ich wollte nicht zurück.

In meinem Kopf hallten die Worte der Geisterqualle nach. Sie rief mich. Die Stadt. Das Quallen-Graffiti. Schon so oft hatte ich es in meinen quälenden Träumen gesehen. Vielleicht waren es wirklich mehr als nur Erinnerungsfragmente. Vielleicht sollte ich dem folgen, so irrsinnig und verrückt es auch war. Vielleicht war es von hier aus der einzige Ausweg…

26

Ich lag in meinem Bett und was beim Schiffswrack passiert war, kam mir vor wie ein vager, weit entfernter Traum. Sie wussten jetzt, dass ich in besonderer Verbindung zu den Geisterquallen stand und vielleicht die Lösung zur Rettung der Welt in mir trug, vielleicht auch nicht.

Nach gefühlt endlosen Diskussionen, in denen wir uns eigentlich nur im Kreis gedreht hatten, waren wir wirklich zur Anlage zurückgegangen und hatten die endgültige Entscheidung vertagt, genau wie es Nola vorgeschlagen hatte.

Doch ich konnte nicht darauf vertrauen. Bei Nola machte ich mir keine Sorgen und Merle sollte auch sicher sein, obwohl das bei ihr fast wie ein schlechter Witz klang. Aber trotz allem schien ihr noch etwas an Diego zu liegen und ich glaubte nicht, dass sie mich so einfach verraten würde. Nur Tim... Er war bis zum Schluss dagegen gewesen und ich konnte ihn verstehen, aber ihm nicht vertrauen.

Was, wenn er mich verriet? War ich hier noch sicher? War ich als lebendes Wunder hier überhaupt jemals sicher gewesen?

Weit weg war es vielleicht besser... Nur wie sollte ich es machen?

Sowas wie ein Fahrzeug wäre praktisch. Den ganzen Weg zu Fuß durch das verdunstete Meer zurückzulegen, würde sicher eine halbe Ewigkeit dauern und sie würden mich auch auf jeden Fall einholen und zurückbringen, damit sie ihre verdammten Experimente machen konnten.

Das Problem war nur, dass ich keine Ahnung hatte, wie man irgendetwas fahren konnte, schon gar nicht in dieser Zeit. Außerdem würde ich Proviant brauchen, den konnte ich mir allerdings verhältnisweise einfach aus dem Gewächshaus oder der Küche stehlen.

Toll. Sage und schreibe ein Punkt meines Fluchtplans war umsetzbar. Verdammt! Wenn ich Tad von meinem Vorhaben erzählen würde, hätte er sicher eine gute Idee, wie man es besser angehen könnte, aber ich wusste nicht, ob ich es ihm sagen sollte.

Keine Ahnung wovor ich mehr Angst hatte: Dass er versuchte es mir auszureden und sich ganz bewusst dafür entschied, mich dabei alleine zu lassen oder dass er sich entschied mit mir zu kommen und damit alles aufzugeben, was er kannte.

Eigentlich war ich noch nicht bereit, diesen Schritt zu gehen. Ich wollte nicht alles auf die Probe stellen. Ich wollte nicht ins Unbekannte, nachdem ich mich gerade erst hier richtig eingelebt hatte.

Und dann war da noch diese nagende Angst, dass der Quallenkuss doch etwas bei mir bewirkt hatte, dass er mich verändert hatte, dass ich jetzt noch eine andere Person in mir hatte oder vielleicht sogar langsam verschwinden würde, während die anderen Gehirnfunktionen die Kontrolle übernahmen... Ein schreckliches Horrorszenario, bei dem ich auch a) komplett machtlos und b) absolut unwissend war.

Blieben wir lieber bei den Sachen, die ich irgendwie beeinflussen oder zumindest logisch hinterfragen konnte. Die Quallenkuss-Botschaften waren ja ziemlich eindeutig mit der Stadt und der Tür mit dem Quallen-Graffiti. Nur gab es leider keinerlei Garantie dafür, dass sie wirklich etwas zu bedeuten hatte. Vielleicht war es nur eine Art wirrer Traum, vielleicht existierte dieser Ort überhaupt nicht, vielleicht würde so oder so alles umsonst sein.

Aber wenn ich es nicht versuchte, würde ich mit Sicherheit nichts erreichen. Nur war ich mit dieser Entschlossenheit leider gar keinen Schritt weiter bei der konkreten Ausführung. Lange Zeit lassen durfte ich mir auf jeden Fall nicht und dieser Druck machte es nicht gerade leichter. Und so lag ich hier und zermarterte mir den Kopf, ohne zu irgendeiner Lösung zu kommen.

Plötzlich sprang das Licht wieder an. Erschrocken fuhr ich zusammen und hätte um ein Haar sogar laut aufgeschrien. War die Nacht etwa schon vorbei? Ich hatte noch kein Auge zugetan. Unausgeschlafen passierten Fehler und ich durfte mir auf meiner Flucht keine Fehler erlauben! Das waren keine guten Voraussetzungen! Nichts hieran war gut!

Verzweifelt schlug ich die Hände vors Gesicht. Konnte ich nicht einfach liegen bleiben und so tun, als hätte es letzte Nacht nie gegeben? Alles zu ignorieren klang nach so einer tollen Möglichkeit, nur würde mich das leider genauso wenig weiterbringen wie all das Grübeln.

Mit einem Seufzen, das wirklich aus den tiefsten Tiefen meiner Seele kam, stand ich schließlich auf. Ich musste mich fertig machen fürs Frühstück, ich musste mich normal verhalten und abchecken, ob die anderen es auch tun würden.

Angespannt absolvierte ich wie ganz gewöhnlich meine Morgenroutine und ging wie jeden Tag zum Frühstück oder zumindest ging ich aus dem Zimmer. Sofort passte mich Merle ab. Oh nein.

Fahrig strich ich mir durch die Haare, einfach um nochmal zu bestätigen, dass ich Diego war und begrüßte sie mit einem semi-lockeren: „Hey." „Du kannst doch nicht so tun, als wäre alles normal", zischte sie mir verständnislos zu. „Was soll ich denn bitte schön sonst machen?", erwiderte ich angespannt und erinnerte sie: „Wir haben uns gestern entschieden, dass niemand etwas sagt. Es hat sich nichts geändert."

„Glaubst du wirklich Tim hält dicht?", entgegnete sie genau mit der Befürchtung, die ich auch hatte. „Ich weiß es nicht", antwortete ich wahrheitsgemäß und fixierte sie: „Aber auf dich kann ich mich doch verlassen, oder?" Schrecklich lange erwiderte sie meinen Blick und als sie schließlich etwas sagte, war es nicht, was ich gehofft hatte: „Du hättest es nicht vor mir verheimlichen sollen."

Dieser Vorwurf klang gar nicht gut. Und was sollte ich darauf bringen? Meine Angst-Entschuldigung? Irgendeinen taffen Macho-Spruch? Einfach nur ein verletzendes, gleichgültiges Schulterzucken?

Was hätte Diego getan? Wie genau war ihre toxische Beziehung bitteschön aufgebaut, dass sie von ihm absolutes Vertrauen erwartete?

„Es war eine schwierige Zeit", wich ich ihr unsicher aus. „Du bist nicht mehr der Gleiche", stellte sie mit einem befremdlichen Blick fest. Oh oh. Dieses Gespräch lief in eine ganz üble Richtung und es war von Anfang an schon gar nicht gut gewesen.

„Ein Quallenkuss verändert einen eben. Ist nicht so lustig wie es klingt", versuchte ich das Ganze auf die Macho-Tour irgendwie zu retten, mir fiel einfach nichts Besseres ein und gleichzeitig war es irgendwie gruselig, wie leicht mir diese Rolle mittlerweile fiel. Na ja, so oder so würde ich sie wohl nicht mehr lange spielen müssen…

Ihr Blick wurde nicht besser. Glaubte sie mir nicht? Wollte sie mir nicht glauben?

Bevor sich dieses Gespräch noch zu einer ausgewachsenen Katastrophe entwickeln konnte, kam Tad zu uns. Allein ihn zu sehen, ließ mich erleichtert aufatmen. „Guten Morgen", begrüßte er uns und es gelang ihm dabei nicht besonders gut, seine Anspannung zu verbergen. „Morgen", echote ich möglichst lässig und desinteressiert. Wenigstens ein bisschen sollte ich noch wie Diego wirken.

„Sollen wir vielleicht frühstücken gehen?", schlug der Wissenschaftsbegeisterte deeskalierend vor. „Siehst du? Ein ganz normaler Tag", wandte ich mich noch einen Hauch provozierend an Merle, bevor ich mich auf den Weg zum Frühstück machte.

Auf der einen Seite war ich ja echt froh, dass ich dem Verhör von ihr entgangen war, aber auf der anderen Seite war da die Angst, was mich im Speisesaal erwarten würde. War Tim schon dort? Hatte er womöglich den Forschern alles verraten? Warteten sie nur darauf, dass ich ihnen bereitwillig in die Arme lief?

Nein, so hinterhältig waren diese verkopften Wissenschaftler doch nicht, sicher wären sie dann gleich zu meinem Zimmer gekommen. Oder?

Eins war klar, dass die anderen ein Teil meines Geheimnisses kannten, hatte ein neues Level der Angst und Ungewissheit freigeschaltet und es wurde einmal mehr klar, dass ich das nicht auf Dauer machen konnte. Und wieder drehten sich in meinem Kopf die gleichen Fragen wie letzte Nacht: Wo bekam ich ein Fahrzeug her? Wie steuerte man so ein Fahrzeug? Und wie sollte ich mich alleine in diesem ausgetrockneten Meer zurechtfinden?

Unruhig schielte ich zu Tad rüber. So gerne hätte ich mich mit ihm beraten. Sicher konnte er irgendwie Ordnung in dieses schreckliche Chaos bringen, so wie er es immer tat. Aber erstens war Merle bei uns und zweitens wollte ich ihn nicht damit belasten.

Schließlich erreichten wir den Speisesaal und... alles war wie immer. Niemand wollte mich für endlose Versuchsreihen abführen, niemand hatte Verdacht geschöpft. Beinahe fühlte sich diese Normalität falsch an und so war es auch.

„Entschuldigung. Wir hätten einige Fragen", richtete sich auf einmal eine förmliche Stimme an mich. Schwer schluckte ich. Das war's. Wie in Trance drehte ich mich um. Dort stand einer dieser Wissenschafts-Typen in Begleitung von

Tim, der mit grimmiger Entschlossenheit die Arme vor der Brust verschränkt hatte.

Ich hatte doch gewusst, dass er der Judas sein würde, doch ich war sehr weit davon entfernt, mich darüber zu freuen, dass ich recht behalten hatte.

Um die Gruppe komplett zu machen, wurden auch noch Nola und Ric gerufen und zusammen machten wir uns auf den Weg zu einem der Labore wie der Gang zum Galgen. Merle war die Einzige von uns, die ein grimmiges Pokerface aufgesetzt hatte. Es war so offensichtlich, dass wir etwas zu verbergen hatten, das war quasi schon eine Bestätigung von Tims Geschichte. Aber selbst das beste Schauspiel hätte uns nicht retten können, wenn sie mich erst einmal richtig untersuchten, war ich sowieso dran. Ich hatte zu lange gewartet. Wäre ich nur gleich letzte Nacht aufgebrochen…

Mit einem endgültigen Geräusch schloss sich die Tür des Labors hinter uns. Ich würde nie wieder hier rauskommen.

„Also. Tim hat mir erzählt, ihr hättet euch gestern Nacht raus geschlichen und wärt bei einem Schiffswrack gewesen", fing der Wissenschaftler mit einem forschenden Blick an.

„Ernsthaft? Deswegen sind wir hier? Tim macht sich doch nur wichtig. Das letzte Mal waren wir draußen, als Diego sich die Schulter ausgekugelt hat und wir haben unsere Lektion gelernt. Das war echt nicht schön", setzte Merle voller Überzeugung auf Schauspielerei. Es war wirklich von Vorteil, sie auf meiner Seite zu haben, auch wenn ich das Warum dabei immer noch nicht so ganz verstand. Für den Moment war das ja auch egal.

„Sie lügt!", unterstellte Tim ihr hitzig und zeigte so gewalttätig mit seinem Finger auf sie, dass man meinen könnte, es wäre ein Schwert, mit dem er sie erstechen wollte. „Ach ja? Und hast du irgendwelche Beweise für deine gequirlte Scheiße?", konterte sie herausfordernd.

Beweise. Scheiße. Bestimmt hatten wir noch Sand an unserer Kleidung. Vielleicht gab es an unseren Schuhen sogar feine Rostpartikel oder so vom Schiff, die sie mit den ganzen Instrumenten hier in den Laboren prima analysieren konnten. Und dann all die Indizien wie unsere schuldigen Gesichter von eben oder mein zurückhaltendes Verhalten, obwohl ich ja der Obermacho war und dann die offensichtliche Übermüdung von allen. Jeder hatte hier Augenringe wie Pandas! Das konnte man einfach nicht übersehen!

Doch anscheinend fiel Tim keiner dieser offensichtlichen Punkte ein. Sein Mund klappte ein paar Mal auf und zu ohne dass ein Laut herauskam und auch der Forscher schien keinerlei Menschenkenntnis zu besitzen, denn er schwieg nur bedächtig. Oder spielten sich in seinem Gehirn gerade vielleicht all die Sachen ab, die ich mir auch gedacht hatte? Wog er gerade nur die Vorgehensmöglichkeiten gegeneinander ab?

„Tim?", auffordernd sah er den Verräter an. Man konnte ihm regelrecht ansehen, wie die Wut in ihm hochkochte, dass wir nicht einfach alles gestanden. „Darum geht es doch gar nicht!", seine Stimme war fast zu einem Brüllen angeschwollen: „Diego hatte einen Quallenkuss und er ist immer noch er! Er muss untersucht werden!"

Jetzt war die Katze aus dem Sack.

„Ein Quallenkuss ohne Übertragung der Hirnfunktionen ist doch völlig unmöglich", schloss sich Tad jetzt auch der Verleugnungsfront an. „Etwas Verrückteres ist dir auch nicht eingefallen, oder?", machte ich mich ein wenig gezwungen über den Mistkerl lustig.

„Diego? Würdest du bitte dein Oberteil ausziehen?", nüchtern sah mich der Forscher an, von dem alles abhing.

„Was?", vor den Kopf gestoßen glotzte ich ihn einfach nur an. Das war doch sehr aus dem Nichts gekommen.

„Durch das gebündelte Auftreten von elektrischen Impulsen entstehen bei einem Quallenkuss immer leichte Verbrennungen. Tim erzählte, die Tentakel hätten dich am Rücken berührt, wenn dem so war, müssen sie Spuren hinterlassen haben", erklärte der Wissenschaftler verhängnisvoll.

Oh nein. Von diesem Beweis hatte ich keine Ahnung gehabt. Ich konnte ihn nicht verbergen. Was sollte ich nur tun? Wenn ich mich einfach weigerte, war es genauso wie ein Geständnis und wenn ich es zeigte...

„Na gut. Ihr habt uns erwischt. Wir waren gestern nicht wie brave Langweiler in unseren Zimmern, sondern in der Küche. Wir wollten einen kleinen Streich für heute vorbereiten, aber Diego ist gegen die Herdplatte gekommen und hat sich leicht verbrannt. Das war alles. Kein beschissener Quallenkuss. Als ob das irgendwer richtig überleben könnte", bekam ich Hilfe von unerwarteter Seite: Ric. Der zockende Frechdachs steckte echt voller Überraschungen.

„Du solltest doch nichts verraten", passte sich Merle sofort der Geschichte an. In Impro-Theater wären sie sicher große Stars. Gerade war ich echt dankbar, sie zu haben.

„Nein! So war das nicht! Wir waren draußen und beim Wrack war eine Qualle! Er hatte einen Quallenkuss! Es war ein Quallenkuss!", protestierte Tim mit überkochender Wut.

„Nö. Mich hat nur eine Herdplatte geküsst", erwiderte ich extra locker und zog mein Oberteil aus. Demonstrativ zeigte ich dem Forscher meinen Rücken, in er Hoffnung, dass man zwischen verschiedenen Verbrennungsursachen keine großen Unterschiede sehen konnte.

„Kinder", murrte der Forscher kaum hörbar und verkündete dann streng: „Das war eine Wiederholungstat. Warum müsst ihr immer solchen Unsinn machen? Ich werde eure Eltern über euren erneuten Fehltritt informieren." Etwas leiser, aber genauso mürrisch setzte er noch hinzu: „Darum kann sich jemand anderes kümmern."

Fast hätte ich erleichtert aufgeatmet, was nicht zu der genialen Darbietung der anderen gepasst hätte. Nur ein kleines, verstohlenes Lächeln zu Tad konnte ich mir nicht verkneifen. Die ganze Zeit hatte ich extrem Angst gehabt, was passieren würde, wenn die anderen mein Geheimnis verrieten und jetzt war es so weit und die Wissenschaftler glaubten es schlicht nicht! Das war es einfach. Niemand dachte, dass es möglich sein könnte. Ich war in Sicherheit.

„Lügner!", brüllte Tim auf einmal und ich wurde an der Schulter herumgerissen. Bevor ich wusste, was eigentlich los war, hatte ich seine Faust auf einmal in meinem Gesicht. Mein ganzer Schädel dröhnte. Er verpasste mir einen Stoß nach hinten und ich fiel auf den Boden. Alles ging viel zu schnell.

Auf einmal saß er auf mir und der nächste Schlag traf mich. Ich konnte mein eigenes Blut schmecken. Geschockt schrien die anderen auf. Instinktiv riss ich die Arme los und blockte seinen nächsten Angriff ab. Wir drehten uns. Nein, das war ich. Ich machte das. Jetzt lag er unter mir. Ich schlug zu. Meine Knöchel taten weh, aber irgendwie hatte dieser Schmerz etwas Vertrautes. Etwas in mir wusste, was zu tun war. Es übernahm die Kontrolle.

Plötzlich wurde ich nach hinten gezogen. Sofort riss ich mich wieder los. Und in diesem Rauschen, das mich umgab, hörte ich ein Wort heraus: „Diego!" Merle rief mich schrill bei diesem Namen, der nie meiner sein würde. Und diese Erkenntnis war es, die mich wieder zurückholte. Ich war Elli. Ich schlug mich nicht mit anderen. So war ich nicht. Entsetzt blickte ich auf meine Hände. Diese schwarzen Tätowierungen und die blutigen Knöchel. Meine Hände zitterten. Seine Hände. Schleppend wanderte mein Blick zu Tim. Er hatte eine blutige Nase und sein linkes Auge schwoll schon an. Langsam rappelte er sich wieder auf und starrte mich dabei hasserfüllt an.

Was hatte ich getan?

„Sofort aufhören!", befahl der Wissenschaftler hörbar überfordert, obwohl wir streng genommen ja bereits aufgehört hatten. Eine warme Hand legte sich auf meine Schulter. Tad. Verloren schaute ich zu ihm. Ich wollte mich an ihn lehnen, ich wollte ihn umarmen, ich wollte spüren, dass ich immer noch ich war.

„Ein solches Verhalten ist völlig inakzeptabel! Es wird ernste Konsequenzen geben", rügte uns der Forscher fahrig, als hätte er einen Sprung in der Platte. „Sie müssen auf die Krankenstation!", mischte sich Merle hektisch ein. „Ähm, ja, natürlich", planlos übernahm der Erwachsene wieder mehr oder weniger die Führung und verständigte Merles Eltern für unsere Versorgung.

Ich fühlte mich schrecklich. Mein Kopf tat weh und meine Hände auch und ich kam mir dabei vor wie ein Schwerverbrecher. Genau so sahen uns auch alle an. In der Krankenstation wurde es sogar noch schlimmer.

Das Verarzten als solches, war ja noch in Ordnung. Zwar nicht ganz angenehm, aber diese Blicke von Merles Eltern... Als wären wir irgendwie psychisch gestört oder gemeingefährlich. Sie hatten diese Verachtung wirklich verdächtig gut drauf.

Und dann gingen sie wieder und wir waren allein, nur damit einen Augenblick später noch jemand Schlimmeres kam: Tims Vater. Die gleichen kantigen Gesichtszüge wie er und auch die gleiche aggressive Ausstrahlung. Bis jetzt hatte ich zum Glück nichts mit ihm zu tun gehabt und eigentlich wollte ich daran auch nichts ändern, doch mit Verdrücken sah es gerade eher schlecht aus.

„Was hast du dir nur dabei gedacht?", zischte der verbissene Forscher bedrohlich. Tim antwortete nicht, er sah seinen Vater nicht einmal an. „Sieh mich gefälligst an, wenn ich mit dir spreche!", donnerte der Mann auf einmal und ich zuckte richtig zusammen. Widerstrebend drehte sein Sohn den Kopf zu ihm.

„Deine Mutter kommt nicht wieder! Krieg das endlich in deinen Kopf und hör auf, dich wie ein trotziges, kleines Kind zu verhalten! Du bist wirklich eine Enttäuschung! Du schaffst es nicht einmal, dich deiner Mittelmäßigkeit entsprechend zu verhalten! Womit habe ich nur so einen Versager verdient?! Denkst dir hirnlose Märchen aus und fängst Schlägereien an! Du hast überhaupt nichts gelernt!", die Stimme des zornigen Wissenschaftlers wurde immer lauter und schneidender.

Plötzlich traf sein vernichtender Blick auf mich und er stockte. Schlagartig verwandelte sich sein Gesicht in eine steinerne Maske und er fuhr deutlich ruhiger, aber nicht weniger beängstigend fort: „Mach mir nicht noch einmal Ärger, Junge."

Voller Verachtung wandte er sich ab und ließ uns in dem viel zu großen Raum alleine. Kaltes Schweigen erfüllte die Luft. Ich hatte ja keine Ahnung gehabt, dass Tim so einen Vater hatte... Er tat mir leid. Aber was sollte man darauf sagen? Es gab keine Worte, die daran etwas besser machen konnten. Und ich hatte auch noch die Hoffnung, seine Mutter wieder zu bekommen, zerstört...

„Es tut mir leid", sagte ich in diese schreckliche Stille, auch wenn ich wusste, dass es nichts änderte. „Und warum gehst du dann nicht in die Labore und lässt dich untersuchen?", konterte er giftig: „Du warst schon immer ein Feigling, der nur an sich gedacht hat. Sonst hättest du dich erst gar nicht in diesem beschissenen Labor-Bunker versteckt! Und die anderen sind dumm genug, sich auf deine Seite zu stellen."

Dass diese Vorwürfe kamen, war ja nicht besonders überraschend, trotzdem fühlte ich einen Stich Schuldgefühle.

„Es ist einfach, das von jemandem zu verlangen, aber ich wäre am Ende diejenige, die den Preis dafür zahlt und glaub mir, ein Leben in Laboren ist nicht witzig. Außerdem macht Tad doch schon Tests. Er ist besser als du denkst", rechtfertigte ich mich und merkte zu spät, dass ich von mir als Mädchen gesprochen hatte. Oh nein.

„Jeder hier zahlt den Preis dafür! Jeder! Jeden Tag! Du könntest es beenden! Du hast ja keine Ahnung, wie es ist!", vor Wut und Verzweiflung war seine Stimme ganz dünn geworden. Verdammt. War er etwa kurz davor zu weinen?

Überfordert schwieg ich einen Moment. Das passte einfach nicht zu Tim. Und gleichzeitig... Er hatte irgendwo recht. Ich hing nicht als einziger in dieser Lage. Aber der Gedanke

mein Leben für endlose Untersuchungen aufzugeben…
Nein. Dafür war ich einfach nicht bereit. Doch vielleicht gab
es da ja noch einen anderen Weg…

„Durch den Quallenkuss habe ich Erinnerungsstücke gesehen. Da war eine Stadt mit einem bestimmten Ort. Ich weiß
nicht genau was dort ist, aber es hat sich wichtig angefühlt.
Womöglich ist dort die Lösung für alles, vielleicht aber auch
nichts. Keine Ahnung. Wie sieht es aus? Hast du Lust auf
einen kleinen Ausflug?", enthüllte ich ihm ohne groß nachzudenken meinen Weltrettungs- / Fluchtplan.

Die Krankenstation war einfach der Ort für neue Verbündete
und offene Geheimnisse. Yippie Ya Yeah.

27

„Hey, Jungs. Ich hab gehört, was passiert ist. Vertragt ihr euch wieder?", meinte Bernd richtig locker und unaufgeregt, als er zu uns auf die Krankenstation kam. In seinen Händen hielt er zwei dieser Kunststoff-Warmhaltebehälter, die Nola damals auch Tad und mir hierhin gebracht hatte.

War es schon Zeit fürs Mittagessen? Tim und ich hatten lange geplant und auch gestritten, wie wir unser irres Vorhaben am besten umsetzen konnten. Und dabei hatte ich wohl jedes Zeitgefühlt verloren.

„Ja, alles locker", bestätigte ich betont lässig und setzte für ihn sogar ein kleines Lächeln auf, immerhin war es Bernd, bei ihm war es in Ordnung, nett zu sein. Ich liebte es auch, wie er uns ganz normal behandelte und nicht so verurteilend wie die anderen Erwachsenen. Nolas und Rics Vater war echt ein guter Mensch.

„Das freut mich sehr zu hören. In nächster Zeit werden wir auch viel Zeit zusammen verbringen. Wir haben entschieden, dass ihr beim Kochen und im Gewächshaus helft. Ich bin mir sicher, wir können dabei auch Spaß haben. Seht es bitte nicht als Strafe", freundlich stellte er jedem von uns einen der Warmhaltebehälter auf den Nachttisch.

Ja, mit ihm zu kochen in im Gewächshaus zu helfen, klang wirklich nicht nach einer Strafe.

Aber egal, wir würden nicht mehr lange hierbleiben. Am liebsten wären wir beide ja sofort aufgebrochen, doch nach dem Trubel, für den Tim unbedingt hatte sorgen müssen, lag momentan einfach zu viel Aufmerksamkeit auf uns. Es war besser in ein paar Tagen zu verschwinden, wenn niemand damit rechnete.

Allerdings versprach es noch richtig ätzend zu werden, sich bis dahin zu gedulden. Und ob Tim so eine angenehme Reisebegleitung werden würde, wagte ich auch zu bezweifeln. Dennoch standen meine Chancen mit ihm wahrscheinlich besser, als ganz allein. Wenigstens in der näheren Umgebung kannte er sich ja etwas aus.

Einzig der Punkt mit der Stadt war immer noch ein großes Fragezeichen. Hier gab es leider nichts zum Malen, deswegen hatte ich die Skyline nicht aufzeichnen können, um sie ihm zu zeigen. Außerdem war ich mir nicht ganz sicher, ob das überhaupt so eine gute Idee war.

Was, wenn er den Zusammenhang zwischen der Zeichnung und meinem kleinen Kunstwerk auf der defekten Toilette fand? Auch noch zu enthüllen, dass ich nicht Diego sondern Elli war, würde sicher kein gutes Ende nehmen. Aber vielleicht würde er sich im Fall der Fälle auch damit abspeisen lassen, dass ich beim Quallenkuss einfach Teileigenschaften von irgendwelchen Leuten übernommen hatte, was hoffentlich in Wahrheit nicht so war. Darüber machte ich mir manchmal immer noch Sorgen. Insgesamt gab es genug, worüber ich mir Gedanken machen konnte.

Mir war nur die winzig kleine Hoffnung geblieben, dass es in dieser mysteriösen Gruselstadt die Lösung für alle Probleme gab. Ich wollte so gerne, dass die Zeit der Ungewissheit endlich aufhörte.

Im Laufe des Tages kam auch Tad eine Runde vorbei, unter dem Vorwand mit mir Schulaufgaben zu machen, den wir leider auch genau so umsetzen mussten, weil Tim ja anwesend war. Es war schrecklich, dass er da war und wir dennoch nicht reden konnten. Den Konflikt nicht zu vergessen, ob ich überhaupt mit ihm über all das reden sollte.

Trotzdem fand ich es irgendwie auch schön, ihn hier zu haben. Allein seine Anwesenheit schien schon alles ruhiger und einfach nur besser zu machen.

Abends musste mein einziger wirklicher Freund dann leider auch wieder gehen. Tim und ich mussten noch über Nacht in der Krankenstation bleiben. Keine Ahnung, ob das auch schon eine Art Bestrafung sein sollte oder sie uns auf diese Art etwas besser im Auge behalten wollten. So oder so war es überflüssig. Genauso überflüssig wie sich die nächsten Tage anfühlten.

Diese Warterei war echt grauenvoll! Die ganze Zeit war da die Anspannung sich nichts anmerken zu lassen, damit niemand uns aufhalten konnte und besonders bei Merle war das ein Krampf.

Obwohl ja eigentlich klar war, dass wir kein Paar mehr waren, hing sie ständig an mir und beobachtete mich bei jeder Gelegenheit. Keine Ahnung was ihr Ziel war, auf jeden Fall war es sehr beunruhigend. Auch die tausend Fragen, die sie mir immer stellte! Mir gingen echt die Ausweichmanöver aus!

Dass ich momentan zusätzlich so viele Strafarbeiten zu erledigen hatte, war sogar echt noch ganz angenehm. Währenddessen konnte ich mich ein wenig ablenken und manchmal komplett abschalten. Oft holte mich dann Bernds dröhnende Stimme aus meinen abwesenden Gedanken, was ich ihm überhaupt nicht übel nahm, weil es dann häufig einen kleinen, verstohlenen Obst-Snack direkt aus dem Gewächshaus oder andere Leckereien gab. Er gehörte zu den wenigen Personen, bei denen ich mich nicht wie Diego fühlte und es tat weh, wenn ich daran dachte, dass ich sie bald alle verlassen würde…

Und dann war der Tag X gekommen, deutlich früher als gedacht (Tim und ich hatten das Warten einfach nicht so lange durchgehalten und ihn aller Vorsicht zum Trotz vorverlegt). Ich fühlte mich noch überhaupt nicht bereit und doch wollte ich es einfach nur hinter mich bringen. Es war an der Zeit. Nur noch dieser eine Tag und alles würde sich ändern...

Vor Aufregung bekam ich beim Frühstück kaum etwas runter, doch ich zwang mich trotzdem normal zu essen, weil ich a) auf die letzten Meter keinen Verdacht erregen wollte und b) für unser Abenteuer gestärkt sein musste. Nur Tim und ich auf einem Roadtrip durch das verdunstete Meer... Schon allein bei dem Gedanken daran, wurde mir fast schlecht. So viel konnte schief gehen. Die Welt da draußen war mir doch völlig fremd!

Nein, ich musste versuchen optimistisch zu bleiben. Bis jetzt hatte doch auch irgendwie immer alles geklappt.

Nach dem Essen hatte ich wie immer Küchen- und Aufräumdienst. Seit wir ständig Strafarbeiten machen mussten, war es hier echt pikobello sauber, man konnte fast schon vom Boden essen. Aber auch wenn ich es nie zugeben würde, fand ich das ganze Kehren, Wischen und Abtrocknen fast schon beruhigend. Schlichte, monotone Arbeit. Doch um meine Gedanken schweifen zu lassen, stand ich gerade viel zu sehr unter Strom.

Auf einmal zog Merle mich grob zur Seite. „Stimmt es, dass du gehen willst?", fragte sie mich und hatte dabei wieder diesen unnachgiebigen Ausdruck in den Augen. Völlig überrumpelt sah ich sie an. Woher wusste sie davon? Was hatte mich verraten? Oder sollte ich eher fragen wer?

„Ric hat gerade Essen stibitzt und als ich ihn erwischt habe, meinte er, es wäre für eine große Weltrettungsmission, auf die ihr geht", erklärte sie giftig. Was?! Ric wusste es auch?! Am Ende hatte er es noch seiner Schwester erzählt und die hatte sich sicher besorgt und verantwortungsbewusst an Tad gewandt, immerhin war er der klügste von uns. Dabei hatte ich ihm doch eigentlich die Entscheidung ersparen wollen.

Gleich musste ich unbedingt ein ernstes Gespräch mit Tim führen, doch zuerst musste ich irgendwie aus dieser Situation kommen. Mich irgendwo rauszureden, wurde langsam der Normalzustand.

„Das ist sehr kompliziert", meinte ich nochmal ausweichend. Ich war mit meinem Latein echt am Ende. „Ja, klar! Es ist immer alles kompliziert!", vor Wut wurde ihre Stimme wieder lauter. Nicht gut. Wenn sie sich weiter aufregte, rief sie damit am Ende nur Bernd auf den Plan. Also? Was sollte ich tun? Eine besänftigende Lüge, bei der das Risiko bestand, dass sie nach hinten losging und ich auch noch keinen Plan hatte, wie genau sie aussehen sollte oder einfach die Wahrheit, durch die ich sie wahrscheinlich auf der Reise mit an der Backe hatte?

Und sie hatte ja sowieso schon eine Ahnung…

Mit einem Seufzen weihte ich sie ein: „Durch den Quallenkuss habe ich… Sachen gesehen. Eine Stadt. Dort könnte die Lösung sein. Tut mir leid, dass ich dir nichts davon erzählt habe. Es ist… gefährlich." Oh oh. Den aufrichtigen Beschützer zu mimen, hatte sie nicht wirklich besänftigt.

„Tu nicht immer so, als wäre ich dein Püppchen, das du beschützen musst! Ich hab dir schon öfter den Arsch gerettet, als du mir! Ich war bei dem EQTF-Typ für dich da! Aber du sagst mir nie etwas! Das ist nicht fair! Ich habe es verdient, dass du ehrlich zu mir bist", platzte es kaum beherrscht aus ihr raus.

Scheiße. Das lief gar nicht gut.

Neugierig tauchte Bernd Kopf im Türspalt zur Küche auf. Jetzt musste ich auf jeden Fall richtig reagieren, nicht dass sie noch kritische Details rausschrie.

„Merle. Bitte gib mir noch eine Chance. Komm mit uns mit", riskierte ich alles mit einem reuevollen Strategiewechsel. Was machte ich hier überhaupt? Jetzt spielte ich schon mit ihren Gefühlen… langsam mutierte ich wirklich zum gewissenlosen Macho.

Für einen langen Moment sah sie mich einfach nur an, was zu den Vorwürfen von eben schon eine Verbesserung war. Nur wie lange würde das anhalten?

„Das ist deine letzte Chance", stellte sie richtig giftig klar. Es wäre ja leichter gewesen, wenn sie mich einfach endgültig fallen gelassen und mit ihrer Gleichgültigkeit gestraft hätte. Doch vielleicht war es wirklich nicht so verkehrt, sie dabei zu haben. Durch ihre Eltern hatte sie zumindest medizinische Grundkenntnisse, wenn irgendetwas passierte, was bei meinem Glück nicht auszuschließen war.

Und eigentlich brauchte ich auch Tad, mehr als alle anderen. Wenn es sich jetzt sowieso schon bei gefühlt allen rumgesprochen hatte... Wenn er am Ende alleine dastand, würden die Forscher ihn sicher total krass ins Kreuzverhör nehmen. Dem wollte ich ihn nicht aussetzen. Aber was ich zu Merle gesagt hatte, stimmte schon, diese Reise konnte echt gefährlich sein und Tad durfte nichts passieren.

Verdammt! Dieser miese Konflikt wurde nur immer schlimmer!

Ich umgriff den Besenstiel so fest, dass meine Knöchel weiß hervortraten und es mich nicht gewundert hätte, wenn ich ihn in zwei Hälften gebrochen hätte. Da war wieder Diegos zerstörerische Ader, die manchmal einfach raus musste. Verkrampft atmete ich eine Runde durch, um mich irgendwie ein wenig zu entspannen oder es zumindest zu versuchen. Bis wir heute Abend endgültig weg waren, würde ich wohl nicht zur Ruhe kommen.

Irgendwie machte ich meinen Dienst zu Ende und verzog mich dann, immer noch mit diesen verfluchten Grübeleien, zurück auf mein Zimmer. Vielleicht konnte ich ja ein bisschen auf den Boxsack einprügeln, um diese verfluchte Anspannung loszuwerden. Oder es kam die nächste Katastrophe.

Im Türrahmen erwartete mich schon Tad und in seinen Händen hielt er ein weißes Blatt, es war der Brief, den ich ihm zum Abschied geschrieben hatte. Er musste ihn auf meinem Schreibtisch entdeckt haben. Ich hätte ihn nicht einfach offen liegen lassen sollen.

Resigniert schloss ich die Augen. Heute war nicht mein Tag.

„Tad...", setzte ich an, doch er ließ mich nicht ausreden: „Hättest du mir das heute Abend unter der Tür durchgeschoben?" Noch nie hatte ich ihn so wütend und verletzt gesehen. Mein Herz zog sich schmerzhaft zusammen. „Ich...", wieder gab er mir nicht die Gelegenheit, alles irgendwie zu erklären.

Ruppig faltete er das Blatt auseinander und las vor: „Lieber Tad, es tut mir leid, dass ich es auf diesem Weg mache. Du hast mehr verdient als ein paar Worte auf einem Blatt, aber ich konnte es dir einfach nicht sagen, ich konnte dich nicht vor diese schreckliche Entscheidung stellen. Du bist mein bester Freund und hast meinem Alltag hier Farbe geschenkt. Ohne dich hätte ich es nie geschafft und ich weiß nicht, ob ich das hier schaffen kann. Aber ich muss gehen. Ich werde immer an dich denken."

Wenn er es so laut aussprach, klangen meine Worte schon sehr schwach und ich hatte daran eine halbe Ewigkeit gesessen. Natürlich war er wütend. Es tat mir so leid, aber ich konnte nichts sagen. Nichts fühlte sich richtig an, ausreichend. Ich konnte ihn nur mit einem ganz miesen Gefühl ansehen.

„Du wolltest weggehen und mich hier zurücklassen", fasste er nochmal mit bebender Stimme zusammen. „Ich... Ich hatte Angst", ich schafft es nicht einmal, ihn dabei anzusehen. „Wovor?", wollte er herausfordernd von mir wissen. „Ich hatte Angst, dass du nicht mit willst und dass du mit willst. Ich hatte Angst, dass dir etwas passiert und... keine Ahnung. Das ist mir alles einfach zu viel", verloren hob ich jetzt doch meinen Blick.

Für einen Moment sah er mich einfach nur an und ich konnte nicht sagen, wann ich mich das letzte Mal so mies gefühlt hatte. Oh Tad...

„Ich komme mit", verkündete er immer noch sauer und verschwand ohne ein weiteres Wort. Das war noch schlimmer gewesen als eben mit Merle. Und beides direkt hintereinander war sowieso der Supergau.

Komplett fertig schleppte ich mich noch die letzten Schritte in mein Zimmer und blieb vor dem Boxsack stehen, doch statt mit explosivem Frust darauf einzuschlagen, lehnte ich einfach nur erschöpft meine Stirn dagegen und umarmte ihn.

Hoffentlich würde jenseits dieses Bunkers alles besser werden...

Der Rest des Tages verlief netterweise ohne weitere, alptraumhafte Überraschungen, auch wenn ich mir bei der Sache mit Tad gar nicht so sicher war, ob es wirklich schlecht war, dass er es erfahren hatte. Klar, wie er es erfahren hatte, war unschön gewesen, aber wenigstens würde ich ihn jetzt bei mir haben. Genau wie alle anderen.

Kurz nach dem Erlöschen des Lichts trafen wir uns im Flur vor unseren Zimmern. Im blauen Licht der Algenleuchten wurden harte Schatten auf ihre Gesichter geworfen, die ihre Entschlossenheit noch unterstrichen. Doch ich konnte auch die Angst sehen, die Ungewissheit, die auf uns wartete. Mir ging es nicht anders.

Angespannt schweigend machten wir uns auf den Weg zur Garage, von deren Existenz ich erst durch Tim erfahren hatte. Er hatte auch groß damit geprahlt, ein super Autofahrer zu sein und ich konnte nur hoffen, dass bei seinen Worten auch etwas dahinter war.

Ich konnte mir ja nicht vorstellen, dass sein Vater mit ihm Fahrstunden gemacht hatte. Aber bis es so weit war, würde ich einfach daran glauben. Es musste auch mal etwas funktionieren.

Ohne Probleme erreichten wir die Garage, in der auch schon sehr einladend ein Geländewagen auf uns wartete. Und dann ging es los. „Es gibt keine Schlüssel", stellte Tim ziemlich blöd fest, als er die Tür auf der Fahrerseite öffnete. Verdammt! Wie hatten wir an so etwas Offensichtliches nicht denken können?

Aber daran durfte es jetzt nicht scheitern. Irgendwie mussten wir es einfach schaffen!

„Lass mich mal sehen", sagte ich, auch wenn ich eigentlich überhaupt keinen Plan von Autos hatte. Aber vielleicht ja Diego. Vielleicht war noch irgendetwas in seinem Kopf, was uns irgendwie helfen konnte... Oh bitte, lass das funktionieren.

„Und was hast du vor?", fragte Tim ziemlich abfällig. „Auf mein Bewegungsgedächtnis vertrauen", das war eher ein Murmeln als sonst was, ich war schon ganz gedankenverloren.

Mit Gewalt brach ich irgend so ein Ding unter dem Lenkrad auf und hatte dann voll den Kabelsalat, mit dem ich dann wie von selbst hantierte. Und dann...

Brummend lief der Motor an. Ich konnte es kaum glauben. Ich hatte die Karre wirklich zum Laufen gebracht. „Springt rein!", rief ich den anderen zu und legte meine Hände ans Lenkrad. Natürlich war ich selbst noch nie Auto gefahren, dafür brachte man ja funktionierende Beine, aber wenn Diego Autos knacken konnte, konnte er sie sicher auch fahren.

Tim war offensichtlich nicht begeistert, dass ich momentan das Sagen hatte, doch ich würde jetzt nicht für ihn Platz machen. Irgendwie hatte ich so das Gefühl, dass unsere Chancen mit meinem motorischen Gedächtnis besser standen, als mit seiner angeberischen Selbstüberschätzung.

„Du lotst mich, ich fahre", legte ich bossmäßig fest. Die anderen so herumzukommandieren, fühlte sich seltsam an, nicht nach mir. Aber für unser Vorhaben musste ich wohl oder übel mehr wie Diego sein, sonst hatten wir keine Chance.

Finster sah er mich an und nahm überraschenderweise ohne wütende Diskussion auf dem Beifahrersitz Platz. Alle anderen setzten sich brav hinten rein. „Dann mal los", gab ich mit einem letzten Rest Unsicherheit von mir und ließ den

Geländewagen langsam losrollen. Verrückt, dass das so selbstverständlich klappte.

„Du fährst wie eine alte Oma! In dem Schneckentempo kommen wir nie an!", beschwerte Tim sich sofort. Ich würde wetten, dass er es auch nicht besser konnte und ich für meinen Teil fuhr lieber langsam als gleich im ersten Felsen zu hängen.

Vorsichtig steigerte ich das Tempo ein kleinwenig und tastete mich allmählich mehr und mehr an hohe Geschwindigkeiten ran. Bald schon polterte ich richtig durch die Landschaft. Hinter uns wurde einiges an Staub aufgewirbelt, wirklich unauffällig war unser Fluchtfahrzeug ja nicht. Aber noch schien niemand unsere Abwesenheit bemerkt zu haben. Weit und breit war keine Menschenseele zu sehen, nur überall diese Felsen und der galaktische Himmel.

Dieser Anblick hatte wirklich etwas Weltvergessenes und Friedliches an sich, was so gar nicht zu der brodelnden Aufregung in meinem Inneren passen wollte. Ich hatte keine Ahnung, wohin uns diese Reise noch bringen würde...

28

Holprig fuhren wir immer weiter in Richtung Osten. Da wir im Atlantik waren, steuerten wir somit auf Europa oder Afrika zu, so genau wusste ich das nicht. Die Bezeichnungen wurden nicht mehr genutzt, nur noch irgendwelche Sektoren. Das hatte mir Tad lang und breit erklärt, als ich versucht hatte, die Stadt aus meinen Träumen einzuordnen.

Diese einheitliche Einteilung in Sektoren machte ja schon Sinn, weil sie einfach viel übersichtlicher war, als die ganzen oft etwas abstrakten Landesgrenzen, aber wie alles hier kam es mir so leblos vor. Früher war die Welt ein buntes Mosaik gewesen, zwar mit Konflikten und Ungerechtigkeit, doch genauso mit Leidenschaft und Vielfalt. Mit der Wissenschaft war alles so nüchtern und kalt geworden.

Schweigend rumpelten wir über den Meeresgrund und es kam mir so vor, als würden wir im Kreis fahren. Alles sah so verdammt ähnlich aus! Ein Felsen nach dem anderen so weit das Auge reichte und auch jede Menge Sand. Manchmal gab es auch etwas flachere Stellen oder enge Schluchten. Insgesamt wirkte die Landschaft nicht sehr einladend und der dunkle Himmel war zwar wunderschön, aber er spendete kaum Licht, was alles noch finsterer machte. Von der verträumten und hoffnungsvollen Atmosphäre, die ich eben noch gespürt hatte, war gerade wenig übrig.

Gerne hätte ich jetzt das Radio angeschaltet und irgendwelche optimistische Musik gehört oder von mir aus könnte sie auch ruhig oder wild sein, Hauptsache Musik, so wie bei einem Roadtrip. Nur gab es leider kein Radio und wenn, dann hätte es sicher nur das grauenvolle Zeug gespielt, was heutzutage fälschlicherweise Lieder genannt wurde.

Und so fuhren wir in angespannte Stille gehüllt. Na ja, mit dem Motor und dem Poltern des Untergrunds war es eigentlich nicht wirklich still, aber diese rauen Geräusche untermalten nur die abweisende, erschöpfte und doch entschlossene Stimmung.

Seit ich in dieser neuen Zeit war, war mein Schlafrhythmus wirklich eine einzige Katastrophe. Ständig machte ich wie heute die Nächte durch oder hatte wenig erholsame Träume, die vielleicht zur Weltrettung beitragen könnten, vielleicht aber auch nicht. Unterm Strich war ich gerade einfach nur müde und hatte keinen Bock, irgendwie zu versuchen, den Weltretter mit dem großen Geheimnis zu spielen.

Wie lange waren wir eigentlich schon unterwegs? Ein paar Stunden waren es doch bestimmt schon, oder? War mittlerweile in der Laboranlage ein neuer Tag angebrochen? Bei dieser speziellen Wolkendecke verlor man echt jedes Zeitgefühl. Eins war klar: Wir durften keine Pause machen. Jetzt galt es, unseren Vorsprung so weit wie möglich auszubauen.

Doch irgendwann wurde es dennoch Zeit für eine Pause. Allerdings hatte ich dabei schon eine gewisse Paranoia, dass die Forscher diese Chance nutzen würden, um uns einzuholen und wieder zurückzubringen. Auf jeden Fall fühlte es sich verdammt falsch an anzuhalten und sich mal die Beine zu vertreten.

Und das war auch wirklich dringend nötig gewesen. Während der langen Fahrt waren meine Beine richtig steif geworden und auch an meinem Rücken merkte ich es, den ließ ich erst einmal eine Runde schön knacken.

„Hat jemand von euch Hunger?", fragte Nola ein wenig bemutternd. „Nein, danke", lehnte ich mit einem kleinen Lächeln ab. Gerade würde ich wirklich nichts runterkriegen.

„Wir müssen uns unsere Vorräte gut einteilen. Wir können nicht gleich ein Festmahl abhalten", erwiderte Merle nüchtern.

„Wie weit ist es eigentlich noch?", Ric wirkte schon ziemlich quengelnd, dabei war er von allen doch am begeisterten gewesen, auf diese irre Reise zu gehen. „Wir werden noch eine ganze Weile unterwegs sein", machte Tad sehr schwammige Angaben. Entweder wusste er es selbst nicht genau oder wir hatten noch so viel vor uns, dass er Ric damit nicht demoralisieren wollte. Keine Ahnung, was ich beunruhigender finden würde.

„Das wird schon. Wir fahren gleich weiter", versuchte ich es optimistisch zu sehen und hetzte dabei die anderen ein wenig. Ich konnte einfach nichts gegen diese extreme Unruhe in meinem Inneren ausrichten.

„Seid ihr euch überhaupt sicher, dass wir in die richtige Richtung fahren?", wollte meine sonnige Ex kritisch wissen.

„Ja. Der Geländewagen hat ein Navigationssystem. Wir fahren beständig nach Osten, auch wenn es so aussieht, als würden wir nicht weiterkommen", versuchte ich sie mit den gleichen Worten zu beruhigen, die ich mir selbst die ganze Zeit stumm vorsagte.

„Ich hoffe, alles geht gut", murmelte Nola sorgenvoll. „Du bist so ein nerviger Schisser!", beschwerte sich Tim: „Wir hätten dich da lassen sollen!" „Wir müssen versuchen zusammen zu halten", versuchte Tad besonnen die Wogen zu glätten, doch es ging komplett nach hinten los. „Ach ja? Du hast doch noch nie zu uns gehört! Und wie kannst du jetzt noch so ruhig sein? Du planst doch bestimmt etwas!", unterstellte der Vollidiot meinem unglaublichen Freund völlig grundlos. Und ich dachte schon, ich wäre paranoid. Aber niemand durfte etwas gegen Tad sagen!

„Lass Tad in Ruhe!", schützend stellte ich mich vor ihn: „Er hat nichts falsch gemacht! Ich vertraue ihm und wenn du das nicht auch tust, hast du ein Problem mit mir." Na gut, vielleicht übertrieb ich es ein wenig. Doch zu meiner Verteidigung: Ich war hundemüde und einfach nur durch, da lagen die Nerven schon mal blank.

„Es stimmt also, was du gesagt hast?", ich glaube Merle meinte das als Frage, aber ihre Stimme klang dabei so brüchig, dass ich es nicht genau einordnen konnte. Verwirrt sah ich zu ihr. Was war jetzt bei dieser anhänglichen Blondine los? Gerade drehten aber auch echt alle durch.

„Du liebst ihn", sprach sie ihre Erkenntnis ganz verloren aus. Oh, die Geschichte. Über den ganzen Quallenkuss-Weltrettungs-Stress hatte ich da gar nicht mehr dran gedacht. Sofort flammte in meinem Kopf die Erinnerung auf, wie ich Tad geküsst hatte... Oh mein Gott. Wir hatten immer noch nicht richtig darüber geredet. Vielleicht hatte er es ja einfach vergessen oder er wollte es vergessen. Wollte ich das auch?

Warum dachte ich gerade überhaupt darüber nach?! Wir hatten größere Probleme!

Und genau so sagte ich es auch Merle: „Wir haben gerade andere Sorgen. Zerbrech dir darüber nicht den Kopf." Doch dummerweise hatte sie mit ihrer Bemerkung einen ziemlichen Stein ins Rollen gebracht.

„Du bist schwul?!", Tim klang als hätte ich eine ansteckende Krankheit. „Es ist nicht, wie du denkst", konterte ich sogar wahrheitsgemäß: „Krieg dich wieder ein." „Deswegen hast du immer mit ihm gelernt...", kombinierte Nola mit einem richtigen Aha-Moment. „Thaddäus und du?", wiederholte Ric ungläubig und auch ein wenig verstört.

„Können wir vielleicht mal weiterfahren?", versuchte ich dieser Unterhaltung zu entgehen. „Du leugnest es nicht einmal...", fiel es der herzensguten Köchin ungläubig auf. Hätte ich das tun sollen? Offenbar ja.

„Du hast dich verändert", brachte die toxische Sportlerin das Gespräch wieder in eine ganz miese Richtung. Das hatten wir doch schon gehabt. Auf gut Glück erwiderte ich das gleiche wie letztes Mal: „Ein Quallenkuss ändert einen."

„Was genau ist dabei passiert?", ging sie dieses Mal mehr in die Tiefe.

Unruhig blieb ich noch weitestgehend bei der Wahrheit: „Es hat weh getan, so ein brennendes Gefühl. Es ist einfach zu viel. Zu viel Energie, zu viel von allem. Und danach war mein Körper ganz schwer. Außerdem waren da diese Erinnerungen. Sie kommen ständig in meinen Träumen wieder."

„Hast du nur diese Stadt gesehen?", bohrte sie unnachgiebig weiter nach. „Da waren noch mehr Hinweise. Ich konnte nicht alles zuordnen. Ich weiß auch nicht, wie viel davon Träume sind und wie viel Realität. Es ist schwer zu begreifen", hielt ich meine Antwort vage.

„Die Erinnerungen sind also von anderen Leuten? Von irgendwelchen? Hast du Teile von ihren Hirnfunktionen übertragen bekommen?", kam sie der Wahrheit gefährlich nahe.

„Keine Ahnung! Ich kenne mich damit auch nicht aus! Was sollen auf einmal all die Fragen?", versuchte ich mit aller Gewalt in meiner Rolle zu bleiben.

Sie durfte es nicht merken. Wir waren doch alle auf einer wichtigen Mission. Würden sie mir genauso folgen wie Diego?

„Was, wenn du wirklich Hirnfunktionen übernommen hast? Wenn sie Teile von dir verdrängt haben?", kam sie meinem Geheimnis immer näher. „Woher soll ich das wissen?! Ich hab davon auch keine Ahnung!", vor Verzweiflung war ich schon richtig laut geworden.

„Wo haben wir uns zum ersten Mal geküsst?", fing sie mit persönlichen Fragen an. Verdammt. Diesen Test konnte ich nicht bestehen. „Das ist doch bescheuert! Wir fahren jetzt weiter!", brach ich entschieden ab und wandte mich dem Geländewagen zu.

Tim stellte sich mir in den Weg. „Wer bist du?", wollte er mit zusammengekniffenen Augen von mir wissen. „Diego. Das weißt du doch!", antwortete ich ihm nicht so überzeugend. Hilfesuchend zuckte mein Blick zu Tad. Ein schwerer Fehler.

„Thaddäus weiß etwas", erkannte Merle verhängnisvoll. „Nein! Er hat nichts damit zu tun!", kaum dass ich es ausgesprochen hatte, fiel mir auf, dass ich sie damit nur bestätigte. Leider einen Moment zu spät.

„Was weißt du?!", grob packte Tim meinen Freund an den Schultern und schüttelte ihn. „Hey! Lass ihn in Ruhe!", sofort riss ich ihn zurück. Unter meinem Fuß war ein ungutes Knacken und Knirschen zu hören. Oh nein. Das war Tads Brille. Sie war ihm gerade wohl runtergefallen und ich war voll drauf gelatscht. Armer Tad. Entschuldige.

„Was soll der Scheiß?! Was ist hier los?!", verlangte mein mieser Beifahrer von mir zu wissen und schubste mich heftig nach hinten, sodass ich gegen Tad stieß und ihn beinahe zu Boden gerissen hätte. Reflexartig hielt ich ihn am Arm fest und für eine Sekunde sah ich ihm einfach nur in die Augen. Er wusste genauso wenig wie ich. Dieses Mal konnte er mich nicht retten. Ich konnte es nicht länger verbergen. Sie hatten sich schon zu viel kombiniert.

„Diego!", Merle stand auf einmal direkt vor mir und hatte sich in mein Oberteil gekrallt. Alle standen so nah. Ich war vollkommen in die Enge getrieben. Es gab keinen Ausweg.

„Ich bin Elli", gestand ich alles: „Von mir war das E auf der Toilette, ich bin die geheimnisvolle Künstlerin. Seit eurem ersten Ausflug zum Schiffswrack bin ich er, also in seinem Körper. Tad hat mir geholfen, damit niemand es merkt. Es tut mir leid. Ich wollte kein wandelndes Forschungsprojekt ohne echtes Leben sein, will ich immer noch nicht. Aber ich wollte niemandem wehtun, ich wollte nur ein bisschen leben."

„Mit der Forschung an dir hätten vielleicht schon längst alle zurückgebracht werden können!", völlig außer sich vor Wut stapfte Tim auf mich zu und schob die seltsam erstarrte Merle aus dem Weg.

Schützend riss ich meine Arme in die Luft und blockte seinen ersten Schlag ab. Auf ein Déjà-vu von unserer letzten Diskussion zu diesem Thema war ich wirklich nicht scharf.

„Tim! Hör auf!", fest stieß ich ihn nach hinten, um mir ein wenig Zeit zu verschaffen: „Wir sind jetzt hier! Wir suchen eine Lösung! Wer ich bin, ändert nichts! Das ist unsere Chance und wir dürfen sie nicht einfach so wegwerfen! Wir müssen weitermachen!"

„Er ist weg. Du bist nicht er", Merles Stimme zitterte und in ihren Augen glitzerten feuchte Tränen. „Ja", bestätigte ich bitter: „Ich rede und höre seine Stimme. Ich sehe mich, aber da ist nur er. Ich will nicht er sein. Ich will nicht der potenzielle Forschungsdurchbruch sein. Ich will einfach nur ich sein. Aber das geht nicht. Ich bin jetzt hier, ich bin in Diegos Körper und damit müssen wir uns alle abfinden."

Für einen Moment herrschte Stille. Es war noch lange nicht alles geklärt und ich war mir nicht sicher, ob es das je sein würde. Niemand war mit der Situation zufrieden, aber niemand konnte etwas daran ändern, nicht von hier aus. Bestimmt gab es noch einiges, was sie am liebsten rausgeschrien hätten, ich für meinen Teil hätte sie anbrüllen können, bis diese verbohrten Idioten endlich meine Sichtweise verstanden. Doch wir standen nur stumm da.

Ich konnte es ihnen ansehen. Sie hielten mich für einen Freak, sie gaben mir die Schuld, dass Diego weg war, sie vertrauten mir nicht. Und im Umkehrschluss konnte ich auch ihnen nicht vertrauen. Davor hatte ich mich die ganze Zeit gefürchtet...

„Wir sollten weiterfahren", brach ich dieses schreckliche Schweigen. Doch würden sie jetzt überhaupt noch mitmachen? „Ich werde fahren", legte Tim abfällig fest und marschierte geradewegs auf die Fahrerseite zu. „Nein! Ich werde fahren!", hielt ich ihn auf: „Du bist mir schon einmal in den Rücken gefallen. Außerdem habe ich es erst fahrtüchtig gemacht."

„Aber ich habe dich erst hingebracht!", erinnerte er mich gleich aggressiv. Wütend wollte ich ihm irgendetwas an den Kopf werfen, doch Nola meldete sich mit einem Kompromiss: „Wie wäre es, wenn Diego das erste Stück fährt und Tim danach übernimmt?"

„Elli", verbesserte ich sie mit einer Art traurigem Lächeln: „Mein Name ist Elli." „Entschuldigung", kam es automatisch von ihr und sie warf mir einen befremdlichen Blick zu. Ja, ich wusste auch, dass ich aussah wie er und auch klang wie er und niemand verstand, warum ich hier war.

„Nicht schlimm", murmelte ich etwas gedankenabwesend und dann wandte ich mich missmutig an Tim: „Wäre das für dich in Ordnung?" „Ja", presste er so verachtend wie es überhaupt ging hervor. „Dann setz dich mit den anderen hinten rein und ruh dich für deine Etappe aus. Tad wird vorne mit mir fahren", ungerührt schwang ich mich zurück auf den Fahrersitz. Auch die anderen stiegen wieder ein, obwohl davon niemand sonderlich begeistert war. Selbst Ric, der ja alles dafür gegeben hatte mit zu können, wirkte grummelig.

Tief atmete ich noch einmal durch, bevor ich den Motor erneut startete. Unsere Reise hatte ja schon gut angefangen. Vielleicht war es auch nicht meine beste Idee gewesen, Tim und Merle hinten zusammenzusetzen. Was, wenn sie irgendetwas planten? Aber eigentlich war es doch auch in ihrem Sinne, wenn wir die Lösung für die Quallen fanden, wie auch immer die aussehen würde.

Wieder nagte die bittere Frage an mir, was aus mir werden würde, wenn wir tatsächlich Erfolg hatten. Wenn Diego doch noch dort war, könnte er wieder seinen Platz einnehmen. Was hätte ich schon für ein Recht, ihm sein Leben zu verweigern? Und für mich gab es dann keinen Platz mehr. Es wäre vorbei. Meine Spaziergänge durch die Flure, meine Bilder, meine immer unbeschwerten Nachhilfestunden mit Tad. Einfach mein neues Leben.

Konnte es für mich in all dem überhaupt ein glückliches Ende geben?

„Woran denkst du gerade?", wollte mein wundervoller Beifahrer ganz sanft von mir wissen. „Wie kannst du nach allem noch so ruhig sein?", stellte ich eine verständnislose Gegenfrage. Tad war Forscher, kein Abenteurer, er war gewissenhaft und vorsichtig und mitfühlend. Er lebte in einer Welt, in der alles erklärbar sein musste, mit festen Strukturen und Sicherheit. Hier war das genaue Gegenteil.

„Ich vertraue dir. Ich vertraue auf dich. Du wirst das schaffen und ich werde dir dabei helfen. Egal was kommt", ernst und gleichzeitig voller Wärme sah er mich an. Dieser Blick… So überzeugt von seinen Worten, überzeugt von mir…

Plötzlich gab es einen lauten Knall und das Lenkrad fing an ganz komisch zu rucken. Scheiße! Was war das?! Panisch bremste ich und schaute zu Tad. Was jetzt?

29

„Was war das?!", aggressiv knallte Tim die Autotür als er ausstieg. Ja, das würde ich auch gerne wissen. Deutlich leiser öffnete auch ich die Tür und sah mir die Sache an. Das rechte Hinterrad hatte einen Platten und zwar so richtig. Anscheinend hatte ich einen der fiesen Felsen hier unglücklich erwischt.

„Ich hätte fahren sollen!", legte es der wütende Idiot sofort für sich aus. „Das hätte jedem passieren können", nahm mich Tad nüchtern in Schutz. „Ach ja?", herausfordernd verschränkte der Idiot die Arme vor der Brust: „Ich habe euch da vorne fröhlich quatschen gehört. Du hast nicht darauf geachtet, wohin du fährst. Wir können froh sein, dass du nicht noch größeren Schaden angerichtet hast."

Da war vielleicht was Wahres dran. Allerdings würde es uns nicht weiterbringen, jetzt zu streiten. „Wir sollten versuchen es zu reparieren", meinte ich sachlich. Merle war schon einen Schritt weiter: „Hier im Kofferraum ist ein Ersatzrad und anderes Zeug. Damit sollte es funktionieren."

Bisher war ich noch gar nicht auf die Idee gekommen, in den Kofferraum zu schauen, auch wenn das eigentlich ein logischer erster Schritt vor dem Fahrtantritt gewesen wäre. Neugierig sah ich mir die Sache nachträglich an.

Neben einem Ersatzreifen und Werkzeug fanden sich dort noch zwei Kanister, in denen sicher noch eine gute Reserve Benzin war oder womit auch immer diese Karre fuhr. Auf jeden Fall würde das sicher noch praktisch werden, fast so als wollte das Schicksal, dass wir ans Ziel kamen oder als wären diese überrationalen Forscher einfach immer auf alles vorbereitet, was dann doch wahrscheinlicher war.

„Dann montieren wir mal das Ersatzrad", mit diesen Worten hievte ich das Teil aus dem Kofferraum. Dank Diegos Muskeln war das nicht weiter schwer, nur von den Arbeitsschritten, die jetzt noch folgen mussten, hatte ich leider überhaupt keine Ahnung. Aber warum sollte man einem kranken Mädchen im Rollstuhl auch so etwas beibringen?

„Ich übernehme das, bevor du noch mehr kaputt machst", spielte sich Tim wieder einmal als der große, starke Mann auf und dieses Mal ließ ich ihn auch. Ich hoffte nur, dass er wusste, was er da tat.

„Vielleicht sollte ich mal fahren, schlechter als du kann ich kaum sein", kommentierte Ric nervig. Am liebsten hätte ich ihm ordentlich die Meinung gegeigt, doch ich beschränkte mich auf einen bösen Blick. Immerhin würden wir alle noch eine Weile zusammen verbringen. Jetzt schon mit endloserer Streiterei anzufangen, wäre nicht gut. Obwohl… eigentlich waren wir aus dem Streit ja noch nie ganz raus gekommen. Egal. Entspannt bleiben.

In der Zwischenzeit würde ich mir mal eine kleine Pause gönnen. Erschöpft ließ ich mich auf einen der Felsen in der Nähe sinken. Mit einem Seufzen schloss ich die Augen und ließ den Kopf in den Nacken fallen.

Nach dieser Verzögerung wurde Tim sicher darauf beharren, dass er weiterfuhr und das bereitete mir echt ordentlich Bauchschmerzen. Gleichzeitig merkte ich jedoch auch mehr und mehr die Müdigkeit und wie meine Gedanken dadurch immer träger wurden, sodass ich mir gar nicht mehr so intensiv Sorgen machen konnte. Vielleicht gehörte ich mit meiner abnehmenden Konzentration wirklich nicht mehr hinters Steuer.

„Du kannst wirklich gut malen", machte mir Nola unvermittelt ein Kompliment. „Danke", sagte ich überrascht und sah sie an. „Hast du auch mal ein Bild gemalt von deinem ursprünglichen Ich?", erkundigte sie sich mit ehrlicher Neugierde. „Ja, eins", bestätigte ich gedankenverloren.

Genau konnte ich mich noch daran erinnern, wie ich es damals gemalt hatte, um Tad zu beweisen, dass ich nicht Diego war. In dem Moment war mir alles völlig unmöglich und extrem kompliziert vorgekommen, doch rückblickend war alles ganz leicht gewesen, zumindest im Vergleich zu jetzt.

„Könntest du vielleicht noch eins malen?", bat mich Nola freundlich: „Ich würde gerne wissen, wie du aussiehst." Gerade als ich den Mund aufmachte, um zu antworten, kam mir Tad zuvor: „Das ist gar nicht nötig."

Fragend drehte ich meinen Kopf zu ihm. Ohne seine Brille sah er immer noch irgendwie ungewohnt aus. Dass ich sie kaputt gemacht hatte, tat mir immer noch leid, auch wenn es nur ein Versehen gewesen war.

Er zog ein gefaltetes Blatt Papier aus seiner Hosentasche. War das etwa...? Ja! Tatsächlich! Es war das Bild, das ich von ihm gemalt hatte, während er neben mir geschlafen hatte! Hieß dass, er trug dieses Blatt wegen dem Porträt von mir bei sich?

Die bloße Vorstellung hatte auf mein Gehirn eine ähnliche Wirkung wie ein Quallenkuss. Schwupps war nichts mehr da.

Fand er mich schön? Noch nie hatte ich Komplimente für mein Aussehen bekommen, die meisten sahen sowieso nur den Rollstuhl. Aber auch mit zwei funktionierenden Beinen hätte ich wohl nicht als Schönheit gezählt.

Trotzdem hatte er mein Bild dabei. Was hieß das?

„Du siehst nett aus. Ich hätte dich gerne unter normaleren Umständen kennengelernt", unterbrach Nola diesen irgendwie richtig tiefgreifenden Moment. „Ähm ja", ich war froh, dass ich überhaupt etwas rausbekam. Mein Inneres war gerade ganz aufgewühlt.

Als ich ihn betrunken geküsst hatte, hatte er mich nicht gewollt. Ich weiß, das Ganze mit dem falschen Körper war schon so eine Sache, aber im Grunde war ich doch immer noch ich. Und jetzt hatte er das Bild von mir...

Wir waren Freunde und Verbündete, von allen kannte er mein Geheimnis mit Abstand am längsten und er hatte mir unendlich viel geholfen. Mehr war das nicht. Mehr sollte ich da auch nicht rein interpretieren.

„Das alles ist wirklich unglaublich...", meinte Nola mit etwas, das ich irgendwo zwischen Fassungslosigkeit und Begeisterung einordnen würde. Ja, ja, schon klar, ich war die Möglichkeit, um die ganze Welt zu verändern oder wie Tad es sagte: Ein Wunder. Oder um genauer zu sein, ein Phänomen, das phänomenal unbrauchbar war.

„Echt krass wie du es geschafft hast, als Diego zu leben", die herzensgute Köchin klang ehrlich anerkennend. Das war ja mal ganz was anderes, als die Verachtung und die Anschuldigungen, die ich bis jetzt dafür bekommen hatte.

„Tad hat mir viel geholfen. Ohne ihn hätte ich das nicht hingekriegt", bei diesen Worten schenkte ich ihm ein kleines Lächeln und er lächelte zurück. Ihn dabei zu haben, war wirklich unglaublich schön.

„Du hast dich auch wirklich gut geschlagen", glaubte er nach wie vor so unerschütterlich an mich und legte mir völlig selbstverständlich die Hand auf den Unterarm. Sofort breitete sich ein warmes Kribbeln in meinem Körper aus, irgendwie sanft, irgendwie lebendig, einfach richtig.

„Der Reifen ist gewechselt. Würdet ihr eure Ärsche mal wieder ins Auto bewegen?", man konnte Tim ansehen, dass bei ihm die Wut nur knapp unter der Oberfläche brodelte.

Klar, ich hatte sie alle belogen und war ganz schlimm und egoistisch, natürlich hatte ich kein Recht auch mal einen netten Moment zu haben oder was auch immer in seinem verkorksten Kopf abging.

Aber im Kern hatte er ja schon recht: Jetzt da der unnötige Schaden behoben war, sollten wir uns wieder auf den Weg machen. Umso früher alles geregelt war, desto besser. Ohne Widerspruch ließ ich es zu, dass sich Tim hinters Steuer setzte. Ich war einfach zu müde. Hoffentlich konnte ich ihm dieses Mal vertrauen...

Kurz stritten sich Merle und Ric, wer der Beifahrer sein durfte, bis die fiese Sportlerin sich mit all ihrer Giftigkeit durchsetzte. Da hatte der kleine Streichespieler einfach keine Chance. „Dann kommst du eben zu uns nach hinten", tröstend wollte Nola ihrem kleinen Bruder den Arm um die Schulter legen, doch er schüttelte sie ruppig ab und pflanzte sich mit schmollend verschränkten Armen auf seinen Sitz.

Wenn er mit seiner miesen Laune einfach nur schwieg, sollte es mir recht sein. Gerade wollte ich nur meine Ruhe haben. Mit einem kleinen, kraftlosen Stöhnen ließ ich mich neben Tad auf einen Platz fallen. Für diesen kleinen Augenblick konnte ich nichts tun, ich hatte keine Verantwortung, es hieß einfach nur warten... Warten... Wa...

Ich bekam nicht einmal mehr richtig mit, wie wir losfuhren. Irgendwie musste ich daran denken, wie ich früher immer auf die Ergebnisse von irgendwelchen Tests gewartet hatte und zuhause mit Grimm auf meinem Schoß, ganz warm und beruhigend... Ja, irgendwo da verlor ich mich.

Mein Zimmer fühlte sich so wunderschön geborgen und friedlich an. Ich wusste, dass mir hier nichts passieren konnte. Alles war gut. Nur vor den Fenstern musste ich mich fernhalten, denn dort draußen lauerte die Gefahr. Aber hier drinnen, hier war alles wundervoll.

Zufrieden streichelte ich Grimm. Der Moment war golden und hell. Sorgenfrei.

Doch dann musste ich in die Küche. Warum genau wusste ich nicht, aber es war absolut notwendig. Entschlossen öffnete ich meine Zimmertür und fuhr mit meinem Rollstuhl raus. Aber der Flur war plötzlich voller Fenster! Wie sollte ich an denen ungesehen vorbeikommen?

Schlagartig lag ein metallisch-bläuliches Licht über der Kulisse und ich spürte diese Anspannung. Wenn ich jetzt hier durchfuhr, würde ich gesehen werden, ich würde mein sicheres Leben aufgeben. Doch ich hatte keine Wahl! Ich musste es tun!

Vorsichtig schob ich die Räder an und versuchte mich trotz dieser Gewissheit so gut es ging zu bücken. Es brachte nichts.

Auf einmal kamen sie von allen Seiten rein gestürmt. Ärzte in weißen Kitteln und mit einem gierigen Funkeln in den Augen. Sie wollten mich untersuchen! In ihren Händen glänzten schon Spritzen, aber auch Skalpelle und Zangen, Folterinstrumente.

Alles wurde weiß und ich fiel in Wasser. Statt meiner Beine hatte ich einen kräftigen Fischschwanz. Ich schwamm umher. Alles war bläulich-ruhig, aber eine drohende Dunkelheit lag über allem. Um mich herum trieben alle möglichen Fische und unzählige Quallen. So viele Quallen... Immer mehr...

Panik stieg in mir auf. Sie kreisten mich ein! Hilfe! Schnell wollte ich davonschwimmen, doch sie waren überall! Fest schlangen sich ihre Tentakel um meine Flosse! Ich war vollkommen hilflos!

„Nein!", schrie ich verzweifelt und lauter keine Bläschen stiegen aus meinem Mund auf. Ich bekam keine Luft mehr! Unaufhaltsam zogen sie mich tiefer in die Dunkelheit.

„Elli", holte mich Tads sanfte Stimme kombiniert mit einem kleinen Schütteln an meiner Schulter zurück aus diesem unschönen Traum. Orientierungslos blinzelte ich und brauchte einen Moment, um wieder ganz anzukommen, aber das war in Ordnung. Er hatte sogar die Schrecken des Schlafes vertrieben. Bei ihm fühlte ich mich einfach geborgen.

„Danke", wandte ich mich mit einem kleinen, erleichterten Lächeln an ihn. „Schon in Ordnung. Du hast im Schlaf gezuckt und gestöhnt. Wovon hast du geträumt?", wollte er auf seine ruhige Art von mir wissen. „Ähm... Das war nur normales Traumzeug, keine Erinnerungen, nichts Wichtiges", meinte ich mit einem kleinen Schulterzucken.

„Wie ist das eigentlich? Diese Erinnerungen?", wollte Nola neugierig und zugleich behutsam mitfühlend von mir wissen. „Ich kann es gar nicht richtig beschreiben. Es ist irgendwie ein Teil von mir, aber ich kann es oft nicht wirklich greifen. Und es macht mir Angst. Ich will mich nicht selbst verlieren und fremde Erinnerungen zu haben ist halt echt beunruhigend", versuchte ich es irgendwie in Worte zu fassen, doch es konnte diese absolut verkorkste Situation nicht ansatzweise beschreiben.

„Und der Quallenkuss?", erkundigte sich das stets freundliche Mädchen. Ja, zu mir und meinen besonderen Umständen gab es wirklich viele Fragen zu stellen, ich konnte sie verstehen. Und es half auch ein wenig, um die Zeit rumzukriegen. Dennoch fühlte es sich irgendwie komisch an. Es war so lange ein Geheimnis gewesen, dass es mir einfach falsch vorkam, jetzt so offen darüber zu sprechen. Irgendwie fühlte ich mich dadurch regelrecht angreifbar und bloßgestellt.

Aber nüchtern betrachtet, wusste ich, wie bescheuert das war und ich gab mir Mühe ihr ganz normal zu antworten, so gut wie das eben möglich war. Viel davon verstand ich ja selbst nicht einmal.

Und so verging die Zeit. Jede Stunde war nichts weiter, als ein billiger Abklatsch von der davor. So langsam hatte ich den unbändigen Drang alle paar Minuten zu fragen „Sind wir bald da?", was ich natürlich nicht tat. Damit würde ich am Ende nur alle nerven und die Fahrt kein bisschen beschleunigen. Sehr vernünftig und rücksichtsvoll, ich weiß.

Oh, man! Diese Warterei war echt ätzend und man hatte das Gefühl überhaupt nicht voran zu kommen! Anstrengend!

Fast schon wünschte ich, die Geisterquallen würden auftauchen, einfach nur damit endlich mal irgendetwas passierte. Doch eigentlich war es ja wirklich gut, dass nichts passierte. Alles lief genau so, wie es sollte. Wenn es doch nur etwas schneller gehen würde! Ungeduld war eine fiese Sache!

Tim und ich wechselten uns als Fahrer ab, bis der Sprit leer war. Rückblickend hatten wir unsere Fahrt wirklich erschreckend schlecht geplant. Zum Glück gab es im Kofferraum ja gleich zwei dicke Kanister, mit denen wir locker weiterfahren konnten. Nur... Was, wenn uns diese Reserve ausging? Würden wir es noch bis zu der Stadt schaffen?

Leider konnte in diesem Fall nicht einmal Tad mit seinem ruhigen Verstand meine aufgewühlten Gedanken besänftigen, er wusste nämlich nicht genau, welche Strecke wir schon zurückgelegt hatten, ergo konnte er nichts Exaktes ausrechnen. Da kamen nur abstrakte Schätzungen raus, die eher noch demotivierend waren. Am liebsten hätte ich halt gehört: „In fünf Minuten sind wir locker da." Aber das war absolutes Wunschdenken.

Also wucherten in meinem Kopf weiter ungebremst Schreckensszenarien wie Unkraut. Wir alleine gestrandet mitten im ausgetrockneten Meer. Niemand würde uns finden. Niemand könnte uns retten...

Für meine Beruhigung war es auch nicht gerade förderlich, dass zusätzlich noch unsere Essensvorräte immer weniger wurden. Das ergab ebenfalls ganz tolle Kopfkinos, wie wir hier draußen verhungerten und dergleichen.

Ric schaffte es dabei sogar, mich auf eine neue, alptraumhafte Ebene zu bringen, als er fies über seine Schwester sagte: „Nola ist aber wirklich fett. Von ihr könnten wir ein paar Tage essen." „Wir werden keinen Kannibalismus machen", stellte ich daraufhin trocken klar.

„Und was schlägst du vor?", herausfordernd verschränkte Merle die Arme vor der Brust. Weil ich schlecht antworten konnte, dass ich keine Ahnung hatte, blieb ich einfach nur still.

Warum musste ich eigentlich immer die Verantwortung tragen und für alle Probleme irgendwelche Lösungen kennen? Ich steckte in diesem Chaos doch ganz genauso wie sie alle!

Leider schaffte ich es nicht so ruhig und gefasst zu bleiben, wie ich es eigentlich sollte und aus diesem Gespräch entwickelte sich ein hitziger Streit voller Vorwürfe und Fast-Eskalationen, wie so oft. Die Stimmung war wirklich gereizt und angespannt. Wenn wir nicht strandeten oder verhungerten, würden wir uns sicher gegenseitig zerfleischen.

Und dann, als ich mal wieder am Steuer saß, sah ich es: Ein Funkeln am Horizont. Verwirrt kniff ich meine Augen zusammen und fragte Tad: „Siehst du das auch?" „Ohne meine Brille sehe ich nicht viel", erinnerte er mich bedauernd: „Was ist denn da?"

„Ganz da hinten ist gerade ein Licht aufgeblitzt. Es sah nicht aus wie dieses galaktische Himmelsleuchten, eher wie… eine Spiegelung. Denkst du, das könnte etwas sein?", teilte ich ihm ganz erwartungsvoll mit, auch wenn es für die große Hoffnung eigentlich noch viel zu früh war.

Es könnte alles Mögliche sein oder vielleicht auch gar nichts. Ich könnte es mir auch nur eingebildet haben. Vielleicht wurde es auch langsam mal wieder Zeit für einen Fahrerwechsel. Keine Ahnung, müde schien mein neuer Dauerzustand geworden zu sein. Aber ohne vernünftigen Tagesrhythmus und mit schlechtem Schlaf während der holprigen Fahrt war das ja auch kaum verwunderlich.

„Wir sollten mal noch abwarten", hielt Tad seine Auskunft neutral. Warten. Ja, das war meine Beschäftigung Nummer eins. Fast hätte ich vor Frust ins Lenkrad gebissen. „Es wird nicht mehr lange dauern", tröstend legte mir mein herzensguter Begleiter die Hand auf die Schulter. „Und wie lange soll das sein?", fuhr ich ihn an, auch wenn er der letzte war, an dem ich meine Genervtheit und Ungeduld auslassen sollte.

„Tut mir leid", seufzte ich sofort. „Schon gut", verzieh er mir auch gleich. „Diese Fahrt wäre so viel lustiger, wenn wir aus den Nummernschildern der anderen Autos Sätze basteln könnten oder Ich-sehe-was-das-du-nicht-siehst spielen oder sonst ein Reise-Spiel. Aber in dieser trostlosen Einöde geht das alles ja nicht! Diese ganze Welt ist so verdammt langweilig und eintönig! Oh! Wir hätten das Kartenspiel von unserer Party mitnehmen sollen, damit hätten wir hinten wenigstens ein bisschen Spaß haben können. Hier ist einfach alles dumm!", beschwerte ich mich und krallte meine Finger richtig ins Lenkrad: „Außerdem ist die Gesellschaft echt mies! Natürlich, bis auf dich. Aber bei so einer beschissenen Stimmung kann man wirklich beim besten Willen keinen witzigen Roadtrip veranstalten! Dass es hier um viel geht, heißt doch nicht, dass man nicht auch Spaß machen kann. Auf Roadtrips lernt man sich doch normalerweise besser kennen und wird zusammengeschweißt und kann danach lustige Geschichten erzählen..."

Vielleicht hatte ich einfach zu viele Filme gesehen.

„Wenn du Lust hast, kannst du mir gerne noch Geschichten erzählen und mir fällt bestimmt auch etwas Witziges ein. Dann vergeht die Zeit auch schneller", bot Tad mir wie immer so wundervoll ruhig und lieb an.

Dankbar lächelte ich ihn an und eine Weile versanken wir gemeinsam in schönen Erinnerungen. Immer mal wieder fiel mir ein kleines Licht am Horizont auf und mit jedem Mal wurde ich mir sicherer. Da war etwas, da musste etwas sein...

Wir würden es finden.

30

Irgendwann wurde es mehr als eine undefinierte Spiegelung. Zuerst dachte ich, es wären nur wieder irgendwelche
Felsen, doch sie kamen mir merkwürdig vertraut vor. War
das nur ein Zufall? War es nur Wunschdenken?
Es war noch weit weg, zu weit, um sich wirklich sicher zu
sein. Außerdem versperrten ständig irgendwelche anderen
Felsen die Sicht. Eine Zeitlang sah man auch überhaupt
nichts mehr, weil wir durch eine rissige Schlucht bretterten.
Der Meeresgrund war wirklich nicht so flach und wüstenar-
tig sandig, wie man es sich vorstellte oder zumindest nicht
hier. Ich brauchte einen besseren Überblick!
Nachdem wir die Schlucht hinter uns gelassen hatten, wich
ich leicht von unserem schnurgeraden Kurs ab, um auf eine
Anhöhe zu fahren. Von dort hatte man wirklich eine gute
Aussicht und es bestand kein Zweifel mehr.
Obwohl ich es schon die ganze Zeit gehofft hatte, konnte
ich es kaum glauben. Dort hinten zeigte sich eindeutig die
Skyline, die ich in meinen Träumen schon so oft gesehen
hatte. Ich erinnerte mich, wie die Stadt im Sonnenlicht lebendig geleuchtet hatte, dann nachts, Licht in den Fenstern
und verschwommene Autoleuchten und schließlich kein
einziges Licht mehr, Zerfall und Dunkelheit.
Jetzt stand sie dort, die Stadt, von der alles abhing. Es kam
mir vor, wie einer meiner Träume, doch es war real.

„Ist sie das?", fragte mich Tad mit zusammengekniffenen Augen. „Ja", meine Stimme war nicht mehr als ein Hauchen. Mit einer ungläubigen Freude sah er mich an, irgendwie ruhig und vor Hoffnung vollkommen strahlend. Es kam mir so vor, als könnte ich in seinen Augen ein ganzes Universum leuchten sehen...

„Was ist los?! Warum haben wir angehalten?! Hast du etwa wieder einen Platten gefahren?!", regte sich Tim hinten gleich auf. „Vielleicht ist sie mit ihren schlimmen Erinnerungs-Träumen ja auch zu müde", schloss sich Merle ihm giftig an. Die beiden wären doch ein tolles Paar, die perfekte Mischung, um jeden Moment zu zerstören.

Laut knallten sie die Autotüren wieder zu. Bevor sie uns hier vorne regelrecht überfallen konnten, stieg ich ebenfalls aus und Tad tat es mir gleich. „Guckt mal genau zum Horizont", nahm ich ihnen gleich den Wind aus den Segeln. „Was soll denn da s...", mitten im Satz stockte Diegos anstrengende Ex und ihre Augen wurden ganz groß.

Nach einem Moment schlossen sich auch Ric und Nola an und da standen wir alle und blickten schweigend auf unsere große Hoffnung. Pontevedra. Tad hatte mir bei der Bestimmung geholfen, auch wenn ich es eigentlich aus dem Erdkundeunterricht hätte wissen können.

Diese einzigartige Metropole hatten wir als Fallbeispiel in der Stadtentwicklung gehabt. Nach der Krise Mitte des 21sten Jahrhunderts hatten sie dort sämtliche Auflagen für die Forschung fallen gelassen, um für solche Unternehmen attraktiver zu werden. Dann war der Medizin-Tourismus gekommen. Risikoforschung, experimentelle Methoden, völlige Freiheit für die Wissenschaft. Eine Strategie, die von vielen moralisch und ethisch stark kritisiert wurde.

Von der Durchschnittsstadt zur Megametropole. Wissenschaftler, Investoren, Kranke, diese Stadt versprach für jeden einen sicheren Hafen.

Pontevedra war die erste westliche Stadt gewesen, die diesen „Schritt in die Zukunft" gegangen war, wie sie es nannten. Wir hatten eine ganze Doppelstunde darüber diskutiert und ich konnte mich noch dunkel daran erinnern, dass in den Nachrichten immer mal wieder Skandale von übel fehlgeschlagenen Behandlungen aufgetaucht waren.

Natürlich hatten sie dort die Quallen entwickelt, wo auch sonst? Hätte ich mich in der Schule mehr angestrengt, hätte ich es wahrscheinlich sofort gewusst, na ja vielleicht. Aber jetzt waren wir hier und mit dem Blick auf die teilweise zerfallene und dennoch eindrucksvolle Skyline wurde nochmal alles so real, so greifbar.

„Yeah! Wir haben es geschafft! Wuhuu!", brüllte Ric auf einmal ausgelassen und riss beide Arme in die Luft. Diese Reaktion war ja echt ziemlich zeitverzögert, aber trotzdem ansteckend.

Zuerst war es nur ein Grinsen, das sich wie von selbst bei allen ausbreitete, dann fingen wir tatsächlich an, es herauszuschreien, wie es auch der kleine Knallkopf getan hatte. Unsere Stimmen hallten laut und feurig über die leblosen Felsen. Es war ein unglaublich berauschender Augenblick.

Ganz in Siegesstimmung veranstaltete Ric einen kleinen Triumph-Tanz, bei dem sich seine Schwester unbeschwert anschloss. Und ich umarmte Tad, ganz fest. Anfangs war es einfach nur die Ausgelassenheit, doch schon nach wenigen, rasenden Herzschlägen wurde es mehr, es war vertraut, es war geborgen, es war einfach nur glücklich.

„Schraubt den Kuschelkurs mal zurück, wir sind immer noch nicht da!", brachte uns Merle zickig auf den Boden der Tatsachen zurück. Der Blick, mit dem sie uns ansah, hatte irgendwie etwas Verletztes an sich.

Klar, ich hatte immer noch den Körper von dem Kerl, in den sie verliebt gewesen war und damit hatte ich gerade Tad umarmt. Sicher fühlte sich das für sie vollkommen falsch an, es war ja auch falsch, egal wie sehr ich mir wünschte, dass es richtig sein konnte…

Diese Erkenntnis versetzte mir einen fiesen Stich, fast so schlimm, wie noch am ersten Tag. Wieder in meine finsteren Gedanken gehüllt setzte ich mich mit den anderen hinten rein und überließ Tim und Merle das Steuer.

Wenigstens hatte das abwechselnde Fahren den Vorteil, dass ich weniger Zeit mit dieser alptraumhaften Kombi zu tun hatte und der Rest der Gruppe hatte gerade echt gute Laune. Sie malten sich alle in bunten Farben eine Welt ohne Quallen aus.

Die Städte würden wieder aufgebaut werden und in bunten Lichtern erstrahlen. Es würde Restaurants und große Feste geben. Alles würde wieder lebendig werden und in tausend Möglichkeiten erblühen.

Eigentlich war das ja genau meine Art von verträumtem Kopfkino, doch dieses Mal war ich irgendwie gedankenabwesend. Ich machte mir einfach so viele Sorgen.

Plötzlich machte Tim eine Vollbremsung. Ruckartig wurde ich nach vorne geschleudert und landete dabei unangenehm auf Tad. Seine Schulter drückte fies gegen mein Brustbein und mit seinem Knie schaffte er es ebenfalls eine Stelle zu treffen, bei der männliche Individuen generell empfindlich reagierten.

Verkrampft rollte ich mich ganz schnell von ihm. „Was soll der Scheiß?!", rief Ric unbeherrscht nach vorne. Daran, dass gerade ein ernstes Problem vorliegen könnte, dachte er wohl nicht. Tim und Merle gaben keine Antwort. War das Gehässigkeit oder der Schock?

„Ich gehe nachsehen. Bleib du hier", mit diesen Worten legte ich kurz behütend meine Hand auf Tads Schulter und öffnete vorsichtig die Autotür einen Spalt.

Von draußen hörte ich keine verdächtigen Geräusche. Bis auf das Brummen des Motors war alles ruhig. Wachsam ließ ich meinen Blick über die Kulisse schweifen. Nichts Auffälliges war zu sehen, mal abgesehen von den beeindruckenden Hochhäusern, die schon ganz in der Nähe in den unwirklichen Himmel ragten wie mächtige Gerippe. Irgendwie hatte dieser Anblick etwas Unheilvolles an sich, aber es war bei Weitem noch kein Grund für eine solche Bremsung.

Angespannt sprang ich nach draußen und ging behutsam am Geländewagen vorbei. Wie angewurzelt blieb ich stehen. Auf dem Boden lag jemand. War er tot? Meine Kehle fühlte sich an wie zugeschnürt.

„Hallo?", fragte ich unsicher. Keine Reaktion. „Hallo?", versuchte ich es nochmal mit schwacher Stimme, obwohl ich genau wusste, dass ich keine Antwort bekommen würde.

Leise knirschte der Sand unter meinen Schuhsohlen, als ich näherkam. Regungslos lag die Person da. Mittlerweile konnte ich erkennen, dass es ein Mann war, kurze Haare, sauber rasiert, eintönige Kleidung wie wir im Labor, insgesamt sehr ordentlich und gepflegt. Aber da war kein Blut, keine sichtlichen Verletzungen. Leer verlor sich sein Blick in dem verträumten Himmel.

Schwer schluckte ich und ging neben ihm in die Knie. Man konnte ihm ansehen, dass er kein Leben mehr in sich hatte, doch ich musste mich trotzdem vergewissern. Als ich meine Finger an seinen Hals drückte, zitterten sie tierisch.

Plötzlich riss er die Augen auf und griff nach meinem Arm. Geschockt schrie ich auf und plumpste rückwärts auf meinen Hintern. Panisch sah sich der Mann um und schlug mit Armen und Beinen um sich. Fassungslos starrte ich ihn an. Was war mit ihm passiert?!

„Das ist ein Quallenkuss", sagte Merle mit schicksalsschwerer Stimme hinter mir.

Verzweifelt versuchte der Mann zu sprechen, doch aus seinem Mund kamen nur unverständliche Laute, er klang wie ein geschlagenes Tier und er wirkte völlig orientierungslos. Aber am schlimmsten war dieser leere Blick gewesen…
Er hatte vollkommen tot ausgesehen…

Auf einmal legte sich ein tröstlicher Arm um meine Schulter. Es war Tad. Eigentlich hatte ich ihm ja gesagt, er sollte warten, aber ich war dankbar, dass er da war. Dieser Anblick war einfach nur schrecklich. Diese Hilflosigkeit. Diese wortlose Angst.

Ich hatte vielleicht mein früheres Leben verloren, er hatte alles verloren. Wusste er es? Spürte er, dass da etwas sein sollte? Jagte ihm die unnatürliche Leere in seinem Inneren diese blanke Angst ein oder war es das Fremde, das Gefühl ausgeliefert zu sein, weil man nichts wiedererkannte, weil all diese fremden Eindrücke erbarmungslos auf einen einprasselten?

Dieser Mann vor uns wirkte kaum noch menschlich, eher wie ein verschrecktes Tier.

„Alles wird wieder gut", ergriff Nola beruhigend die Initiative. Tad hielt mich nach wie vor fest. Ich wusste nicht, was ich ohne ihn getan hätte. „Alles wird gut", versprach Nola dem besinnungslosen Mann wieder und griff behutsam nach seinem Arm.

Ein letztes Mal zuckte er heftig zusammen und sah sie dann blinzelnd an. Scheinbar hatte er gemerkt, dass sie ihm nichts Böses wollte. Jetzt hatte sein Gesicht etwas Kindliches. Unwissenheit und Unschuld.

„Was sollen wir mit ihm tun?", fragte Merle gezwungen sachlich. „Wir sollten ihn hier zurücklassen. Wer auch immer er war, ist gestorben", entgegnete Tim vollkommen herzlos. Ich brachte kein Wort über die Lippen, doch der Gedanke, ihn so zurückzulassen, war grauenvoll. Allein, verwirrt und hilflos. Das konnten wir doch nicht tun!

Verloren schaute ich zu Tad. „Wir werden ihn natürlich mitnehmen", meinte er ganz ruhig. Irgendwie schaffte ich es zu nicken. „Er wird uns nur behindern! Wir können nicht auch noch so einen Pflegefall gebrauchen!", widersprach Tim und ließ immer noch nicht das geringste Mitgefühl zu.

Mein Wissenschaftler ignorierte ihn einfach und überlegte weiter: „Seht euch seine Kleidung an. Er ist noch nicht lange hier und er scheint in einem Labor zu arbeiten, vielleicht sogar in einer Forschungseinrichtung der EQTF. Das wäre auch gut für uns. Unsere Vorräte sind so gut wie leer, es wäre gut sie noch einmal aufzufüllen, bevor wir diese riesige Stadt durchkämmen."

„Und was, wenn er etwas ganz Anderes ist? Wenn er irgendein Krimineller ist?", blieb der fiese Idiot bei seiner Abwehrhaltung. „Hier ist so ein Ausweis-Ding", stellte Nola fest und zog dem besinnungslosen Mann eine Chipkarte vom Gürtel: „Das ist das Logo der EQTF. Therapieleiter A. Lorenzen."

„Therapieleiter?", wiederholte Tim verständnislos. „Das muss eine der Auffangstationen für Quallenkuss-Opfer sein, in denen direkt mit Betroffenen gearbeitet und geforscht wird", kombinierte der Wissenschaftsbegeisterte naheliegend.

„Wie ironisch, dass er jetzt selbst zu ihnen gehört...", kommentierte Merle düster. „Vielleicht können wir ihn ja wieder heilen, deswegen sind wir doch hier...", hielt sich die herzensgute Köchin an der Hoffnung fest. „Wenn wir es denn schaffen", erwiderte der pessimistische Fahrer.

„Geht es?", wollte Tad fürsorglich von mir wissen. Im ersten Moment konnte ich seine Worte gar nicht richtig zuordnen, doch dann checkte ich, dass es um meinen Schockzustand ging und ich riss mich zusammen: „Ja, alles gut. Ich geh dann schon mal."

Bestärkend schenkte er mir noch ein kleines Lächeln und half dann Nola mit dem Mann, der sich selbst nicht mehr kannte. Wie in Trance ging ich zurück zum Geländewagen. Es war mehr als nur dieser aufwühlende Anblick. In mir brodelte Schuld. All die Vorwürfe, die mir Merle und Tim gemacht hatten, trafen mich mit einem Mal mitten ins Herz. Ich hätte ihm vielleicht helfen können, ich hatte eine Chance gehabt ihm zu helfen, zwar keine besonders große, aber... Die ganze Zeit hatte ich mich vor der Verantwortung versteckt. Wäre es nicht das Richtige, zurück zum Labor zu gehen und die Untersuchungen zuzulassen? Wäre es nicht das Beste?

Stumpf dachte ich an meine Träume voller fremder Erinnerungen zurück, an unser großes Ziel, die Heilung zu finden. Diese Hoffnung kam mir vor wie eine Illusion, eine Ausrede. Vielleicht war das Forschungszentrum für Geisterquallen tatsächlich hier gewesen. Doch mittlerweile waren so viele Jahre vergangen. Was immer hier gewesen war, war sicher längst fort. Wem wollte ich eigentlich etwas vor machen?

„Der erste ist immer hart", sagte Tad und setzte sich beruhigend neben mich. „Was mach ich hier?", meine Stimme, Diegos Stimme, klang ganz dünn: „Ich hätte von Anfang an ehrlich sein sollen. Ich hätte sie forschen lassen sollen!" „Ich hab doch geforscht", erinnerte er mich sanft. „Das zählt nicht!", entgegnete ich verzweifelt und erst den Moment zu spät wurde mir klar, was ich da gesagt hatte.

„Es tut mir leid!", entschuldigte ich mich sofort und schaute ihm betroffen ins Gesicht. „Ist schon in Ordnung", er versuchte zu lächeln, doch ich konnte ihm ansehen wie verletzt er war.

Er hatte wirklich alles getan, immer und niemand sah das. Und jetzt hatte ich ihm das Gefühl gegeben, ich würde ihn auch nicht wertschätzen, ich würde ihn nur als unbedeutend sehen, jemanden der nicht zählte... Aber das war doch gar nicht wahr! Das hatte ich nie gewollt! Seine Meinung war von Anfang an die einzige gewesen, die zählte!

Nur wie konnte ich ihm das sagen, ohne dass es wie eine Lüge klang?

Langsam setzte sich der Geländewagen in Bewegung und wenn man nicht so schnell war, waren die Steine, die aufgewirbelt wurden und das alles deutlich leiser. Doch das machte diese schreckliche Stille zwischen uns nur noch unerträglicher.

„Es tut mir leid", wisperte ich noch einmal, aber er hatte schon den Blick abgewandt. Er hatte an mich geglaubt, immer und jetzt dachte er, ich hätte nicht das Gleiche getan. Es war grauenvoll! Ich war grauenvoll! Ich hatte einen Fehler gemacht. Drei Worte und ich hatte so viel zerstört.

31

Ich hätte zu Tad wirklich kaum etwas Schlimmeres sagen können. Und jetzt wusste ich überhaupt nicht, was ich sagen könnte. Jedes Wort, das mir durch den Kopf schoss, wirkte leer und falsch. So leicht konnte ich das nicht wieder gutmachen.

Währenddessen redete Nola dem fremden Mann immer wieder gut zu, ansonsten war alles absolut still. Weiter und weiter rollten wir in das längst nicht mehr schlagende Herz von Pontevedra. Von manchen Gebäuden war nicht mehr übrig als das trostlose Metallgerippe. Klagend zog der Wind durch die ausgehöhlten Fenster.

Es wirkte fast, als wären wir die einzigen Menschen auf der Welt. Einfach alles an diesem Ort schrie regelrecht, dass wir verschwinden sollten. Hier war kein Platz mehr für die Lebenden.

Zwischendurch kamen wir auch an großen leeren Becken vorbei, scheinbar ausgetrocknete Brunnen. Einer war ganz klassisch mit einer Steinfigur in der Mitte, das schwülstige Idealbild eines durchtrainierten, halbnackten Mannes, nur dass ihm jemand mit roter Farbe eine grauenvolle Fratze über die künstlerischen Gesichtszüge gesprayt hatte.

Hätte die Sonne geschienen und die Straße wäre mit Menschen gefüllt gewesen, inklusive Rentner und Ordnungswahnsinniger, die sich über die Verschandelung tierisch aufregten, hätte ich mir wahrscheinlich ein Lachen verkneifen müssen, doch so wirkte es unheimlich und schon regelrecht dämonisch auf mich. Etwas Verlorenes lag über diesem Ort. Deprimierend und gruselig. Und es nahm einfach kein Ende. Straße um Straße arbeiteten wir uns vor. Tim warf ständig auch einen wachsamen Blick nach oben, doch es waren keine Geisterquallen in Sicht. Alles war ruhig, geisterhaft ruhig.

„Hey Leute! Hier ist etwas!", rief Merle laut in die Grabesstille. Sofort bremste Tim und seine Beifahrerin sprang auch gleich furchtlos aus dem Geländewagen. Verloren warf ich einen letzten Blick zu Tad und stieg dann ebenfalls aus.

Auf den ersten Blick sah es hier nicht besser aus, als im Rest der Stadt. Doch anscheinend hatte eins der gesprühten Zeichen auf der Mauer eine besondere Bedeutung, denn genau darauf zeigte die aufmerksame Sportlerin: „Das ist genau die gleiche Markierung, wie auch bei uns."

„Nein, nein. Beruhig dich! Nein!", rief Nola und ich fuhr alarmiert zu ihr herum. Unser erinnerungsloser Begleiter war aus dem Geländewagen gestolpert. Und dann wurde in dieser ungünstigen Ereigniskette auch noch mit einem Klicken eine Tür hinter uns geöffnet.

„Alexander!", hörte ich eine fremde Frauenstimme und sie war nicht alleine. Da waren noch zwei! Einer von ihnen zog prompt eine Pistole. Und auf der anderen Seite lief das Quallenkussopfer weiter. Ich wusste gar nicht, wohin ich sehen sollte.

„Alles in Ordnung. Ganz ruhig. Ruhig, ruhig", Nola hatte den Flüchtigen wieder eingeholt und hielt ihn mit einer ziemlich verkrampften Umarmung fest. Er gab ein hilfloses Stöhnen von sich, als wollte er etwas sagen, aber hatte vergessen zu sprechen…

„Was habt ihr mit ihm gemacht?", fragte der Mann mit der Pistole total verkrampft. „Ein Quallenkuss", antwortete Tad schlicht. „Sind noch mehr in dem Geländewagen? Woher habt ihr ihn überhaupt? Was wollt ihr hier?", bestürmte uns der Bewaffnete gleich weiter mit Fragen. „Wir sind auch von einer EQTF-Einrichtung, einem der Quallen-Labore. Wir wollten nur eine Besorgungsfahrt machen. Das ist das erste Mal, dass wir so eine Verantwortung übertragen bekommen haben. Bitte", verschleierte mein wundervoller Freund geistesgegenwärtig unsere Ziele.

„Das sind doch nur Kinder, nimm die Waffe runter", richtete sich die Frau an den versteiften Kerl und legte ihm die Hand auf die Schulter. „Jeder bleibt wo er ist!", stellte er direkt mit erhobener Pistole klar: „Siehst du nicht seine Hände? Er ist von der López-Gang!"

Bei diesen Worten sah er mich an oder eher Diego. „Und wo ist Max? Habt ihr auch einen Jungen gesehen?", wollte ein zweiter Mann besorgt wissen und ging damit zum Glück von meiner fragwürdigen Vergangenheit weg. „Nein, nur ihn", übernahm Tim dieses Mal die Auskunft und sein trotziger Ton kam nicht ganz so gut an.

„Willst du Probleme?", drohend starrte der Bewaffnete ihn an. „Ein kleiner Junge ist alleine hier draußen und eine Qualle ist in der Nähe?", wiederholte ich bestürzt. Einem Kind sollte vielleicht das Gleiche passieren wie seinem Vater? Dieser leere, verlorene Ausdruck, die unbeschreibliche Angst… „Ich helfe mit bei der Suche", diese Worte kamen richtig mechanisch aus mir raus, doch es war das einzig Mögliche. Ich musste es einfach tun. „Das ist zu gefährlich für Kinder", erwiderte der Mann mit der Waffe jetzt doch auf einmal beschützend. „Ihr solltet reinkommen", schloss sich ihm die Frau an und der andere Mann meinte: „Danke, dass ihr uns Alexander gebracht habt."

Nein! Wir konnten nicht zu ihnen kommen und da wieder nur warten! Ich konnte einfach nicht in noch eine Forschungseinrichtung! Wir hatten uns doch entschieden zu handeln und dieses Kind brauchte Hilfe! Ihm durfte nichts passieren!

„Ich werde nach dem Jungen suchen", legte ich mit aller Entschiedenheit fest. „Nein, das wirst du nicht. Du gehst mit den anderen rein und wir werden dich im Auge behalten.

López", erwiderte der Bewaffnete ebenso eisern. „Und wenn ich mich weigere? Wenn ich trotzdem gehe? Was wollt ihr dann tun? Auf mich schießen?", erwiderte ich genauso risikobereit herausfordernd, wie Diego es getan hätte, doch dieses Mal waren es meine Worte. Ich durfte mich nicht aufhalten lassen, ich musste helfen.

Und auch wenn mich dieser Mann offensichtlich für ein Gang-Mitglied hielt und mir misstraute, sah er nicht aus, als würde er abdrücken. Das waren Forscher, Menschen, die nach Wissen suchten, nach Heilung, sie würden nicht bewusst jemandem schaden.

Prüfend machte ich einen Schritt zurück. „Stehen bleiben! Ich warne dich! Das ist nichts für Kinder! Die Quallen werden euch auch erwischen! Bleibt hier!", redete der Bewaffnete verbissen auf uns ein, doch er feuerte nicht einmal einen Warnschuss ab. „Das ist kein Spiel. Wir werden ihn suchen. Ihr könnt das uns überlassen", beschwichtigend hatte der andere Mann die Arme hochgehoben.

Toll, noch mehr Menschen, die ungeschützt vor den Geisterquallen rumliefen. Am Ende waren sie alle so wie Alexander...

„Nein. Es tut mir leid. Aber ich muss das tun", ohne noch eine Sekunde zu vergeuden, fuhr ich herum und sprintete los. „Halt! Nein! Verdammt!", schrie mir der Mann mit der Waffe hinterher. Von dem zornigen Aufruf bekam Alexander wohl Angst, denn er schrie schrecklich auf, völlig stimmlos. Dieser Laut war meine Bestätigung, ich konnte nicht noch mehr unschuldige Menschen diesem Schicksal überlassen. Und schon gar nicht ein Kind...

„Hab dich!", hörte ich den anderen Mann triumphierend. „Nein! Lass mich los!", wehrte sich Ric. Kurz warf ich einen Blick über die Schulter. Nein! Die anderen folgten mir! Alle bis auf Nola, die immer noch völlig überfordert und verängstigt bei unserem Schützling war und ihr Bruder.

„Was tut ihr da?!", fragte ich sie verständnislos und verschluckte mich an der Luft, sofort spürte ich ein Stechen in meiner Seite. Verdammt! Die Frau lief uns auch hinterher! Wir mussten sie abhängen! Also eigentlich nur ich! Ich durfte die anderen nicht in Gefahr bringen!

Planlos bog ich in die nächste Gasse ein und gleich wieder zur Seite. Mein Blick fiel auf eine halb eingefallene Betonwand, mit bunten Graffitis. Hastig schlüpfte ich dahinter und auch die anderen versteckten sich mit mir.

Tad war ganz schön außer Atem, sein Keuchen war kaum zu überhören. Die Frau durfte uns nicht deswegen finden! Doch diese Sorge war vollkommen überflüssig, denn sie kam nicht einmal in unsere Gasse.

„Verdammt", hörte ich sie leise fluchen und ihre Schritte entfernten sich hastig wieder. Sie hatte aber schnell aufgegeben. Na ja, vielleicht lag das auch daran, dass irgendwo in der Nähe Quallen waren und jede Sekunde ein schreckliches Risiko bedeutete.

„Warum seid ihr mir gefolgt!", wandte ich mich mit einem vorwurfsvollen Zischen an die anderen: „Bei den Forschern wärt ihr in Sicherheit gewesen!" „Glaubst du, wir lassen dich alleine den Helden spielen? Der Junge braucht Hilfe", entgegnete Tim entschlossen. „Alleine schaffst du das nie. Und diese ganze Reise hat nichts mit Sicherheit zu tun, du kannst also nicht erwarten, dass wir jetzt auf einmal kneifen", schloss Merle sich ihm an, nur Tad blieb ganz still.

Na gut, die beiden würde ich wohl nicht loswerden und vielleicht war es auch ganz gut, sie dabei zu haben. Aber Tad... „Du solltest wenigstens zurückgehen", richtete ich mich fürsorglich an meinen Freund.

„Jetzt bin ich also nicht einmal zum Suchen gut genug", verstand er es mit aller Bitterkeit falsch. Meine Worte hatten so viel Schaden angerichtet. „Ohne deine Brille kannst du doch nicht einmal etwas sehen und du schnaufst jetzt schon, als würdest du gleich krepieren. Geh lieber zurück zu deinen Reagenzgläsern", hackte Tim auch noch auf ihm rum.

„Nein, er bleibt bei mir", nahm ich ihn sofort in Schutz, auch wenn das gleichzeitig bedeutete, dass ich ihn der Gefahr aussetzte. „Er wird uns nur aufhalten!", widersprach Merle verständnislos. „Dann geht ihr zwei doch zusammen, wenn ihr ihn nicht wollt und ich gehe mit ihm!", schoss ich ohne nachzudenken zurück.

„Wir sollen uns aufteilen?! Bist du völlig bescheuert?!", fuhr Mister Aggressionsproblem mich an. „Wir können einen größeren Bereich abdecken. Jede Sekunde zählt! Ihr geht dort lang, wir hier", legte ich mit etwas wie Logik fest und stand auf.

Hilfsbereit hielt ich Tad die Hand hin, doch er ignorierte es. Sein abweisendes Verhalten versetzte mir einen schrecklichen Stich. „Passt auf euch auf", wünschte uns Merle widerstrebend. „Ihr auch", meinte ich mit einem ganz miesen Gefühl.

Die EQTF-Leute hatten recht, das war kein Spiel. Langsam lief ich wieder los, in einem Tempo, bei dem auch Tad gut mitkam und ließ meinen Blick angespannt zu beiden Seiten durch die verlassene Straße schweifen.

Das war doch irre! Wir wussten nicht einmal wie er aussah oder wie alt er war! Aber wie viele Kinder trieben sich in dieser Geisterstadt schon rum? Oder?

Doch was, wenn wir zu spät kamen und das Kind längst einen Quallenkuss hatte? Oder es könnte sonst etwas passiert sein! Hier waren viele einsturzgefährdete Gebäude und Trümmerteile. Er könnte gestürzt sein und sich etwas gebrochen haben. Verletzt, alleine und verzweifelt. Ich wollte mir das gar nicht vorstellen!

Mein Blick fiel auch auf Tad, der völlig ausdruckslos und konzentriert neben mir herlief. Es war meine Schuld.

„Du zählst", sagte ich aus dem Nichts, den Blick starr nach vorne gerichtet, auch wenn das zum Suchen nicht so klug war. Aus dem Augenwinkel sah ich, wie er seinen Kopf zu mir drehte, doch ich konnte seinen Blick nicht sehen, ich konnte einfach nicht.

„Ich meinte es nicht so. Du bist ein genauso guter Forscher, wie die anderen, aber du hast mich nicht zur Forschung gezwungen. Du hast mir Zeit gegeben. Diese Zeit hätten mir die anderen nicht gegeben. Bei dir hat es sich nicht wie Forschung angefühlt, aber nicht weil es keine war, sondern weil du es besser gemacht hast, als sie. Du hast auf mich geachtet... Das ist alles meine Schuld", versuchte ich zu erklären und fühlte mich dabei so mies!

Selbst in meinen Ohren klangen diese Worte hohl und bedeutungslos, dabei war jedes von ihnen doch wahr! „Es tut mir leid", entschuldigte ich mich nochmal mit hängendem Kopf.

Er seufzte und ich wusste nicht, welches Gefühl dahinter steckte. Enttäuschung? Missfallen? Widerwillige Vergebung? „Weißt du...", setzte er an und ich sah dieses Licht. Dieses pulsierende, violette Leuchten direkt über ihm. Ich sah es den Herzschlag zu spät.

Die Tentakel berührten ihn und strahlten hell auf. Weit öffnete er seine Augen und in ihnen spiegelte sich dieser tödliche Schein. „Nein!", schrie ich entsetzt und griff nach ihnen. Heiß jagte die Energie durch meinen Körper und ich biss meine Zähne fest zusammen. Kein Wort kam über meine Lippen. Doch ich befahl es ihr mit meinen Gedanken, ich befahl es ihr mit einer verzweifelten Gewalt: „Lass ihn frei!"

Er fing an zu zucken. Seine Augen starrten ins Nichts. Nicht Tad! Die Qualle durfte ihm das nicht antun! NEIN! Er hatte das nicht verdient! Ich brauchte ihn! Sie durfte ihn mir nicht nehmen! Das durfte nicht passieren! Ich würde alles tun! Ich würde sie forschen lassen! Ich durfte ihn nicht verlieren!

„Blieb weg von ihm!", schrie ich die Qualle an und es fühlte sich an, als würden tausende glühende Nadeln meinen Schädel durchbohren. Mein Körper verkrampfte sich. Schweiß trat mir auf die Stirn. Es war zu viel Energie! Es tat so weh! Aber ich durfte nicht loslassen! Ich durfte Tad nicht im Stich lassen! TAD!

Auf einmal ließen die Tentakel ihn los. Ohne jede Kraft sackte er zusammen. Sofort ließ ich mich neben ihn auf den

Boden fallen. „Tad!", meine Zunge fühlte sich bleiern an und ich hatte diesen metallischen Geschmack im Mund: „Tad!" Vor Angst konnte ich kaum atmen. Zittrig strich ich mit meinen Händen über sein Gesicht.

Meine Hände! Es fühlte sich an, als würden sie immer noch vor Elektrizität brennen! Aber das war egal. Er sollte nur aufwachen. Bitte, bitte, bitte! Tränen traten mir in die Augen. „Tad!", meine Stimme war nur noch ein Krächzen.

„Mach die Augen auf!", verlangte ich von ihm und fing an, ihn wie besessen zu schütteln: „Du musst noch leben! Du musst noch du sein! Bitte! Ohne dich kann ich das nicht! Tad! Bitte! Ich brauch dich! Du kannst mich nicht alleine lassen!" Meine Stimme verlor sich in heftigem Schluchzen. Verloren klammerte ich mich an ihn: „Ich kann dich nicht verlieren." Er lag da so schrecklich regungslos, leblos. Ich konnte nichts für ihn tun. Er hatte alles für mich getan und ich konnte nichts für ihn tun.

„Ich wollte einen echten Garten mit dir anpflanzen", schluchzte ich und legte meinen Kopf zitternd auf seine warme Brust, in der nichts mehr von seinem unbeugsamen Optimismus und der Leidenschaft für die Wissenschaft schlug.

Wieso hatte ich ihn nicht retten können?! Ich hatte die Qualle beim Schiffswrack doch weggeschickt. Ich hatte sie gerettet. Wieso nicht ihn?

In aller Ruhe schwebte die Qualle an uns vorbei. Völlig schwerelos bewegte sie ihren schwabbligen Körper und trieb in sanften Stößen dahin, als wäre nichts gewesen.

„Was hast du getan?!", meine heisere Stimme überschlug sich vor Zorn. Rasend sprang ich auf. Ich wollte sie schlagen, ihr weh tun, bis sie ihn mir wiedergab!

Einer der zarten, umherziehenden Tentakel berührte mich. Nur eine winzige Berührung und ein gewaltiger Stromschlag schoss durch meinen Körper. Das letzte was ich spürte, war das Versprechen nach höllischen Schmerzen und Hitze und dieses unerträgliche Gefühl Tad verloren zu haben, der einzige, der in diesem Leben jemals gezählt hatte. Und ich hatte ihm das nicht einmal zeigen können…

„Versteck dich!", es fiel mir unendlich schwer vor Panik nicht zu schreien. So sollte er mich nicht in Erinnerung behalten. Liebevoll fuhr ich dem kleinen Jungen vor mir durch die dünnen Haare und kämpfte die Tränen zurück: „Ich hab dich lieb und denk immer daran, dass das nicht deine Schuld ist. Und jetzt versteck dich!"
„Papa", er sah mich mit ganz großen, ängstlichen Augen an und seine Fingerchen klammerten sich an mein Oberteil.
„Los!", wurde ich jetzt doch lauter. Verschreckt ließ er mich los und nach einem letzten Moment des Zögerns fing er an zu laufen.
Ich wusste, dass das unser letzter gemeinsamer Augenblick sein sollte. Ich wusste, dass ich mir sein Gesicht nicht in Erinnerung behalten konnte, so sehr ich es mir auch einprägen wollte. Und ich wusste, dass ich keine andere Wahl hatte.
Fast hatte die Qualle mich erreicht, ein so unschuldig wirkendes, ruhiges Leuchten am Himmel. Sie konnten so völlig unvorhersehbar auftauchen, stumm und tödlich. Und sie zeigten kein Erbarmen. Es war ihnen egal, wer der Mensch gewesen war, ob er Familie hatte, ob er noch ein Kind war…
Entschlossen lief ich los. Hektisch warf ich einen Blick über die Schulter. Ja, das Monster folgte mir. Obwohl man es diesen schwerelosen Kreaturen nicht zutraute, kam sie schnell näher, zu schnell. Dieses Wettrennen konnte ich nicht gewinnen, ich konnte meinem Sohn nur mehr Zeit erkaufen und hoffentlich das Leben retten, das er noch haben konnte, das er verdiente. Doch wenn ich es erfuhr, würde es mir egal sein.
Plötzlich spürte ich diesen heißen Schmerz, tausend Eindrücke, die die Grenzen meines Verstandes sprengten. Der Quallenkuss.

32

Schlagartig war ich wieder da. Ich, Elli. Mit rasendem Puls riss ich die Augen auf und kniff sie sofort wieder zu. Um mich herum war es ganz hell! Aber das passte nicht! Es war dunkel gewesen... Ja... Ich war draußen gewesen... Wegen dem Jungen! Genau! Wir hatten ihn gesucht und... Tad!

Eisiges Entsetzen flutete mich. „Tad!", meine Stimme war kaum zu hören, meine Kehle war so eng! Panisch sah ich mich um. Ich war in einem Raum, der genauso aussah wie die Krankenstation, die ich kannte, nur kleiner und auch hier standen Betten, leere Betten, bis auf... Tad!

Er lag da, die Augen geschlossen und steif wie ein Toter. Aber seine Brust hob und senkte sich noch! Er war nicht tot! Doch was ihm passiert war, fühlte sich fast genauso schlimm an.

Oh Tad! Es tat mir so leid!

Verzweifelt setzte ich mich auf. Ich wollte zu ihm! Nur mein Körper war mir dabei im Weg. Gleichzeitig war er so schwach und doch völlig verkrampft! Da war dieses Kribbeln und Brennen, eine Art überreizte Taubheit, auch wenn das verrückt klang. Und um meine Hände waren Verbände, zusätzlich zu einem Schlauch, der wieder zu einem Infusionsständer führte.

Schwerfällig richtete ich mich auf. Meine Beine konnten mich kaum tragen. Den Infusionsständer benutzte ich als

Stütze, auch wenn es extrem schmerzte meine Hand um ihn zu schließen. Ich musste einfach zu Tads Bett! Und diese wenigen Schritte fühlten sich fast so unmöglich an, wie damals in meinem echten Körper. Es war eine einzige Qual.

Bebend blieb ich vor seinem Bett stehen und schaute auf ihn herab. Er sah noch ganz genau so aus wie vorher, die weichen Gesichtszüge, die kleinen Muttermale auf seiner Wange, die das Sternbild Kassiopeia bildeten... Nur seine Brille fehlte und seine Haare waren etwas zerzauster und mit ein wenig Sand versetzt.

Es wirkte so selbstverständlich, dass er gleich aufwachte und mich anlächelte. Es wirkte, als wäre er immer noch er selbst. Doch das war nur eine Illusion. Er war weg, alles was ihn ausmachte, einfach nicht mehr da...

Erstickend liefen die Tränen über mein Gesicht. Voller Schmerz griff ich seine auf der Brust gefalteten Hände. „Tad", presste ich kummerschwer hervor: „Ich werde dich zurückholen, versprochen! Wir werden weitersuchen und wenn es nicht funktioniert, dann sollen sie forschen! Und wir werden einen Weg finden! Du wirst wiederkommen! Und dann werden wir Pfefferminztee trinken und ich werde mir mehr Mühe in Mathe geben! Du musst wiederkommen! Bitte! Tad!"

Kraftlos brachen meine Beine weg. Klappernd riss ich den Infusionsständer zu Boden, doch ich hielt immer noch seine Hände, seine behutsamen Hände, die nicht mehr wussten, was sie tun konnten.

„Elli!", rief er geschockt und setzte sich ruckartig auf. Was?! Verheult sah ich zu ihm auf. Hatte er gerade meinen Namen gesagt? Mein Atem zitterte.

„Es tut mir leid. Ich hätte mich nicht schlafend stellen sollen!", voller Schuldgefühle kniete er sich zu mir auf den Boden. Ungläubig sah ich ihn an. „Hast du dich verletzt?", wollte er besorgt von mir wissen.

„Tad!", stürmisch schlang ich meine Arme um seinen Hals und noch mehr Tränen liefen mir übers Gesicht, doch dieses Mal aus purer Freude: „Du bist es!" Ich hatte ihn nicht verloren! Er war noch da! Ich war nicht allein! Und ich würde ihn nie wieder loslassen! Nie wieder! Oh Tad!

„Elli, es ist alles in Ordnung", versicherte er und drückte mich zurück. Es war so unglaublich schön, ihn wiederzuhaben! Er hatte recht: Alles war in Ordnung! Mit ihm war alles in Ordnung! Für einen Moment hielten wir uns einfach nur fest und alle Probleme waren vergessen. Er war hier! Das war alles, was zählte!

„Weißt du, als mich die Qualle hatte, habe ich deine Stimme gehört", fing er an gedankenverloren zu erzählen: „Nicht diese. Deine echte Stimme und du hast mich festgehalten, du hast mich zurückgeholt... Du hättest das nicht tun müssen."

„Was?!", verständnislos ließ ich ihn los und schaute ihm direkt ins Gesicht. „Der Stromschlag hätte dich töten können oder schlimm verletzen. Er hat deine Hände verbrannt! Und du hast trotzdem nicht losgelassen", fast schon verloren sah er mich an und ich hasste sie alle dafür, dass sie ihm immer das Gefühl gegeben hatten, er wäre so etwas nicht wert. Doch gerade überwog die Zuneigung.

Ganz behutsam legte ich meine Hände in seine: „Hör mal. Was ich da im Geländewagen gesagt habe, war vollkommen falsch. Du gibst mir Kraft und bringst mich zum Lachen. Ich brauche dich an meiner Seite. Ich hätte nie losgelassen. Und... du bedeutest mir einfach sehr viel."

„Der Kuss...", setzte er immer noch mit diesem aufgewühlten Gesichtsausdruck an, der so gar nicht zu seiner ruhigen Art passte. Sanft unterbrach ich ihn: „Ja, ich weiß, das kann einem ordentlich Angst einjagen. Du weißt doch noch wie ich war, als ich wieder zu mir gekommen war, ganz am Anfang. Nimm dir ruhig Zeit."

„Ich meinte nicht den Quallenkuss", betreten schaute er zu Boden. Oh! Darüber hatten wir ja immer noch nicht richtig geredet, bei all den ernsthafteren Problemen. Schwierig… Schwer schluckte ich: „Wir waren betrunken. Es hat nichts bedeutet. Mach dir darüber keine Gedanken. Dir geht es gut, das ist alles was zählt."

„Mir hat es etwas bedeutet", sagte er auf einmal und sah mir tief in die Augen. Was?! Schnell wandte er wieder den Blick ab: „Ich hätte nicht seinen Namen sagen sollen, ich wollte es gar nicht. Aber du siehst aus wie er und das fühlt sich so falsch an. Weil du einfach so anders bist, als er! Und als mich die Qualle hatte, als ich dachte, dass es mit mir gleich vorbei sein würde, war es das Einzige, das ich bereut habe. Du bist im falschen Körper, aber du bist immer noch du und ich liebe dich. Und dass du wie jemand anderes aussiehst, ändert nichts daran! Es tut mir leid."

Er liebte mich… Tausend wilde Blasen sprudelten in meinem Bauch und in meinem Herzen. Ich lief regelrecht über vor Glück! Fest umarmte ich ihn wieder.

„Du musst dich nicht entschuldigen! Ich liebe dich auch! Und ich kann warten!", ich könnte es in die ganze Welt hinausschreien, doch ich sagte es nur ganz nah an seinem Ohr, was auf genau das Gleiche rauskam. Er war der Einzige, der wichtig war.

„Worauf wollen wir warten? Ein Wunder?", in all dem Glück klang er so verzweifelt. „Du sagt doch immer, dass ich ein Wunder bin", übernahm ich dieses Mal die Rolle des Optimisten: „Wir finden einen Weg."

Gedankenverloren rückte Tad wieder ein Stück von mir ab und musterte mein Gesicht, Diegos Gesicht. Und dabei sah ich wiederrum ihn an und obwohl ich wusste, dass alles schrecklich kompliziert war, konnte ich nicht anders als zu grinsen.

Er hatte gesagt, dass er mich liebte! Noch vor wenigen Minuten hatte ich gedacht, ich hätte ihn an die Qualle verloren, doch jetzt waren wir beide hier und er liebte mich und er war so wundervoll! Nichts konnte mir diesen Moment nehmen! Tad, mein ruhiger, gutherziger Wissenschaftler!

Eigentlich passte das Gerede von Liebe gar nicht in dieses Chaos, es war viel zu schnulzig und rosig für unsere ernste Mission, aber es war so wunderschön! Ich fühlte mich, als könnte ich alles schaffen!

Plötzlich ging das Licht aus. Erschrocken zuckte ich zusammen und quietschte auch ziemlich tussihaft. „Es ist nur Nacht. Alles ist gut", beruhigend streckte Tad seine Hand nach mir aus und berührte als erstes mein Bein. Wärme strömte durch meinen Körper, doch sie konnte nicht gegen die Dunkelheit ankommen.

„Natürlich", murmelte ich ganz durch den Wind. Von zauberhaft und federleicht war die nicht enden wollende Kette der Ereignisse schlagartig zu erdrückend und fesselnd geworden. Warum musste immer alles auf einmal kommen?! Wieso musste alles so rasend schnell gehen?!

„Wollen wir die Betten zusammenschieben? So wie in deiner ersten Nacht?", bot er mir mit genau der Ruhe an, die ich gerade so dringend brauchte. „Liebend gerne!", antwortete ich ihm dankbar und ließ mir von ihm wieder auf die Beine helfen. Allerdings merkte ich dabei, dass er selbst auch ein wenig angeschlagen war. Die letzte Zeit war wirklich hart gewesen, für uns alle und der Quallenkuss hatte sicher nicht nur bei mir Spuren hinterlassen.

Umständlich schoben wir die Betten zusammen, die wirklich hinrollten, wo sie wollten und dabei hin und wieder scharrende und quietschende Geräusche von sich gaben, was in der Dunkelheit schon gruselig wirkte, aber Tad war bei mir und mit ihm ging es.

Erschöpft legte ich mich zu ihm in unser provisorisches Doppelbett, genau wie damals. Und um noch eine Parallele zu liefern, waren wir wieder alleine in einer Krankenstation.

„Krankenstationen scheinen unser Ding zu sein", meinte ich mit einem kleinen Schmunzeln und lehnte meinen Kopf an seine Schulter. Sanft legte er seinen Arm um mich. Ein wunderschön geborgenes Gefühl.

„Danke", sagte ich aus vollstem Herzen und schloss glücklich meine Augen. „Wofür?", wollte er von mir wissen und ich würde den Unterton in seiner Stimme als nachdenklich einordnen. „Für einfach alles", lieferte ich ihm nicht gerade die präziseste Antwort und bevor ich mir noch großartig weiter Gedanken darüber machen konnte, holte mich auch schon die Müdigkeit ein und ich döste weg.

An meine Träume konnte ich mich nicht mehr erinnern, aber ich fühlte mich herrlich erholt und zufrieden. Mit einem kleinen Lächeln öffnete ich meine Augen. Das Licht war schon an.

„Guten Morgen", wünschte Tad mir liebevoll und gab mir einen kleinen Kuss auf die Stirn. „Guten Morgen", wiederholte ich und die Freude brandete in mein Herz wie warme, sonnenbeschienene Wellen an den Strand. Einen Moment lang sahen wir uns einfach nur an, ein Moment ohne Probleme und Sorgen und Katastrophen, ein Moment in dem alles gut war.

Jemand öffnete nahezu lautlos die Tür. Wenn jemand sich solche Mühe gab leise zu sein, führte er bestimmt nichts Gutes im Schilde! Ein Überraschungsangriff! Sie hatten herausgefunden, was mit mir war und wollten an mir forschen! Sie würden uns trennen! Nein! Das durfte nicht passieren!

„Oh! Du bist wach!", stellte Nola mit ihrem freundlichen Lächeln fest. In ihren Händen hielt sie die gleichen Boxen wie die, in denen auch das Essen in unserer Anlage gewesen war. Erleichtert atmete ich aus und entspannte mich wieder. Wir waren hier sicher, alles war normal. Und man könnte fast glauben, wir wären wieder zurück in der Normalität, nur dass ich nicht mehr voll peinlich versuchen musste, Diego zu sein.

Wenn ich daran dachte, wie ich mir den Essensbrei panisch aus den Haaren gewaschen hatte! Apropos Brei... „Guten Appetit", wünschte uns Nola herzlich und stellte die Boxen auf dem Nachttisch ab.

„Danke!", sagte ich fröhlich. Ich hatte so einen Hunger! Wie ein Raubtier schnappte ich mir eine der Boxen, doch da hatte ich die Rechnung ohne den Infusionsschlauch und die Stromschlag-Nachwirkungen gemacht.

Alles landete auf dem Bett und zwar so dynamisch, dass Tad auch ein bisschen was abbekam. Schnell raffte er alles zusammen im sinnlosen Versuch so irgendwie noch mein Chaos zu begrenzen. Einen Augenblick lang schaute er mich einfach nur an, er mit dem unordentlichsten Tablett der Welt in den Händen und ein paar Spritzern vom Frühstücksbrei im Gesicht.

Dann mussten wir beide loslachen. Keine Ahnung warum. Es war einfach schön. Wir lachten so hemmungslos, dass wieder sämtliche Bonbon-Imitat-Stangen aufs Bett rollten, eine fiel sogar knackend runter.

„Ich lasse euch dann mal alleine", meinte Nola mit einem Blick, der irgendetwas zwischen irritiert und wissend war. Und ohne dass ich es wirklich mitbekam, war sie einfach weg. Tja.

„Jetzt hast du mein Essen mal abbekommen", lachte ich immer noch so völlig unbeschwert. Statt einer Antwort wischte er sich einfach angewidert und kichernd zugleich übers Gesicht. Aber da war noch ein Spritzer an seinem Kinn. Sanft strich ich mit meinem Daumen über die Stelle. Und auf einmal war der Spaß vorbei. Mit diesem unendlich tiefgründigen Ausdruck auf seinem wundervollen Gesicht griff er nach meiner Hand.

„Ich liebe dich", wiederholte er diese magischen Worte von gestern mit einem kleinen, liebevollen Lächeln. „Ich liebe dich auch", antwortete ich völlig verzaubert und alles hätte so perfekt sein können, wenn ich nicht in diesem blöden Körper festgesteckt hätte.

Ich sah es an seinem Blick, wie er von bedingungslos zärtlich zu unergründlich nachdenklich wechselte. Er wollte es auseinander halten, wer ich war und wie ich aussah. Er gab sich wirklich Mühe, aber ich verstand, dass das nicht leicht war.

„Ist schon in Ordnung", mit einem warmen Lächeln drückte ich seine Hand: „Wir sollten jetzt essen." „Weise Entscheidung", stieg er bereitwillig darauf ein und schenkte mir wieder dieses Lächeln. Breit grinste ich zurück und genehmigte mir dann den ersten Löffel von dem undefinierbar pürierten Zeug.

Es tat verdammt gut, wieder etwas in den Bauch zu bekommen. Dass wir hier gelandet waren, war wirklich ein Glück!

Moment mal! Es ging hier ja nicht nur um uns! Nola und die anderen! Und der Junge! Wie hatte ich sie nur vergessen können?!

„Was ist eigentlich mit den anderen und dem Jungen?", fragte ich Tad mit einem schlechten Gewissen. Ich hätte mir um sie schon viel früher Gedanken machen müssen, aber mit ihm war alles so schön sorglos und weltvergessen gewesen…

„Merle und Tim haben ihn gefunden. Er war nicht weit weg. Wir hatten wirklich Glück. Uns haben sie danach auch noch eingesammelt. Die beiden waren wohl sowas wie die Helden der Stunde oder zumindest haben sie sich so aufgeführt. Wahrscheinlich rühmen sie sich immer noch damit. Nola hast du ja schon gesehen, sie hat gleich angefangen, sich in der Küche nützlich zu machen. Was Ric momentan treibt, weiß ich gar nicht, aber ich kann mir gut vorstellen, dass er auch hier seine kleinen Streiche fortführt. Ich glaube, diese Pause tut uns allen gut", lieferte er mir direkt eine ausführliche Erklärung und ich konnte erleichtert aufatmen.

Es wirkte wirklich, als hätten wir eine Insel der Glückseligkeit erreicht…

Nachdem wir alles vertilgt hatten, lagen wir für einen Moment einfach nur nebeneinander und schwiegen. Es war ein schönes Schweigen, angenehm und ruhig. Tad hatte ja auch diese geniale beruhigende Ausstrahlung, von daher war das eigentlich nicht verwunderlich.

„Ich muss an den Garten denken, den du gemalt hast", brach er schließlich diese gedankenverlorene Stille. Nein, brechen war irgendwie das falsche Wort, das klang viel zu abrupt und brutal. Bei ihm war es eher ein fließender Übergang. Doch egal wie ruhig es war, es spülte mich zurück in die Gegenwart.

„Wir müssen so schnell wie möglich weiter", mit diesen Worten setzte ich mich entschlossen auf: „Umso länger wir warten, desto mehr Schaden können die Quallen anrichten." „Der Stromschlag, den du abbekommen hast, war nicht ohne. Ein paar Tage sollten wir wenigstens noch hier bleiben", entgegnete er wieder so nüchtern und gelassen: „Außerdem suchen wir doch eine Lösung, wie man einen Quallenkuss kontrolliert umkehren kann. Damit wäre es egal, wie viele Menschen in der Zwischenzeit ihre Gehirnfunktionen verlieren. Alles kann ja wieder umgekehrt werden."

Wie gewöhnlich hatte er recht. Aber so einfach war die Sache dann doch nicht: „Und was, wenn uns die Forscher aus dem Labor vorher hier finden oder die Leute hier ihnen sogar eine Nachricht übermitteln? Wir dürfen keine Zeit verlieren!"

„Deine Gesundheit ist wichtiger", blieb er bei seiner Meinung: „Und selbst wenn sie kommen sollten, besteht immer noch die Chance, dass wir sie von unserem Vorhaben überzeugen können oder wir stehlen uns davon. Das schaffen wir schon." „Das ist zu riskant!", widersprach ich ihm heftiger als beabsichtigt. Mir gingen die Argumente aus und ich hatte das Gefühl mit dem Rücken an der Wand zu stehen. Er musste es doch einfach verstehen!

„Ich will nicht, dass dir etwas passiert. Du brauchst jetzt Ruhe", sein Blick war ganz besorgt und er legte mir sanft die Hand auf die Schulter. „Aber ich kann nicht so lange warten!", verzweifelt sah ich ihn an und er erwiderte meinen Blick.

Tad wusste, dass es wichtig war, dass sehr viel davon abhing und er wusste auch, dass ich mich verantwortlich fühlte, weil ich nicht mehr getan hatte.

Schließlich nickte er langsam: „Na gut. Aber bitte bleib wenigstens noch einen Tag hier. Einen Tag um durchzuatmen, dann machen wir uns wieder auf den Weg."

Mein Gefühl sagte mir immer noch, dass wir am besten sofort aufbrechen sollten, aber dieser Kompromiss klang logisch. „So machen wir es", gab ich alles andere als begeistert nach.

„Danke", warm lächelte Tad mich an und ich lehnte mich einfach nur an ihn, mit diesem Körper, der sich viel zu groß anfühlte. Behütend legte er seine Arme um mich. „Alles wird wieder gut", zeigte er wieder diesen Optimismus, der immer kam, wenn er nicht mehr weiterwusste. Er hatte auch keine Ahnung, was uns hier noch erwarten würde, doch mein Herz glaubte ihm vorbehaltlos. Mit ihm an meiner Seite würde alles gut werden.

33

Irgendwie war dieser Tag total widersprüchlich. Einerseits war ich mega unruhig und wollte endlich weiter, aber andererseits genoss ich die Ruhe und Sicherheit. Wie konnte man nur gleichzeitig bleiben und gehen wollen?

Wir redeten wieder viel, so wie vor diesem ganzen Wahnsinn mit der Entführung. Es war schön nochmal die Zeit für so ein lockeres und unbeschwertes Gespräch zu haben. Es fühlte sich so normal an.

Selbst der Besuch der Ärzte zwischendurch und ihre kurze Untersuchung hatte etwas Vertrautes an sich. Unser Gesundheitszustand wurde auch als so gut befunden, dass ich bei der Gelegenheit zum Glück wieder von dem Infusionsständer befreit wurde. An einem Schlauch zu hängen, war echt nicht so toll.

Danach hatten wir wieder schön viel Zeit für uns, ganz entspannt und beinahe unwirklich ruhig. Doch ewig konnte ich so nicht liegen bleiben. Das war schon wieder so ein Widerspruch. Auf der einen Seite fühlte ich mich total kraftlos und träge und auf der anderen Seite musste ich mich einfach bewegen und diesen Körper spüren. Obwohl ich wusste, dass dieser Körper nie wirklich zu mir gehören würde, verhielt er sich so und manchmal konnte ich diese Lüge fast glauben.

„Sollen wir eine kleine Runde spazieren gehen?", fragte ich ihn mit einem auffordernden Lächeln. „Ein bisschen Bewegung ist vielleicht gar nicht schlecht", beurteilte er ärztlich. „Super!", etwas zu dynamisch schwang ich mich aus dem Bett und sprang auf die Füße. Ich musste mich an der Wand abstützen, um nicht umzukippen.

Das war wirklich blöd! Da hatte ich schon diesen starken, sportlichen Körper abbekommen und ständig hatte er ausgerenkte Schultern oder Stromschläge! Na gut, das war jetzt vielleicht ein wenig übertrieben, aber es nervte trotzdem!

Sanft verschränkte Tad seine Finger mit meinen und sofort verpuffte der Ärger in rosa Zuckerwatte-Wölkchen. Wortlos lächelte er mich an und wir schlenderten los, Hand in Hand wie ein normales Pärchen. Ein normales Pärchen in einem Bunker für die Opfer der Geisterquallen, super normal. Aber das war gerade so unwichtig! Wir hätten auf dem roten Teppich mit allen großen Stars der Geschichte stehen können und es wäre mir egal gewesen. Dieser Spaziergang gehörte nur uns!

Auf einmal hallte eine lachende Kinderstimme durch die Gänge. War das der verschwundene Junge? Ich war so mit Tad beschäftigt gewesen, dass ich gar nicht mehr an ihn gedacht hatte. Tad hatte sogar schon den Mund für eine Erklärung geöffnet, doch schon erledigte sich das von selbst.

Mit einem kleinen Jungen auf den Schultern kam Tim in den Gang gelaufen. Im ersten Moment hätte ich ihn fast nicht wiedererkannt, er war wie ausgewechselt. Ein Strahlen lag auf seinem Gesicht und „Vollidiot" wäre das letzte Wort, das mir bei diesem Anblick eingefallen wäre, dabei beschrieb es ihn ja sonst sehr treffend.

Als er uns bemerkte, verschwand dieser total gelöste Ausdruck jedoch sofort wieder. Zwar sah er immer noch deutlich netter aus als sonst, aber man merkte ihm an, dass er sich für sein Auftreten schämte.

„Und runter mit dir", sagte er locker und setzte das Kind auf dem Boden ab. „Hallo!", begrüßte ich den kleinen Jungen mit einem Lächeln und winkte ihm zu. „Ist es wahr, dass du auf einer gezähmten Qualle geritten bist und dass du meinen Papa und alle retten wirst?", fragte er mich völlig begeistert mit großen Augen.

Überrumpelt wusste ich für einen Moment nicht, was ich darauf antworten sollte. Ich war so gerührt, dass er mich sah wie eine Art Held und gleichzeitig konnte ich einfach nicht glauben, dass Tim mich so gut dastehen gelassen hatte. Von Anfang an hatte er mir doch Vorwürfe gemacht. Oder wollte er jetzt die Hoffnung dieses Kindes als Druckmittel gegen mich benutzen? Nein, so herzlos und manipulativ war er nicht. Der immer gemeine und mal schnell handgreifliche Tim schien wirklich ein Herz für Kinder zu haben oder zumindest für diesen Jungen, den er fröhlich auf sich reiten gelassen hatte...

Schließlich entschied ich mich für eine Antwort auf Umwegen. Gespielt forschend wandte ich mich an Tim: „Das hast du ihm alles erzählt? Unsere Mission sollte doch streng geheim sein." „Über meine Lippen kommt kein Wort! Ich schwöre!", versicherte uns der Junge putzmunter. „Das ist auch gut so", grinsend zerstubbelte Tim ihm die Haare. Kurz lachte er auf, doch dann wurde der Ausdruck in seinem kleinen Gesicht richtig traurig: „Ich vermisse meinen Papa. Könnt ihr es bitte ganz schnell machen?"

Oh nein! Der Arme!

„Wir werden so schnell sein, wie wir können. Aber du musst deinen Papa gar nicht vermissen. Denk immer daran: Hier in dir lebt er weiter. Und wenn wir wiederkommen, wird alles wieder wie früher. Bis dahin musst du stark sein", mit diesen überraschend einfühlsamen und aufbauenden Worten legte Tim dem Kleinen die Hand auf die Brust.

Hatte Tim das auch jemand gesagt, als seine Mutter den Quallenkuss bekommen hatte oder wünschte er sich nur, jemand hätte es getan? Wenn ich an den kleinen Tim dachte, tat er mir so leid!

Tapfer nickte der kleine Junge. „Lauf doch mal in die Küche vor und hol uns ein paar Stangen. Ich finde, wir haben uns etwas Süßes verdient! Gleich komm ich nach", aufmunternd legte Tim ihm kurz die Hand auf den Rücken und schon flitzte der Kleine los.

Als er außer Hörweite war, wollte Tim deutlich kratzbürstiger wissen: „Wann brechen wir auf?" „Morgen", gab ihm Tad an meiner Stelle Auskunft. „Gut", abweisend nickte Tim und wandte sich von uns ab.

„Tim!", rief ich ihm hinterher und er blieb stehen. „Was?", fragte er ruppig. „Ach nichts", betreten wandte ich den Blick ab und fügte dann noch hinzu: „Viel Spaß euch beiden." Darauf erwiderte er nichts mehr. Er ging einfach.

So gerne hätte ich ihm gesagt, dass ich es toll fand, wie er sich um den Jungen kümmerte und dass es mir leid tat, was die Quallen mit seiner eigenen Familie gemacht hatten. Doch ich wusste, dass er es nicht hören wollte. Wahrscheinlich sah er das als eine Art Schwäche. Keine Ahnung. Ich verstand ihn nicht wirklich. Aber diese neue Seite von ihm mochte ich, mit diesem Tim könnte ich mir vorstellen befreundet zu sein. Allerdings würde er auf unserem weiteren Weg wohl eher so bleiben wie eben: distanziert und aggressiv. Vielleicht würde es ja besser werden, wenn wir es geschafft hatten und er seine Mutter wieder hatte. Wenn wir es überhaupt schafften…

Bestärkend drückte Tad meine Hand fester. Es war wundervoll wie er mich ganz ohne Worte verstand. Für einen Moment standen wir so da und dachten über diese ungewohnte Begegnung mit Tim nach. Dann bekam Tad auf einmal dieses schelmische Leuchten im Gesicht: „Komm, ich hab eine Idee!"

Zielsicher führte er mich durch die Gänge. Wie er sich hier so gut auskennen konnte, war mir ein Rätsel. Aber vielleicht waren ja auch alle solche Anlagen vom Grundbauplan gleich. Ich kam nicht mehr dazu zu fragen.

Schon blieben wir vor einer Kammer stehen, wo sie verschiedene medizinische Hilfsgegenstände hatten, wie Krücken, Rollatoren und auch Rollstühle. Ein verschmitztes Grinsen setzte sich auf meinem Gesicht fest. Ich konnte mir schon denken auf was davon er es abgesehen hatte.

„Lust auf ein kleines Wettrennen?", herausfordernd grinste er mich an. „Denkst du wirklich, du hättest da eine Chance?", frech grinste ich zurück und räumte die beiden Rollstühle frei. „Vor so etwas wie niedrigen Erfolgswahrscheinlichkeiten habe ich mich noch nie abschrecken lassen!", erwiderte Tad spaßhaft: „Außerdem hattest du erst einen Stromschlag. Wann habe ich da schon bessere Chancen?"

„Und wo soll es lang gehen?", startbereit setzte ich mich. Oh ja! Das fühlte sich so richtig an! „Den Flur runter, dann die letzte Abzweigung links und da den Flur bis zum Ende. Der Verlierer schiebt den Sieger dann den ganzen Weg zurück", legte Tad entschlossen fest und ließ sich ebenfalls in seinen Rollstuhl sinken.

„Du kannst ohne deine Brille doch gar nichts sehen", fiel mir reichlich spät ein. Irgendwie hatte ich mich in dieser kurzen Zeit sogar schon daran gewöhnt, ihn ohne zu sehen. „Ich hab momentan Kontaktlinsen von den Leuten hier. Nicht ganz meine Stärke, aber es geht", antwortete er mir locker und als ich ihm extra genau in die Augen sah, konnte ich die Kontaktlinsen auch erkennen. Nur wann hatte er sie rein gemacht? Vielleicht als er einmal so lange auf Klo gewesen war? Hm… Unwichtig.

„Ich finde, ich habe trotzdem einen unfairen Vorteil", redete ich aufgedreht weiter: „Ich könnte ja einfach meine Augen schließen!" „Aber wie sollst du dann sehen, wann du abbiegen musst?", gab er rational zu bedenken: „Am Ende fährst du noch mit Volldampf gegen die Wand." „Du sagst mir einfach Bescheid. Ich vertraue dir", erwiderte ich unbekümmert und bevor Tad noch etwas gegen meine völlig verrückte Idee sagen konnte, zählte ich: „Auf die Plätze! Fertig! Los!"

Kraftvoll drehte ich meine Räder an und schoss regelrecht nach vorne. Diegos Muskel-Arme waren doch ein deutlicher Unterschied zu meinen früher, nur die empfindlichen Handflächen von der Quallenaktion hätte ich gerne eingetauscht. Leichtsinnig schloss ich meine Augen. Einfach immer geradeaus! Und zwar mit Vollgas!

„Warte!", rief mir Tad noch hinterher. Ich hatte ihn meilenweit abgehängt! Haha! Ich war die Königin der Rollstühle! Wie der Blitz sauste ich nach vorne, ich konnte es spüren! Vertraut lenkte ich mein Gefährt und obwohl ich meine Augen zu hatte, driftete ich nicht seitlich an die Wand! Ich hatte es einfach drauf!

„Links! Jetzt!", schrie er mir zu und ich riss entgegen meiner eigenen Regel doch die Augen auf. Schwungvoll einfach in eine andere Richtung zu fahren, war mir da doch zu heikel. Vertrauen hin oder her, da musste nur das Timing ein bisschen falsch sein und ich klebte an der Wand.

Uiuiui! Da war wirklich schon sofort die Abbiegung! Ich war viel zu schnell! Fest griff ich nach den Rädern, um sie vorher noch abzubremsen, doch mit den Verbrennungen an meinen Handflächen tat das so unfassbar weh! Musste ich eben so die Kurve kriegen!

Wild entschlossen setzte ich all meine Tricks und mein Können ein. Jahrelanges Training.

Es würde knapp werden! Verdammt knapp! Ich sah mich schon übel mit der Kante kollidieren!

Doch ich schaffte es! Schlitternd bog ich in den zweiten Gang! „Juhu!", rief ich ausgelassen. Jetzt konnte ich ganz gelassen ausrollen und mich meines Sieges erfreuen. So schnell würde Tad mich sicher nicht mehr einholen.

Oh oh! Merle stand mitten im Gang! Mist! Überrumpelt versuchte ich noch zu bremsen, aber da waren wir schon voll zusammengekracht. Au. Der Rollstuhl war umgekippt und das obere Rad drehte sich noch wie in so Filmen. Und ich hatte eine miese Bruchlandung hingelegt. Gar nicht angenehm.

Mit einem kleinen Stöhnen richtete ich mich auf. „Ist alles in Ordnung?", fragte ich Merle zerknirscht und streckte meine Hand nach ihr aus.

„In Ordnung?! Nichts ist in Ordnung! Das ist alles nur ein Spiel für dich! Es ist dir egal, dass du Diegos Körper gestohlen hast! Du...", bevor sie mich weiter anherrschen konnte, ging Tad dazwischen: „Elli tut mehr als Diego je getan hätte und das weißt du auch. Und es ist nicht falsch in düsteren Zeiten auch mal Spaß zu haben. Hör auf sie zu verurteilen!"

Mit einem verächtlichen Laut zog sie ab und ich war Tad unglaublich dankbar dafür. „Du musst dich nicht bedanken", sagte er, bevor ich auch nur meinen Mund aufmachen konnte: „Jedes Wort war die Wahrheit und du verdienst es nicht, dass sie dich so kritisiert. Du hast nichts falsch gemacht."

Fest umarmte ich ihn und obwohl er gerade gemeint hatte, dass ich es nicht musste, kam wie von selbst ein: „Danke!", über meine Lippen. Warm erwiderte er die Umarmung und schon war dieser ungünstige Zusammenstoß vergessen, auch Merles giftige Worte, puff, einfach weg. Ein wunderschöner Moment.

Auf einmal war da dieser Gong, genau wie auch in unserer Forschungseinrichtung. Doch obwohl ich dieses abrupte Geräusch eigentlich kannte, musste ich heftig zusammenzucken. Es hatte mich völlig unerwartet erwischt.

„Wir sollten zurück auf die Krankenstation. Ich schieb dich auch, du bist eindeutig die Gewinnerin", mit diesen Worten ließ er mich wieder los und stellte den Rollstuhl auf. „Sollen wir nicht in den Essenssaal?", fragte ich unsicher. „Die teilen das Essen sowieso aus, das ist für sie nicht mehr Aufwand und so ist es doch viel gemütlicher", argumentierte Tad wie immer entspannt.

Na gut. Ohne Widerspruch setzte ich mich in den Rollstuhl und genoss das Gefühl von ihm geschoben zu werden. Dabei musste ich immer noch an mein altes Leben denken.

Es war auf eine traumhafte Weise nostalgisch und ich fühlte mich einfach wie ich selbst.

Wir kamen kurz vor Nola wieder in der Krankenstation an. Als sie uns unsere Standardbüfett-Boxen überreichte, plauderten wir noch ein bisschen. Mittlerweile waren unsere Unterhaltungen völlig selbstverständlich geworden und das war schon ein schönes Gefühl. Sie hatte sich wirklich Mühe gegeben mich in die Gruppe aufzunehmen und ich war froh ihr mein echtes Gesicht zeigen zu können.

Auch Ric besuchte uns eine Runde und beschwerte sich, dass er schon eine Ewigkeit nicht mehr gezockt hatte. War ihm das hier etwa nicht Abenteuer genug? Als kleiner Ersatz schlug Tad vor einfach Drei gewinnt und andere Spiele auf Papier zu spielen, von denen ich ihm schon so oft erzählt hatte.

Am Anfang war der aufmüpfige Teenager davon nur angenervt, aber als er uns alle Runde für Runde abzockte, fand er doch Gefallen daran. Er war echt ein super schlechter Gewinner. Ziemlich schnell verlor ich dafür die Lust. Es war halt nicht so witzig, immer wieder fertig gemacht zu werden. Der Einzige, der ihn hier und da ausstechen konnte, war Tad mit seinem Gespür für Strategien und seinem Talent für logisches Denken. Für ihn konnte ich mich deutlich besser freuen, als für die kleine Nervensäge.

Irgendwann machten sich die Geschwister dann auch wieder vom Acker, Nola um beim Abendessen zu helfen und Ric, keine Ahnung was sein Plan war. Hoffentlich würde er nicht auch hier aus Langeweile irgendwelche dummen Streiche aushecken.

Aber alle noch so kleinen Sorgen waren mit Tad an meiner Seite rasch vergessen. Viel zu schnell war der Tag auch schon vorbei. Dicht beieinander lagen wir in der Dunkelheit und ich wollte nicht loslassen.

„Ich will nicht einschlafen", murmelte ich müde und kuschelte mich ganz fest an ihn. „Warum?", wollte er sanft von mir wissen und streichelte schläfrig über meine Schulter. „Wenn ich wieder aufwache, müssen wir weiter", antwortete ich ihm voller Bedauern. „Wir könnten noch länger hierbleiben. Du könntest dich erst einmal ganz erholen", meinte er ruhig und gedankenverloren. „Nein, du weißt, dass das nicht geht", widersprach ich ihm und konnte kaum noch die Augen offenhalten. „Ich liebe deine Entschlossenheit", flüsterte er kurz vorm Einschlafen. „Und ich liebe dich", es würde viel zu lange dauern all seine umwerfenden Charaktereigenschaften aufzuzählen und ich war viel zu erschöpft.

Schon war ich in seinen Armen eingeschlafen.

Auch dieses Mal, wusste ich nicht mehr was ich geträumt hatte, aber es hinterließ so ein warmes und glückliches Gefühl. Oder lag das einfach nur daran, dass Tad direkt neben mir lag? Seine Wärme war einfach toll und seine Nähe, genauso geborgen und beruhigend wie am ersten Tag. Nur sein Geruch hatte sich verändert. Von dieser Mischung aus Pfefferminz und Fisch war nichts mehr übrig. Jetzt war da nur noch der abstrakte Geruch von ihm selbst, was auch nicht schlecht war, aber irgendwie vermisste ich seine besondere Kombi.

Ich hätte nie gedacht, dass ich mich mal nach Pfefferminz und Fisch sehnen würde. Na ja, es gab viel, das ich nie gedacht hätte, das alles aufzuzählen würde zu lange dauern. Stattdessen genoss ich das Gefühl bei Tad zu sein. Neben ihm aufzuwachen war immer wieder zauberhaft ruhig und sicher, einfach richtig.

Bald müssten wir aufstehen, eigentlich jetzt. Das Licht war schon an, aber ich wollte diesen Moment noch nicht aufgeben und Tad ging es genauso. Ich war mir ziemlich sicher, dass er auch schon wach war, doch wir stellten uns beide einfach weiter schlafend, als könnten wir so den unvermeidlichen Aufbruch aufhalten. Es war schon ziemlich dumm.

Diese ausgelassene Zeit ohne Angst und Verpflichtungen sollte wenigstens noch einen Augenblick länger dauern, nur einen kleinen Augenblick für uns.

Jemand klopfte an der Tür. Das musste Nola sein, ansonsten platzten doch immer alle einfach rein. Doch sie war es nicht. Dort stand die Frau, die auch am Anfang draußen auf der Straße dabei gewesen war und hinter ihr Mister Waffe und... Oh nein!
Schlagartig zerbrachen all mein Glück und meine Hoffnung in tausend stechende Scherben.

34

Bei ihnen stand niemand anderes, als der Prüfer von der EQTF, der mir damals im Labor gedroht hatte. Sein verachtender Blick fixierte mich und meine Hände, die immer noch eingewickelt waren.

„Hallo, Jungs", begrüßte er uns mit einem richtig künstlichen Lächeln: „Ich bringe euch nach Hause." „Nein! Das geht nicht!", widersprach ich ihm entsetzt. Wir waren doch schon hier! Er durfte uns nicht zurückbringen! Nicht jetzt!

„Euch hätte fast eine Geisterqualle erwischt und ihr habt doch aus nächster Nähe gesehen, was das bedeutet. So ist es das Beste", erklärte die Frau ruhig und der Kollege ergänzte streng: „Ihr könnt nicht einfach für ein kleines Abenteuer von Zuhause weglaufen. Eure Familien machen sich schon Sorgen. Das war wirklich unverantwortlich."

„Sie haben Alexander und seinen Sohn gerettet", erinnerte unsere Fürsprecherin ihn wieder. „Das ändert nichts daran, dass ihr Handeln davor falsch war. Sie müssen diese Lektion lernen", beharrte der andere beinahe schmollend.

„Wir sollten auch langsam mal aufbrechen", meldete sich der EQTF-Prüfer immer noch mit dieser falschen Freundlichkeit zu Wort. Genoss er es einfach nur uns unser „Abenteuer" wegzunehmen oder war da noch mehr? Dieses eiskalte Funkeln in seinen Augen… Wieso hasste er mich so sehr?

Und wenn wir schon mal dabei waren: Warum hatten sie ausgerechnet ihn als Aufpasser für unsere Rückreise geholt?! Warum nicht irgendeinen verpeilten Forscher ohne verworrene Vorgeschichte?

Wir mussten irgendwie abhauen. Wir mussten es noch zu Ende bringen.

Verkrampft ballten sich meine Hände zu Fäusten, was bei meinen Verletzungen kein so nettes Gefühl war. Sofort lockerte ich sie wieder. Ein Teil von mir wollte einfach loslaufen und sich seinen Weg nach draußen schlagen, aber ich musste klüger sein. Selbst mit Diegos tollen Reflexen und seinem etwas aggressiven Bewegungsgedächtnis waren es zu viele für mich alleine. Mal abgesehen von dem Problem, dass ich mich in dieser Anlage nicht so richtig auskannte und mich auf meiner Flucht wahrscheinlich erst einmal schön verlaufen würde.

Nein, ein letztes Mal musste ich mich noch gedulden. Wenn wir mit diesem zwielichtigen Prüfer alleine waren, würden wir ein viel leichteres Spiel haben. Reibungslos würde es sicher immer noch nicht ablaufen, aber wir würden eine Chance haben. Daran musste ich mich einfach festhalten.

Und es gab noch etwas, an dem ich mich festhalten konnte, na ja, jemanden. Sanft legte er seine Hand in meine und schenkte mir damit einen Hauch Wärme. Nur kam das leider nicht gegen den rauen Sturm in meinem Inneren an.

Ohne mich weiter zu wehren und ziemlich roboterhaft folgte ich den drei Erwachsenen auf dem Weg zu den anderen. In meinem Kopf spielte ich schon alle möglichen Szenarien durch.

Wenn wir erst einmal aus der Anlage draußen waren, konnten wir nicht sofort abhauen. Als wir nach Alexanders Sohn suchen wollten, hatte das zwar schon einmal geklappt, aber ich wusste nicht, wie schnell unser neuer Aufpasser war. Das war einfach zu riskant. Am besten warteten wir, bis wir ein paar Straßen weiter waren und verdufteten dann aus dem Auto.

Er würde uns doch sicher mit einem Auto fahren, oder? Doch was, wenn es darin eine spezielle Kindersicherung gab, damit die Türen von innen nicht mehr aufgingen? Und wer wusste schon, was es sonst noch für fiese technische Entwicklungen gab. Allerdings hatte diese Welt bisher nicht so krass mit futuristischer Modernität getrumpft.

Darüber würde ich mir wohl Gedanken machen müssen, wenn es so weit war und spontan handeln. Man konnte nicht immer alles vorberechnen. Bis jetzt hatte auch immer alles geklappt. Oder versuchte ich mich damit nur selbst zu beruhigen?

Die Situation war kritisch, daran gab es nichts zu deuten.

Und als wir die anderen aus ihren Zimmern abholten, wurde es auch nicht gerade besser. Nola wirkte fast erleichtert darüber, dass es jetzt wieder „nach Hause" ging und die Zeit der Gefahr vorbei war. Ihr Bruder hingegen protestierte sehr... leidenschaftlich und warf großzügig mit Beleidigungen um sich.

„Lass es gut sein, Ric", bremste ich ihn immer noch etwas mechanisch aus und er warf mir diesen vielsagenden Blick zu. Es war so offensichtlich, dass ich einen Plan hatte oder er zumindest dachte, dass es so war. Und das würde alles nur noch schwieriger machen, weil der EQTF-Typ jetzt sicher noch aufmerksamer war. Außerdem musste ich das Timing eigentlich mit den anderen absprechen, damit wir auch alle gleichzeitig blitzschnell handelten. Unsere einzige Chance bestand in hoher Geschwindigkeit.

Umso länger ich darüber nachdachte, desto mehr schwand meine Hoffnung.

Tim verhielt sich ähnlich wie Ric, nur dass er nach meinem Kommentar nicht sofort nachgab, sondern auch mir vorher noch ein paar nette Beleidigungen an den Kopf klatschte. Seine nette Zeit mit dem kleinen Jungen hatte ihn leider überhaupt nicht verändert. Und bei Merle war eindeutig die Erkenntnis zu sehen, dass es der Kerl war, der uns beide bedroht hatte. Nur leider war ich nie dazu gekommen, sie nach der genauen Vorgeschichte zu fragen. Ihr Blick hieß allerdings nichts Gutes, was ich mir jedoch bei unserer letzten Begegnung ja auch schon gedacht hatte.

Unterm Strich waren alle einfach nur mega angespannt und erwarteten von mir gefühlt einen Meisterplan, den ich so definitiv nicht hatte. Ich stand immer noch auf dem Punkt: Mitspielen bis wir im Auto waren, kurz noch die Füße stillhalten und dann rausspringen und irgendwohin laufen. Weder meisterhaft noch krass geplant.

„Wo geht ihr hin?", wollte auf einmal eine junge Stimme wissen. Alexanders kleiner Sohn. „Wir müssen nach Hause", antwortete Tim ihm mit einem kleinen, gezwungenen Lächeln. Und da war wieder der gute Kerl, bei dem ich nie gedacht hätte, dass er überhaupt existierte.

„Aber… Nein", der Kleine sah ganz verloren aus. Tim war wohl selbst in der kurzen Zeit sowas wie seine Bezugsperson geworden, die ihm half die grauenvolle Realität zu vergessen.

„Sie können uns sicher mal besuchen, mach dir keine Sorgen", beruhigend hatte auch die Frau ein Lächeln aufgesetzt. „Hoffentlich nicht als Patienten, weil ihr noch so eine dumme Aktion gemacht habt", murmelte Mister Waffe abfällig. „Auf Wiedersehen", zum Abschied winkte Tim ihm noch zu und schon gingen wir wieder weiter.

Es wäre so schön gewesen, wenn sie uns zur Kinderbelustigung noch etwas länger bleiben gelassen hätten, wohl zu schön um wahr zu sein. Am Ausgang meinte die Frau noch mit dem gleichen aufbauenden Lächeln: „Ihr hattet ja jetzt euer aufregendes Abenteuer, von dem ihr zuhause erzählen könnt. Passt auf euch auf."

„Keine Sorge, sie sind in guten Händen", mit diesen Worten tätschelte mir der Prüfer voll bedrohlich die Schulter. Richtig unverhältnismäßig zuckte ich zusammen. In seiner Hand zu sein, verhieß nichts Gutes. Allerdings wollte ich diesen Zustand ja auch gleich ändern…

Brav stiegen wir in seinen Geländewagen ein, den er sicher auch nutzte, um zu den verschiedenen Einrichtungen der EQTF zu fahren. Doch dieses Mal nicht.

„Ihr hattet also eine Begegnung mit einer Qualle?", fing der Prüfer immer noch so bedrohlich ruhig an, kaum dass die Autotüren geschlossen waren. Es gab kein abschließendes Klicken oder sonst etwas, das auf eine Kindersicherung hingedeutet hatte. Vielleicht hatten wir wirklich Glück...

„Nicht wirklich. Wir haben den Jungen nur davor bewahrt einer zu begegnen", verbesserte Merle ihn mit einer kühlen Lüge. Langsam fuhr der Kerl los. Wirklich eilig hatte er es ja nicht, uns wieder zurück zu bringen.

Konnte er nicht ein wenig schneller fahren? Ich kam fast um vor Anspannung!

Sollte ich den andern flüsternd sagen, dass sie sich bereit machen sollten? Aber was, wenn er es hörte? Wieso hatte er eigentlich keine Musik oder so laufen? So eine verkniffene Miesmuschel! Bestimmt würden es mir die anderen einfach nachmachen, wenn ich aus dem Auto sprang. So komplex war diese Aktion ja nicht.

Möglichst unauffällig schaute ich zurück. Der Eingang zur Einrichtung war gerade außer Sicht, jetzt mussten wir nur noch einen ganz kleinen Moment warten... Meine Fingerspitzen kribbelten schon richtig vor Aufregung. Es wurde immer krasser, ich spürte total das Adrenalin.

„Riecht ihr das auch?", wollte Nola flüsternd von uns wissen. Was? Mit dieser einfachen Frage brachte sie mich voll aus dem Konzept. Tief atmete ich ein und hatte dabei ein ganz mulmiges Gefühl.

Sie hatte recht, da war so eine seltsam stechende Note in der Luft, irgendwie bitter und ich hatte hinten im Gaumen so ein komisches Gefühl... Eklig. Was war das? Hatte der Kerl irgendwelche vergammelten Snacks im Auto vergessen? Warum hängte er nicht einen Duftbaum oder so auf?

Oder war es etwas anders? Mein mieses Gefühl wurde immer stärker und ich schaute beunruhigt zu unserem Fahrer nach vorne. Scheiße! Der Typ hatte so eine Halbgesicht-Gasmaske an! Es war Gas!

„Wir müssen hier raus!", rief ich oder zumindest versuchte ich es. Meine Zunge fühlte sich schon ganz taub an. Das Kribbeln in meinen Fingern war kein Adrenalin sondern dieses Gas! Er wollte uns ausschalten! Frische Luft! Wir brauchten frische Luft!

Panisch riss ich am Türgriff. Sie ging nicht auf! Nein! Mit wild rasendem Puls schaute ich erneut nach vorne. Unsere Blicke trafen sich im Rückspiegel. In den kalten Augen des EQTF-Prüfers lag so etwas wie Schadenfreude oder auch ein herzloser Triumph. Was hatte er nur vor?

Auf einmal gab die Autotür nach. Der Gurt hielt mich zurück! Ich konnte kaum noch klar denken. Keine Ahnung wie ich es schaffte mich abzuschnallen. Haltlos fiel ich aus dem Auto und landete hart auf dem Boden. Total zeitverzögert kippte die Welt und sah dabei so ungreifbar schwammig aus.

An meiner Wange spürte ich die raue Straße. Meine Beine waren wie Wackelpudding, nein, ich spürte sie gar nicht mehr, genau wie früher… Und mein Atem war so laut. Als ich aufgewacht war, in Diegos Körper, waren auch Steinchen gewesen, die sich so knirschend unter mir bewegt hatten…

Mehr und mehr drifteten meine Gedanken weg, es ging brutal schnell. Ich hatte keine Chance zu flüchten. Es war vorbei, alles war vorbei. In Zeitlupe blinzelte ich und die Welt wurde schwarz.

Irgendwann lichtete sich die lähmende Schwärze wieder. Selbst durch meine geschlossenen Augenlider konnte ich ein helles Licht ausmachen. Doch ich war noch zu träge, um meine Augen zu öffnen und mich richtig umzusehen.

Am liebsten hätte ich einfach die Decke über mich gezogen und weiter geschlafen, aber ich hatte keine Decke, ich lag auch nicht auf einer Matratze. Unter mir spürte ich kalt und glatt den Boden. Moment mal… Glatt? Gerade eben war ich doch noch auf der Straße gewesen! Der EQTF-Prüfer! Wohin hatte er uns gebracht?!

Panisch riss ich die Augen auf. Zuerst war alles verschwommen, doch in der beunruhigend undeutlichen Umgebung stach etwas hervor wie ein Leuchtfeuer, in blau und violett: Eine Geisterqualle.

Sie war verdammt nah. Ängstlich schnappte ich nach Luft. Nur zu gut erinnerte ich mich daran, wie eine von diesen Monstern auf Tad losgegangen war und ihm fast seine wundervolle Persönlichkeit gestohlen hätte.

Tad! Wo war er?! Ging es ihm gut?!

„Tad? Tad!", meine Stimme klang ganz kratzig. Hektisch richtete ich mich auf und mir wurde richtig schwindelig, fast schon speiübel. Was auch immer das für ein Gas gewesen war, hatte es echt in sich gehabt.

„Deine Freunde sind noch nicht wach, aber keine Sorge, das werden sie noch. Nur ob es noch rechtzeitig ist, um sich zu verabschieden, weiß ich nicht...", erklang die kalte Stimme des EQTF-Prüfers, vollkommen ohne Mitgefühl.

Mit weitaufgerissenen Augen starrte ich in die Richtung, aus der seine Stimme gekommen war. Undeutlich konnte ich seine Umrisse erkennen, aber da war noch mehr. Tausend glühende Quallen? Aber kleiner? Was?

Nach ein paarmal Blinzeln erkannte ich, was es war: Spiegelungen. Uns trennte eine gebogene Glaswand oder etwas in der Art. Und die Qualle... Wie in Zeitlupe drehte ich meinen Kopf wieder zu ihr. Hinter ihr war auch dieser tödliche Widerschein zu erkennen und seitlich ebenfalls... Sie war mit mir eingesperrt.

Noch schwebte sie ganz friedlich in der Luft. Es schien beinahe, als hätte sie gar kein Interesse daran, mein Gehirn auszusaugen. Klar, ein brillanter Verstand wie der von Tad war schon verlockender oder vielleicht lag es auch schlicht daran, dass ich schon zwei Quallenküsse hatte, ohne mich selbst zu verlieren. Das machte doch Hoffnung darauf, dass auch dieses Mal nichts passierte, na ja, mal abgesehen von den miesen Schmerzen.

Doch es gab keine Garantie, dass am Ende nicht doch nur eine leere Hülle von mir selbst zurückblieb und nicht einmal das. Es wäre nur noch Diegos Körper, es gab nichts von mir...

„Wo sind wir? Was ist passiert?", hörte ich Nolas noch leicht schwerfällige und endlos verwirrte Stimme. Warte! Wo genau waren die anderen? Sie waren nicht mit mir in dieser Glassäule gefangen. Gab es mehr davon? War das sowas wie ein krankes Spiel? Sollte das sowas wie Gladiatorenkämpfe sein? Oder eher eine psychotische Opferung? Und wie um alles in der Welt konnten wir in so einer absolut beschissenen Lage enden?!

„Ihr seid in meinem privaten Labor für eine spezielle Forschungsreihe. Aber keine Sorge nach diesem Versuch werde ich euch wirklich zurückbringen", versicherte unser Geiselnehmer immer noch so unheimlich ruhig. Wie oft wollte er noch sagen, dass wir uns keine Sorgen machen mussten? Irgendwie machte ich mir dabei nur umso mehr Sorgen! Alles hier machte mir Sorgen! Der Typ war doch wahnsinnig! Und wir hatten keine Chance ihm zu entkommen...

Anscheinend war jetzt auch Tim aufgewacht, denn er schrie auch gleich los: „Verdammter Bastard! Lass uns frei! Dafür wandern Sie in den Knast! Das können Sie nicht machen!"

„Du irrst dich, ich kann es und ich werde es", entgegnete der EQTF-Prüfer unberührt: „Niemand wird ein paar ausgerissenen Kindern glauben."

„Damit werden Sie nicht durchkommen! Was ist in Ihrem Kopf schiefgelaufen?! Sie sind doch irre!", meldete sich auch Merle sehr lautstark zu Wort und da bewegte sich etwas. Ich konnte ihren hellen Haarschopf sehen! Sie war da draußen, direkt bei ihm, nur wenige Meter von der Glasscheibe entfernt.

Und da auf dem Boden! Das waren die anderen! Tim, wie er aggressiv hin und her zuckte, Nola, die sich nur ganz langsam und zögerlich bewegte, Ric, der noch komplett ausgeknockt war und so klein und verletzlich wirkte und Tad... Ich konnte ihn gar nicht richtig sehen.

Ging es ihm gut? Hektisch robbte ich bis zum Glas, um einen besseren Überblick zu haben. Meine Beine wollten mir immer noch nicht richtig gehorchen, genauso wie der Rest meines Körpers. Dieses verdammte Gas! Wenigstens konnte ich mittlerweile wieder einigermaßen klar denken.

„Scheiße", Merle hatte mich entdeckt und auch in ihren weit aufgerissenen Augen spiegelte sich undeutlich das verhängnisvolle Licht der Geisterqualle. Ja, „Scheiße" beschrieb diesen Moment sehr gut.

„Tad? Tad!", rief ich zu ihm rüber und schlug mit meiner Hand kräftig gegen die Scheibe. „Ich bin ja schon wach. Ich bin wach", benommen fing auch er an sich zu bewegen. Doch genau wie die anderen war er dabei ganz komisch schwerfällig und... schlangenartig. Jetzt sah ich es auch: Sie waren allesamt mit Klebeband gefesselt.

Warum ich nicht? Na ja, ich hockte in einer Glassäule mit einer Geisterqualle, Klebeband war da wohl etwas überflüssig.

„Wie schön. Alle sind wach", kommentierte der EQTF-Prüfer ironisch: „Nur der Star dieser Show wirkt ein wenig schläfrig..." Meinte er die Geisterqualle? Ja, mich überraschte es auch etwas, dass sie mich noch nicht attackiert hatte, aber darüber würde ich mich definitiv nicht beschweren.

„Oder liegt es daran, dass du bereits einen Quallenkuss hattest?", redete der Psycho emotionslos weiter, da war nur dieses Funkeln in seinen Augen... Dunkler als alles, was ich bisher gesehen hatte und ebenso erbarmungslos wie das Leuchten der Qualle.

Entsetzt starrte ich ihn einfach nur an. Woher wusste er es?

„Ein Quallenkuss?! So etwas ist unmöglich! Sie sehen doch, dass er noch er ist! Lassen Sie ihn da raus!", befahl Merle ihm richtig überzeugt. Sie sollte wirklich Schauspielerin werden. Keine Ahnung wie sie es schaffte auf Kommando so selbstverständlich eine Lüge rüberzubringen. Ich hing gerade immer noch irgendwo zwischen Panik, Überforderung und völlig überflüssigen Gedanken, wie zum Beispiel der mit ihrer Schauspielerkarriere.

„Kindchen, es ist auch unmöglich eine Qualle einzusperren und dennoch habe ich es geschafft. Außerdem wurde mir ausführlich von eurem kleinen Ausflug berichtet. Vier Jugendliche, die einen kleinen Jungen retten, während gleich mehrere Geisterquallen in unmittelbarer Nähe waren. Und dabei kamen zwei mit einer ominösen Stromleitung in Kontakt. Was für ein unglaublicher Zufall…“, ließ sich der kalte EQTF-Prüfer nicht beeindrucken: „Und selbst wenn sich meine Überlegung als falsch herausstellen sollte. Ist er immer noch ein Mitglied der Lopèz-Gang und wenn einem von ihnen die Gehirnfunktionen genommen werden, ist das ein Segen für alle.“

„Ich bin nicht von der Lopèz-Gang! Ich habe noch nie jemandem etwas getan! Bitte!“, fand ich jetzt auch mal meine Sprache wieder: „Wenn Sie uns alle frei lassen, können wir gemeinsam nach einem Weg suchen, wie man die Quallen unschädlich macht und wie alle wieder in ihre Körper zurück können. Wir könnten das alles beenden!“

„Spinnst du?! Wir können diesen Irren doch nicht mitnehmen!“, protestierte Tim sofort, als wären wir gerade in der Position um irgendwelche Entscheidungen zu treffen.

Belustigt schnaubte besagter Irrer: „Ihr glaubt wirklich, ihr hättet eine Chance? Und wie wollt ihr das anstellen? Ihr seid nur dumme Kinder. Und mich mit euch zu unterhalten wird mir zu langweilig. Zeit die Dinge in Gang zu bringen.“

Zielstrebig ging er zur Seite, wo sich irgendeine Art Bedienfeld befand. Am liebsten wollte ich gar nicht wissen, was man damit einstellte, doch ich würde es wohl jeden Moment erfahren…

Plötzlich schoss ein kleiner Blitz knisternd in mein gläsernes Gefängnis und schlug direkt in der Qualle ein. Erschrocken zuckte ich zusammen. Was, wenn er mich damit gegrillt hätte?! Aber was nun kommen würde, war auch nicht wirklich besser.

Auf einmal leuchtete mein bisher so trügerisch friedvoller Mitgefangener wütend auf. Mit dieser verwirrend schwerelosen Geschwindigkeit kam er viel zu schnell näher. Nein, nein, nein! Ich konnte nicht noch einen Quallenkuss bekommen! Ich wollte nicht noch einmal diesen brennenden Schmerz spüren!

„Nein!", schrie ich verzweifelt und das unkontrollierbare Geschöpf stockte einfach. Es hörte auf mich, genau wie die Qualle beim Schiffswrack und die, die Tad fast erwischt hätte. Ich verstand nicht wie und auch nicht warum, aber meine bloße Anwesenheit war ja schon ein einziges Fragezeichen.

„Wie ist das möglich?", hauchte unser berechnender Geiselnehmer ordentlich aus der Fassung gebracht. „Ich weiß es nicht", antwortete ich wahrheitsgemäß und betrachtete dabei ganz fasziniert das glühende Wesen vor mir.

Wieso hatte ich eigentlich die ganze Zeit solche Angst gehabt? Klar, die Stromschläge waren echt nicht nett, aber ansonsten hatten sie mir nie etwas getan. Sie wirkten gar nicht bösartig, eher verloren…

„Wie kontrollierst du sie?", wollte der EQTF-Prüfer mit mehr Nachdruck von mir wissen und riss mich damit aus meinen verworrenen Gedanken. „Ich weiß es nicht", wiederholte ich wieder mit mehr Selbstbewusstsein und richtet mich sogar auf. So langsam spürte ich meine Beine auch wieder richtig und es half auch zu wissen, dass mir hier drinnen nichts passieren konnte.

Allerdings war ich im letzten Punkt wohl etwas voreilig gewesen…

„Sag es mir!", explodierte er ohne jede Spur seiner kühlen Beherrschtheit: „Oder ich jage ihm eine Kugel in den Schä-

351

del!" Ohne lange zu fackeln hatte er eine Pistole gezogen und Tad auf die Knie gezerrt.

„Nein! Lass ihn in Ruhe!", brüllte ich sofort und auch in mir loderte dieses gewaltige Feuer auf. Rasend schlug ich gegen die Scheibe. In meinen Ohren sirrte es und die Luft um mich vibrierte vor Anspannung und verzweifelter Wut. Und plötzlich explodierte wirklich alles.

35

Die Glaswand war einfach zersprungen, nein, nicht einfach. Alle Scherben schwebten in der Luft, als hätte jemand mitten in der Explosion die Zeit angehalten. Glänzend spiegelten sie das starke Glühen der Qualle hinter mir. Sie war wohl auch dafür verantwortlich.

Winzige Blitze zuckten zwischen den Scherben hin und her. Ein elektrisches Feld! Ich konnte es kribbelnd auf meiner Haut spüren. Und dann regneten die funkelnden Bruchstücke klirrend zu Boden. Für einen Moment herrschte absolute Stille. Das war einfach unglaublich! Fast wie Magie!

Immer noch in diesem besonderen Augenblick versunken, drehte ich mich langsam zu der Geisterqualle um. Bei all dieser Schönheit und Faszination war kaum noch Platz für die Angst und Sorge von eben.

Völlig natürlich trieb die Qualle weiter auf mich zu. Irgendwie fühlte es sich ganz vertraut an und... richtig. Sie hatte mich gerettet. Sie wollte nichts Böses.

„Elli!", rief Tad ganz tonlos, doch ich hörte ihn gar nicht wirklich. Da war nur die Qualle und das stumme Versprechen, dass alles in Ordnung kommen würde.

Meine Fingerspitzen berührten ganz zart die unwirklichen Tentakel und ich konnte spüren wie pure Energie durch meinen Körper floss. Aber es war nicht schmerzhaft, sondern kribbelnd und... verbindend. Federleicht legte sich ein

353

zweiter Tentakel auf meine Wange und der Kreislauf war geschlossen.

Meine Energie, ihre Energie, alles wurde eins. Tausend Stimmen zogen durch meinen Kopf, tausend Erinnerungen. Doch ich hatte nicht das Gefühl in ihnen unterzugehen, ich ertrank nicht in dieser Flut aus Persönlichkeit, ich trieb mit ihnen. Es hatte etwas Friedliches an sich, es passte gar nicht zu dieser Angst, die der Anblick der Quallen immer auslöste. Alles war in Bewegung, alles war im Fluss.

Das wirkte so natürlich und harmonisch, dass ich fast vergaß, wie viele dieser Menschen gegen ihren Willen aus ihren Körpern gerissen worden waren. Nichts hiervon war natürlich! Und seinen eigenen Körper zu verlieren war sicher auch nicht harmonisch!

Dumpf kehrte die Angst zurück. Was, wenn mich die Qualle wieder aufnahm? Würde ich je wieder kommen?

„Eine Qualle?", fragte ich mit gerunzelter Stirn, aber ich war nicht ich, auch wenn ich es hätte sein können. Es war eindeutig ein Mädchen, ich saß in einem Rollstuhl, die Arme kraftlos in meinen Schoß gelegt, ich spürte wie mir die Krankheit das Leben nahm, langsam, Stück für Stück und meine Zeit lief ab. Um mich herum konnte ich ein Krankenzimmer erkennen, der gleiche Geruch nach Desinfektionsmittel, dieselbe sterile Atmosphäre.

Die verzweifelten Versuche meine Krankheit zurückzudrängen, führten nur dazu, dass ich schon jetzt nicht mehr richtig leben konnte, alles vom Leben verpasste, was mir jetzt noch blieb. Sterben würde ich sowieso. Diese Gewissheit fühlte sich seltsam nüchtern an.

„Quallen verfügen zwar über kein Gehirn wie wir, aber wir haben einen Weg gefunden, wie wir unsere Gehirnfunktion auf sie übertragen können. Es ist ein Datenstrom, ein Fluss aus Energie. Damit bleibt die Person, die du bist, am Leben und wir haben Zeit dir zu helfen, während du deinen Körper

nicht brauchst", erklärte mir ein Arzt mit einem netten Lächeln.

Auf seinem weißen Kittel war ein Namensschild mit der Aufschrift: „Doktor Kaiser" und darunter „Medusa Research".

„Und was, wenn ein Fehler passiert und meine ´Daten´ durcheinander geraten?", fragte ich eher neugierig als misstrauisch. Ob ich einfach starb oder den Verstand verlor, war im Grunde egal. Meine Eltern würden mich verlieren. Aber sie hatten so hart für mich gekämpft, sie hatten alles getan, um mir einen Platz in diesem Projekt zu ermöglichen. Für sie würde ich diese Pseudo-Science-Fiction-Therapie durchziehen, wie es auch endete.

„Bis jetzt gab es damit nie Probleme. Die Wahrscheinlichkeit, dass du dich dadurch veränderst, ist äußerst gering. Außerdem wirst du in der Zeit, in der du dort gespeichert bist, keine Erinnerungen aufbauen. Es wird sich anfühlen, als wärst du nie weg gewesen. Es wird sehr schnell gehen", erzählte er beruhigend.

„Und wie passiert das? Wie funktioniert diese Übertragung?", ließ ich nicht locker. Längst hatte ich gelernt, nicht mehr zu hoffen, aber das klang wirklich interessant. Gedächtnis-Quallen! Wer kam denn auf so eine Idee?

„Die Tentakel der Quallen dienen als Elektroden, durch sie kann Energie fließen und die Signale unseres Gehirns können als elektrische Impulse codiert werden. So erfasst dein neuer Wirt deine Strukturen und durch eine Art... Ungleichgewicht in seinem Inneren ist der Wirt dazu bestrebt Energie von dir aufzunehmen. Er tut es also von selbst", schilderte mir der freundliche Mann, als wäre es das einfachste der Welt.

Allerdings war daran gar nichts einfach, wenn man sich überlegte, wie komplex das Gehirn war und dann diese abstrakte Energieumwandlung und die Sache mit dem Ungleichgewicht...

Er hatte sich wirklich Mühe gegeben, dass ich es verstand und die Grundzüge erschienen mir sogar logisch, aber trotzdem hatte ich im Grunde keine Ahnung, was sie mit mir machen würden. Damit würde ich mich wohl abfinden müssen. Ich war kein Naturwissenschaftler, von meinen früheren Therapien hatte ich auch nie die Feinheiten verstanden, auch wenn ich mir immer Mühe gegeben hatte.

Langsam spürte ich wieder das taube Ziehen in meinem Kopf. Bald würde nichts mehr übrig sein, um es auf irgendeine Qualle zu überschreiben.

„Du wirst die erste von vielen sein, die wir retten", in den Augen des Arztes lag eine tiefe Überzeugung bei diesem Versprechen, das ich schon viel zu oft gehört hatte, um daran zu glauben…

Plötzlich flackerte ein Bild auf. Wieder die Skyline von Pontevedra. Zuerst war sie modern und voller Trubel, mit hellen Lichtern bei Nacht und glänzenden Gebäuden am Tag vor einem hellblauen Himmel. Und dann zerfiel sie schlagartig. Gebäude neigten sich zur Seite, der Himmel verdunkelte sich und kein Licht trieb die Schatten zurück.

„Ich lass das nicht zu", wisperte Diegos Stimme. Der Helikopter dröhnte. Das gelbe Quallen-Graffiti. „Du wirst fliegen", erklangen die zärtlichen Worte meines Vaters. „Der Fluss reißt mich mit! Hilf mir! Finde sie!", diese Worten waren wie reine Energie. Ich spürte wie sie direkt in mein Gehirn stachen und dort ein dumpfes Echo hinterließen.

Dabei blitzten ständig Bilder auf, Momente, viel zu schnell, um sie alle zu erkennen. Straßen, Autos, Menschen, Zerstörung, Dunkelheit, wieder Leben, Gebäude, Lichter. Es sprang hin und her. In meiner Nase lag der Geruch nach Abgasen, Kaffee, Deo, Blut,… Alles mischte sich, alles überlagerte sich. Hupende Autos, Schreie, Gespräche, Piepen, Summen, Knallen… AHHH! Mein Kopf hielt das nicht aus! Immer mehr! Zu viel!

Plötzlich hörte es auf. Keuchend ging ich in die Knie. Ganz normal konnte ich meinen Körper spüren, Diegos Körper. Er war vielleicht ein klein wenig prickelnd und energiegeladen, aber bis auf meinen Schädel, der einfach bestialisch dröhnte, ging es mir gut.

„Elli! Elli!", Tads Stimme überschlug sich vor Angst. „Klappe! Alle bleiben, wo sie sind!", befahl unser irrer Geiselnehmer hörbar überfordert. Fast hätte ich die Rahmenbedingungen meines krassen Quallenkusses vergessen. Zeit etwas daran zu ändern.

„Du hast hier nicht mehr das Sagen", verkündete ich, was wohl besser geklungen hätte, wenn meine Zunge dabei nicht so schwer gewesen wäre. Ich lallte total, als wäre ich sturzbesoffen. Der Bananenwein auf der Krankenstation... Nein! Das war nicht der richtige Zeitpunkt, um in Erinnerungen abzudriften! Man, ich war so müde... Und doch stand ich gleichzeitig krass unter Strom. Fies. Aber hoffentlich konnte ich das zweite noch nutzen, um das hier irgendwie durchzustehen.

Niemand antwortete mir, also war ich wohl immer noch mit Reden dran. Spontan improvisierte ich: „Du hast gesehen, wozu eine Geisterqualle fähig ist, wenn sie nicht nur willenlos umhertreibt und Gehirne aussaugt. Es wäre wirklich kinderleicht, deins auf dem Speiseplan hinzuzufügen. Lass uns lieber einfach gehen. Es hat doch eh keinen Sinn. Dein toller quallensicherer Käfig ist kaputt und nach der Scheiße hier kannst du dir vermutlich auch einen neuen Job suchen. Wenn du dich schnell verziehst, kannst du dir sicher irgendwo in einem verlassenen Haus oder so noch ein schönes, neues Leben aufbauen, weit weg von uns."

Nachdem er mich als Quallenfutter hatte benutzen wollen, war es doch wirklich großherzig von mir, ihm das Exil anzubieten. Nur der Part mit der Drohung kam wahrscheinlich nicht ganz so gut rüber. Immerhin hing ich hier gerade wie ein Häufchen Elend rum. Ein Wunder, dass ich nicht schon auf den Boden gekippt war, was bei all den Scherben sicher ordentlich zwicken würde.

Allerdings fand ich, dass ich mich den Umständen entsprechend durchaus ganz gut schlug. Wenn sich meine Sicht nur endlich mal wieder scharf stellen würde. Momentan war alles noch ein wenig... pelzig. Aber damit kam ich soweit klar. Besser zu sehen, würde mich wahrscheinlich auch nicht einfach aus dieser Situation retten.

„Du wirst mir zeigen, wie du es machst! Verrate mir dein Geheimnis! Oder ich erschieße deine Freunde! Und ich fange mit dem hier an!", konterte der absolut durchgeknallte Forscher und riss Tad am Kragen. Ich hörte ihn nach Luft schnappen.

Warum hatte der Verrückte sich nicht einfach ergeben können? Geisterquallen jagten doch sonst allen Todesangst ein und diese hatte gerade eine extra krasse Vorstellung gegeben! Was sollte ich jetzt tun?

Mit ihm Drohungen austauschen, bis einer Ernst machte? Ich würde dieser jemand sicher nicht sein. Im Grunde hatte ich doch auch keine Ahnung, wie das alles funktionierte. Selbst wenn ich wollte, könnte ich ihm nichts verraten. Irgendwie mussten wir hier raus. Aber ich konnte nicht mit ihren Leben spielen. Er hatte ja schon bewiesen, dass er zu allem fähig war...

„Und wenn du meine Freunde freilässt und nur ich hierbleibe?", versuchte ich noch irgendwie zu verhandeln. „Ich soll mein einziges Druckmittel aus der Hand geben? Hältst du mich für so dumm?", unterstellte er mir sofort irgendwelche heimtückischen Absichten. So geistreich und strategisch war ich nicht einmal!

„Im Gegenzug würde ich auch die Geisterqualle wegschicken. Dann wären wir nur unter uns", blieb ich weiter dabei, die Situation irgendwie zu entschärfen. „Du spinnst doch! Wir lassen dich nicht alleine!", protestierte Tim heftig und wand sich wild hin und her. Ernsthaft? Selbst in so einer

Situation mussten wir streiten? Ich versuchte doch nur irgendwie sie zu retten! Checkte das dieser Idiot nicht?!

Und auch die anderen weigerten sich super solidarisch. Toll, dass ihr Gruppengefühl so plötzlich erwacht war, aber darum ging es gerade nicht!

„Seid leise!", die Stimme des EQTF-Prüfers hallte wie ein Warnschuss durch den Moment und dann sagte er nüchtern an mich gewandt: „Zuerst die Qualle." An sich war das ja ganz gut, weil das hieß, dass er auf meinen Vorschlag einging, aber auf der anderen Seite galt für mich jetzt sein Argument: Ohne meinen gehirnfressenden Freund hatte ich kein Druckmittel mehr.

Was, wenn er die anderen trotzdem festhielt? Oder wenn sie zwar weglaufen könnten, aber zu sturköpfig waren? Und selbst wenn sie in Sicherheit kamen, was war mit mir?

Irgendwie sah einfach überhaupt kein Szenario gut aus.

Aber blieb mir eine andere Möglichkeit, als es zu versuchen?

„Lass Ric und Nola zuerst frei. Dann schicke ich die Qualle weg. Danach die anderen", änderte ich die Bedingungen ein wenig ab. Nola würde auf ihren Bruder aufpassen und mit ihm gehen, das war sicher.

„Ich will auch bleiben", Ric klang noch nicht ganz auf der Höhe, aber zum Diskutieren reichte es wohl schon. Doch seine große Schwester reagierte wie erwartet: „Nein. Wir können hier nicht helfen. Es war überhaupt ein Fehler mitzukommen. Wir müssen nach Hause."

Sie hatte viel bestimmender geredet als sonst und ganz mit einem unbeugsamen Geschwister-Beschützerinstinkt. Damit war die Diskussion beendet. Zumindest von ihrer Warte.

„Ich soll einfach so zwei von ihnen gehen lassen?", zeigte sich der verdammte Geiselnehmer nicht besonders kompromissbereit. „Ich hab eine Qualle, du hast sechs Gefangene. Zeig mir, dass du es ernst meinst, dann ziehe ich mit und dann können wir uns ganz entspannt unter vier Augen unterhalten", schaffte ich es irgendwie total professionell weiter zu verhandeln. Als würden wir gerade ausmachen, wer wie viele Gummibärchen vom anderen bekam. Und entspannt würde eine Unterhaltung zwischen uns ja auch definitiv nicht werden.

War das so eine Art eingebauter Notfallmodus in Diegos Gehirn oder war ich nach den ganzen Quallenküssen mittlerweile so durchgebrutzelt, dass ich einen verkohlten Vernunftsbereich hatte? Sonst war ich doch eigentlich mehr der fahrige Panik-Szenario-Typ. Ich war selbst überrascht, wie gut ich mit dieser irren Lage gerade klarkam.

„Also gut, ihr beide könnt gehen. Aber kommt ja nicht auf die Idee, die Polizei einzuschalten, sonst kann ich für nichts garantieren", stieg der EQTF-Prüfer jetzt doch darauf ein und schnitt ihnen mit einem Messer das Klebeband an den Beinen auf. Die Klinge blitzte bedrohlich im Licht der Qualle auf.

Toll, er konnte mich abknallen oder abstechen, eine Abmahnung wie sie Qualitätsprüfer sonst so gerne aussprachen, kam wohl leider nicht in Frage.

Ziemlich umständlich richteten sich Nola und ihr Bruder auf. Unser Geiselnehmer hatte ihre Hände weiterhin verbunden gelassen, wahrscheinlich damit sie auf der Flucht nicht gleich ganz handlungsfähig waren und es ihnen schwerer fiel, irgendeine Aktion gegen ihn zu organisieren, falls seine Drohung nicht gezogen hatte.

Ein letztes Mal schaute das herzliche Mädchen zu mir zurück und in ihren Augen lag Schuldgefühl: „Es tut mir leid."

„Schon in Ordnung", erwiderte ich mit einer Art Lächeln. Ric sagte einfach gar nichts. Man konnte ihm ansehen, dass er mutig sein wollte, aber die Angst hatte doch die Oberhand. Das hier war eben kein Videospiel, bei dem es einfach nur ärgerlich war, wenn es Game Over hieß.

„Begleite sie und leuchte ihnen, aber berühr sie nicht. Ihnen darf nichts passieren", schärfte ich der Geisterqualle ein, auch wenn ich keine Ahnung hatte, ob sie mich wirklich verstehen konnte oder sie nur auf abstrakte Gefühle und sowas reagierte.

Doch sie setzte sich tatsächlich in Bewegung und folgte ihnen als sehr besondere Lampe. Total verkrampft sah der EQTF-Prüfer seinen ehemaligen Gefangenen an, während dieser ganz ruhig den anderen beiden folgte.

Erst jetzt sprudelten wieder all die Panik-Szenarien in meinem Kopf wie Blasen bei einem Unterwasservulkan kurz vorm Ausbruch. Was, wenn meine Verbindung mit der Qualle auf die Distanz schwächer wurde? Wenn sie Nola und Ric angriff? Wenn ich an ihrem Quallenkuss schuld war? Oder was, wenn andere Quallen auftauchten und sie einen Quallenkuss bekamen?

Es konnte viel zu viel passieren!

Aber es war zu spät, sie noch zurückzurufen. Sie war längst außer Sicht und ohne ihre Strahlen war es stockduster. Eine Lampe an der Decke gab noch ein halbtotes Flackern von sich, das man beim besten Willen nicht als Licht bezeichnen konnte und für eine üble Horror-Atmosphäre sorgte.

„Jetzt lass auch die anderen frei", befahl ich mit möglichst fester Stimme, als sich mein Gegenüber nicht rührte. Würde er sich an unsere Abmachung halten? Ich konnte gar nicht richtig sehen, was er machte. Das Messer blitzte wieder kurz auf.

„Ich…", setzte Tim wieder rebellisch an und verstummte abrupt. Was war passiert?! „Hier würde dich niemand finden und wenn, würden alle denken, du wärst nur ein Opfer der Lopèz-Gang. Ein dummer, kleiner Teenager, der sich überschätzt hat. Also hör lieber auf deinen Freund und lauf zurück nach Hause", zischte der Irre und… hatte er da etwa das Messer an Tims Hals?!

Er würde doch nicht ernst machen und ihn töten, oder? Eigentlich hatte er doch nur etwas gegen mich, weil ich diese blöden Tätowierungen hatte. Sie waren doch nur die unschuldigen Kinder von braven Forschern. Sowas konnte er nicht tun!

Zum Glück wurde er erst gar nicht auf die Probe gestellt. Ohne weiteren Widerstand ließen sich die anderen befreien und tappten zum Ausgang. Verloren suchte ich Tads Blick, doch in der Dunkelheit konnte ich nur vage seine Gestalt ausmachen. Das war nicht mal annähernd ein richtiger Abschied, aber vielleicht ging ja auch alles gut und ein Abschied wäre sowieso überflüssig. Vielleicht…

Und dann waren der eiskalte Qualitätsprüfer und ich alleine.

36

„Wie funktioniert es?", stellte er die Frage aller Fragen. „Ich hatte vor einer Weile einen Quallenkuss oder besser Diego hatte ihn. Dabei wurde ich auf ihn übertragen. Bis jetzt ergaben die Forschungen da keine großen Auffälligkeiten. Oft habe ich Träume mit Erinnerungsbruchstücken, von Diego und auch anderen. Und bei einem Quallenkuss bekomme ich immer einen elektrischen Schlag und sehe noch mehr... Dinge. Gerade eben war es so eine Art Aufklärungsgespräch für eine kontrollierte Quallen-Übertragung, ganz am Anfang noch bevor sie außer Kontrolle geraten sind. Ich glaube, es könnte eine Möglichkeit geben, einen Quallenkuss umzukehren. Hier wurden sie erfunden, hier muss es auch die Lösung geben. Alles könnte wieder gut werden", verriet ich ihm so ziemlich alles, was ich wusste, was zugegebenermaßen nicht besonders viel war.

„Das soll alles sein?", war auch mein Gegenüber nicht besonders begeistert.

„Wir sind hierher gekommen, um Antworten zu suchen", verteidigte ich meine Ahnungslosigkeit, aber dieses Argument würde mich auch nicht retten.

Alleine würde ich hier nicht nochmal rauskommen. Entweder er tötete mich gleich aus Frust oder ich durfte sein neues Forschungsobjekt werden, genau der Alptraum, vor dem ich die ganze Zeit weggelaufen war.

„Nein", mit einem ziemlich irren Lachen schüttelte er den Kopf: „Du lügst mich hier doch an. Du willst mit deinem Wissen zu deinen Freunden in der Lopèz-Gang laufen. Und mit der Macht der Quallen könnten sie alle unterjochen. Niemand wäre vor ihrem Terror mehr sicher…"

Oh oh. Das hörte sich gar nicht gut an.

„Ich gehöre nicht zur Lopèz-Gang! Ich bin nicht Diego! Ich bin nur in seinem Körper. Ich hab keine Ahnung, was er vorher gemacht hat und ich hab auch nichts damit zu tun! Ich will niemanden unterjochen! Ich will nur dass niemand mehr Angst haben muss! Ich will Frieden!", beteuerte ich verzweifelt, doch ein Teil von mir wusste, dass er mir nicht glauben würde.

„Du hast keine Ahnung?", wiederholte er bedrohlich: „Keine Ahnung?!" Unwillkürlich wich ich ein paar Schritte zurück und unter meinen Schuhen knirschten die ersten Scherben.

„Diese Monster nutzen Geisterquallen für ihre Hinrichtungen. Meine Schwester war Polizistin. Sie haben sie zusammengeschlagen, an einem Scheinwerfer festgebunden und einfach dort zurückgelassen. Sie ist später im Krankenhaus gestorben. Sie wusste in ihren letzten Momenten nicht einmal, wer ich bin", erzählte mir der EQTF-Prüfer bebend, warum er diese Leute so sehr hasste.

Es tat mir auch leid, was damals passiert war, aber ich hatte nichts damit zu tun! Eine alte Tragödie durfte nicht diese neue Chance zerstören.

„Wir können verhindern, dass sowas in Zukunft passiert! Wenn wir die Quallen irgendwie umpolen, wenn sie nicht ständig Gehirnfunktionen aufnehmen wollen und stattdessen wieder alle in ihre Körper entlassen, sind alle in Sicherheit. Dann könnten sie auch nicht mehr für solche schrecklichen Zwecke genutzt werden!", gab ich noch nicht auf, irgendwie eine friedliche Lösung mit Vernunft zu finden.

„Das denkst du wirklich?! Du bist so naiv! Solche Monster werden dadurch nicht aufhören! Sie müssen gestoppt werden! Um jeden Preis!", vor Wut schrie er mich richtig an. Es war klar, dass ich diesen Preis zahlen musste.

„Nein", widersprach ich ihm und musste all meine Selbstbeherrschung aufbringen, um nicht weiter zurückzuweichen. Ich wusste nur, dass ich ihm nicht nachgeben durfte. Das Einzige, was schlimmer war als die Forschungsergebnisse nicht zu finden, war sie ihm zu überlassen. Ich wusste nicht, wie ich es schaffen sollte, ob es überhaupt eine Möglichkeit gab, aber ich musste standhaft bleiben.

Wieder lachte er so irre auf: „Du hast gar keine andere Wahl, Kleiner."

Auf einmal huschte ein violettes Funkeln über die Scherben um mich herum. Im geisterhaften Licht konnte ich für einen Wimpernschlag das Gesicht des Qualitätsprüfers erkennen. Er hatte es auch gesehen. Ich hatte eine Wahl.

„Komm!", schrie ich und duckte mich instinktiv. Laut knallte ein Schuss durch den Raum. Es zerriss mir fast das Trommelfell. Meine Füße rutschten auf den Scherben weg. Scheiße! Wenn ich auf dem Boden landete, würde ich ein super mieses Mosaik abgeben. Ich musste mich irgendwie auffangen! Ich…

Alles ging so schnell. Ein Klirren, ein Knistern, ein helles Leuchten, das uns umgab, ebenso wie das elektrische Feld. Es hatte mich aufgefangen, keine Handbreite vom Boden entfernt. Ich hing einfach in der Luft. Meine ganze Haut kribbelte und wirklich jedes Haar stand voll elektrisiert ab. Einfach nur verrückt!

Atemlos schaute ich auf. Ach du Scheiße! Durch die zerbrochenen Fenster kamen gleich drei Geisterquallen in den Raum geschwebt und da draußen waren noch mehr! So viele hatte ich noch nie auf einmal gesehen! Waren sie etwa wegen mir hier?

Ängstlich ergriff der Wahnsinnige die Flucht. Ich musste auch hier raus. Ich musste schneller sein! Ich musste zu den anderen!

Ganz komisch rollte ich mich aus meinem elektrischen Feld. Die Bewegungen waren wie durch Gelee, nur kribbelnder und piekender, wie gesagt, ganz komisch. Auf jeden Fall schaffte ich es wie durch ein Wunder, mich in den scherbenfreien Bereich zu retten.

Doch auch wenn ich gar nicht mal so lange gebraucht hatte, würde ich den Prüfer nicht einholen können. Was, wenn die anderen noch unten auf mich warteten? Er durfte sie nicht noch einmal in seine Fänge bekommen!

Es musste einen anderen Weg geben… Mein Blick fiel auf die Fenster. Luftlinie würde allemal schneller gehen als Treppen. Ohne nachzudenken lief ich zu meinem radikalen Ausweg. Hätte ich auch nur einen Moment nachgedacht, wäre mir wahrscheinlich auch aufgegangen, wie absolut irre das war. Doch in meinem Kopf waren gerade nur meine Freunde und all die armen Quallenkussopfer. Verdammt nochmal, hier ging es um die ganze Welt!

„Fangt mich auf!", rief ich den Quallen zu und schwang mich auch schon aus dem Fenster. Oh Scheiße! Das war verdammt hoch! Mindestens der zehnte Stock! Ich hätte vorher nach unten schauen sollen! Oh mein Gott! Das war Selbstmord! Ich war viel zu schnell! Ich würde sterben!

„HILFE!", meine Stimme brach ab. Der Wind trieb mir Tränen in die Augen. Plötzlich tauchte direkt neben mir eine Geisterqualle auf. Wie war sie so schnell dahin gekommen? Egal! „Mach es!", befahl ich ihr etwas abstrakt, aber es sollte eigentlich klar sein, dass ich das Elektrik-Auffangen meinte.

Ich spürte auch das Prickeln auf meiner Haut, doch es funktionierte nicht. Wieso funktionierte es nicht?! Es musste funktionieren! NEEEIIN! Viel zu schnell kam der Boden näher! Wenn ich da unten ankam, würde ich so aussehen wie unser Frühstücksbrei! Ich hatte keine Zeit nachzudenken!

Panisch griff ich einfach nach den Tentakeln der Qualle. Schmerzhaft durchzuckte mich der nächste Stromschlag.

Wieder waren da die Erinnerungen. „Das sind Menschen!",
hörte ich Diego voller Entsetzen. „Sie sind tot. Niemand wird
sie vermissen", erwiderte eine kalte Stimme. Ich kannte sie,
aber ich wusste nicht, wer es war. Irgendetwas tief in meinem Inneren regte sich.

Ich konnte die Kälte in seinen Worten regelrecht spüren.
Und da war so ein bläuliches, schwaches Licht, irgendwie
künstlich. Warum konnte ich keine Details erkennen? Alles
war so schwammig und ungreifbar. Ein stechender
Schmerz durchzuckte mich, knapp unter den Rippen. Da
war etwas Feuchtes.

Metallisch roch ich das Blut. „Javier? Javier?! Nein! Bitte!
Javier!", rief Diego verzweifelt und ich schmeckte seine
Tränen. Ganz heiser flüsterte er: „Das wollte ich doch
nicht…"

Vor mir blitzten wieder Gebäude auf. Nochmal dieses verdammte, gelbe Quallengraffitti, das schon so oft aufgetaucht war, die knallende Tür, ein umgekippter Schrank. Es
war wie eine Wegbeschreibung. Eine Aufforderung. Ich
sollte es sehen. Ich sollte es verstehen. Ich sollte dahinge-
hen.

Das reimte sich ja sogar! Oh man!

Halb kam ich wieder zu mir. An mir zogen die Gebäude
vorbei, als würde ich in einem gläsernen Aufzug nach unten
gleiten, doch da war nichts, was mich vom Himmel trennte,
keine Sicherheit. Wirklich eine Angst-Freiheit-Mischung, nur
seltsam betäubt.

Ich war einfach gar nicht richtig da. Im Hintergrund hörte ich
die Stimmen. Diego. Javier. Meine Eltern. Fremde. Sie verschmolzen zu einem undeutlichen Brei. Ich roch Desinfektionsmittel. Angstschweiß. Staub. Auf meiner Haut waren
Hitze und Kälte. Rauer Stein. Stoff.

Durch diese gemischten Eindrücke, die beinahe sanft mein
Gehirn fluteten, wurde ich ganz träge. Es tat nicht so weh,
wie sonst, doch es überforderte mich immer noch. Langsam
schaute ich auf.

Über mir sah ich das pulsierende Leuchten des riesigen Körpers der Qualle, fast wie ein Schirm. Ich schwebte an einem Schirm hinab… Wie Mary Poppins…

Kaum dass ich diesen bescheuerten Gedanken gehabt hatte, setzte mich mein ungewöhnlicher Fallschirm weich auf dem Boden ab. Ein paar letzte Gebäude flackerten vor meinen Augen auf und ich ließ meine Hand sinken.

Meine Handfläche kribbelte noch und ich hatte kein richtiges Gefühl in ihr, mein ganzer Arm fühlte sich komisch an, mein Gehirn ebenfalls. Schleppend kam ich wieder völlig zu mir. Diese Verschmelzung war ja mal richtig komisch gewesen.

Wie lange hatte mein „Sturz" eigentlich gedauert? War er wirklich schneller gewesen als die Treppen? Es hatte sich wie eine Ewigkeit angefühlt, doch genauso gut hätten es auch nur ein paar Sekunden sein können.

Wo waren meine Freunde? Und der EQTF-Prüfer? War er auch schon unten?

Plötzlich kam ein Geländewagen aus dem Gebäude gebrettert! Saß da Merle am Steuer? Haarscharf kratzte sie die Kurve und raste in meine Richtung. Als sie mich sah, weiteten sich ihre Augen, aber mit der strahlenden Geisterqualle neben mir, war ich ja auch ziemlich auffällig. Genauso auffällig war ihr Fahrstil.

Früher hätte jeder Polizist sie mit Verdacht auf Alkoholeinfluss rausgewunken. Mit Vollgas hielt Merle auf mich zu. Scheiße! In der letzten Sekunde sprang ich ihr aus dem Weg. Fast hätte sie mich überfahren! „Stieg ein!", schrie sie mich an und die Reifen quietschten, als sie auf die Bremse trat. Der Transporter schlitterte noch ein gutes Stück weiter.

Und dann sah ich, warum sie es so eilig hatte. Unser verrückter Geiselnehmer kam ebenfalls aus dem Gebäude gestürmt, mit erhobener Waffe. Sofort sprintete ich los. Meine Beine flogen regelrecht über den Asphalt.

Tad hatte mir schon eine Tür hinten geöffnet. Brutal zerriss der erste Schuss die Luft. Mit einem Hechtsprung flüchtete ich ins Auto.

„Fahr!", brüllte ich Merle an, kaum dass ich drin war. Die Reifen drehten durch. Noch ein Schuss. Instinktiv machte ich mich ganz klein.

In halsbrecherischem Tempo brachte uns die ziemlich miese Fahrerin außer Reichweite, aber mit einem irren Psycho im Nacken wäre ich wahrscheinlich auch nicht besonders schön gefahren. Aber warum hatte Tim diesen Job nicht übernommen?

Meine Frage wurde mir schon beantwortet, als ich aufsah oder es kamen wohl eher noch mehr Fragen dazu. Tim saß mit uns hinten. Nola hielt ihn an der Schulter fest. Er sah ziemlich blass aus und er schien sich angekotzt zu haben. Ihhh.

„Tim hat versucht das Auto kurzuschließen, doch dabei hat er einen Stromschlag abbekommen. Sein Kreislauf ist noch nicht wieder ganz auf der Höhe", informierte mich Tad gleich über das Wesentliche. „Geht es sonst allen gut?", wollte ich besorgt wissen.

„Ja, dank dir", antwortete er mir und griff meine Hand, liebevoll sah er mich an: „Du bist unfassbar mutig." „Und dumm! Das hätte auch ganz anders enden können! Wärst du auch glücklich gewesen, wenn der Kerl sie umgebracht hätte?!", mischte sich Merle gereizt von vorne ein.

Sie hatte sich Sorgen um mich gemacht und wirklich um mich, immerhin hatte das sonst so giftige Mädchen „sie" gesagt und nicht „ihn". Für sie war es mit am schwersten gewesen, mich nicht mehr als Diego zu sehen, zu akzeptieren, dass er weg war.

„Ich hatte auch Angst um dich", gestand mein wundervoller Wissenschaftler und sein Blick hatte so etwas... Tiefes. „Verdammt! Leute! Hier stimmt etwas nicht!", meldete sich unsere Fahrerin beunruhigt.

„Was ist denn?", fragte ich sofort nach. „Der Tank. Er geht viel zu schnell leer", antwortete sie mir angespannt. Was? Die Schüsse! Hatte der EQTF-Prüfer etwa den Tank erwischt? Dann konnten wir wohl noch froh sein, dass uns die Karre nicht unterm Hintern explodiert war. Oder? Bis auf Diegos motorisches Gedächtnis hatte ich überhaupt keine Ahnung von Fahrzeugen.

Planlos schaute ich hinter uns auf die Straße. Oh. Ja, da war eine deutliche Spur, wir verloren offensichtlich Sprit. Weit würden wir damit nicht kommen. Aber vielleicht war das auch gar nicht nötig…

Meine Augen weiteten sich. Das war eins der Gebäude aus den Erinnerungsblitzen eben! Und dahinten! Die gespaltene Spitze!

„Merle! Kehr um!", rief ich ihr aufgeregt zu. „Was?!", kam es verständnislos von Merle und sie reagierte gar nicht. „Ich kenn das Gebäude! Da geht es zu den Quallen! Wir müssen dort lang! Los!", erklärte ich ihr hektisch.

Wieder sehr abrupt wendete die Blondine und ich flog durch das halbe Auto. Mein Gott! Hatte sie überhaupt einen Führerschein?! Das war regelrecht gemeingefährlich! Zum Glück war hier auf den Straßen keine Menschenseele.

Fieberhaft hielt ich immer nach dem nächsten Orientierungspunkt Ausschau. Irgendwie waren sie alle richtig dicht aufeinander gepackt. Kleine Ausschnitte überall. Es war wirklich nicht einmal weit, der Sprit reichte sogar fast. Nur die letzten paar Meter mussten wir zu Fuß gehen, was bei Tim immer noch ziemlich wackelig in Schlangenlinien war. Überraschenderweise hatte Merle Nola als Krankenschwester abgelöst, vielleicht steckte doch ein bisschen was von ihren Eltern in ihr, vielleicht war sie aber auch einfach nicht so giftig und fies, wie sie immer tat.

Schon standen wir vor dem Gebäude meiner Erinnerung. Es war wirklich haargenau so, wie ich es gesehen hatte! Einfach unglaublich! Und zugleich auch gruselig. Unglaublich gruselig. Auch hier hatte die Zerstörung nicht Halt gemacht: Zerbrochene Fenster und sogar teilweise eingestürzte Obergeschosse.

Schnell hatte ich die Eingangstür gefunden. Sie war gut versteckt zwischen den Trümmern von einem der Obergeschosse, doch das gelbe, halbfertige Graffiti der wütenden Qualle wies mir regelrecht schicksalshaft den Weg.

Die Härchen auf meinen Armen stellten sich auf. Hierauf hatte ich hingearbeitet. Alle Hinweise hatten mich genau hierher geführt. Gleich würde sich alles auflösen, gleich würde sich die Wahrheit zeigen…

Tad verschränkte seine Finger mit meinen und lächelte mich unterstützend an. Er war bei mir, er würde immer bei mir sein. Diesen letzten Schritt würden wir gemeinsam gehen.

Kreischend stemmte ich die Tür auf und wir traten ins Innere.

Dort war ein Gang. Er sah nicht weiter besonders aus, also klassisch alt und verlassen wie alles hier. Doch der Schein trog. Ich spürte es. In meinem Kopf war so ein Druck… Ich konnte es gar nicht richtig beschreiben, aber hier lief einfach alles zusammen. Das Echo von tausend Erinnerungen hallte in mir wider, ungreifbar und dennoch extrem intensiv.

Da! Der Schrank!

Ungläubig lief ich rüber und stieß ihn zur Seite, was für einen übertrieben lauten Knall sorgte. Damit erschreckte ich mich selbst total und die anderen erst. Aber schnell wurde alles vergessen.

Hinter dem Schrank war eine kaputte Tür. Irgendwie konnte ich hören, wie sie eingetreten wurde. Alles hier war wie ein krasses Déjà-vu. Diego war schon einmal hier gewesen. Und jetzt waren wir es.

Angespannt sah ich mir die Sache genauer an. Eine Qualle wäre mit ihrem Leuchten jetzt nicht schlecht gewesen, es war verdammt dunkel. Nur schwer konnte ich die Treppenstufen vor uns ausmachen. Aber ich würde nicht warten, bis einer meiner speziellen Helfer auftauchte.

Vorsichtig tastete ich mich immer weiter vor, Stufe für Stufe in die Finsternis. Doch unten wurde es nicht dunkler, sondern heller oder zumindest war da ein ganz schwaches, bläuliches Licht und es war kalt, merkwürdig kalt.

Irgendwie hatte ich ein schlechtes Gefühl. Wachsam sah ich mich um und drückte Tads Hand fester.

Keine Ahnung, ob ich ihn beschützen wollte oder einfach nur seine beruhigende Nähe spüren wollte. Das hier war...

Oh mein Gott!

37

Eisige Kälte kroch in mir hoch. Mein Atem bildete weiße Wölkchen. Menschen! So weit das Auge reichte, war der Gang an beiden Seiten mit hohen, aufrechten Behältern gepflastert. Sie waren aus Metall, bis auf eine etwa teller-große mit Frost bedeckte Scheibe am oberen Ende. Ein leichtes Glühen ging von ihnen aus.

Es war richtig geisterhaft. Das Glas bei einem Behälter weit vorne war gebrochen. Von dort kam die Kälte. Doch dadurch war die Kühlung des Menschen unterbrochen. Seine Haut war eingefallen und fleckig, fast schon lederar-tig. Am schlimmsten waren seine halbgeöffneten Augen. Dieses Bild würde ich nie wieder loswerden!

Und es war nicht die einzige Leiche im Gang. Auf dem Bo-den saß eine zusammengesunkene Person. Auch hier war die Todesursache klar: Ihr steckte ein Messer in der Brust. Es war ein Junge gewesen. Um seinen Hals trug er eine dicke Goldkette und eine gelbe Spraydose lag nicht weit entfernt auf dem Boden. Auf seinen Händen… Waren das… Die Gang-Tätowierungen der Lopèz-Gang?! Wie bei Diego! Hatte er ihn gekannt? Hatte er… ihn getötet? Javier…

„Das können wir nicht tun!", hörte ich Diegos panische Stimme wieder in meinem Kopf. „Warum denn nicht?", kam die herzlose Erwiderung. „Ich lass das nicht zu", stellte Diego sich ihm verzweifelt in den Weg. Wie eben auch spürte ich diesen Stich unter meinen Rippen. Dort wo auch das merkwürdige Schlangen-Tattoo war! Die Narbe! Sie musste von diesem Moment sein!

Diego und Javier mussten hier gekämpft haben. Dumpf spürte ich die Schläge. Das Handgemenge. Und dann war er gestorben. Bei dieser Erkenntnis musste ich fast weinen, doch es wären Diegos Tränen, nicht meine. Javier musste ihm viel bedeutet haben und dennoch hatte er diese Menschen gegen ihn beschützt.

Um dieses Geheimnis zu wahren, hatte er einfach alles aufgegeben. Er hatte diese Stadt verlassen, sein zu Hause und war in diesem Labor-Bunker weit abseits gelandet. Vielleicht war er doch nicht so ein schlechter Mensch, wie ich immer gedacht hatte...

„Kryokonservierung", hauchte Tad staunend. Die Leiche am Boden schien er gar nicht bemerkt zu haben, er war viel zu sehr in seiner wissenschaftlichen Welt. Fasziniert kombinierte er: „Diese Menschen müssen freiwillig einen Quallenkuss gemacht haben, bevor sie außer Kontrolle geraten sind. Es ist nur logisch: Sie wollten ihren Verstand konservieren für eine Zeit, in der auch ihre Körper unsterblich werden."

„Wie lange sind die schon hier?", fragte sich Merle ungläubig. „Keine Ahnung. Aber sie müssen eine autonome Energiequelle haben", analysierte Tad weiter ganz begeistert.

„Die müssen echt ein Vermögen wert sein", hatte Tim den gleichen Gedanken wie Javier, doch bei ihm war keine Gier. Tief in seinem Inneren war er doch ein guter Kerl. „Abgefahren", gab Ric beinahe sprachlos von sich.

„Was ist hier nur passiert?", bemerkte Nola voller Grauen auch mal die Leiche am Boden. „Diego hat ihn getötet. Es war ein Unfall. Er wollte diese Menschen beschützen", teilte ich meine düstere Erkenntnis mit ihnen.

Schweigend standen wir für einen Moment alle einfach nur da. Es fühlte sich an wie eine Schweigeminute für Diego und gleichzeitig war es ein Augenblick, um uns nochmal zu sammeln. Auch wenn gerade alles ruhig und aufregend wirkte, hier ging es um Leben und Tod.

„Wir sollten hier weiter alles erkunden. Vielleicht gibt es irgendwo noch ein Lager für die Forschungsergebnisse oder so. Diese Entdeckung alleine hilft uns noch nicht bei der Umprogrammierung der Quallen", nahm Tad schließlich den Faden wieder auf.

„Sollen wir vielleicht nicht lieber zurück zu der Auffangstation für Quallenkuss-Opfer? Die Leute dort waren doch nett und sie könnten die Leitung informieren. Die Forscher haben davon doch mehr Ahnung als wir", erwiderte Nola unruhig.

„Spinnst du?! Der irre Psycho war doch auch von denen! Und das hier haben wir gefunden! Wir können es ihnen doch nicht einfach so abgeben!", protestierte ihr kleiner Bruder jetzt auch wieder ganz dabei.

„Irgendwann müssen wir die EQTF einschalten, wir können das nicht alleine durchziehen. Wir haben dafür gar nicht die Technik und das Personal", meinte Merle ganz sachlich.

„Wir können uns doch trotzdem einmal umsehen", entgegnete Tim in Abenteuerstimmung, auch wenn er immer noch sichtlich angeschlagen war, er hing voll auf der unberechenbaren Sportlerin.

Ein kleines Lächeln schlich sich auf mein Gesicht, das eigentlich gar nicht zu diesem ernsten Augenblick passte. Es war einfach nur, dass wir nie alle einer Meinung waren und immer irgendwie diskutierten. Keine Ahnung. Ich hatte diese Chaotengruppe einfach fest in mein Herz geschlossen.

„Danke. Ab hier übernehme ich", meldete sich auf einmal eine kalte Stimme hinter uns. Erschrocken fuhr ich herum. Nein! Das durfte nicht sein! Ein wenig außer Atem und ansonsten mit seinem herzlosen und berechnenden Gesichtsausdruck schritt der abtrünnige EQTF-Prüfer die letzten Stufen zu uns runter. Drohend hielt er seine Pistole erhoben.

Nein! Wir waren ihm doch entkommen! Wir hatten es geschafft! Er konnte jetzt nicht wieder da sein! Nicht hier! Nicht er!

„Wie haben Sie uns gefunden?", wollte Merle verständnislos wissen. Sie sah ihn so an, als müsste er verschwinden, nur weil es keinen Sinn ergab, doch so war es leider nicht. „Ihr habt mir den Weg gezeigt. Es war leicht der Spritspur zu folgen und dann dieser laute Knall... Ihr seid eben doch nur dumme Kinder", antwortete er überlegen.

„Wir können gemeinsam zur EQTF gehen und ihr hiervon erzählen. Das ist der erste Schritt, damit alles wieder gut wird", versuchte Tad genau wie ich noch einen Funken Vernunft in seinem Inneren zu aktivieren. Doch es war hoffnungslos.

„Manchmal braucht es Gewalt, um einen wahren Frieden zu ermöglichen", verlor sich der Verrückte endgültig in der Versuchung der Macht: „Ihr habt keine Ahnung, wozu diese Gesetzlosen fähig sind. Ihnen muss um jeden Preis Einhalt geboten werden! Damit kann man die Welt endlich wieder sicher machen!"

„Die Quallen waren nie für Gewalt gedacht. Sie können nicht als Waffe eingesetzt werden. Die Gehirnfunktionen müssen zurückgegeben werden Es muss um Frieden gehen, nicht um Unterdrückung", warf Tad mit Überzeugung ein. „Sie sollten ein für alle Mal unschädlich gemacht werden, sonst geraten sie nur wieder außer Kontrolle und die Menschen fürchten sich weiter, wenn sie in den Himmel sehen", schloss sich Merle ihm an.

„Ihr versteht das nicht!", donnerte der Prüfer laut: „Eine solche Chance darf man nicht ungenutzt lassen! Es ist unsere Pflicht, das Richtige zu tun, auch wenn es Opfer fordert!" Er konnte leicht reden! Er musste dieses Opfer ja auch nicht zahlen!

„Es wäre das Richtige, die Fehler der Vergangenheit zu beheben!", widersprach Tad ihm wieder: „Die Menschen könnten wieder nach draußen! Man müsste sich nicht mehr verstecken! Landwirtschaft könnte wieder richtig betrieben werden! Ein Neuanfang für alle!" „Es gäbe wieder Hoffnung", schloss sich sogar Nola an, wenn auch deutlich zurückhaltender.

„Wir brauchen eine gerechte Welt! Die Menschen werden sich erst dann sicher fühlen können, wenn jeder das Gesetz befolgt! Mit diesen Energiequellen können wir bessere Technik für die Ordnungshüter aufbauen! Und die Quallen würden vollkommenen Frieden garantieren! Ihr seid nur zu feige, um das zu sehen!", die Wut kochte in der Stimme des Wahnsinnigen immer höher.

„Diese Energiequellen für die Technik zu nutzen, ist eine sehr gute Idee", ging Tad klugerweise zu Beschwichtigung über: „Nachdem die Menschen wieder ihre Gehirnfunktionen haben, bieten sie wirk…" „Nein! So viel Zeit haben wir nicht!", unterbrach er meinen herzensguten Wissenschaftler aufgebracht: „Die Welt braucht sie sofort!"

Mit einem schrecklichen Gefühl schaute ich auf Javiers Leiche herab. Diese Diskussion war hier schon einmal geführt worden. Niemand würde von seiner Überzeugung ablassen. Es würde wieder im Kampf enden und dieses Mal würden wir sterben.

Plötzlich gab Tim einen entschlossenen Schrei von sich und stürzte sich auf unseren Verfolger. Entsetzt riss ich die Augen auf. Was tat er da?! Der Irre würde ihn umbringen!

Ohne zu zögern, schlug der Prüfer ihm seine Waffe ins Gesicht. Es gab ein widerliches Knacken und Tim ging mit einem lauten Keuchen zu Boden.

„Tim!", panisch lief Merle sofort zu ihm. Grummelnd kam er gleich wieder einigermaßen zu Bewusstsein, aber mehr war auch nicht drin. War sein Kiefer gebrochen? Etwas anderes? Auf jeden Fall war es besser als abgeknallt zu werden, aber so wie die Dinge gerade standen, war es nicht auszuschließen, dass es noch so weit kommen würde. Wer konnte schon Zeugen gebrauchen?

„Versucht so etwas nicht noch einmal. Ich werde dafür sorgen, dass die Welt den Frieden bekommt, den sie verdient hat", schlagartig klang er ganz gefasst, vollkommen emotionslos und das machte mir noch mehr Angst als seine irre Wut.

Er hatte sich an diesem giftigen Gedanken eines erzwungenen Friedens festgesaugt wie ein Blutegel. Er war überzeugt, das Richtige zu tun. Er sah sich als tragischen Helden, weil er bereit war all diese Menschen zu opfern. Er war wirklich besessen...

Wir mussten ihn aufhalten.

Langsam kam er auf mich zu. Kurz huschte sein Blick auch zu den anderen, doch er schien in ihnen keine Gefahr zu sehen. Wie er mich fixierte... Unwillkürlich wich ich zurück. Plötzlich blieb mein Fuß irgendwo hängen. Überrumpelt verlor ich das Gleichgewicht und kippte rückwärts. Tad zog ich mit mir zu Boden. Er durfte durch mich nicht in die Schusslinie geraten!

Auf einmal richtete sich die Aufmerksamkeit des irren EQTF-Prüfers auf das, was mich zu Fall gebracht hatte: Javiers Leiche. Schrecklich kombinierte er: „Oh. Ich verstehe. So hast du diesen Ort gefunden und kontrollierst die Quallen. Du hast deinen Kumpel dafür umgebracht. Du wolltest es ganz für dich alleine haben. Dieses ganze Gerede von Frieden und Gerechtigkeit... Ihr seid nicht besser als sie."

„Nein! So ist es nicht!", widersprach Merle ihm und richtete sich auf. Eine gefährliche, verzweifelte Entschlossenheit lag auf ihrem Gesicht. Würde sie ihn auch angreifen? Würde er noch einmal nachsichtig sein?

Kurz schaute der Wahnsinnige ein letztes Mal in die Runde, als würde er sich von uns verabschieden wollen: „Es ist für eine bessere WeAAAAAh!" Ohne nachzudenken hatte ich das Messer aus Javiers Brust gezogen und stattdessen mit aller Kraft in seine Wade gerammt.

Ein Schuss ging los. Er verfehlte mich. Der irre Prüfer kippte nach hinten. Reflexartig warf ich mich auf ihn und schlug ihm die Waffe aus der Hand, sodass sie weit über den Boden schlitterte. Nein!

Fest griff er nach meiner Hand mit dem Messer. Unter seinem brutalen Griff hatte ich das Gefühl meine Finger müssten brechen. Laut schrie ich auf, doch ich ließ nicht los. Mit aller Macht versuchte ich mich zu befreien. Wir rollten über den Boden. Plötzlich lag er auf mir! Panik schnürte mir die Luft ab. Sein Gewicht drückte mich hilflos zu Boden.

Hart traf mich seine Faust im Gesicht. Blut lief aus meiner Nase. Ich konnte es schmecken. Lähmend durchzuckte mich die Erinnerung von Diegos Kampf mit Javier. Irgendwie konnte ich meine Hand losreißen. Hektisch warf ich das Messer weg. Ich würde nicht den gleichen Fehler wie er machen.

Plötzlich schlang der Wahnsinnige seine Hände um meinen Hals und drückte mir erbarmungslos die Luft ab. „Na? Was sagst du jetzt, ohne deine Quallen?! Du wirst niemanden mehr töten!", seine Augen glänzten im schwachen Licht der Behälter mit den Menschen, deren Leben er opfern würde.

Verzweifelt krallten sich meine Finger in seine Arme. Schwarze Pünktchen tanzten vor meinen Augen.

Laut knallten zwei Schüsse durch den Gang und eine unerwartete Stimme rief: „Lass ihn los!" Ric! Irre lachte der Mann auf: „Das traust du dich doch sowieso nicht!" Und dann aus die Maus. Schwungvoll rammte Merle ihm von der Seite das Knie gegen den Kopf. Prompt verdrehte er die Augen und klappte auf mir zusammen.

Gierig schnappte ich nach Luft und musste heftig husten. Scheiße! Das war verdammt knapp gewesen!

„Los! Wir müssen ihn fesseln, bevor er wieder zu sich kommt!", Merle schritt auch gleich zur Tat und benutzte seinen eigenen Gürtel, um seine Beine irgendwie zusammen zu zurren. Für die Arme benutzte Tim einfach sein Oberteil und verknotete die Ärmel ganz komisch, woraufhin

379

Merle mit den Augen rollte und gleichzeitig doch nicht wegsehen konnte.

Irgendwie kam ich mir gerade so vor, als wäre ich im falschen Film gelandet. Merle und Tim? Und dann diese improvisierten Fesseln. Professionell sah anders aus. Außerdem war ich gerade fast gestorben und das Adrenalin raste voll durch meinen Körper, während ich gleichzeitig total platt war. In den letzten paar Minuten war einfach zu viel passiert.

„Können wir jetzt zu der richtigen EQTF gehen?", fragte Nola beinahe wie ein quengelndes Kind und ich war kurz davor aufzulachen, doch beim Einatmen tat mein Hals noch weh und es war einfach alles zu verkorkst.

„Das wäre wahrscheinlich eine gute Idee", stimmte Tad ihr erschlagen zu und rutschte ganz nah neben mich. Erleichtert lehnte ich mich an ihn. Ich hatte das Gefühl, dass jetzt einfach alles gut werden würde…

Epilog

Gedankenverloren trommelte ich mit meinen Fingern auf die Bretter der Holzbrücke auf der ich saß. Meine Füße baumelten ins klare Wasser und ein paar der immer hungrigen Fische knabberten kitzelig an meinen Zehen.

Auf meinem Schoß hatte ich den Block mit meinen alten Zeichnungen liegen. All die Quallen aus all den schlaflosen Nächten und die Bilder von Gärten und Grimm, mit denen ich versucht hatte zu flüchten. Diese Zeit, in der ich nicht ich selbst hatte sein können…

Und jetzt? Ich war nicht mehr die Elli von früher, mit ihrem Rollstuhl und ihrer eher bemitleidenswerten Erscheinung. Aber ich war auch nicht mehr Diego, nicht einmal äußerlich. Meine Haare trug ich jetzt länger, einfach weil es sich richtiger anfühlte. Und ich zog echt gerne Kleider an, eigentlich nur, weil es so gar nicht zu Diego passte, am liebsten welche mit Blumen oder anderen extra fröhlichen Motiven. Ein paar hatte ich sogar mit Stofffarben selbst gestaltet oder gebatikt. Die waren meine Lieblinge.

Außerdem hatte ich immer Tads süße Korkenkette an und zwar so, dass jeder sie sehen konnte. Es war wirklich ein wundervolles Gefühl, sich nicht mehr verstecken zu müssen.

Seit wir das Lager mit den kryokonservierten Menschen gefunden hatten, waren sieben Monate vergangen. Die Fachleute vom EQTF hatten weiter hinten ein riesiges Archiv gefunden mit allen möglichen Aufzeichnungen. Papier, Audio, Video, alles dabei. Die ursprünglichen Entwickler der Quallen waren wirklich gründlich gewesen. Trotzdem ging die Auswertung recht langsam voran.

Eine ganze Armee von Forschern arbeitete daran und zumindest waren die Quallen nicht mehr so aggressiv wie früher, nur die kontrollierte Umkehrung funktionierte einfach noch nicht.

Aber ich wusste ja aus Erfahrung, dass Forschung normalerweise nicht von heute auf morgen ging und was waren schon sieben Monate? Wir hatten diese Zeit auf jeden Fall gut genutzt und zwar genau für das hier: Unseren eigenen Garten.

Es war ein kleines Gewächshaus, das neben die von Bernd angebaut worden war und Tad und ich waren zusammen dafür verantwortlich. Die Wiese war schon wirklich gut gewachsen und auch die kleinen Bäumchen hatten schön gewurzelt. Auch unser Fischteich mit Brücke war ein absoluter Traum.

Jetzt fehlte eigentlich nur noch eine Katze. Ich würde sie Spongebob oder Newton nennen, je nachdem was besser zu ihrem Charakter passte. Allerdings würde ich dafür noch etwas Geduld haben müssen, immerhin waren wir erst in der ersten Versuchsphase der Wiederbevölkerung, wie sie es nannten.

Momentan wurden auch noch einige größere Wasserbecken in der Nähe angelegt. Immerhin gab es in den Laboren einige Quallenarten, die hier super wieder angesiedelt werden konnten.

Das hier würde so schön werden! Und wenn alle Gehirnfunktionen an ihrem Platz waren und den Quallen der Drang zur Aufnahme von neuronaler Energie genommen wurde, würde hierhin auch meine Geisterqualle kommen, die Einzige, die nicht sicher verwahrt und für Experimente genutzt wurde. Auch wenn ihr Aufenthalt bei uns streng genommen auch ein Experiment war: Sind Geisterquallen mit normalen Lebewesen gleichzusetzen und ungefährlich in Freiheit?

Allerdings ließ sich wohl darüber streiten, ob man ein gläsernes XXL-Gewächshaus als Freiheit bezeichnen kann. Also ich sah es auf jeden Fall so! Die Freiheit sich eine neue Welt aufzubauen. Die Freiheit einfach so zu leben, wie ich es wollte.

Nachdem das große Mysterium Geisterqualle quasi gelöst war, waren hier alle auf Artenschutz und Ökosystem-

Forschung umgeschwenkt, womit ich auch ganz glücklich war. Ein positiver Nebeneffekt dabei war auch, dass ich keine Tests und Untersuchungen mehr machen musste.

Generell war mein Alltag viel entspannter. Klar, Schulaufgaben standen immer noch an, aber der Rest machte wirklich Spaß. Ich liebte es, mich hier um den Garten zu kümmern oder einfach nur zu sitzen und zu malen. Oft half ich auch Bernd, Nola und Ric beim Kochen oder naschte eher währenddessen. Manchmal spielte ich auch mit Bernd den Gärtner, natürlich auch mit Naschen zwischendurch, war doch logisch.

Sie hatten mich und Tad regelrecht in ihre Familie aufgenommen. Ric war wie ein kleiner Bruder, mit dem ich ausgelassen zockte und Nola eine Schwester und beste Freundin, mit der ich einfach über alles reden konnte.

Und Merle und Tim... Ich hätte ja nie gedacht, dass ich das mal sagen würde, aber ich vermisste die beiden sogar irgendwie. Sie waren in Pontevedra geblieben, in dieser Auffangstation. Tim hatte echt ein überraschend gutes Händchen mit Kindern und Merle... Ich glaube, sie hatte einfach mal von ihren Eltern weg gewollt und gleichzeitig mit ihm zusammen sein wollen. Zumindest hatte ich sie mal beim Knutschen erwischt. Echt unangenehm.

Aber heute wollten sie uns nochmal besuchen kommen. Nola plante schon seit Tagen eifrig unser Weltretter-Büfett. Dabei waren sieben Monate nicht einmal ein besonderes Jubiläum, das man feiern könnte oder so. Doch bei gutem Essen sagte ich nicht nein.

„Tee?", fragte Tad und setzte sich neben mich. „Danke", verträumt nahm ich die dampfende Tasse entgegen und nahm auch gleich den ersten Schluck. Es tat gut die Hitze zu spüren. Und dieser wundervolle Geruch nach Pfefferminze, sein Geruch...

„Tad, weißt du was?", lächelnd schaute ich ihn an. „Was denn?", breit grinste er zurück und dieser Blick in seinen Augen... Als wäre ich ein wahres Kunstwerk. Noch nie hatte ich mich so schön und richtig gefühlt. Ich war ganz, ich musste nicht mehr geheilt werden, ich war gut, genauso wie ich war und ich wollte auch gar nichts ändern.

„Ich bin glücklich", verkündete ich ganz krass. „Ich auch", erwiderte er auf seine sanfte, wundervoll ruhige Art. Sein Blick war wieder so intensiv und zärtlich, dass es sich anfühlte, als hätte mich nochmal ein Stromschlag erwischt, doch dieses Mal hatte er mich nicht ausgeknockt, sondern alles so viel klarer werden gelassen.

Langsam kam er näher. Ich beugte mich zu ihm. Wie von selbst schloss ich meine Augen. Mein Verstand war ausgeschaltet. Uns trennten nur noch Zentimeter…

„Helft ihr mir vielleicht?", rief uns Nola fröhlich zu. Erschrocken zuckte ich zusammen. In ihren Händen hielt sie schon die erste Schüssel mit Salat. Hinter ihr trottete Ric unwillig mit der nächsten her. Keine Ahnung wie viel sie gemacht hatte. Bestimmt würden wir noch tagelang die Reste essen können.

Hilfsbereit stand Tad gleich auf und hielt mir lächelnd die Hand hin. Doch bevor ich mit ihm kommen konnte, musste ich noch eine letzte Sache erledigen. Entschlossen warf ich meinen Block in den Teich.

Ich wollte die Mahnung an diese düstere und verzweifelte Zeit nicht mehr. Ich wollte nur noch nach vorne sehen. Kurzerhand versenkte ich die treibenden Seiten mit einem Stein, der ein platschendes „Plop!" von sich gab, als er mit all den Erinnerungen in der Tiefe verschwand.

Der Kampf war vorbei. Hiermit würde ich abschließen, endgültig. Und mit dramatisch belegter Stimme sagte ich so ziemlich die undramatischsten Worte, die man in einem solchen Scheidemoment sagen konnte: „Bli Bla Blubberdiblub Blub Blub Blub Blub!"

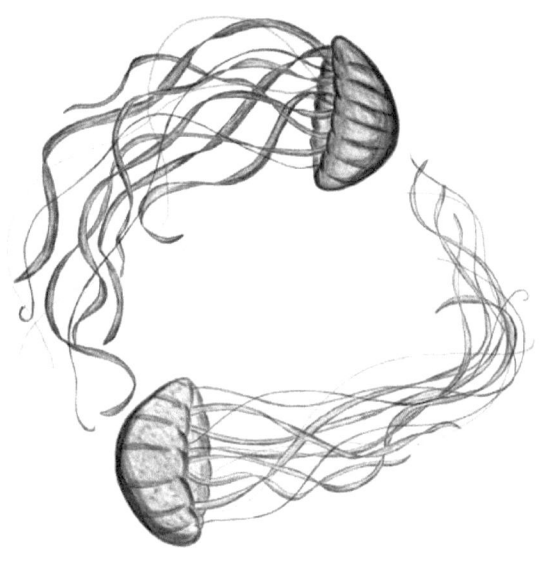

Danksagung

Es fühlt sich fast schon unwirklich an, dieses Mal das Ende erreicht zu haben. Diese Geschichte hat wirklich lange gebraucht, um zu wachsen und sich zu entwickeln.

Eigentlich war das hier sogar mein erster Versuch im Genre Science-Fiction Fuß zu fassen und dementsprechend chaotisch und wirr ist es an manchen Stellen geworden. Und weil diese Welt einfach noch mehr Zeit brauchte, ist Anatopia, als im Grunde zweiter Roman in diesem Gebiet, dann doch früher veröffentlich worden.

Aber ich bin verdammt glücklich, dass es nun auch endlich hier geklappt hat und nach all der anstrengenden Überarbeitung ein fertiges Buch dasteht.

Den größten Dank hat meine Mama verdient, die mit mir durch all die Untiefen der Logikbrüche geschifft ist und eine verbesserte Route gefunden hat und ein weiterer Dank gebührt Sabine von inspirited books, der ich dieses galaktische Cover zu verdanken habe. Somit hat sich alles wunderbar gefügt.

Abschließend kann ich nur sagen, dass ich mit diesem Gesamtpaket echt zufrieden bin und hoffe, dass ich dich ebenfalls auf dieser Reise glücklich machen konnte…

Danke an alle, die mich auf den vielen Wegen meiner Fantasie begleiten!

Lust auf mehr?

Wenn dir diese Geschichte gefallen hat, kannst du gerne meine Webseite besuchen. Dort sind alle meine Bücher und geplante Neuveröffentlichungen zu finden. Alles von Fantasy, über Kinderbücher bis zu Kurzgeschichtensammlungen/Adventskalenderbüchern und allem was die Zukunft noch so bringt. Du bist also immer auf dem neusten Stand. 😊

https://buecher-von-wilma.jimdosite.com

P.S. Ich freue mich auch immer über Feedback, zum Beispiel als Rezessionen. :)

Anatopia – Im Kreuzfeuer der Synapsen

ISBN: 978-3-7597-4364-0

Jeden Tag heißt es nur kämpfen und das Nervensystem verteidigen. Es ist immer das Gleiche! Neuro-Hunter denken, alles gehört ihnen und Fly muss sie radikal belehren. Und in diesem endlosen Kreislauf aus Kämpfen und Töten, hat sie nur einen Wunsch: Endlich frei sein und die anderen Segmente erkunden, endlich etwas Echtes erleben. Sie konnte ja nicht ahnen, dass dadurch ihre ganze Welt zerbrechen sollte...